通俗文艺学

天津社会科学院建院四十周年精品文库

黄泽新 主编

天津社会科学院出版社

图书在版编目（CIP）数据

通俗文艺学 / 黄泽新主编. -- 天津 : 天津社会科学院出版社，2019.11

（天津社会科学院建院四十周年精品文库 / 靳方华主编）

ISBN 978-7-5563-0582-7

Ⅰ. ①通… Ⅱ. ①黄… Ⅲ. ①文艺学－文集 Ⅳ. ①I0-53

中国版本图书馆 CIP 数据核字(2019)第 252070 号

通俗文艺学
TONGSU WENYIXUE

出版发行：天津社会科学院出版社
出 版 人：张博
地　　址：天津市南开区迎水道 7 号
邮　　编：300191
电话/传真：（022）23360165（总编室）
（022）23075303（发行科）
网　　址：www.tass-tj.org.cn
印　　刷：天津午阳印刷股份有限公司

开　　本：880×1230　毫米　1/32
印　　张：14.375
字　　数：330 千字
版　　次：2019 年 11 月第 1 版　2019 年 11 月第 1 次印刷
定　　价：78.00 元

总 序

《天津社会科学院建院四十周年精品文库》收录了天津社会科学院建院以来的部分精品学术著作和研究成果，即将陆续付梓。该文库的出版是天津社会科学院建院40年来优秀科研成果的集中展示，是对四十年来不懈奋斗的领导和学者们的诚挚敬意，也是对当今接续奋斗的社科院人的热忱激励。作为天津市规模最大、门类最全的哲学社会科学专业研究机构，四十年来，天津社会科学院在众多学科涌现了杨柳桥、吕万和、卞慧新、黎干、孙振、王昌定、王辉、温克勤、罗澍伟、潘允康、周路、包永江、荣长海、张景荣等一大批国内外知名的专家学者，在哲学伦理学、法学理论、历史文化、经济社会等诸多领域贡献了一大批思想深邃、引领学界的研究成果，为繁荣发展中国哲学社会科学做出了突出贡献。借撰写文库序言的机会，谈几点感受。

我们正处在繁荣发展哲学社会科学的新时代。习近平总书记指出，当代中国正经历着我国历史上最为广泛而深刻的社会变革，也正在进行着人类历史上最为宏大而独特的实践创新。这种前无古人的伟大实践，必将给理论创造、学术繁荣提供强大动力和广阔空间。这是一个需要理论而且一定能够产生理论的时代，这是一个需要思想而且一定能够产生思想的时代。改革开放以来，中国共产党团结带领全国各族人民开辟了中国特色社会主义道路，在理论、制度和文化上，形成一系列创新的思想理论、发展理念和实践方略，为人类文明做出了突出贡献。天津社会科学院的发展伴随着改革开放的历史进程，从建院以来的初创奠基、探索前进、改革发展到如今的创新竞进，从站上新起点到迈入新时代，四十年风雨同舟，四十年披荆斩棘，四十年砥砺奋进，全体社会科学工作者用忠诚、担当绘就了一幅气势恢宏的历史画卷，谱写了一曲不问浮华的奋斗赞歌。新时代，新召唤，哲学社会科学正面临着空前丰富的素材与题材、空前复杂的命题与试题、空前广阔的机遇与空间，时代是出卷人，人民是阅卷人，我们是答卷人，在这个繁荣发展哲学社会科学的新时代，只有坚持以习近平新时代中国特色社会主义思想为指导，聆听新时代的声音，立足新时代的特点，回应新时代的呼唤，认真研究解决重大而紧迫的问题，才能真正把握住历史脉络、找到发展规律，推动理论创新，推进咨政建言，提升服务社会的品质。

新时代的哲学社会科学必须毫不动摇地坚持以马克思主义为指导。当今世界，各种思想观念、思维方式、意识形态的交流和碰撞越来越频繁、越来越激烈，给意识形态带来许多新问题、新挑战。以什么样的世界观、方法论来审视世界、引领未来，是哲学社会科学的根源问题。马克思主义是科学的思想体系，是人类思想史上最重要的成果，它揭示了人类社会发展的本质和规律，是科学的世界观和方法论，是我们认识世界、改造世界的强大思想武器。我国革命、建设和改革实践反复证明：中国特色社会主义需要马克思主义，坚持以发展着的马克思主义为指导，是我们事业沿着正确方向胜利前进的根本保证。当今中国，坚持马克思主义就是要不断深入学习贯彻习近平新时代中国特色社会主义思想。建设具有中国特色、中国风格、中国气派的哲学社会科学，必须坚持马克思主义指导地位,运用马克思主义观察时代、解读时代、引领时代,真正搞懂面临的时代课题。坚持马克思主义指导地位,需要不断推进实践基础上的理论创新,及时回答时代之问、人民之问,不断开辟马克思主义发展新境界;需要我们用马克思主义的思想武器,提升文化“软实力”和社会主义核心价值观体系建设,用强大的思想武器构筑意识形态领域的钢铁长城;需要我们加强主流意识形态的吸引力、凝聚力,提高主流意识形态的控制力和引导力,同新自由主义、历史虚无主义等各类不良社会思潮和意识形态领域的敌对势力做斗争。

哲学社会科学研究应该“以人民为中心”。与时代同步伐,与人民共命运,关注和回答人民需要的问题,是社会科学工作的生机与活力所在。“大学之道,在明明德,在亲民,在止于至善。”中国特色社会主义的成功经验蕴含着人民群众丰富实践创造的宝贵经验,为理论工作者的学术创新提供了丰厚土壤和研究样本。以人民为中心,需要我们“引时代明德、为人民立言”,牢固树立为人民做学问的思想,切实承担起以文化人、以文育人、以文培元的重要使命;需要我们认真汲取优秀历史文化中的合理元素,挖掘阐释其中符合时代精神、具有普遍意义的思想精华,为振兴中国学术尽心尽力;需要我们坚持理论与实践相结合,坚持问题导向,善于从实践中提炼经验做法,善于运用哲学观点和社会理论,回答和解决当前面临的矛盾和问题;需要我们唱响主旋律,凝聚正能量,不断巩固人民群众团结奋斗的共同思想基础;需要我们坚持从国家和区域发展的实际出发,聚焦高质量发展要求,努力在中华民族伟大复兴和“五个现代化天津”建设中,服务大局,展现作为;需要我们坚持平实务实,聚焦人民群众所思所想所盼,用通俗易懂的语言,有针对性地解疑释惑,积极回应群众关切,推进马克思主义思想大众化,始终贯彻理论创新“来自人民、为了人民、贴近人民”的鲜明品格。

哲学社会科学研究要强调精品意识。对社会科学研究成果而言，质量就是生命。大学之大，不在大楼，而在大师；大家之大，不在派头，而在作品。如何锻造学术精品，需要我们以扎根本土、深植时代为基础，在观念和手段结合上、内容和形式融合上进行深度创新，提高作品的思想高度、文化内涵、学术价值。当前，哲学社会科学研究的重要任务是立足中国特色社会主义伟大实践，提出具有自主性、独创性的理论观点，构建中国特色学科体系、学术体系、话语体系，这是产生学术精品的源泉和保障。社科工作者应该围绕“三个体系”建设，深入生活、扎根人民，树立正确的历史观与文化观，拿出真正经得起考验的精品佳作，凭本事说话，靠品质取胜。社会科学研究是一项苦差事，需要勤于思考、甘于清贫、淡泊名利，不畏浮云遮望眼，专心致志地锻造精品。如果不把心思和精力放在创作精品上，只想着追名逐利、走捷径、搞速成，成不了大师、成不了大家。以精品奉献人民，需要耐得住寂寞，经得起诱惑，守得住底线，立志做大学问，做真学问，同浮躁之风、弄虚作假、学术不端划清界限，在学术积累上下功夫，在守正创新上下功夫，不断增强学术积累和创新能力，拿出更多高质量、高水平的科研成果。

藉此为序。向被收入文库的作者和作品致敬！向接续奋斗四十年的天津社会科学院人致敬！向为文库的出版付出辛勤努力的同志们致谢！也衷心希望更多的专家学者立时代潮头、通古今变化、发思想先声、引时代明德、为人民立言，不断涌现出更多的精品佳作、名家大师，不断推进全国一流社科院建设迈上新台阶。

靳方华

2019年3月17日

目　　录

第二编　创 作 论

第三编　文化论

绪　论

第一节　什么是通俗文艺

什么是通俗文艺？这是探讨通俗文艺学首先要弄清的问题，也是最难说清的问题。这是因为目前对通俗文艺的研究很不深入，人们对通俗文艺特点的认识和范围的界定很不一致，真可谓众说纷纭。这里，我们只能在众说的基础上，表明自己的观点。

郑振铎先生在《中国俗文学史》(1938年版)中，开宗明义地说：

何谓"俗文学"？"俗文学"就是通俗的文学，就是民间的文学，也就是大众的文学。换一句话说，所谓俗文学就是不登大雅之堂，不为士大夫所重视，而流行于民间，成为大众所嗜好、所喜悦的东西。

郑先生的看法是有代表性的。它代表了20世纪三四十年代人们对通俗文艺的普遍观点。

但是，随着时间的推移、文艺的发展变化，这个看法就值得进一步研究了。

首先,“通俗文艺”和“大众文艺”这两个概念是否相等?

大家知道,20 世纪 30 年代,我国开展了有一定声势的大众文化运动,旨在以文艺开启民众的心智,灌输新的思想。从当时运动的实际看,通俗文艺与大众文艺的内涵确实是相通的。只有通俗的,才能为大众所理解、所接受;反过来说,文艺的大众化必然要求文艺的通俗化。赵树理说,通俗化“应该是‘文化’和‘大众’中间的桥梁,是‘文化大众化’的主要道路”①。把两者之间的关系说得很清楚明白。因而在很长的时间里,人们把“通俗文艺”和“大众文艺”视为同一的东西而互相混用。问题是今天还有不少学者沿用这个观点。如郑明俐在《通俗文学与纯文学》(1994)一文中说:“通俗文学意即大众文学,这社会大众所喜欢阅读的文学作品,通常也正是中下层文化的具体表现。”②门岿、张燕谨先生在《中国俗文学史》中也说:“所谓俗文学,简言之便是人民大众的文学。”这种约定俗成的观点当然不能说是错。但是笔者以为,现在应当仔细地辨析它们之间的差异,而不应再混同使用了。原因何在呢?

问题的关键在于:通俗文艺是一个文本概念;大众文艺是文艺的主体概念。前者是对一类文艺现象的表现形式和思想内涵的特征的美学概括;后者是对文艺服务对象群体的社会学概括。尽管从不同角度提出的这两个概念有其相通之处,但它们的内涵和外延的差异还是很大的。这种差异在社会日益发展的新形势下,就更加显豁地表露出来。比如说,在 20 世纪三四十年代,工农大众的文化水平很低,他们能够阅

① 赵树理:《通俗化“引论”》。

② 郑明俐:《通俗文学与纯文学》,《通俗文学评论》1994 年第 1 期。

读的是那些浅显的通俗小说，他们喜爱听的是评书和相声之类的说唱艺术，他们所喜爱看的是各种戏曲。对于属于雅文学的五四新文学作品，他们就难以接受。茅盾感慨地说："新文艺已经有十多年的历史……但是新文艺的读者依然只是知识分子和青年学生，新文艺还不能够深入大众中。"[①]这表明，那时大众的文艺欣赏基本是在通俗文艺圈子内，对于各类高雅的艺术作品，是没有能力问津的。在这种情况下，大众化和通俗化是一致的。进入 20 世纪八九十年代，人民大众的文化面貌和艺术欣赏发生了很大的变化。除了少数穷困偏远地区的农民文艺欣赏水平较低以外，广大城乡的人民群众，特别是城市的市民，文艺欣赏水平大为提高。他们不仅欣赏各类通俗文艺作品，而且能够欣赏诸多高雅的文艺作品。比如说，前面提到的五四以来的新文艺作品，早已为人民大众所接受而成为他们的基本读物。当代创作的属于高雅型的新作品，也和通俗文学一样走进大众的文化生活中。如果说在文学领域中如此，那么，在其他艺术领域更是如此。比如说维也纳新年音乐会，演奏的都是施特劳斯家族创作的名曲，无疑是高雅艺术，当它借助电视这个现代传媒进入亿万家庭的时候，受到了各阶层群众的热烈欢迎，绝不是像有些人所想象的，只有少数高层人士和文化精英才是它的欣赏者。又如我国已经举办了几届电视音乐大赛，比赛时，都是分美声唱法、民族唱法和通俗唱法三个类别进行。按照通行的看法，美声唱法属于高雅音乐；而民族唱法和通俗唱法则属于通俗音乐。作者曾经注意了解这几类音乐的接受者的情况：是否依身份和文化的高低而选择

① 茅盾：《文艺大众化问题》，《文艺大众化问题讨论资料》，上海文艺出版社 1987 年版，第 380 页。

不同的音乐呢？事实不是这样。一个人的音乐爱好是由多种因素决定的，因而在群体中对音乐的爱好往往呈现混杂的情况。许多青年工人，既喜欢通俗唱法，也喜欢美声唱法。再如芭蕾舞，也是正宗的高雅艺术吧，然而当著名的芭蕾舞团在城市演出的时候，却总是受到普通市民的热烈欢迎，而其主体则是青年工人。这些例证都表明，当前文艺欣赏中的混融现象是非常普遍的。普通大众在欣赏通俗文艺的同时，也参与高雅艺术的欣赏活动；而文化水平和身份甚高的人士，如有些著名的学者、教授、科学家，在欣赏高雅艺术的同时，也对通俗文艺表现了浓厚的兴趣。过去那种因文化水平和社会地位的高低而形成的欣赏界限已经被打破了。在这种社会文化背景下，大众化和通俗化就不是完全一致的了。大众的文艺除了通俗文艺外，还包含了相当一部分高雅的文艺；而通俗文艺，除了为大众服务外，也为那些精英人士服务。这样看来，再以文艺的主人或者说文艺的服务对象来区分文艺就不是很恰当的了。因为它根本划不清范围，也无法说清这类文艺的本质特征。而“通俗文艺”是文本概念，既能较明确地确定通俗文艺的范畴，又能够准确地把握和清楚地阐明各类文体的本质特征，较之“大众文艺”要明确些。正是出自这些考虑，我们不同意将“大众文艺”和“通俗文艺”混同使用，更不同意以“大众文艺”代替“通俗文艺”。还是以“通俗文艺”这个概念为好。

第二个问题是：“通俗文艺”和“民间文艺”是否相等？

郑先生的《中国俗文学史》以民间创作为主体，诸如民谣、民歌、乐府、鼓词、散曲，因此，他认为通俗的文学就是“民间的文学”，是有一定道理的。但是，如果我们在更广阔的领域考察通俗文学、通俗文艺，特别是联系到近年来通俗文艺发展的新态势，就不能在两者之间划等号了。民间文学是民众为了表达自己的思想情感、适应自己艺术口味而自己动手创作的作品，是很通俗的，因此理所当然地被包容在通俗文艺中。但是，民间文学和通俗文学又有不少差异。民间文学的作者，是普通的劳动人民，绝大多数是无名氏作者；而通俗文学的作者，除少数民间的无名氏作者外，还有许多专业作者，如专业的通俗小说家、相声作家、小品作家等。民间文学主要是口头创作；而通俗文学虽不排除口头创作，但主要是书面的语言创作。民间文学主要包括民间传说、民间故事以及民歌、民谣等几种文学形式，品种是比较少的；而通俗文学包括通俗小说、通俗诗歌以及各种演唱形式的文学底本，如果扩展到整个文学艺术领域，还包括戏曲、电影、电视、流行歌曲以及各种说唱艺术。由此可见，通俗文学比民间文学涵盖面宽，而通俗文艺比民间文学乃至民间文艺的涵盖面也宽得多，把它们完全等同起来，是不符合实际的。

当我们把通俗文艺和大众文艺、民间文艺区别开来以后，进而就应当探讨通俗文艺自身的特点了。名称应当是事物本质特征的准确而全面的概括。认识通俗文艺，不能只从某个侧面着眼，而要从最广泛的通俗文艺现象，从漫长的通俗文艺发展史，从通俗文艺和高雅文艺的对比中提炼和概括它的特征。从我国的实际情况来看，所谓通俗文艺，是指那些以浅显易懂、生动活泼的艺术形式充分表达民众的思想愿望与审美情趣，因而为广大民众所喜闻乐见的作品。具体说来，有以下几个主要特质：

第一，通俗性。这是通俗文艺的最基本的美学特征。从事通俗文艺创作的作家、艺术家必须从这一审美特征出发进行艺术创造，否则就不成其为通俗文艺。就通俗小说的创作而言，就要很好地弘扬中国古典通俗小说的艺术传统，注意情节的曲折生动、起伏跌宕；注意人物性格的鲜明和突出，并且要通过人物的行动和语言表现人物的性格，而不做过多的心理分析；要讲究叙事的简洁明快、诙谐有趣；要善于运用群众的语言等。反之，飘忽不定的意识流叙述方式、穿来插去的结构方法、难以捉摸的意象表现……这些雅文学的表现方法与通俗小说是不相容的。

作品的通俗性与内容也有一定的关系。当然，作为现实生活反映的文艺作品，在取材上、立意上有许多相通之处、相近之点。但是，如果我们进行认真的比较的话，就可以看到由作品的题材和主题形成的作品基调，雅俗之间有明显的差异。例如，《诗经》中，那些颂扬宫廷生活的作品及祭祀舞曲等，是雅的；而那些赞美民间生活和风情的作品，则是俗的。题材和思想的界限相当分明。俗文艺与雅文艺除了截取生活层面的不同，观照生活的视角也存在差异。通俗文艺的作者，不是以居高临下的态度俯视生活，而是以人民大众的一员平视生活；不是以弄潮儿的姿态表现超前的思想意识，而是着重弘扬传统的文化精神。在漫长的封建社会中，人们认为最腐蚀人的心灵、诱导犯罪的是“酒色财气”四种欲望。一首名为《西江月》的词这样写道：“酒是烧身硝焰，色为割肉钢刀，财多招忌损人苗，气是无烟火药。四件将来合就，相当不欠分毫，劝君莫恋最为高，才是修身正道。”于是惩戒这四种贪欲，就成为文艺作品最热衷表现的主题。尽管这样的主题没有什么新意，但它具有强烈的社会性，涵盖面广，因而许多文艺家不断地用各种各样的故事表现它，以便强化人们的认识，取得更好的惩戒效果。当然，以弘扬传统文化精神为主，不是说不关注、不表现新思想、新观念。恰恰相反，真正优秀的通俗文艺家，往往很善于从日常生活中发现新人物、新动向，并及时地给予艺术的表现，展示历史发展的新趋势。

只有把通俗的形式和世俗的内容统一起来，才是真正通俗的文艺，才能让群众爱看爱听，并产生强烈的共鸣。

第二，传奇性。如果说高雅文艺在选材上、表现上着意追求文化意蕴的深邃性的话，那么，通俗文艺则更注意它的传奇性。

传奇性特征，是自古有之的。魏晋南北朝的小说，“皆张皇鬼神，称道灵异”，传奇色彩很浓。唐代小说，虽然从神鬼世界逐渐向人间世界转移，但“称道灵异”的作品依然不少；而在写人世间的作品中也依然浸润着传奇性，故后人称之为“唐传奇”。宋以后，话本小说兴起来了，世俗生活成为艺术表现的中心，人们对传奇性也有了新的认识，强调从平常的生活中发现和开掘出“奇”来。明代思想家李贽说：“是新奇正在于平常，世人不察，反于平常之外觅新奇，是岂得谓之新奇呼！”[①]明代通俗小说家凌蒙初在《拍案惊奇》的序言中说：“语有之：‘少所见，多所怪。’今之人，但知耳目之上，牛鬼蛇神之为奇，而不知耳目之内，日用起居，其为谲诡幻怪非可以常理测者固多也。”这些论述深化了人们对“传奇性”的认识，大大拓宽了题材的表现范围。凌蒙初把他编著的小说集取名为《拍案惊奇》，显然就是要突出一个“奇”字。小说所写虽然都是世俗生活，但“凡耳目前怪怪奇奇，当亦无所不有”。创作实践具体地体现了他的文学观点。通俗小说以外，戏曲、说唱艺术以及民间传说、民间故事等，也都具有浓郁的传奇色彩。

好奇心，人皆有之。通俗文学的传奇性正是为了满足人们的好奇心理。现实生活是平凡的、琐细的、单调的，日复一日地重复着，容易产生厌倦感。因此，人们期望看到新奇的事物，希望超越现实生活而进入

① 李贽：《焚书·复耿侗老》。

一个新奇而美好的境界。通俗文艺所描述的传奇事件、传奇人物以及传奇的风土人情,有声有色,活灵活现,是满足人们好奇心理的最好途径。古希腊哲学家德谟克利特说:"在使人乐意的事物中,那最稀有的就给予我们最大的快乐。"这句话深刻地说明了艺术的传奇性和作品的审美效应之间的密切关系。

第三,趣味性。趣味性是各种艺术都应具有的审美品格。枯燥、呆板、生硬,像吴敬梓所批评的那样"味同嚼蜡",与艺术的本质是不相容的。通俗文艺特别重视艺术的趣味性,这是因为只有充盈趣味性,才能很好地实现它的娱乐功能,进而受到广大群众的喜爱而广为流传。

通俗文艺作品的趣味性来自对矛盾冲突的巧妙设计和对人物性格的惟妙惟肖的刻画;来自对生活场景和情趣的真实、灵动的描写;来自轻松、活泼、幽默、诙谐的叙事笔调和妙言颐语;来自对民族风情、异域生活以及特殊文化风俗的逼真描写;还来自表演者的出神入化的和带有滑稽色彩的表演等。总之,艺术构成的每个因素都具有趣味的潜在性,只要作者将趣味意识浸注其中而又形象地展示出来,就有可能妙趣横生。

趣味性对于文艺之所以重要,在于它直接关系到审美作用的发挥。趣味盎然的作品,人们才能爱不释手,陶醉其中,或"消遣于长夜永昼,或解闷于烦剧忧愁,以豁一时之情怀耳"。[①] 枯燥无味的作品,令人不能卒读,又怎能愉悦其身心?从这个意义上说,趣味性是通俗文艺的一个重要的特质,是其艺术魅力的主要源泉,在很大程度上决定着作品的高低优劣与作品的生存和传播,切不可等闲视之。

① [日]酉阳野史:《新刻续编三国志引》。

通俗文艺包含的艺术品类繁多，而且还处在日新月异的变化中，因而对它的特质的概括是难以全面的，这里所谈只是最基本的几个方面。近来，出现不少与通俗文艺近似的称谓，如消费文艺、市民文艺、市井文艺、流行文艺等。这些名称，并不能准确而全面地概括通俗文艺的本质特征，因而用作文艺理论的概念不一定很合适。但它们都是从一个特定的视角提炼和概括的，顾名思义，也可以领略到通俗文艺某一方面的特性。

第二节　通俗文艺的价值和地位

长期以来，社会上存在着对通俗文艺的严重偏见，认为通俗文艺是浅层次、低档次的文艺，甚至说它是庸俗、低俗的货色，毫无审美价值可言。类似的看法，像一团迷雾，笼罩着它的真实面貌；又像是一道污水，损害了通俗文艺的生机。所以，研究通俗文艺，一定要弄清它的艺术价值和社会价值，弄清它在整个文艺发展史上的地位。

观察通俗文艺的审美价值，不能只着眼于某一时期、某一品类的文艺现象，而要着眼于全部的通俗文艺现象，着眼于全部的通俗文艺发展史，这样才能对其审美价值进行准确地判断和深刻地概括。古今中外繁复的通俗文艺现象，像文艺星空中的繁星，永恒地闪烁着它的耀眼光辉，显示着它的巨大价值。

首先，我们考察一下通俗文艺的文学价值。一位外国学者说：“通俗文化产品毫无真正的艺术特质”。[①] 如果真的是这样，那就太悲哀了！“通俗文艺”，不管怎么说，也是一类文艺，作为一类文艺而无“真正的艺术特质”，那还叫什么文艺呢？实际上，否定通俗文艺的艺术特质，是形而上地观察文艺现象的结果。这些人对通俗文艺原本就存有偏见，加之他们根本不熟悉、不懂得通俗文艺，于是便习惯性地以雅致文艺的审美规范衡量通俗文艺，于是便觉得通俗文艺一无是处了。假如不是这样，而是从通俗文艺的创作实际出发，以通俗文艺的审美规范为准则，并对通俗文艺与高雅文艺进行认真地比较研究，那么，我们就能清楚地看到它的艺术特质。

通俗文艺作品大都具有刚健、清新的格调。这和高雅文艺精细、优雅的艺术格调迥然不同。鲁迅在《门外文谈》一文中说：“大众并无旧文学的修养，比起士大夫的细致来，或者会显得所谓‘低落’的，但也未染旧文学的痼疾，所以它又刚健、清新。”俄罗斯伟大的革命民主主义者车尔尼雪夫斯基也表达过近似的观点。他说：“民歌中有很多新鲜和纯朴的地方，而这就足够供我们的美感来欣赏。”[②]刚健、清新，来自清鲜的生活感受，来自率真的情感，来自激昂的意志，它是一种健康优美的审美格调，也是一种永具艺术活力的艺术格调。

通俗文艺创造了众多成功的典型形象。众所周知，文学创作的根本任务是创造典型形象。作品中艺术形象的个性是否鲜明突出，概括力的强弱，是衡量其艺术成就的重要标志。令人兴奋的是，各类体裁的

① 转引自[美]赫伯特·冈士《雅俗之间——通俗与上层文化比较》，海天出版社 1985 年版，第 29 页。

② [俄]车尔尼雪夫斯基：《车尔尼雪夫斯基选集》(上卷)，生活·读书·新知三联书店 1958 年版，第 40 页。

通俗文艺都创造了不少具有独特艺术光彩的典型形象。例如，通俗诗歌创造了罗敷、花木兰、刘兰芝等典型形象；通俗历史演义创造了诸葛亮、关羽、张飞、曹操等永放光芒的艺术形象；侠义公案小说创造了包公、海公、施公、刘公以及黄天霸、窦尔墩等名传千古的人物；社会言情小说则创造了西门庆、潘金莲、赛金花等人物形象；在戏曲中则创造了窦娥、张生、崔莺莺、红娘、娄阿鼠等一系列活跃在舞台上的人物。典型是艺术水准的标志，也是文学作品价值的标志。诸多的光彩熠熠的典型形象，标志着通俗文艺达到了很高的艺术水平，具有重要艺术价值。

通俗文艺包容了丰富多彩的艺术形式。在远古时代，先民们就创造了民歌、民谣、民间传说、神话故事等多种文艺形式。后来，除了民歌、民谣等原有的艺术形式进一步发展、提高以外，又出现了寓言、小说等艺术品种。到了中古时期的唐代，又出现了变文、曲子词以及各种形式的说唱文艺。宋元时期，通俗文艺又获得空前的大发展，产生了许多新的俗文学样式，如转踏、大曲、曲破、鼓子词、唱赚、诸宫调、说话等说唱艺术，以及影戏、傀儡戏、滑稽戏、杂剧、南戏等多姿多彩的民间戏曲，还有影响深远的元散曲。明清时期，是历史河流的下梢，各种传统的通俗文艺进一步发扬光大。例如笑话、谜语都是古已有之的艺术形式，如果说过去是星星点点创作的话，那么到了明代则蔚然成风，浸注到民众的生活和意识中，创作的数量与质量都有明显的提高。明清的说唱艺术也很发达，主要有快板书、鼓词、牌子曲、宝卷、评书，戏曲则有和雅部相对峙的花部，品类之多难以胜数。

当代通俗文艺，品类更加繁多。通俗小说、通俗诗歌、通俗故事、通俗电影、通俗电视、地方戏曲、相声、小品、京韵大鼓、评弹、快板书、山东快书，以及音乐领域的流行歌曲，美术领域的“杨柳青”“桃花坞”等，真正是百花盛开，千姿百态。每种艺术都有自己的审美特性，都有自己的美学规范，都有自己从萌芽到成熟的成长历程，因此，众多的通俗文艺形式，不仅最大限度地满足了广大民众的欣赏需要，而且为艺术的发展和提高提供了丰富的营养和宝贵的经验。

通俗文艺是群众语言的最丰富的宝库。语言不仅对作为语言艺术的文学有着决定的意义，对于其他的通俗文艺形式，如相声、小品、评书等，也有着重要的意义。没有群众化、通俗化的语言特色，也就不成其为通俗文艺。在古典文学中，诗、词、赋及散文，运用的是典雅的书面语言；而小说、戏曲以及各种说唱艺术，则多用群众的语言。像《水浒传》《金瓶梅》《红楼梦》以及“三言”“二拍”等艺术成就很高的文学作品，哪一部不是一座语言艺术的宝藏？五四爱国运动以后，新文学作品虽然注意运用白话，但仍存在着严重的知识分子腔，没有真正的大众化和通俗化；倒是通俗小说等一些通俗文艺形式，更多地采用了群众的语言，更充分地体现了群众语言的生动性和丰富性。不必讳言，通俗文艺作品的语言也有不够纯净，不够优美，乃至粗鄙、庸俗的一面。这也是不足为怪的。社会上，哪有绝对纯净的地方呢？从总体看，通俗文艺包容了最丰富、最动人、最有表现力的群众语言，是我们学习和掌握群众语言一个间接的也是必不可少的途径。

其次，我们考察一下通俗文艺的社会价值。通俗文艺的艺术触角广泛地伸向社会生活的各个层面、各个领域，对重大的社会矛盾和斗争，对民众的生活和思想，对色彩斑斓的民风民俗，都做了深刻而翔实的描绘，是我国社会一部形象的历史。苏珊·埃勒里·格林在《美国通俗文化简史》中说：“这些畅销书是一种有用的工具。我们透过它们，看到任何特定时间人们普遍关心的事情和某段时间内人们的思想变化。”

这个见解是很精当的。事实正是这样。

神话是人类社会童年时期的文艺创作。透过神话，我们可以看到远古时期“人们普遍关心的事情”是人与自然的斗争。恶劣的自然环境危及人类的生命与生活，神话真实地表现了人类在同自然的斗争中所表现的伟大气概和顽强精神。

在漫长的封建社会，存在着复杂的矛盾和斗争，然而究竟有哪些问题困扰人们的生活而引起“普遍关心”呢？这从通俗文艺作品中也可找到答案。《三国演义》《水浒传》这些古典名著所反映的社会矛盾斗争是众所周知的，在此不再赘述；这里仅从短篇小说这个艺术橱窗窥视一下当时社会的端倪。冯梦龙的“三言”和凌蒙初的“二拍”，是我国古代最有代表性的两部白话短篇小说集。“三言”一百二十篇，“二拍”八十篇，共二百篇作品。这些作品从不同的视角切入现实生活，反映了社会的方方面面，涵盖面相当广阔。但是，如果我们仔细地梳理一下，其内容有如下几个方面：第一，关于性爱与婚姻的，包括正当的婚姻恋爱与不正当的婚姻恋爱，以及偷情、乱伦、强奸等违背伦理道德和社会法制的行为；第二，关于财产的争执与抢掠，包括家庭内部的财产争执和外部社会争夺，诸如损人利己、巧取豪夺、谋财害命等；第三，关于正义与邪恶的斗争，包括贪官污吏、恶霸地痞鱼肉百姓、抢男霸女，民众不堪屈辱，奋起抗争。这三类作品，占全部作品的五分之四以上。为什么这三类作品占绝大多数呢？是作者兴之所至、恣意为之吗？非也，是作家从生活中感悟的现实生活存在的实际矛盾激发和驱使作家创作了这三类作品。它们所揭示的是当时社会具有普遍意义的矛盾，因而也是“人们普遍关心的问题”。

清朝末年，政治极端腐败，废除帝制，振兴中华，成为时代的呼声。

于是《官场现形记》《二十年目睹之怪现状》《老残游记》《孽海花》等谴责小说应运而生。这些作品，对于官场人物的丑恶面貌，对于他们所使用的迎合、钻营、蒙混、倾轧等求官、为官、升官之术做了淋漓尽致的暴露。《老残游记》还把矛头指向严酷的“清官”，《孽海花》则把批判的锋芒直指慈禧太后。政治肌体腐败，民不聊生，预示着一场摧枯拉朽的革命风暴即将来临。

抗日战争时期，通俗文艺非常火爆，从小调、大鼓、皮黄、相声、快板、评书到山歌、小曲、数来宝、金钱板，以及各种形式的戏剧、章回体小说，都被用来表现抗日的内容。例如街头剧《放下你的鞭子》，在全国各地演出，观众如潮，影响很大。其他短剧，如《三江好》《最后一计》《咱们要反攻》《打鬼子去》等，也是较为优秀的。抗日救亡歌曲的嘹亮旋律，更是一浪高过一浪，经久地回荡在祖国大地上。诗歌，不仅注重明白如话、通俗易懂，而且掀起了街头诗运动，把诗歌抄写出来，或张贴在街头、石头上，或印成传单直接在群众中散发，以求最及时地动员群众。抗日，把文艺工作者真正地动员起来，各种文艺形式的优长最充分地发挥出来，从而形成了气壮山河的大合唱，唱出了同仇敌忾、抗日救国的民众心声。

不论截取历史的哪个时段，我们都可以看到通俗文艺和时代紧密相连，和民众息息相通，蕴含着深厚的社会、历史内涵。在谈到文艺作品的社会价值时，人们总喜欢引用恩格斯论述巴尔扎克的那段名言来论证文学的认识意义和社会价值。由此我们想到：浩如烟海的通俗文艺作品该具有多大的社会价值，抵得上多少经济学家和社会学家的著作，真是不可估量！不过我们觉得，这种类比虽然能够说明一定的问题，其实并不是很恰当的。因为，文艺和社会科学虽然都反映社会，但它们反映的方式迥然不同。文艺是以具体的艺术形象反映现实，社会科学则以抽象的理论概括来说明社会，各有自己的特点和优势。就文艺而论，它的优势就在于它以独特的方式表现了经济学家或社会学家不去着重表现的特殊领域，这就是人的世界，包括人性、人的“内宇宙”以及人的生活环境、生存方式等。因此，文艺所展示的不只是外在的物质世界，更着重内在的精神世界；通俗文艺所反映的不只是社会的变革史，还是人类精神面貌的嬗变史。

最后，我们考察一下通俗文艺的欣赏价值。通俗文艺为广大群众提供了最灵活多样的娱乐方式和最丰富的精神食粮。几千年来，人们从通俗文艺中获得欢快，获得情趣，愉悦身心，消除烦恼；同时，也从通俗文艺中吸取知识，吸取智慧，吸取力量，陶冶心灵，提高情操。通俗文艺，如同人间的百花，给世界增添美丽和芳香；同时又如同善于鸣叫的百鸟，给世界带来悠扬悦耳的歌声。没有通俗文艺，社会就会变得沉闷不堪，人们即使不窒息而死，也不可能愉快地生活。这说明通俗文艺是人民大众精神生活中不可或缺的重要因素。

例如宋代，随着城市经济的发展，通俗文艺全面兴旺，成为人们主要的娱乐和消闲方式。徐梦莘在《三朝北盟会编》一书中说：汴京城中有杂剧、说话、弄影戏、小说、嘌唱、弄傀儡，打筋斗、弹筝、琵琶等艺人一百五十余家。《武林旧事》则记载了南宋时期临安城内知名的说话人就有一百多。演出场所除了城市的游艺场——瓦子勾栏外，还有茶楼酒肆、空旷场地、街道、寺庙、宫廷、私人府第和广阔的乡村，实际上覆盖了整个社会。各种通俗文艺演出，都受到民众的热烈欢迎。《东京梦华录》卷五《京瓦伎艺》条里记录了当时听说书的盛况：“不以风雨寒暑，诸棚看人，日日如是。”这就是说书场里经常爆满。社会安定，经济发展，才有通俗文艺的繁荣；而通俗文艺的繁荣，又极大地愉悦了群众的身心，净化了人们的心灵，从而增强了社会的凝聚力，促进了社会的安定祥和。由此可见，通俗文艺的兴盛程度，往往是社会状况好坏的一个重要标志，也是民众生活状况的一个标志。所谓“歌舞升平”，是有道理的。

现代通俗文艺，渗透力更强，影响力也更大。现代化传媒的发展，为通俗文艺的传播提供了强有力的手段，不断地把各类通俗文艺输送到神州大地的每个角落，灌输到人们的心目中，从而使通俗文艺和人民群众最广泛最紧密地联系起来。电视台播放一台精彩的通俗文艺晚会，往往有几亿人收看；优秀的评书，一经电波传出，也屡屡出现人人收听、万人空巷的局面，足见其欣赏价值何等巨大！

艺术的欣赏价值与欣赏者的接受程度密切相关。能为最大多数的群众所接受，其欣赏价值才能充分地展现出来。通俗文艺拥有亿万欣赏者，因而是最有欣赏价值、最具生命力的艺术。

从以上的分析，我们可以看到通俗文艺的文学价值、社会价值和欣赏价值是很高的。它具有别具一格而又多姿多彩的艺术形式，它包容着广阔而深厚的社会内涵，它拥有亿万热爱它的群众，因而在整个文艺事业中占有重要的地位。

郑振铎先生在《中国俗文学史》中说：

> “俗文学”不仅成了中国文学史主要的成分，且也成了中国文学史的中心。
>
> 这话怎样讲呢？
>
> 第一、因为正统的文学的范围很狭小——只限于诗和散文，所以中国文学史的主要的篇页，便不能不为被目为“俗文学”，被目为

“小道”的“俗文学”所占领……

第二、因为正统文学的发展和“俗文学”的发展是息息相关的。许多的正统文学的文体原都是由“俗文学”升格而来的。像《诗经》中的大部分原来就是民歌。像五言诗原来就是从民间发生的。像汉代的乐府、六朝的新乐府、唐五代的词、元明的曲、宋金的诸宫调，哪一个新文体不是从民间发生出来的……

郑先生给予通俗文学以高度的评价，其基本精神是正确的，在许多人歧视乃至蔑视通俗文艺、通俗文学的情况下，具有振聋发聩的积极意义。不过，冷静想来，说通俗文学是“中国文学史的中心”，似乎有些过。比如说，唐代是诗歌的时代，恐怕只能以李白、杜甫为代表的大诗人的诗作为中心，而不能以王梵志、张打油为代表的通俗诗人为中心。宋词的情况也是这样。郑先生立论时说：“在许多今日被目为正统文学的作品或文体里，其初有许多原是民间的东西，被升格了的，故我们说中国文学史的中心是‘俗文学’，这话是并不过分的。”说某些雅文学的文体来自民间的通俗创作是符合实际的；但是，从另一方面看，成熟的雅文学也给发展初期稚嫩的通俗文学很大的影响。如果只讲一个方面的理，雅文学岂不也有理由成为中心？实际上，中国文艺的长河，是由多条文艺的支流汇合而成的，有的支流大一些，有的支流小一些，这是事实。它们汇合在一起，相互吸纳，相互融合，相互促进，而使文学的形态千变万化，很难说谁是中心。

正确评价通俗文艺的价值和历史地位，恐怕还是要从通俗文艺自身的审美特征出发。张燕瑾先生在《中国俗文学史》一书的序中说：“俗文学的价值和地位又是正统文学所不能替代的。放口而出，信手而书，真率自然，这是未经修饰的、本色的生活写照，使我们见到了正统文学中所没有见过的众生相。这是上层社会之外的一群——中国的基础和脊梁。”“正统文学”“不能替代”，这个说法比较科学，既肯定了通俗文艺的特殊性和重要性，又没有贬抑雅致文艺之弊。雅致文艺不能替代通俗文艺，同样，通俗文艺也不能替代雅致文艺，两者是互补的。它们汇合在一起，才形成中国文艺的整体面貌。

第三节　研究通俗文艺的目的和方法

通俗文艺源远流长，成就辉煌，然而却缺少相应的理论建设，至今仍没有建立自己独立的理论体系。现行的各种美学理论书和文艺理论书，都以雅致文艺为立论的基础，没有给予通俗文艺以应有的重视和必需的理论概括，更没有设独立的章节对通俗文艺做专门的阐述。理论的滞后，严重地影响了通俗文艺的健康发展。我们撰写《通俗文艺学》的目的，是以马克思主义理论为指针，总结和概括古今中外通俗文艺的经验，特别是改革开放以来通俗文艺发展的新经验，科学地阐明通俗文艺的美学特性和艺术规律，以便推动我国通俗文艺的繁荣和发展。

建立通俗文艺理论体系，是一项极为艰巨的任务。要完成这项任务，必须切实地运用辩证唯物主义和历史唯物主义的方法，必须从我国历史的和现实的创作实际出发。这是最基本的，也是最重要的。除此以外，在研究方法上，还应注意以下几点：

一、理论联系实际的方法

理论联系实际，是一个科学的方法，也是我们研究通俗文艺理论必须坚持的方法。哲学家曾经启示人们说：正确的理论是从哪里来的呢？

是从天上掉下来的吗？不是。是人们头脑里固有的吗？也不是。它是从实践中来的，是从各种社会实践中归纳出理论、观点和条文的。这一基本的认识论观点，完全适用于通俗文艺理论。我们必须从通俗文艺的创作实践中提炼和概括通俗文艺的理论观点。前人好的观点、精辟的论述，我们应当吸取，并加以弘扬。但这种继承，绝不能代替对实践的理论研究。忽略或放弃对实践经验的研究、概括和总结，就不可能提出新的理论见解，就只有复述，而无创意。这是一个严肃的理论工作者所不屑为的。所以，建立通俗文艺学，必须全方位地观照通俗文艺的历史和现状，必须以大量的通俗文艺作品，特别是优秀的通俗文艺作品为基础，从生动的创作实际中抽象和概括出通俗文艺的特点和规律。

文艺创作总是随着时代的变化而变化的。当前的创作实践，包含着新的情况、新的经验、新的问题，这也就意味着包含新的理论成分和新的理论价值。因此，研究通俗文艺理论，应特别着重研究当前的通俗文艺现状，研究与通俗文艺相关的各种社会文化的因素，这样，可使我们的理论更具时代性。

二、历史和逻辑相统一的方法

通俗文艺的形态和品类在历史的进程中不断地变化，与之相适应，通俗文艺的理论概念和创作规律也是历史地产生和发展的。即使是同一范畴和规律，在不同的历史时期也有不同的内涵和意义。因此，研究通俗文艺，要有明确的历史观念，要善于把历史的方法和逻辑的方法统一起来。忽视历史的方法，单纯地运用逻辑的方法进行理论概括，就会陷入抽象空洞的概念和推理之中；反之，单纯地运用历史的方法，不做逻辑的概括，又会陷入历史的具体过程而不能升华到理论的高度。在这方面，有两部著作值得我们借鉴。一部是黑格尔的《美学》。黑格尔是一位天才的哲学家,他有超常的逻辑思维能力,极其善于逻辑推理,但他并没有因此而忽略历史的方法。在《美学》这部艺术理论巨著中,他对各类艺术的发生、发展和嬗变都做了深入地考察,进而在坚实的历史的基石上进行逻辑的分析和综合,提出了许多精辟独到的见解,至今仍具有重要的理论价值。另一部是丹纳的《艺术哲学》。在这部著作中,泰纳这位享誉世界的美学家,把逻辑的方法和历史的方法很好地统一了起来。他系统地考察了欧洲文艺的发展历程,深入细致地剖析了欧洲许多国家的绘画、雕塑、文学、戏剧等多种艺术的美学特征和艺术价值,从具体的历史实际和大量的文艺作品中提炼理论观点,因而立论可靠,论证有力,使这部《艺术哲学》成为不朽的美学专著。当然,黑格尔和泰纳在哲学上、思想上都是有局限的,反映在著作中也有一些缺欠和不足,但这并不影响我们学习他们的长处。只要我们以辩证的观点分析和认识他们,学其所长,避其所短,就会改善我们的思维方法,提高我们的理论研究水平。

三、比较的方法

比较是认识事物的重要方法。有比较,才有鉴别,才能认识和把握不同事物的特点。俗文艺和雅文艺,本是一对"连体儿"。她们是一个母体孕育出来的,她们的血脉是相通的,你中有我,我中有你。后来,长大了,形态较为完整了,于是便剥离开来,成为两个实体,她们各自的特征也逐渐鲜明地显现出来。如何清晰地分辨这对艺术的"连体儿"呢?最直接有效的方法,就是比较。从比较中,找出两者的异同,找出她们各自不同的特点和规律。

另外,就通俗文艺自身来说,古今中外品类繁多的通俗文艺,变化很快,差异很大。到底有哪些变化?哪些差异?也需要进行比较研究。

诸如:中外的比较、古今的比较、民族的比较、地域的比较以及现代和当代的比较、内地和港台的比较等。科学的比较,既有助于我们深入认识特定时代、特定社会背景条件下通俗文艺的具体特征,又有助于探索通俗文艺的共同特性和共同规律。

以上几点,我们认为是研究通俗文艺理论不可或缺的,所以着重地提了出来。我们在撰写本书的时候,也力图贯彻这些原则,但限于主客观的种种因素,运用不当,论述有误的地方在所难免,敬希专家学者和广大读者批评指正,以便进一步改进和提高。

第一编　发展论

第一章　中国通俗文艺的源流

我国的通俗文艺是一条历史的长河。正像中华民族的母亲——黄河一样，她的源头是那样悠远，她的气势是那样宏大，她的体态是那样摇曳多姿，她的生命力是那样火炽热烈。对通俗文艺进行一番追本溯源的考察，既有助于我们了解通俗文艺深厚的传统，增强民族自信心和自豪感，又能够帮助我们深入理解和把握通俗文艺的本质和特征，对于学习通俗文艺学来说，实在是一个必须通过的门径。

我国的通俗文艺，品类繁多，异彩纷呈。下面我们分别加以介绍。

第一节　民谣与诗歌

当我们论及最早的民谣时，就会碰到"文艺的起源"这个最根本而又众说纷纭的难题。过去，人们普遍认为：文艺起源于劳动。《淮南子·道应训》说："今夫举大木者，前呼'邪许'，后亦应之，此举重劝力之歌也。"这是人们经常引用的证据。细想起来，文艺起源于劳动虽然有一定的道理，但又没有完全周到地阐释清楚文艺的起源问题。因为文艺的起源问题,是与文艺的性质密切相关的。文艺是人类情感的审美表现形式。劳动过程中有情感活动,婚姻、交往以及生活的方方面面也都有情感活动。当人们不是用嬉笑怒骂等日常的形式表达内心的情感,而是以具有美感的形式来抒发和表现的时候,才会具有文艺的形态。歌谣是最早出现在民间的文艺形式。从远古到西周,不知创造了多少民间歌谣,但因为那时还没有文字记载,都像烟云一般,消失在岁月中。直到有了文字记载歌谣才得以流传下来。《吴越春秋》卷五善射者陈音引《弹歌》:"断竹、续竹、飞土、逐宍。"是一首较为原始的猎歌,简洁地写出了狩猎的过程,洋溢着胜利的喜悦心情。而文学性较强的早期诗词歌谣作品,当数《诗经》。

《诗经》是我国第一部诗歌总集,收录了从西周到春秋中叶,即公元前 11 世纪到公元前 6 世纪,五百多年间的诗作。《诗经》中的诗分风、雅、颂三类。《风》,是产生于各地诸侯领域内的民间歌谣;《雅》,即正乐,也就是"王"之乐,依音乐性质和应用场合的区别,又分为《大雅》和《小雅》;《颂》,是专门用来宗庙祭祀的音乐。三类作品中,以《风》和部分《小雅》最充分地反映出人民群众的思想情感和审美趣味,也最具通俗性。

《诗经》的一个显著的特点,是它深刻的现实性。在《诗经》产生的远古时代,神鬼迷信意识笼罩着人们的生活。然而《诗经》绝大多数篇章,描述的是人间世界的日常生活和生活中的切身体验,抒发的是普通人的真实的思想感情。从政治斗争、生产劳动到婚姻生活,都得到生动的反映。有些诗揭露和抨击了统治阶层内部的混乱和社会的不公正现象(如《北山》《相鼠》《十月之交》《伐檀》《硕鼠》等);有些诗抒发了战争和劳役给人们带来的痛苦(如《采薇》《何草不黄》《破斧》《东山》《击鼓》

《伯兮》等)；还有大量的诗歌唱出了初民们真挚而浓烈的爱情，同时也倾诉了无爱的痛苦(如《关雎》《野有死麕》《静女》《将仲子》《氓》等)。深刻的现实性，不仅使这部诗集具有很强的欣赏性、还使它具有特殊的认识价值。

《诗经》在艺术上具有开创性。它的基本句式是四言，间或有二言、三言直至九言的各种句式。如《伐檀》就是一首杂言诗。灵活变化，错落有致，读起来也朗朗上口，铿锵有力。为了增强声韵上的美感，《诗经》还大量使用双声、叠韵、叠字的语汇。另外，《诗经》大量运用赋、比、兴的手法，使形象更鲜明，诗意更浓郁。如《鹤鸣》中以“他山之石，可以攻玉”比喻治国要用贤人；《相鼠》《硕鼠》中以老鼠喻面目可憎的剥削者；《氓》中以桑树荣枯比喻爱情的盛衰，都是很恰当的比喻。而《关雎》开篇的“关关雎鸠，在河之洲”和《桃夭》一诗开头的“桃之夭夭，灼灼其华”则是“兴”运用的佳句。

《诗经》是中国民谣与诗歌的一个光辉的起点。它以严谨的现实性和独创的艺术性，为我国诗歌开辟了一条有别于其他民族诗歌的坚实道路。她像母亲的乳汁一样，哺育了一代又一代的诗人。

如果说《诗经》集中地反映了北方黄河文化的话，那么后来的《楚辞》则表现了南方长江流域的楚文化。春秋战国时期，楚国是一个强盛的大国，物产丰富，文化发达，民歌创作非常活跃。《论语》中的《楚狂接舆歌》，《孟子》中的《沧浪歌》，《史记·滑稽列传》中的《优孟歌》，《说苑》中的《楚人为诸御已歌》《楚人为令尹子文歌》等，都是例证。在诸多的诗歌创作中，民歌风味最浓、艺术较为成熟的首推《九歌》。

《九歌》本是楚国民间的祭歌，后来经过屈原的加工、创造而定型下来。《九歌》共十一篇，分别祭祀与人类生产、生活和命运有关的各类神祇。如《东君》是祭日神的,《云中君》是祭云神的,《山鬼》是祭山神的,《河伯》《湘君》《湘夫人》是祭水神的等。《九歌》与《诗经》中的祭歌有明显的不同。《诗经》的祭祀乐歌庄严肃穆,诸神都是可敬而不可亲的冰冷偶像,《九歌》中祭祀的乐歌则是热烈而深情的,神灵大都具有人的品格和情感,是人格化的神。如《湘君》和《湘夫人》写一对配偶神,他们热诚期盼,却不能相见,和人一样,陷入忧伤的心境中。《山鬼》写的是山神。虽然名分上是神,却完全是少女的情怀。她盛装打扮,带着脉脉含情的微笑去幽会,不想情人未来赴约,使她大失所望,惆怅万分。神性和人性完全和谐地统一在一起。《国殇》是《九歌》中较为特别的一篇,它不是祭神,而是悼念为国捐躯的阵亡将士。"诚既勇兮又以武,终刚强兮不可凌。身既死兮神以灵,子魂魄兮为鬼雄。"诗人礼赞的这种勇武刚强、视死如归的英雄主义精神,受到一切爱国者的赞同,成为中华民族世代相传的极其宝贵的精神财富。在我国诗歌上,《国殇》是第一篇显示了悲壮美的佳作。

《九歌》的艺术风格与《诗经》迥异。作者凭借丰富的想象力,天上人间随意驰骋,其情真、其思幻、其文美,形成一番五光十色而又情真意切的艺术境界。对于比兴手法的运用,《九歌》较之《诗经》也有所发展。它善于把比和兴融会于全诗,形成一个完整的象征体系,从而使意境更优美,诗意更浓郁。

《九歌》是《楚辞》的卓越开端。屈原从《九歌》中吸取了丰富的营养,从《九歌》的再创作中积累了有益的经验,才走上了辉煌的创作道路。

继《诗经》《楚辞》之后,最重要的通俗诗歌是乐府诗。

如果说,《诗经》和《楚辞》只有部分诗歌属于通俗诗歌范畴,那么乐府的绝大多数诗篇，都是民间创作的通俗诗歌。

“乐府”原义是指主管音乐的官府。魏晋以后，把乐府配乐演唱的诗歌统称为“乐府”。从汉到唐，形成了一个新的诗歌洪流。

乐府是从汉代起始的。据记载，原有诗歌很多，大都流失，现存的不过三四十首。数量虽不多，却有其特异的光彩和重要的价值。

汉乐府的突出特点，是以“感于哀乐，缘事而发”的写实精神真实而具体地反映了社会生活的面貌，唱出了平民百姓的心声。例如《战城南》《古歌》《十五从军征》等诗描述了战争的惨烈和百姓付出的沉重代价；《妇病行》《孤儿行》《东门行》等诗陈述了贫困、疾病以及人性的扭曲给人们带来的灾难和痛苦；《上山采蘼芜》《有所思》《陌上桑》《孔雀东南飞》等则吟咏了婚姻爱情生活中的离合悲欢；《薤露》《蒿里》《长歌行》等诗抒发了对人生的感慨，唱出了“少壮不努力，老大徒伤悲”的千古名句。汉乐府不仅深入揭示尖锐的现实矛盾，而且充盈着愤慨之情，因而读来格外激动人心。

汉乐府在艺术上的最大贡献是为我国叙事诗奠定了基础。以前的诗歌，以抒情诗为主，《诗经》中有少数几篇叙事作品，也是很不成熟的。汉乐府的叙事作品增多了，约有三分之一左右；在艺术技巧上也大大提高。短篇叙事作品，注意提炼，工于剪裁，常常是通过一个典型的片段展示生活的全貌。例如《上山采蘼芜》通过离异夫妻偶尔相逢时的几句对话写出了多年相处、难以割舍的夫妻之情，凄恻感人。《艳歌行》通过女主人为游子缝补衣衫引起其夫的疑惑——仅仅是一瞬间的神情动作和心理活动，深切地表露了游子在外的艰辛和心境的悲凉。《五从军征》更为凝炼，它把从军者六十多年的军旅生涯所积淀的灾难和悲伤，通过回家后耳闻目睹的感慨折射出来，精炼之至。长篇叙事诗，出现了

《陌上桑》和《孔雀东南飞》这样的佳作。两者都具有描述细腻，布局完整，注意揭示矛盾冲突和刻画人物性格的特点。但它们的艺术风格又迥然不同。《陌上桑》写得轻松、诙谐、明朗，近似欢快的喜剧；《孔雀东南飞》则写得严肃、深沉、悲愤，是一出催人泪下的悲剧。

在诗词歌赋领域，赋是汉代文学的主流，乐府民歌是非主流。但是，乐府诗却以其卓越的艺术成就和强大的生命力，影响了众多的文人创作，促进了后来诗歌的繁盛、辞赋的衰微，并逐步取代了辞赋在文坛的统治地位。

南北朝的乐府民歌，直接继承了汉乐府的优良传统，是我国通俗诗歌发展史上又一个灿烂的时期。由于孕育它们的自然环境和社会环境不同，南朝与北朝的乐府民歌各有自己的特点。

南朝乐府，几乎全都采自城市，而没有农村的作品。这与当时城市经济的发达、社会思想观念的变化以及采风者的好尚有密切的关系。现存的南朝民歌近五百首，分为“吴声歌曲”和“西曲”两大类。与汉乐府多方面地反映社会生活不同，南朝乐府民歌百分之九十以上的篇章抒发的是男女恋情。并且大都是以女子的口吻，倾诉对男子的爱慕和相思。由于魏晋南北朝是一个比较开放的时代，传统道德规范的约束力减弱，对感情生活的追求增强了。反映在乐府民歌中，有不少超越世俗道德的感情生活，或私订终身，或暗地偷情，或随意苟合。这些浪漫的婚恋与现实的生活终究存在着矛盾，从而使许多歌唱隐含忧伤。

北朝乐府民歌，现存的作品仅六十多首，多数收集在《乐府诗集·梁鼓角横吹曲》中，少数篇章收在《杂曲歌辞》和《杂歌谣辞》中。北朝民歌的数量虽然比南朝民歌少得多，但所表现的社会生活面却比南朝民歌广泛得多。有的控诉频繁的战争给人民带来的灾难。如《企喻歌》这样写道："男儿可怜虫，出门忧战死。尸伤狭谷口，白骨无人收。"这是何等的悲惨！在混乱的内战中，兄弟之间往往由于当政者的胁迫而处于互相攻杀的敌对地位。如《隔谷歌》唱道："兄在城中弟在外，弓无弦，箭无括。食粮乏尽若为活？救我来！救我来！"这种战争景象在历代的诗歌中是少见的。有的表露了贫富的对立情绪。《雀劳利歌辞》鲜明地表现了这一点："雨雪霏霏雀劳利，长嘴饱满短嘴饥。"有的礼赞了北国风光和游牧生活。最有名的是《敕勒歌》。它以极其精练的语言描绘了北国草原广袤无垠、混沌苍茫的景象，抒发了北疆人民豪迈的情怀，是一首千古绝唱。在北朝民歌中，歌咏婚恋的也不少，较之南朝民歌表达得爽朗、率直得多，而没有忸怩作态之笔。

唐代是诗歌的时代。诗歌创作的成就最突出、最辉煌。唐代诗歌的作者群非常广大。据现存资料提供的情况，唐代有诗人三千六百余人。在这个庞大的队伍中，不仅有帝王、贵族、高级官吏，还有中小官吏、普通士人、僧侣和平民百姓。不同阶层、不同教养的作者都是依照自己的思想观念和审美意识进行创作的，从而形成了多姿多彩的艺术风格和流派，不仅有气象万千的典雅诗歌，还有生机勃勃的通俗诗歌。

通俗诗歌创作成就最大的是王梵志和张打油二人。

王梵志，生于隋代，具体生卒年代不详，卫州（今河南浚县）人。他是一个孤儿。幼年时，富绅王祖德收养了他。后来王家逐渐衰落，直至一贫如洗，王梵志也随之体验到生活的艰辛和人世的冷暖，深刻的生活体验为他的诗歌创作提供了丰富的内容。

王梵志的诗作，有对平民百姓贫困生活情状的真实描述。像"黄昏到家里，无米复无柴。男女空饿肚，状似一食斋""门前见债主，入户见贫妻。舍陋儿啼哭，重重逢灾苦""生时有痛苦，不如早死好"等诗句，真切地抒发了穷人的苦难和辛酸。有抨击繁重兵役和战争灾难的。如“十六作夫役,二十充府兵……长头饥欲死,肚似破穷坑”“血流遍荒野,白骨在边庭”等诗句,真实地表现了战争的残酷和战士的艰辛。有讽刺丑陋世态的。像“造作庄田犹未已,堂上哭声身已死。哭人尽是分钱人,口哭原来心里喜”“我见那汉死,肚里热如火。不是惜那汉,恐畏还到我”这样的诗句,何等辛辣!还有不少诗作表现了作者个人的生活态度和习性。如“梵志翻著袜,人皆道是错。乍看刺你眼,不可隐我脚”,这俏皮的诗句表现了作者不同流俗的思想品格。而“吾有十亩田,种在南山坡。青松四五树,绿豆两三窠。热即池中浴,凉便岸上歌。遨游自取足,谁能奈我何!”则表露了作者任性自然、乐观旷达的人生态度。

王梵志的诗,切近下层社会的生活,抒发穷人们的不平和忧愤,语言又是那样平易自然、通俗易懂,因而受到广大人民群众的喜爱。一些有识之士也给予了高度的评价。敦煌写本《王梵志诗集·原序》说梵志诗“直言时事,不浪虚谈……不守经典,皆作俗语”,能使“贪婪之吏,稍息侵渔,尸禄之官,自当廉谨”,充分肯定了它的社会教化作用。任半塘在《王梵志诗校辑·序》中也指出:“若认真评价王梵志诗,实大奇特,全用五言,而翻腾转折,深刺浅喻,多出人意料。其民间气息之浓,言外韵味之厚,使读者不由不跟着他歌哭笑怒,不能自持。”在王梵志以前,虽有不少通俗诗歌,作者大都是民间的无名诗人,而王梵志却有完整的诗集流传后世,因而可以说,他是通俗诗歌的开路者。

张打油的诗作,风格与王梵志相近,但不及王诗深厚,流传下来的作品较少。杨慎《升庵外集》载其《雪诗》一首:“江山一笼统,井上黑窟窿,黄狗身上白,白狗身上肿。”既有别致的画面美,又富盎然的情趣,在民间广为传诵,妇孺皆知。张打油的诗影响深远,至今人们还把浅近而诙谐的顺口溜，称作“打油诗”。

除通俗诗歌以外，唐代还产生一种新诗体——词。词是配合燕乐（宴乐）歌唱的抒情诗。它最早也起源于民间。敦煌发现的早期词作，通称敦煌曲子词，又称敦煌歌辞。已经整理出版的有王重民的《敦煌曲子词集》、任半塘的《敦煌歌辞总编》等。曲子词继承和弘扬了民间诗歌固有的现实主义精神，抒发的是实际生活中碰撞出的情感火花。王重民在《敦煌曲子词集叙录》中对曲子词的内容做了这样的概括：“有边客游子之呻吟，忠臣义士之壮语，隐君子之怡情悦志，少年学子之热望与失望，以及佛人之赞颂，医生之歌诀，莫不入调。其言闺情与花柳者，尚不及半，然其善者足以抗衡飞卿，比肩端已……”“至于外族统治下敦煌人民之壮烈歌声，绝非温飞卿韦端已辈文人学士所能领会，所能道出者矣！”阴法鲁在《敦煌曲子词集序》中进而指出其艺术上的特点：“抒情的作品，缠绵坦率，幽思洋溢；一般的作品，信口信手，出语自然。所表现的所蕴含的是何等的真实，又是何等的丰富！”在民间词的影响下，不少文人也从事词的创作。随着创作队伍的扩大，创作经验的积累，词的形式日益成熟和完美，逐渐形成一种新的文学潮流，到宋代，它就取代诗歌而成为文坛的主流。

词在两宋时期得到了高度的发展，取得了辉煌的成就，成为我国诗歌发展史上第二个里程碑。但是到了南宋后期，一些文人脱离现实生活，刻意雕章琢句，致使词内容空虚、形式僵化，逐步走向衰微。金人入主中原以后，少数民族的音乐大量流入中原，外来音乐和汉族原有的音乐相融合而产生新曲，与新的曲调相适应的歌词，就是曲。因其流行于北方，故也称北曲。这种曲子，既可以作为唱词用于杂剧，又可以作为单独的抒情乐歌。人们把这种“单独的抒情乐歌”称之为散曲。

散曲和词最接近，都属于有固定格律的长短句形式。但散曲和词又有显著的差别。主要表现在：散曲的韵脚较密，几乎句句押韵；而且平、上、去三声可以互叶。没有双调或三叠、四叠的调。另外，也是最重要的一点，散曲可以在本调以外加衬字，字数从一字到十数字不等。这样就灵活多了，作者可以在既定的格律之外较为自由地发挥。

元代的散曲创作一直非常繁盛，循其发展，大体可分前后两期。前期创作以北方为中心。主要作家有关汉卿、王和卿、白朴、马致远、卢挚、张养浩等。这时期的散曲创作，超越了传统的温柔敦厚、含蓄蕴藉的美学规范，作者以通俗乃至有些粗俗的语言率直地表达自身的感情，形成了质朴自然、粗犷豪放的艺术风格。散曲的内容非常广泛，但着墨最多的乃是男女的恋情，几乎每个作家的笔端都凝聚着浓烈的情爱。有的作品还表现了蔑视封建礼教、鄙薄功名利禄、崇尚真挚感情的新观念。如白朴的小令《阳春曲·题情》："笑将红袖遮银烛，不放才郎夜看书，相偎相抱取欢娱。只不过迭应举，及第又何如？"在这位少妇的心目中，夫妻的欢爱比功名更重要，反映了当时市井民众的一种价值观。他的另一首小令《喜春来·题情》这样写道："从来好事天生险，自古瓜儿苦后甜。奶娘催逼紧拘钳，甚是严，越间阻越情欢。"读来甚有哲理意味。除男女恋情的作品以外，抒发忧愁和愤激情绪，抨击现实黑暗的散曲也不少。像马致远的《天净沙·秋思》，以萧瑟苍凉的意境烘托出流落天涯的"断肠人"的满腹愁绪，成为千古绝唱。而他的《离亭宴煞》有这样震撼人心的吟唱："看密匝匝蚁排兵，乱纷纷蜂酿蜜，急攘攘蝇争血。"作者以动物的拼死拼活的生存竞争比喻统治者贪婪地争权夺利，形象鲜明，寓意深刻，给人们以刻骨铭心的印象。

元代后期（至治以后），散曲的创作中心转移到了南方，代表性的作家有贯云石、曾瑞、乔吉、张可久、徐再思、杨朝英、周德清、钟嗣成等。后期的散曲，讲求音律声节，注重语言的雕饰，形成典雅工丽的艺术特色。在思想内容上，和前期一样，大体是歌唱男女恋情、吟咏自然风光、抒发隐逸情怀，感慨世事沧桑，针砭社会弊病。但在表现上较前期作品更大胆、直露和尖锐些。如刘时中的套数《正宫端正好·上高监司》描述了江西大旱灾中民不聊生的惨状，痛斥了富人趁火打劫的罪行，发出了"小民好苦也么哥！小民好苦也么哥！"的呼喊。同年，张养浩以陕西大旱为背景写的《山羊坡·潼关怀古》一首，既有历史的沧桑感，又有强烈的现实感。发出了"兴，百姓苦；亡，百姓苦"的感慨。睢景臣的《般涉调·哨遍·高祖还乡》套数，是一首"制作新奇"（元钟嗣成语）的散曲。它的"新奇"就在于它不是像许多诗词那样以毕恭毕敬的态度为皇帝歌功颂德，而是以乡民的眼光，诙谑的笔调，写出这位身着龙袍、威加四海的皇帝身上的世俗无赖的种种毛病。其深刻性是诗歌中少见的。写男女恋情的散曲，较前期更加大胆奔放。如贯云石的《红绣鞋·无题》，以浅近的口语，生动地表现了一对情人处身在"情未足夜如梭"时的缱绻情感。曾瑞的《喜春来·相思》直露地表现了年轻恋人"思配偶，争奈不自由"的痛苦心情；而在《黄钟醉花阴·怀离》中，年轻女子竟然表示"待私奔至死心无憾"的决心，显示了对封建礼教的不调合的抗争精神。

另外，还有一些佚名作者的散曲，也是相当优秀的。兹举两首：

不读书有权，不识字有钱，不晓事倒有人夸荐。老天只恁忒心偏，贤和愚无分辨。折挫英雄，消磨良善，越聪明越运蹇，依本分只落的人轻贱。

《朝天子·志感》

堂堂大元，奸佞专权。开河变钞祸根源，惹红巾万千。官法滥，刑法重，黎民怨。人吃人，钞买钞，何曾见？贼做官，官做贼，混愚贤。哀哉可怜！

《醉太平》

这两首散曲，语言何等通俗！揭露何等深刻！爱憎何等鲜明！反映了一个时代人民的呼声。就其整体艺术风格看，更接近民间创作，或是接近民众的下层文人的创作。

明代的散曲虽然延续元代的传统，有所发展，但越来越文人化，丧失了俗文艺固有的清新、朴实和生动。与此同时，民歌的创作却兴旺发达起来，成为当时俗文学的主流。沈德符在描述当时民歌的繁荣景象时说："……不问南北，不问男女，不问老幼良贱，人人习之，人人喜听之，以至刊布成帙，举世传颂，沁人心腑，其谱不知从何而来，真可骇叹！"（《野获编》）卓人月进而指出："我明诗让唐，词让宋，曲又让元，庶几《吴歌》《挂枝儿》《罗江怨》《打枣竿》《银绞丝》之类，为我明一绝。"（陈宏绪《寒夜录》引）

现存明代最早的民歌集子是成化年间刊行的《新编四季五更驻云飞》《新编题西厢记咏十二月赛驻云飞》《新编太平时赛赛驻云飞》《新编寡妇烈女诗曲》四种。后来又有冯梦龙选辑的《挂枝儿》《山歌》等多种。另外，当时不少曲选和杂著中也收录了不少民歌。保存下来的民歌总计在千首以上。

民歌所抒发的主要是男女恋情。有的表示爱情的坚贞执着，如《山歌·偷》这样唱道："结识私情弗要慌，捉着子奸情奴自去当。拼得到官双膝馒头跪子从实说，咬钉截铁我偷郎"。有的不求荣华，而求真情，如《四季五更驻云飞·富贵荣华》所写："富贵荣华，奴奴身躯错配他。有色金银价，惹的旁人骂。嗦，红粉牡丹花，绿叶青枝又被严霜打，便做尼僧不嫁他！”有的歌唱两心的融合、两情的欢洽。《汴省时曲·锁南枝》就是优秀的例证。它写道：

傻俊角，我的哥！和块黄泥儿捏咱两个。捏一个儿你，捏一个儿我，捏的来一似活托；捏的来同床上歇卧。将泥人儿摔碎，着水儿重和过，再捏一个你，再捏一个我；哥哥身上也有妹妹，妹妹身上也有哥哥。

除了情歌以外，还有直接讽刺官吏、富豪对平民百姓剥削压迫的。李开先《一笑散》中有这样一首民歌：

夺泥燕口，削铁针头，刮金佛面细搜求，无中觅有。鹌鹑膆里寻豌豆，鹭鸶腿下劈精肉，蚊子腹内刳脂油，亏老先生下手！

生动的比拟，泼辣的语言，入木三分地刻画了贪官与富豪对贫苦百姓的盘剥。与这首民歌相对照的是对李自成起义军的歌颂。

朝求升，暮求合，近来贫汉难求活，早早开门拜闯王，管叫大小都欢悦。

——《明季北略》

类似的歌谣还有许多，表现了长期经受磨难的平民百姓对于幸福生活的期盼。

从总体看，明代的民间歌谣想象丰富、构思新巧、比喻奇特，语言朴素自然，情感真挚热烈，不仅给予人们以独特的审美享受，还滋润了整个明代文学的发展。

清代，随着城市的扩大，文化消费的增长，民歌民谣的创作更加繁盛。郑振铎先生说："像明代成化刊的《驻云飞》《赛赛驻云飞》单行小册，在清代是计之不尽的。刘复、李家瑞编的《中国俗曲总目稿》所收俗曲凡六千零四十四种，皆为单刊小册，可谓洋洋大观。其实还不过存十一于千百而已。著者昔曾搜集各地单刊歌曲近一万二千余种，也仅仅只是一斑(惜于"一·二八"时全付劫灰)。诚然是浩如烟海，终身难望窥其涯岸。"

男女恋情历来是民歌歌唱的中心主题，清代亦然。请看这几首民歌：

相思妹，妹有真心弟也知。蜘蛛结网三江口，水推不断是真丝。

——《粤风》卷一

高高山上一树槐，手攀槐枝望郎来；娘问女儿"望什么?"我望槐花几时开。

——《四川民歌》

思想着才郎，恼恨着爹娘。脚踩着花盆，手扶着墙；两眼不住的泪汪汪。因为才郎挨了一趟打，打的奴浑身上下茄样。郎嗳！能舍这皮肉不舍亲郎。

——《时兴呀呀呦》

十八女儿九岁郎，晚上抱郎上牙床，不是公婆双双在，你做儿来我做娘。

——《四川民歌》

这四首民歌表现了不同的思想内容。前两首，以纯朴健康的语言唱出了纯朴健康的爱情。歌唱者似乎正处在热恋中,柔情蜜意溢于言表。第三首歌唱的是遭受挫折的爱情,表现了女子感情的热烈和执着。“能舍这皮肉不舍亲郎”,一语道出她斩钉截铁的决心。最后一首,内容、情调与前面几首迥然不同。它愤激地抨击了大媳妇小丈夫式的畸形婚姻。这类畸形婚姻是封建社会司空见惯的丑恶现象,要写得深刻动人,是不容易的。这首民歌,没有直陈它的罪恶,更没有谩骂的语言,而以“不是公婆双双在,你做儿来我做娘”这一句最直白的话,形象而又极其深沉地表现了对这种畸形婚姻的愤激心情。

其他社会内容的作品虽然没有情歌多,但也不乏优秀之作。太平天国革命时期,就曾出现不少真挚感人的民歌,如“豌豆花开花蕊红,豌豆结荚好留种。来年种下小豌豆,花儿开得更加红。‘太平军哥哥’五个字,永远记在人心中”。情感真挚,比喻新巧,读来清新动人。

清代诗歌,总体上趋于雅化。文人偶尔也做些小曲,但那只是消遣,不是很认真,因而少有出色之作。生机勃勃、质朴自然的民歌,不仅给人们以赏心悦目的审美感受,还滋润着清代及以后文学的发展。清末黄遵宪,首先意识到这一点,他非常重视民间歌谣,积极收集整理民间歌谣,力图把这股创作的活水灌注到当时的文人的创作中去,从而推动整个文学的发展。

第二节　从神话到小说

神话是人类社会童年时期的产物,也是人类最早的具有通俗性的叙事文学品类。

在混沌初开的时期，人类对茫茫世界缺乏认识。这个世界是如何形成的？怎么那么多怪异的现象？风雨雷电是从哪儿来的？如何同危害人类生命的险恶环境做斗争？人们都不甚了然。然而现实的迫切性又不能不回答这些问题。于是人类凭借自己的思维和幻想构造出种种神话。诚如马克思所说："任何神话都是用想象和借助想象以征服自然力，支配自然力，把自然力加以形象化。"[①]神话不是某一个人独创的，而是在长期生产与生活实践中逐步创造的，是集体智慧的产物。神话故事都是虚幻的，是地球乃至宇宙间不存在的，因此它有非现实的一面；但同时它又曲折地显示出远古人的生存状态、思想情感以及对宇宙的认识和态度，因此又有其现实性的一面。现实性和非现实性的奇妙结合，构成了神话特殊的艺术品格。

人与自然的斗争，是神话表现的主要内容。如盘古开天辟地、女娲造人补天、羿射十日、鲧禹治水、精卫填海、夸父逐日等神话，从多方面展示了人类同大自然的斗争。也有一些神话反映的是人类社会内部的斗争。如黄帝与炎帝的战争、黄帝与蚩尤的战争、共工与颛顼的战争、禹和三苗的战争等，其中黄帝与蚩尤的战争写得最为生动壮观，影响也最为深远。不论是人与自然的斗争，还是人与人之间的斗争，其目的都是除邪扶正，为人类创造一个适宜的生存环境，为人类发展开辟一条道路。神话是人类文化史上气魄最宏大的诗篇。它所描述的不是个人的小悲欢，而是全人类生死存亡的大冲突、大悲欢；它所颂扬的也不是个人的某些善行，而是全人类智慧、力量与道德的化身——神。正因为神

① 马克思：《〈政治经济学批判〉导言》，《马克思恩格斯选集》，人民出版社 1972 年版，第 2 卷，第 113 页。

话反映的是人类共同的人性和共同命运，所以它是最具全人类性的艺术。

神话是人类童年的艺术，也是艺术的童年。虽然稚嫩，然而它天真无邪，纯朴自然，想象丰富，意象瑰丽，因而具有“永恒的魅力”。

随着社会的发展，人类对自然认识的进步，神话创作逐渐消歇，代之而起的一种主要叙事文体是小说。小说是神话传说的发展，是神话在新的条件下异化出的一种新文体。因为小说除了和神话有渊源关系外，史传文学、民间传说、人物轶事、寓言故事等都对小说的形成有一定的影响，换句话说，小说是吸收了多种营养而铸就的一种新文体。

小说，作为一种文体，本质上就是通俗的。《汉书·艺文志》说：“小说家者流，盖出于稗官，街谈巷语，道听途说者之所造也。”所谓“稗官”，是指那些多少有些知识的采风的人，他们根据“街谈巷语，道听途说”的事件，添枝加叶，编织成故事，就形成小说。由此看来，小说从最初形成时起，就是通俗的，和平民百姓密切相关的。

我国的古代通俗小说经历了一个漫长的发展过程，然而在魏晋以前多散布在其他各类古籍里，形式也不那么纯粹和稳定，也没有一个有影响的专集，因而实际上并没有形成一个独立的艺术门类。魏晋南北朝集中出现了一批小说著作，开创了小说创作的新局面，自此以后，小说就作为一个有生命力的文体和其他艺术形式并驾齐驱，蓬勃发展起来。

我国古代的通俗小说，有两支：一支是文言小说，一支是白话小说。下面我们分别加以论述。

一、文言小说

魏晋时期小说创作大都是用文言写成的。主要作品有：曹丕的《列异传》、干宝的《搜神记》、刘义庆的《幽明录》和《世说新语》等。

依其内容，魏晋小说可以分为志怪与志人两类。

志怪小说，顾名思义，是写神仙鬼怪的故事。志怪小说的形成有其深刻的社会根源。鲁迅最早精辟地阐明了这一点。他说："中国本信巫，秦汉以来，神仙之说盛行，汉末又大畅巫风，而鬼道愈炽；会小乘佛教亦传入中土，渐见流传。凡此，皆张皇鬼神，称道灵异，故自晋讫隋，特多鬼神志怪之书。"[①]这里阐明了志怪小说是在佛教、道教与巫风弥漫的社会环境中兴起和发展的，也是植根于现实生活的土壤上，在虚幻怪异的灵光中闪现着当时人们真实的思想观念与生活态度。《宋定伯》妙趣横生地描述了人同鬼做斗争的故事，人把鬼治得服服帖帖，这在迷信的时代是很了不起的思想态度。如果说宋定伯卖鬼只是一则幽默的小故事，那么，《李寄斩蛇》则描述了一场惊心动魄的大斗争。面对危害人类的巨蛇，人们奉之为神，每年以童女献祭，一个又一个少女的生命就这样被吞食了；李寄则挺身而出，机智勇敢地杀死大蛇，为民除了害。这确是光照日月的壮举。在志怪小说中写得最多也最为深切的是男女恋情。《吴王小女》写吴王夫差的女儿紫玉爱上了书生韩重，吴王反对，紫玉郁闷而死，死后鬼魂与韩重相聚。《卖胡粉女子》也是描写一对年轻人的生死恋，男的因欢情而死，女的则凭借自己的爱情使情郎死而复生。《韩凭夫妇》则写的是一对夫妇生死不渝的爱情。夫妇不甘忍受宋康王的侮辱而一起殉情。死后二人墓中长出大树，根相交而枝相错，还有一对鸳鸯栖息树上，时时悲鸣，令人心碎。这个浪漫主义的结局，给予后世作品直接影响。其他如《东海孝妇》《董永》《干将莫邪》《谈生》

① 鲁迅：《中国小说史略》，《鲁迅全集》，人民文学出版社 1981 年版，第 9 卷，第 43 页。

《庞阿》,也都是志怪小说的名篇。

志人小说,这个名目是鲁迅从志怪小说推演出来的,它准确地概括了与志怪小说迥异的另一类小说的艺术特征。魏晋以来,文人士大夫崇尚清谈,追求任由情兴、自由放达的生活情调,且好品评人物,于是记录人物的言谈举止、琐事轶闻的小说发达起来。作者所撰,或掇拾旧闻,或者记述近事,其目的不仅是供人揣摩,还让人得到赏玩的乐趣,正如鲁迅所说"远实用而近娱乐矣"。志人小说主要作品有魏邯郸淳的《笑林》、东晋葛洪的《西京杂记》、东晋裴启的《语林》、晋宋之际郭澄之的《郭子》、刘宋刘义庆的《世说新语》。在众多的志人小说中,《世说新语》是一部集大成的书。它记录了东汉到东晋的文人名士的言行,绘声绘色地描绘了一些文人名士超逸的风度和机敏的谈吐,颂扬了孝子、贤妻、良母、廉吏的优良品德,同时也揭露和讽刺了贪暴、酷虐、奸佞的丑恶行径。且文字简洁隽永,叙事委婉有致,对后世的笔记小说有很深远的影响。

小说在唐代演变成两种主要文体,即传奇和话本。传奇不仅数量多,质量也高,是唐代小说的主体,也是我国文言小说发展史上的第一个高峰。

第一,从艺术看,唐传奇是从魏晋南北朝的志怪小说演变而来,但"演进"了志怪小说的艺术传统。鲁迅说:"小说亦如诗,至唐代而一变,虽尚不离于搜奇记逸,然叙述宛转,文辞华艳,与六朝之粗陈梗概者较,演进之迹甚明,而尤显者乃在是时则始有意为小说。"[①]这里指出了"演进"主要表现在:从传录奇闻逸事到自觉地有意识地进行小说创作,这

① 鲁迅:《中国小说史略》,《鲁迅全集》,人民文学出版社1981年版,第9卷,第70页。

样也就跳出了耳闻目睹的实事的框子，驰骋想象，自由地进行艺术创造。由是矛盾冲突尖锐了，情节复杂生动了，人物性格鲜明丰富了，描述也进一步细致传神了。

第二，从内容看，逐步由虚幻走向现实，从神鬼世界走向人的世界。触及的社会矛盾多了，思想意蕴丰厚了，有些作品虽然保留着奇幻的形式却包蕴着坚实的现实内核。如《枕中记》《南柯太守传》都借助虚拟的奇幻的艺术境界表述了严峻的人生哲理。唐传奇的最为可贵之处，在于开始贴近民众，注意反映市井民众的生活理想和审美心理。如《李娃传》《霍小玉传》以深情的笔墨歌颂了平民百姓对爱情的执着追求，颂扬了地位卑贱的下层民众的高尚品格。《昆仑奴》《聂隐娘》《红线传》等作品则赞颂了济困扶危的侠义精神，反映了民间的一种道德观。

第三，从文体看，唐传奇包含了几种不同文体特征的作品。主要有灵怪类（如《古镜记》《补江总白猿传》《任氏传》《柳毅传》等）、爱情类（如《李娃传》《霍小玉传》《莺莺传》等）、公案类（如《谢小娥传》等）、豪侠类（如《昆仑奴》《聂隐娘》《虬髯客传》等）。在这几类作品中，《谢小娥传》可以说是我国公案小说史上第一篇较为完整的小说，开创了公案小说的先河。豪侠作品，虽然在以前的作品出现过，但是像唐传奇中这样集中、这样众多、这样优秀的豪侠作品，还从来没有过。唐传奇有力地推动了豪侠小说的创作，使之成为一个独立的流派。

较之唐传奇的辉煌成就，宋代的文言小说要逊色一些。由于“士习拘谨”（鲁迅语），作者大都没有充分驰骋艺术的想象力建构委婉曲折而富有魅力的作品，不少作品给人以过于平实乃至古板的感觉。但也有新的变革与发展。一是和市井民众的生活贴近了，有意识地表现市井民众的思想、愿望和要求。如《青琐高议·别集》卷四里的《张浩——花下与李氏结婚》，以肯定的笔调描述了张浩与李氏的既无父母之命、又无媒妁之言的私合。而在结合的过程中，不是张浩无所顾忌、勇敢追求；而是李氏积极主动、大胆泼辣地实现自己心愿，与传统的大家闺秀风度迥然不同，显示了市井民众的新意识。又如《醉翁谭录》中的《红绡密约张生负李氏娘》，歌颂了不以富贵为念，不受传统观念束缚，追求自由幸福婚姻的精神。二是形式上受“说话”的影响，文字较为浅近通俗，描写也较为具体细致。随着时代的发展，小说艺术也进一步发展，这样在元代就出现了文言小说的杰作《娇红记》。

《娇红记》描写的是书生申纯和其表妹娇娘的爱情遭际。与一般作品不同的是，它敢于正视现实，以真实的笔触描绘了他们纯真的爱情与社会现实的尖锐冲突。申纯娇娘真挚热烈地相爱，然而当申家向娇娘父求婚时，其父却借故拒绝了，当申纯考取进士后，他又同意了；正在这时，帅府的公子前来求婚，娇娘父又改变主意，将娇娘许配给帅府公子。帅府的权势、严父的意志，是两把力大无比的铁锤，将两人的美好希望击得粉碎。绝望之中，二人殉情而死。这篇作品，没有以虚幻的大团圆的结局愚弄人们，而是用带有必然性的生活命运激发人们的思想与认识，这是其深刻之处。另外，值得称道的是作者对人物的描写，不是粗放的，而是细致的；不只是展示了人物的命运和行动，还细腻地描绘了人物的心理活动。这使它比同时期的小说高出一筹。

明代是我国封建社会发展的重要历史阶段。城市工业商业获得长足发展，市民阶层进一步扩大，因而市井民众的思想、情趣和要求，在文学作品中也就表现得更多更浓了。这一发展趋势，在明代的早期作品，如瞿佑的《剪灯新话》、李昌祺的《剪灯余话》中已初露端倪；而在中后期的作品，如宋懋澄的《九籥集》、冯梦龙的《情史类略》中则表现得更加明朗。试看《剪灯新话》是以怎样的态度和笔调描写当时青年男女的思想情态的。在《联芳楼记》这篇小说中，写富商家庭两姊妹，站在自家临河的高楼上，看见一年轻商贩在船头洗澡，体态健美，便心旌摇动。遂于晚上用一竹兜把他从窗口吊上去，“相携入寝，尽缱绻之意焉”。父亲知道后，虽然“大骇”，却开明地成全了他们。这篇作品中的女性对爱情的追求，一反过去那种“犹抱琵琶半遮面”的大家闺秀情调，热烈而率直，当然也带有一些粗俗气，充分显示出当时市井民众的思想气质。这与薄伽丘的名著《十日谈》中的某些爱情描写不无神似之处。又如蔡羽的《辽阳海神传》，写一商人被一女神爱上了。结合后，女神还帮助他经商发财，充分表现了当时市民阶层特别是商人的人生梦想。明代的文言小说与逐步市民化的内容相适应，在形式上也逐渐走向浅近通俗。前期的《剪灯新话》虽然文字浅显，但还存在着也用骈俪句式、好引用诗词的缺陷；而到《辽阳海神传》，则扬弃了诗词、骈文的套数，全用通俗浅近的文字叙述，更接近白话了。

清代前期，白话短篇小说不怎么景气，而文言小说却很兴旺，不少颇有名气的文人都参与文言小说的创作。清代康熙年间，张潮汇辑《虞初新志》二十卷，收录了周亮工、吴伟业、魏禧、徐芳、陈鼎、钮秀等人的作品一百五十篇。形式多样，内容宽泛，多方面展示了当时生活的斑斓色彩。此后，文言小说不断发展。而把这一文体推向顶峰的，则是蒲松龄的《聊斋志异》。

《聊斋志异》近五百篇作品，大体上可以分作两类：一类是记录奇闻趣事，篇幅短小，没有完整的故事情节，属笔记小说的体制；一类是作者精心创作的，有完整的故事、生动的情节、鲜明的人物形象，是真正意义上的小说。当然也有一些居于两者之间的作品。

《聊斋志异》展现的艺术世界，表象往往是奇幻的、虚无的，内涵却是真实的、深邃的。以迷离奇幻的非人世间现象深刻揭示尖锐重要的人世间问题是《聊斋志异》的根本特点。有些作品揭露了封建统治的黑暗（如《促织》《席方平》等）；有些作品抨击了科举制度的腐败和考官的有目无珠（如《叶生》《司文郎》《于去恶》等）；有些作品暴露了贪官污吏的“贪暴不仁”（如《潞令》《梦狼》等）；有些作品尖锐地批判了封建礼教对人们婚姻、爱情和幸福的戕害（如《鸦头》《细侯》《连城》等）。在对现实社会进行多方面揭露和批判的同时，作者满腔热情地讴歌了平民百姓的美好的心灵、高尚的道德情操，赞颂了他们在不自由的环境中自由追求的不懈精神。特别是在荆棘丛生的爱情生活中，作者更以绚丽多彩的笔创造了一个个美好的令人神往的情爱世界，表现了当时人们心灵的极致、理想的极致。

《聊斋志异》是我国古代文言小说的集大成之作。它继承并融合了志怪与传奇两类文言小说的传统，又吸收了白话小说的营养，形成了自己独特的艺术风格。当我们阅读这部作品的时候，一方面感受到它想象丰富奇特、情节变幻莫测而又有些荒诞的神奇迷人的艺术境界；另一方面，又从这神奇的艺术世界里感受到人们的真实思想感情，感受到人间的生活气息，感受到人际间情感交流的温馨。而在这亦实亦虚、亦真亦幻的艺术世界里，活跃着许多栩栩如生、绰约可爱的人物。席方平、婴宁、红玉、青凤、林四娘等一大批人物个性鲜明，风采各异，成为文学画廊中永放光芒的不朽形象。《聊斋志异》的语言也是值得称道的。它的语言简练而又丰富，典雅而又浅近，注意扬文言之所长，避文言之所短。写人物的对话，尽量使用浅显的文言，同时适当吸收一些白话的成分，从而使人物神情声口的描写能够惟妙惟肖。

《聊斋志异》问世后，风行全国，随之出现许多模拟作品，如沈起风的《谐译》、邦额的《夜谭随录》和浩歌子的《萤窗异草》等。这些作品只是模仿《聊斋志异》的形式，没有学到它寄托“孤愤”的积极精神，艺术水平又不高，所以价值不大。后来的文言小说，较有成就和影响的是袁枚的《子不语》和纪昀的《阅微草堂笔记》。《子不语》一书，是作者在从事文史著述之余，“广采游心骇耳之事、妄言妄语，记而存之”（自序）的自娱之作，并无明确的创作目的和思想倾向。但作者自由放达的性情，对传统观念和现实社会的某些不满情绪，在作品中还是时有流露。语言，则如鲁迅所说“屏去雕饰，反近自然”，也是难能可贵的。纪昀是清代的大学者。他对文化的贡献是巨大的。但小说观念有些保守。他推崇和维护古代笔记小说的艺术传统，反对像蒲松龄那样用传奇的手法进行志怪小说的创作。换句话说，他注重朴素的记事，反对小说创作中的虚构想象和摹绘手法。在这种创作思想指导下写作的《阅微草堂笔记》，其文学性自然就远不如《聊斋志异》了。然而，它的内容广博，记述质朴，“隽思妙语，时足解颐；间杂考辨，亦有灼见。叙述复雍容淡雅，天趣盎然”①，在我国笔记体小说发展史上，仍不失为一部佳作。此后至清末，陆续有文言小说出现，如管世灏的《影谈》、许元仲的《三异笔谈》、俞鸿渐的《印雪轩随笔》、王韬的《淞隐漫录》、宣鼎的《夜雨秋灯录》等。这些作品，或模仿《聊斋志异》，或效法《阅微草堂笔记》，或兼受两者影响。但大抵内容芜杂，简要的记事多，描摹人物情态少，文学性不是很高，这表明我国的文言小说已告式微了。

① 鲁迅：《中国小说史略》，《鲁迅全集》，人民文学出版社 1981 年版，第 9 卷，第 213 页。

二、白话小说

我国古代的白话小说，主体是话本小说，因而与说话艺术的兴起与发展密切相关。据古籍记载，在周代就有说故事的活动。秦汉时期，说故事的活动逐渐活跃，典籍的记载也较多了。然而大都是只言片语，对说故事的内容和特点缺乏具体明确的记述。其中最重要的是这个时期已经有了专门从事“说话”以及其他艺术活动的“俳优侏儒”。著名的话本小说专家胡士莹在分析了各种文献记载后说：“来自民间说故事艺人的活动，是后来的‘说话’的起源。在漫长的周秦汉魏时代，‘俳优侏儒’在说故事方面的活动，是广泛的民间‘说话’活动的代表，是说话发展史上一个重要的环节。”[①]《三国志·魏志》还有曹植对邯郸淳“诵俳优小说数千言”的记载，可见当时的“俳优小说”已经颇具规模并在社会上广为传播了。

唐代，随着经济的发展，城市的繁荣，“说话”艺术也空前发展。郭是的《高力士外传》说，唐玄宗晚年就很爱听“说话”。元稹《酬翰林白学士代书一百韵》中有“光阴听话移”之句，指的是他曾和白居易一起听讲《一枝花》话事。这表明原本兴起于市井的“说话”艺术，已逐步进入文院和宫廷，成为一种影响全社会的艺术。遗憾的是当时所用的话本散失殆尽。今天能看到的是20世纪初在敦煌发现的话本。有演绎宗教内容的，如《庐山远公话》《叶净能诗》（“诗”疑为话之误）等；有描写世俗故事的，如《韩擒虎话》《唐太宗入冥记》《孔子相托相问书》等。话本小说虽然留存的数量有限，艺术也较唐传奇逊色，但是它为白话体通俗小说开辟了道路，后来白话小说逐渐成为我国小说的主流，因而具有特殊

① 胡士莹：《话本小说概论》（上册），中华书局1980年版，第11页。

的历史意义。

宋元是“说话”艺术的重要发展期。“说话”有四家：一、小说；二、说经；三、讲史；四、合生。鲁迅说：“讲史之体，在历叙史实而杂以虚辞。小说之体，在说一故事而立知结局。”[①]清楚地阐明了“讲史”与“小说”的区别。元代的“说话”艺术直接承继了宋代的遗风，时间又很短，其艺术风貌与宋相近。宋元时代的“说话”，主要在“瓦舍”进行，听众大都为市井民众，在艺术上进一步向市井民众靠拢。说话人注意编织故事，使故事情节起伏跌宕，扣人心弦，同时杂以滑稽风趣的科诨，增加说话的趣味性。如《简帖和尚》《碾玉观音》《风月瑞仙亭》《十五贯戏言成巧祸》《一窟鬼癞道人除怪》等都是具有代表性的作品。宋元话本的这种艺术追求，虽然是初步的，还没有达到很高的艺术境界，但它显示了一种新的发展趋势，后来的通俗小说都是沿着这条道路向前发展的。

元代末年至明代，先后有四部脍炙人口、令人称奇的长篇小说出现，标志着我国古代的白话小说发展到一个新的高峰。这里我们简要地加以评述：

奇书之一：《三国演义》。

《三国演义》是我国最早也是成就最高的一部历史小说。作者以磅礴的气势，强劲的笔力，描绘了魏蜀吴三国一百多年的纷争，再现了恢宏壮阔、波谲云诡的历史画面。尤为可贵的是作者在展示错综复杂的历史斗争的同时，注意了人物性格的刻画。尽管它的笔墨不那么细致，然而粗中有细、形神兼备，塑造了曹操、诸葛亮、关羽、张飞等一系列深入人心的典型形象。其生命力之久远，感染力之强烈，少有出其右者。

---

① 鲁迅：《中国小说史略》，《鲁迅全集》，人民文学出版社 1981 年版，第 9 卷，第 113 页。

《三国演义》作为一部历史小说，较好地处理了历史真实与艺术真实的关系。对于魏蜀吴三国的形成、演变及其最后的结局，是沿着历史的线索处理的，对于各国内部的人物的构成及其作用，也大体上是依据历史的实际情况描绘的，然而对于战争场面的具体描写，对于人物之间关系和人物性格的刻画，却进行了必要的艺术加工。后人用"七实三虚"来概括它，大体上是符合作品实际的。《三国演义》所遵循的"七实三虚"的写作方法，为后来许多历史演义作家所采用，实际上成为写历史小说的一个基本美学原则。我国有几千年的文明史，几乎每个历史时期的社会生活都被小说家写成历史演义，但却没有一部能与《三国演义》相媲美，事实表明，《三国演义》是我国历史小说的一座丰碑。

奇书之二：《水浒传》。

《水浒传》的成书经历了一个相当长的时期。宋江起义，震动了朝廷，也震动了社会。宋末元初，水浒故事已成为艺人们讲述、演唱的重要对象，陆续出现了一些反映水浒故事的话本和戏剧。后来，施耐庵和罗贯中在群众创作的基础上进行再创作，而成为《水浒传》。

在封建时代，政治专制和思想禁锢是非常厉害的。视起义为"造反"，称"起义英雄"为"盗贼"。而施耐庵和罗贯中却以赞美的笔调描写农民起义，颂扬"起义英雄"的优秀品德，并深入地揭示农民起义的社会根源和思想根源，形象地表明"官逼民反""乱自上作"的道理，表现出一种反对传统思想观念的人文精神。这是《水浒传》的奇光异彩之所在，也是它深得人心、流传千古的根本原因。

《水浒传》在文学史上的特殊意义，还在于它的语言。《三国演义》和《水浒传》是先后相隔不久出现的长篇小说。《三国演义》使用的是一种文白相杂的语言，而《水浒传》使用的却是纯粹的白话。当然《三国演义》之所以使用文白相杂的语言，有其史料的限制和真实表现历史面貌的需要，与其内容是和谐的，但从整个文学的发展着眼，它的语言革新意义就不及《水浒传》了。《水浒传》继承了话本小说的白话传统，然而把它推进到一个新的高度。它以纯熟的白话叙述故事、描绘各种场景和刻画人物，取得了完全的成功，为我国白话文学树立了一座里程碑。对后来白话文学的发展，起了不可估量的作用。

《水浒传》在艺术上的另一个具有重大意义的成就，是它对情节和人物关系的恰到好处的处理。它一方面保持了话本小说重视故事情节的传统，情节安排得起伏跌宕、曲折生动，有时紧张激烈，有时又平和自然；另一方面，又善于在情节的展开过程中细致入微地刻画人物。作者自觉地从每个人物不同的身份、经历、教养出发把握人物的个性特征，进而选择和提炼富有特征的行为、语言展示他的个性，简练而又生动地刻画出人物的独特性格。著名的古代文艺评论家金圣叹赞扬道："人有其性情，人有其气质，人有其形状，人有其声口。"[①]有了这"四有"，人物自然就栩栩如生、跃然纸上了！

奇书之三：《西游记》。

《西游记》的成书和《三国演义》《水浒传》相似，经过了长期的积累和演变，后来，吴承恩在已有的话本和戏剧的基础之上加工创作而完成此书。

由于《西游记》是一部神魔小说，作者把理性的思考和浪漫的幻想、实际的生活情状和虚幻的神魔世界水乳般地交融在一起，构成了它的

① 金圣叹：《金批水浒传·序三》，《金圣叹全集》，江苏古籍出版社 1985 年版，第 1 卷，第 10 页。

思想意蕴的丰富性、多义性和模糊性。因而也引发了对其题旨的多种多样的阐释。在清代，就有“或云劝学，或云谈禅，或云讲道”等多种观点，在当代，又有“反映农民起义”“反映市民阶层的斗争”的看法。这些论点，不无一点因由，但它们“皆阐明理法”，却忽略了《西游记》作为一部神魔小说的基本特征。它通过一个亦幻亦奇的神话故事带给人们以欣赏的快感和道德的陶冶，通过“大闹天宫”和“西天取经”，展示了人类对自由的热烈向往，对美善的执着追求，以及实现崇高理想的不屈不挠的奋斗精神。过于政治化、理念化的阐释，不符合《西游记》作为神魔小说的本体特征。

人们提起《西游记》，都会津津乐道孙悟空、猪八戒、唐僧等各具风采的艺术形象。实际上，《西游记》在形象塑造上的贡献，不只在于这几个具体形象本身，还在于它在形象创造过程中所运用、所体现的美学原则。《西游记》塑造艺术形象，是现实的人性、幻想的神性和作为其原型的动物特征的巧妙地结合。例如，孙悟空的热爱自由、爱憎分明、勇于反抗等特点，体现了人性的要求。他的超常的本领、无穷的变化则更多神化的东西；他的机灵好动、活泼淘气，乃至整个举止、形态，则又酷似猴子。猪八戒的形象，也是本着这个原则创造的，比较孙悟空，性格更丰富。既写了他朴实憨厚、吃苦耐劳、不畏邪恶的一面，也写了他好吃懒做、贪财好色，耍奸使滑的一面，性格非常鲜明，层次非常丰富。孙悟空和猪八戒都是艺术上非常难得的成功形象。

《西游记》的语言，有散文，也有韵语；有当时的官话，也有淮安方言，词汇极为丰富，运用又很得体，加之叙事的幽默诙谐、灵动流畅，形成了很别致、很有表现力的语言风格。

神魔小说创作，是文学史上比较薄弱的一个环节。《西游记》的问世，弥补了这一缺陷。它表明，中华民族的艺术家不仅善于描写历史与现实的风云变幻，而且善于创造让人们心醉神迷的光怪陆离的神话世界。

奇书之四:《金瓶梅》。

《金瓶梅》是我国文学史上第一部由文人个体创作的小说，又是第一部以家庭生活为素材的长篇小说，在艺术上又有多方面的开拓和成就，因而在我国文学史上具有特殊的地位和价值。

《金瓶梅》的突出成就首先表现在它的写实性上。以前的长篇通俗小说，或取材于历史故事，或取材于民间传说，故事的主角是历史上的显赫人物、草莽中的英雄豪杰和神魔精灵，都是一些非凡的人物，具有强烈的传奇性。而《金瓶梅》却以一个市井富商为中心，并以这个家庭的错综复杂的社会联系和冲突，反映当时社会的整体风貌。作品中所浸润的也是当时市井民众的思想情感和风俗习尚。因而这部作品真正是明末社会的“世情书”(鲁迅语)。《金瓶梅》以其非凡的写实魅力征服了广大市井民众。它把一向注重传奇性的古典小说导引到写实性的道路上来。

在人物性格塑造上，《金瓶梅》也有新的发展。以前的小说刻画的人物性格大都是单纯而明朗的，往往凸现人物的某一方面的性格特征，而忽略了其他方面的个人特点。还有的将人物性格绝对化，好人一切皆好，坏人一切皆坏。这样的人物形象，写得生动的，也自有其抓人、感人之处，但就表现人性的真实性和复杂性来看，就有些不足了。《金瓶梅》写人，不以偏概全，不以个别特征代替整体风貌，而是以现实社会的人为“底本”，力求真实而全面地展示人性的复杂性。西门庆大概是人们眼中的恶棍吧！然而作者也不是写他一切都坏，有不少笔墨点染了他人性未泯的方面。他的性格、心理层次何其丰富！至今还是艺术作品中难以企及的典型形象。

一部成功的小说总是与它的语言成就分不开的，《金瓶梅》又一次证明了这一点。它的语言鲜活、流畅，富有生活的泥土气息。无论是写达官贵人、妻妾奴婢，还是三教九流，都能穷形尽相，神情毕现。诚如鲁迅所说："作者之于世情，盖诚极洞达，凡所形容，或条畅，或曲折，或刻露而尽相，或幽伏而含讥，或一时并写两面，使之相形，变幻之情，随在显见，同时说部，无以上之。"①

《三国演义》《水浒传》《西游记》《金瓶梅》等四部奇书，是中国小说史上的四座丰碑。它们的出现，标志着中国小说艺术的全面发展和高度成就。在它们的影响和带动下，出现了一批又一批追踪和仿效之作。历史演义一类的，有《列国志传》《北宋志传》《英烈传》等；英雄传奇一类的有《杨家将》《说岳》《水浒后传》等，神魔一类的有《四游记》《西游补》《三宝太监下西洋》以及《封神演义》等；以家庭生活为题材的写实类的作品，则有《玉娇李》《续金瓶梅》和《醒世姻缘传》等。这表明历史演义、英雄传奇、神魔以及世情等四类小说已形成有声势的几条支流，并在历史的河床上沉稳地流动着、发展着。

除鸿篇巨制以外，明代的短篇白话小说也是很繁荣的。其中"三言""二拍"成就最突出。在这两部书以前，有短篇集《清平山堂话本》。其中有几篇明以前的旧作，其余都是明代的作品。这部书艺术上不太成熟，但它是"三言""二拍"的先声。"三言""二拍"是文人的创作，在思想和艺术上和话本小说是一脉相承的，人们称之为"拟话本"。

① 鲁迅：《中国小说史略》，《鲁迅全集》，人民文学出版社 1981 年版，第 180 页。

冯梦龙的“三言”，计一百二十篇，题材广泛，涉及社会的各个方面。公案类的有:《陈御史巧勘金钗钿》《沈小官一鸟丧七命》《勘皮靴单证二郎神》《十五贯戏言成巧祸》《一文钱小隙造奇冤》等；侠义类的有《李研公穷邸遇侠客》《杨谦之客舫遇侠僧》《汪信之一死救全家》等；烟粉类的有《杜十娘怒沉百宝箱》《卖油郎独占花魁》《蒋兴哥重会珍珠衫》；历史演义类的有《沈小霞相会出师表》等。还有一些神魔仙道一类的作品，举凡过去话本小说所有的艺术品类，“三言”尽皆包含，且推进到一个新的高度，在这个意义上说，它实是明以前话本小说的集大成者。

凌蒙初的“二拍”，在体制上和“三言”近似，所写内容大都是从现实生活中的“杂碎事”提取的，极少旧篇的改制。它的类别也是多种多样的。公案类的有:《进香客莽看金刚经》《青楼市探人踪》《恶船家计赚假尸银》等；侠义类的有《刘东山夸技顺城门》《程元玉店肆代偿钱》《乌将军一饭必酬》《神偷寄兴一枝梅》等；烟粉类的有《宣徽院仕女秋千会》《满少卿饥附饱飏》《转运汉巧遇洞庭红》等，另有一些神鬼色彩的作品。

“三言”“二拍”较之宋元的话本小说，在艺术上有了明显的进步:主题思想大都非常明确集中，情节曲折生动而又多姿多彩，对人情世态的描摹也更加细致，标志着我国古代短篇白话小说的成熟。

除“三言”“二拍”外，明代后期的话本小说还有《石头记》《西湖二集》《醉醒石》《型世言》《鼓掌绝尘》等四十余部。这表明话本小说已形成一股热潮，为众多的平民百姓所接受、所喜爱。

清代的白话小说在明代的辉煌成就的基础上，又获得长足的发展，创造了白话小说新的艺术高峰。

清代前期的白话小说，以历史演义和英雄传奇最引人注目。《水浒后传》《说岳全传》《隋唐演义》等都是深受百姓欢迎的作品。《水浒后传》的作者陈忱是亡明遗民，心怀国破家亡的忧愤。他在“序诗”中说：“千秋万世恨无极，白发孤灯续旧编。”可见他写作《水浒后传》有些像屈原写《离骚》，乃发愤之作。《水浒后传》在某些方面继承了《水浒传》的传统，但重心由反对贪官污吏转移到树立民族意识和爱国思想上来。《水浒后传》的艺术成就也是比较高的，结构完整，语言流畅，形象塑造总体成就虽然不及《水浒传》，但有些人物还是写得很生动的。《说岳全传》演义的是宋代著名的民族英雄岳飞。这部作品以史实为核心，杂以民间捕风捉影的传说和作者的艺术虚构，因而是一部虚实结合的作品。有的文学史著在评价这部书时，认为“作为‘忠’的化身的岳飞的形象，具有明显的偶像化的倾向。……扭曲了岳飞”，“同样，秦桧则是朝相反方向偶像化、符号化的人物”。从文学的角度看，这个批评是有道理的。但是，似乎有些苛求了。岳飞形象基本上是依据史实的，他的英勇善战、精忠报国的行为是感人肺腑的，因此能够世世代代扎根在人们的心中。至于“他明知道朝中有奸臣弄权，却丝毫没有想到违抗圣旨”等不足，则是其历史的局限，不应当以枝节的不足而从整体上否认这一形象。他的万古长青的生命力，是历史做出的最可靠的鉴定。《隋唐演义》和《说唐》都是演义隋唐时代英雄传奇的作品。值得注意的是，两书不只着眼于帝王将相，还写了瓦岗寨造反的草莽英雄。特别是程咬金，作为一个来自底层的草莽英雄，他的质朴、憨厚、豪爽、机智，写得活灵活现，是一个不可多得的平民英雄形象。

清代前期还产生了大量才子佳人小说，如《平山冷燕》《玉娇梨》《好逑传》等。这类作品多是写风流才子和靓丽佳人的诗词唱和，私相爱慕，在经历一番挫折以后，如愿以偿，比翼双飞。这类小说陈陈相因的多，独辟蹊径的少，因而形成了一个固定的艺术模式。从内容看，这类小说描述的男女青年对自由婚恋的追求以及人生理想的实现，与传统的伦理道德观念、与荆棘丛生的现实生活存在着诸多的矛盾，然而作者不是正视矛盾、解决矛盾，而是调和矛盾、淡化矛盾，乃至抹杀矛盾。鲁迅尖锐地指出，小说作者看到了“中国婚姻方法的缺陷”，却“闭上眼睛”来补救它。一针见血地指出了这类小说的虚幻性和欺骗性。

清代中期，文学进一步发展。终于在丰厚的传统基础上孕育出两部辉煌的巨著——《儒林外史》和《红楼梦》。

吴敬梓的《儒林外史》是挞伐科举制度的檄文。它以真实的笔触描写了形形色色的士林人物，在功名利禄的驱使下，精神的堕落，人格的奴化；尖锐地抨击了封建专制制度。

《儒林外史》的文学价值还在于它是一部优秀的讽刺作品。以往的讽刺作品，虽不乏优秀之作，但往往存在着夸张过度和辞气浮露的毛病。《儒林外史》不是这样。作者善于捕捉具有讽刺意味的生活现象，善于通过行为、语言和神态的具体描写显示人物真实的心理，特别善于揭示表里不一、言行不一的丑恶的社会心态。鲁迅十分赞赏《儒林外史》的讽刺艺术。他说：“迨吴敬梓《儒林外史》出，乃秉持公心，指摘时弊，机锋所向，犹在士林；其文又戚而能谐，婉而多讽：于是说部中乃始有足称讽刺之书。”①

《儒林外史》的结构是很别致的。它没有贯穿全书的主要人物和中心事件，而是将不同的人物和事件连环套式地连缀在一起。有时，这一回的主要人物到下一回就退居到次要地位，与此同时可能引出一个新的人物，并以他为主体演绎出新的故事。这一结构方式，虽然受到《水

① 鲁迅：《中国小说史略》，《鲁迅全集》，人民文学出版社 1981 年版，第 220 页。

浒传》的启迪，仍有其独创的特点，后来不少长篇作者都仿而效之。《儒林外史》的语言，洗练、准确、生动传神，极有表现力和穿透力，常常三言两语就使人物“穷形尽相”，这在我国古典小说中也是少见的。

《儒林外史》是一部继往开来的作品。它将我国古代讽刺文学的优秀传统发扬光大，为以后的发展奠定了坚实的基础。

曹雪芹的《红楼梦》，其思想的深邃、艺术的完美，在我国古代小说史上无出其右者，是我国小说艺术最辉煌的丰碑。

《红楼梦》是一部以个人和家庭为题材的小说。它以贾宝玉、林黛玉、薛宝钗爱情悲剧为中心线索，写出了具有民主主义新思想的年轻一代同占统治地位的封建宗法制度以及封建观念的尖锐冲突，揭示了封建体制对有启蒙思想的年轻人的压抑、迫害，同时也揭示了封建统治自身土崩瓦解的历史趋势。曹雪芹把热烈的激情和冷峻的思考、优美的诗情画意和严肃的哲理内涵结合起来，熔铸成这部宏伟的史诗。

曹雪芹写作《红楼梦》有明确的写实主义追求。在第一回他就批评众多的才子佳人小说“千部一腔，千人一面”的模式，批评“假捏出二人名姓，又必旁添一小人，拨乱其间”的俗套，强调自己是根据“半世亲见亲闻来创作”，“其间离合悲欢，兴衰际遇，俱是按迹循踪，不敢稍加穿凿，至失其真”。当然，这里所说的“按迹循踪，不敢稍加穿凿”，意思是不主观随意地歪曲事物的本来面貌，而不是对生活的不加选择的实录。这从作者借宝钗之口所表述的绘画观得到进一步的证明。她说：“你若照样儿往纸上一画，是必不能讨好的。这要看纸的地步远近，该多该少，分主分宾，该添的要添，该藏该减的要藏要减，该露的要露。”这里清楚地说明画家作画，要进行加工，从生活真实升华到艺术真实。曹雪芹的写实主义艺术观是完整而深刻的。正是在这种完整而深刻的写实主义艺术观的指导下，使他冲破传统的创作模式，超出世俗的套路，创作出面貌一新、艺术超群的作品。

《红楼梦》的人物画廊是最为光彩夺目的。有一百来个不同年龄、不同身份、不同教养、不同气质的人，各有自己的个性，各有自己的精神光彩。其中不少人物形象，如贾宝玉、林黛玉、薛宝钗、凤姐、袭人，刘姥姥等，早已深入人心，成为不朽的艺术典型。特别值得提出的是，曹雪芹在刻画人物形象时，有意识地运用对比、反衬等美学原则，使人物形象更加鲜明，特征更加突出。例如尤氏姊妹，二姐性情温和柔顺，逆来顺受；三姐则热情刚烈，敢于抗争。薛家姊弟，宝钗举止端庄，是典型的封建淑女；薛蟠则是胡作非为的呆霸王。有些人物性格有其相似点，作者也能精细地勾勒出它的不同之处。黛玉和妙玉都有些孤高，然而细细品味，意思又不尽相同。黛玉的孤高；是一个才情卓异的少女的孤高；而妙玉的孤高，则是出家人蔑视世俗的孤高。平儿和袭人都很温顺，仔细琢磨，也不一样。平儿的温顺出自她善良平和的本性；袭人的温顺则包含着世故的迎合。

《红楼梦》的艺术结构和其他长篇小说相比，也是很突出的。在它以前的小说中，《三国演义》的结构是相当完整的。《红楼梦》较之《三国演义》更严密、更精致。作者把众多的人物、复杂的纠葛、曲折的进程，巧妙地编织成一个艺术的整体。考察细部，每个情节、细节和场面安排得那样恰当得体；统观全局，又是那样和谐自然，浑然天成，没有一丝斧凿痕迹，保持着现实生活固有的自然态势和天然神韵。

对于《红楼梦》的语言成就，人们历来赞不绝口。然而人们仍感到不是说过了头，而是说得不够，远没有道尽它的妙处。它的语言实在是太好了！简洁而又生动，朴实而又多彩，通俗而又雅致，真正达到了炉火纯青的语言境界！人物的语言，极富个性，活灵活现地显示着人物的身份、教养和习性；叙述的语言，简洁准确，绘声绘色地表现出事物的情状。单就语言艺术来说，它也是一部经典性的教科书。

鲁迅说："自有《红楼梦》出来以后，传统的思想和写法都打破了。"[①]这是从小说艺术历史发展的角度观察，对其革新创造的充分肯定。如果从通俗小说的历史发展看，我们还应当补充说，《红楼梦》把通俗文学的品位和价值大大地提高了，并形象地展示了通俗文学的美学原则，从而为通俗小说的创作树立了最高的典范。

清中期的长篇小说流传至今的还有多部。李汝珍的《镜花缘》是其中比较优秀的一部。这部作品的内容有两点值得注意。一是作者根据《山海经》以及历代笔记杂著的记载，驰骋想象，艺术地创造了许多海外奇国，描述了许多奇闻异见，不仅抒发了作者的社会理想，还鞭挞了时弊；二是大力提高女性的地位，颂扬妇女的才学与品德。书中所描绘的一百个才女，有的才华出众，有的精通医理，有的通晓数学，有的颇具侠肝义胆……都是些巾帼英雄，并在各种社会活动中担当重要的角色。这两点都是较为新奇的思想。《镜花缘》受当时社会学术风气的影响，也在小说中"论学说艺，数典谈经"，不少地方议论说教代替了形象刻画。全书一百多个人物，除少数几个稍见特色外，大多形象苍白，情节也不紧凑，这些都影响了它的文学成就。

除《镜花缘》外，这一时期的长篇小说较好的还有李百川的《绿野仙踪》、李绿园的《歧路灯》。拟话本形式的短篇白话小说，则以圣水艾衲

---

① 鲁迅：《中国小说的历史变迁》，《鲁迅全集》，人民文学出版社 1981 年版，第 9 卷，第 338 页。

居士编的《豆棚闲话》和杜纲的《娱目醒心编》最有名。它的流行主要是适应了当时平民百姓阅读的需要,实际上人物故事和思想情趣都缺乏新鲜感。

鸦片战争以后,封建统治日趋崩溃,社会更加动荡,忧国忧民的志士仁人积极地探索救国兴国的思想途径,并向西方寻求医治祖国顽症的良药。这种社会形势,促进了小说创作的发展。这一时期小说创作数量增长之快,品种之多,都是空前的。主要的,大体上有这样几类:

其一是侠义小说。这类小说数量多,影响也大。前面谈到,侠义小说有悠久的历史传统。以《水浒传》为代表的侠义小说描述的是民间的英雄传奇,英雄们怀着正义良心同贪官污吏以及一切社会邪恶做斗争,因而具有叛逆性。然而到了清代,由于社会形势的发展和统治者维护统治的策略手段的变化,侠义小说中的英雄虽然保留着粗豪的性格,却由反抗政府转向支持政府了,叛逆性也就转变为顺从性。嘉庆年间出现的《施公案》首开先河。绿林豪杰黄天霸等投靠在施公麾下,为其断案除害效力,这样,侠义与公案也就合为一体。此后,这类作品日渐增多。较有代表性的作品有《儿女英雄传》《三侠五义》《荡寇志》等。文康的《儿女英雄传》,顾名思义,是写"儿女英雄"的。所谓"儿女英雄",实际是把才子佳人小说和英雄传奇小说糅合在一起,较之传统的俗套,有一定的新鲜感。遗憾的是作品的思想内涵陈腐,极力歌颂的是"三纲五常"的完美价值。这种落后而平庸的思想严重影响作品的艺术创造。比如,对何三妹的描写,前半部分生动活泼,一身侠气,堪称女中豪杰;而后半部分,做了安骥的夫人,思想和手脚都被"三从四德"的锁链套住了,也就失去了生气。好在作者的文化素养还是比较高的,故事安排得起伏跌宕,扣人心弦,细节描写也很丰富,因而有一定的可读性。石玉昆的《三侠五义》继承了《施公案》的传统，也是一部侠义公案小说。它以包公的断案故事作为主线。包公以外的主要人物：展昭、欧阳春、白玉堂等，原本是江湖豪杰，后来都被包公的忠义所感化，投身到他的门下，成为他侦破疑难案件、为民除害的干将。这些人虽然效忠朝廷，但还具有粗犷豪放、英勇无畏的性格，尚有《水浒传》的遗风。《三侠五义》是据艺人说书的底本加工而成的。具有"粗豪脱略"（鲁迅语）的特点。线条虽粗一些，但情节生动，人物性格鲜明，因而受到人们的喜爱。《三侠五义》之后，先后又出现了《小五义》《续小五义》，承接的是《三侠五义》中的人物和故事，这也反映出其影响之大。

其二是倡优小说。清代后期，城市的商业化程度更高了，贫富的两极分化更厉害了，在五光十色的社会生活中，古老的娼妓业也随之繁茂起来。由此也就产生了不少写妓女和狎客的倡优小说。其中较著名的有：《品花宝鉴》《花月痕》《青楼梦》《海上繁华梦》《九尾龟》《海上花列传》等。这类作品大都思想格调不高，艺术手法陈旧，惟《海上花列传》有一定的特色。这部作品没有以浪漫的笔调粉饰妓院生活，而是以冷峻的笔触写出了嫖客以娼家为玩物、娼家以嫖客为诈取对象的真情实况，刻画了在水深火热的生活中苦苦挣扎的妓女的复杂人性，展示了当时社会生活的一个侧面。不足的是思想情调灰暗了些。艺术上作者也有自己的追求。结构上，"从《儒林外史》脱化出来"，而又巧妙地运用"穿插藏闪之法"，造成"一波未平，一波又起"的艺术效果。另外，叙事"平淡而近自然"（鲁迅语），也是值得称道的。

其三是谴责小说。这类小说重在揭露官场的腐败、政治的黑暗、世风的衰颓以及民族的危难，有较强的政治批判性。这类作品甚多，而以《官场现形记》《二十年目睹之怪现状》《老残游记》以及《孽海花》最有名，被史家称之为“四大谴责小说”。李伯元的《官场现形记》写作于1901年以后的数年间。这部书的结构类似《儒林外史》，六十回书，由许多相对独立的人物故事串联而成。作者以愤激的笔墨刻画了形形色色的官僚群像。无论大小官僚都是“见钱眼开，视钱如命”之徒。他们贪赃枉法，欺压人民，出卖国家和民族的利益，乃至出卖自己的灵魂和亲人的肉体，丑恶、卑污之状不堪入目。作者对官僚们的画像，虽然是由现实感触而发，但夸张失实，近于漫画。加之生活的限制，写“佐杂小官”颇为传神，而“写大官都不自然”（胡适语）。吴趼人的《二十年目睹之怪现状》，立意和写法和《官场现形记》相似。不同的是，它是以第一人称的方式叙述的，反映的社会生活面也较《官场现形记》广泛，不仅写了官场、洋场、商场，还写了三教九流、医卜星相，从而构成一幅广阔的社会生活的画卷。遗憾的是这幅画卷，捕捉表象的东西多，深入本质的东西少，有浮光掠影之弊。刘鹗的《老残游记》是谴责小说中一部颇有特色的作品。从内容看，它没有沿袭以前的小说旧章法，写几个令人生厌的贪官污吏，而是着力刻画了两个令人生畏的清官形象。以玉贤、刚弼两人为代表的清官，他们不贪赃枉法，却刚愎自用、严刑峻法，给人民带来的灾难也是十分深重的。说他们是“清官”，不如说是“酷吏”更为确切。在整个人类历史进程中，我们不能笼统地说，清官比赃官对老百姓的危害更大、更可恨。但是具体到清王朝末日，赃官的罪恶和危害人们已有所认识，而清官尚有欺骗性，清王朝的统治者正是利用“清官”来镇压人民的反抗，维护其摇摇欲坠的统治。在这种情况下，刘鹗把批判的矛头直指“清官”就有其特殊的现实意义了。从艺术看，人物形象较为单薄，结构也不紧凑，但在叙事上，却有一种诗情画意的散文美，如大明湖、千佛山的景色、桃花山的月夜、黄河的冰雪，以及黑妞和白妞的说书都写得如诗如画,脍炙人口,这在同时代的作品中是很突出的。曾朴的《孽海花》成书较晚。由于新的时代形势的影响,作者接受了不少的民主革命思想,因而作品的思想内涵也和其他的谴责小说有所不同。主要表现在它把批判的矛头直指清王朝最高统治者,同时积极地宣扬"天赋人权,万物平等"的进步思想,赞颂孙中山等民主革命的先行者。艺术上引人注目的特点是它的结构。"《孽海花》和《儒林外史》虽然同是连缀多数短篇成长篇的方式,然组织法彼此不同。譬如穿珠,《儒林外史》等是直穿的,拿着一根线,穿一颗算一颗,一直穿到底,是一根珠链。我是盘曲回旋着穿的,时收时放,东西交错,不离中心,是一朵珠花"(《修改后要说的几句话》)。这段话清楚地说明了本书对《儒林外史》的继承和发展,从而形成了自己的艺术特色。《孽海花》情节复杂、人物众多,从总体看,人物形象的刻画不够细致深入,给人们留下深刻印象的成功形象不是很多。但主要人物傅彩云还是写得有声有色的。她由低贱的妓女到高贵的公使夫人、又由高贵的夫人沦为妓女,浮沉的生活,奇特的人生境遇,铸就了她特殊的性格,既柔顺又泼辣、既重情又放纵、既高雅又粗俗,从而形成了一个具有复杂人性的有血有肉的人。在我国文学的人物画廊中,她也是一位有特色的站得住的典型形象。除上述四部谴责小说名著,还可提及的有黄小配的《二十载繁华梦》和无名氏的《官场维新记》《苦社会》等。

总之,到清代晚期,古代白话小说的创作可说是接近了尾声。市民读者对狭邪小说、侠义小说或者谴责小说,都已渐生厌倦,代之而起的是另一种"新的小说"(鲁迅语)。

第三节 异彩纷呈的戏剧艺术

戏曲，是最具大众性和民族性的一种艺术。一方面由于它是直观的形象的艺术，不论年龄大小、文化高低，都可以欣赏它，都可以或多或少地领略到它的美；另一方面，戏曲是民族之花，是大众的智慧之花，从育种到繁荣，浸润着世世代代人民大众的心血和智慧。中国的戏曲萌芽很早，在上古时期，作为戏曲重要构成因素的歌舞就已经出现了，但是，直到12世纪才形成较为完整的戏曲形态。这中间经历了漫长而曲折的发展、演变过程。中国戏曲主要是由民间歌舞、滑稽戏和说唱艺术等三种艺术形式构成的。

歌舞在远古时代就有了。初民们在取得战争胜利、获得丰收、驱鬼除邪、祭祀祖先以及祈风求雨等活动时，就以歌舞表示欢庆或祈求。《吕氏春秋·古乐》说："葛天氏之乐，三人操牛尾，投足以歌八阕。"就具体记述了当时歌舞的情景。谈到古代的歌舞，不能不论及"傩"。"傩"是古代以歌舞驱鬼逐疫的一种仪式，据《淮南子》《乐府杂录》等典籍记载，"傩"的表演用方相四人，戴冠及面具，身披熊裘，执戈扬盾，口作"傩傩"声。同时，方相还带一百二十名辰子（由儿童扮）及十二个神兽（由大人扮兽形），同唱祭歌，手舞足蹈。"傩"的历史悠久，流传很广，其歌唱、舞蹈以及扮装、代言等都对后来戏曲的形成有直接的影响。湖北、湖南以及贵州等地的各种"傩"戏，更是古代"傩"表演的延伸和发展。唐宋时代，歌舞进一步发展，节目中逐渐增加了故事成分。如《踏摇娘》就是以歌舞为手段，用人物扮装的"代言体"演绎一个较为完整的故事，具有歌舞剧的性质,更接近戏曲了。

滑稽戏也是影响戏曲形成的一个重要因素。滑稽戏是从“优”发展而来。“优”,是周幽王时期出现的。“优”的表演是即兴的,随意的,以幽默的语言,滑稽的表演,给人们,当时主要是宫廷的贵族开心取乐,但言谈话语之中也寄寓着讽谏之意。“优孟衣冠”就是“优”表演的代表性的节目。“优”的表演自周秦以后,逐渐发展,艺术的表现力也不断提高。五胡十六国时期,后赵石勒的参军周延因贪污“官绢数万匹”而下狱,石勒便命倡优以此为内容演绎成滑稽戏讥讽他。此后,滑稽戏就被称为“参军戏”。

参军戏初时只有两种角色,到晚唐时期,有了很大的发展。剧中的人物增多了,内容扩展了,调笑对象由官僚扩展到市井人物。如《酸秀才》表现的是酸秀才用不中用的眼药给人治眼的可笑故事。参军戏的唱念做表的表演艺术、代言体的功能以及插科打诨、幽默风趣的喜剧趣味,都为后来的戏曲艺术提供了直接的借鉴。

说唱艺术,指的是或说或唱、亦说亦唱同时结合一定的表演的艺术形式。说唱艺术源远流长,脉络纷杂。就说话艺术而言,古时优人讲笑话已具有说话的艺术因素。汉代有“诵俳优小说数千言”的记载,可见已有“说书者”。唐代著名诗人元稹以自己的亲身体验描述了当时说书的情况。在宋代,说话艺术大大发展,盛况空前,并且形成了多种艺术门类,主要有小说、讲史、说经、说公案、说新话、说浑话等。说话艺术的繁荣,不仅为戏曲创作提供了大量素材,还对戏曲的体制与表演技巧有一定的启示。

说唱艺术的渊源也可以上溯到先秦。《荀子·成相篇》便是一种联章歌唱的杂赋体式,不过,这只能说是说唱艺术的萌芽。汉乐府诗歌中的部分“相和歌辞”是用名为“大曲”的乐曲来歌唱的，这就初步具备后来说唱艺术的形态了。唐代寺院为宣扬佛理、推广佛教，用边讲边唱的方式讲说佛经的故事和世俗故事，称为“俗讲”或“啭变”，演唱的底本叫作“变文”。变文的文体是一段散文和一段七言或五言的韵文相间，这种说唱结合、韵白相间的文体为宋代鼓子词所继承。富有代表性的是赵令畤的《蝶恋花鼓子词》。它将元稹的《会真记》传奇分为十章作为说白，以十二曲《蝶恋花》词调插入咏唱，体制宏大，故事完整。鼓子词的不足是反复演唱同一曲调，不免有些单调。北宋中叶，说唱艺人孔三传吸取了大曲、曲破、唱赚等其他说唱艺术的某些长处，融会贯通地创造了诸宫调这一新的讲唱形式。诸宫调不是反复咏唱同一支曲子，也不限于运用同一宫调的曲子，演唱者可以根据故事情节的需要，选择合适的宫调曲子表现。这样，讲唱者的自由度增加了，艺术的表现力也增强了，能够游刃有余地说唱长篇故事。

从以上的简要叙述，不难看出，中国戏曲的形成是多源头的，它们从不同方面影响着、滋养着戏曲艺术。经过长期的渗透与融合，到了宋金时代，戏曲形态基本形成。主要剧种有二：宋杂剧与金院本。

宋杂剧亦称杂戏。它作为一个历史时期的重要娱乐形式，确实红火了一阵子，遗憾的是没有留下完整的剧本，但时人的笔记记载的“官本杂剧名目”竟有二百八十种之多。宋杂剧已具备了唱、念、做、打各种表演手段。有的是逗乐的喜剧，有的则是较为严肃的情节剧。宋人强调“杂剧务在滑稽”的美学旨趣，因此演出风格大多诙谐风趣。

宋金对峙时期，宋杂剧亦随之分流。在南方，宋杂剧继续延伸与发展；在北方则嬗变为金院本。院本是“行院”艺人演出的底本。后来即将金代特定的戏曲形式统称为金院本。金院本与宋杂剧实同而名异，但在艺术上有革新、有创造。主要表现在：金院本中用大曲歌唱的节目很少，多数没有标明曲调；金院本中“艳段”的节目比较丰富，另外，金院本中还有一类称为“院么”的节目，是宋杂剧中所没有的。据《南村辍耕录》所记，金院本剧目多达六百九十种，可见当时的繁盛情况。金院本是宋杂剧的发展，又是元杂剧的孕育者，为元杂剧的产生奠定了基础。

元代是我国戏曲的黄金时代。元杂剧继承了金院本、诸宫调的传统，但有了质的变化和明显的提高。元杂剧有了完备的文学剧作，严整的表演形式和丰富深刻的内容，标志着中国戏曲的成熟。据记载，当时有姓名可考的戏剧家八十多人，作品五百多种。不少作家和作品都是光照日月，千古不朽的。

关汉卿是元代最伟大的戏剧家。《录鬼簿》说他是大都（今北京）人，号已斋叟，曾任太医院尹，但他最痴迷的是戏剧。他在散曲《南吕·一枝花·不服老》中说，“便是落了我牙，歪了我口，瘸了我腿，折了我手”，还要“烟花路儿走”。意志坚定不移地从事“躬践排场，面敷脂粉”的戏曲生涯。他一生创作了六十多种杂剧，现存十八种，大体可分三类：

一类是公案剧、社会问题剧。这类剧本尖锐地提出社会问题，揭露社会的黑暗和腐败，抒发平民百姓的愤慨和抗争。众所周知的《窦娥冤》是一部深刻的伦理悲剧、命运悲剧、社会悲剧，正如著名学者王国维所说，将它放在世界伟大的悲剧中，也毫不逊色。（《宋元戏曲史》）《鲁斋郎》塑造了一个穷凶极恶的“花花太岁”形象。他不只肆无忌惮地蹂躏民女，还让你折服于他的淫威。他看中了张硅的妻子李氏，硬逼着张硅给他送上门去。在送妻前夜，两人有这样一段对话：

李氏说：“你在这郑州做个六案都孔目，谁人不让你一分。那厮什么官职，你这等怕他，连老婆也保不了的。你何不拣个大衙门告他去？”

张硅说：“你轻些说，倘或被他听见，不断送了我也！”

〔感皇恩〕他，他，他，嫌官小不为，嫌马瘦不骑，动不动挑人眼，剔人骨，剥人皮。（云）他便要我张硅的头，不怕我不就送去与他。如今只要你做个夫人，也还算是好的。

这些话，饱含着血和泪。张硅是有些懦弱，但通过他的无奈，也足以反衬出鲁斋郎的横行霸道、无法无天。另一部公案剧《蝴蝶梦》也是很有特色的。如果说《鲁斋郎》重在揭露罪恶，《蝴蝶梦》则着意于高扬美德。王氏三兄弟为了替父报仇，打死了“权豪”葛彪。在公堂上。包公追问凶手，三兄弟争着认罪。案子难以判断，王母便指认小三石和是真凶。王母何以要指认小三为真凶呢？原来小三是她的亲生子，两个哥哥则是王老汉前妻所生。在生死的关键时刻，人物的道德升华了，正气高扬了，可歌可泣了，感人至深。

爱情、婚姻题材的作品，在关汉卿的剧作中也占有很大的比重，而且写得光彩绚丽。《救风尘》是一部出色的喜剧。三个人物性格鲜明，赵盼儿聪明、机智、通晓世故又富于正义感。她的结拜妹妹宋引章则天真幼稚、贪慕虚荣。周舍却是一个狡诈凶狠的浮浪子弟。三人性格形成很好的喜剧冲突。赵盼儿用“以其人之道，反治其人之身”的方法制服了周舍，化解了矛盾。不仅有浓厚的喜剧意味，还有强烈的正气感。《望江亭》写普通女子谭记儿同有权有势的杨衙内的冲突。杨衙内手持势剑金牌，企图杀谭记儿的丈夫、强娶她为妻。谭记儿凭着自己的聪明机智，扮成渔妇，以切鲙献新为名，尽情愚弄了杨衙内，赚得势剑金牌，从而挫败了杨衙内的罪恶图谋。全戏意趣横生，而又入情入理。《拜月亭》《谢天香》《调风月》等戏在切入的视角上，在思想意蕴上以及艺术表现上，也都各具特色。

关汉卿还写了一些历史剧，如《单刀会》《双赴梦》《哭存孝》等都是上乘之作。关氏的历史剧注重描写英雄人物的壮志豪情，又着意抒发现实的人生感慨，既关注民间审美意向，又充盈文化气息，因而也为人们所喜爱，特别是《单刀会》，被改编成各种戏曲形式，千百年来常演不衰。

关汉卿戏剧的艺术成就是有口皆碑的。他的作品人物范围很广，从平民百姓到皇亲国戚，从龌龊小人到英雄豪杰，从青春少女到孱弱老者，都广泛涉猎，而且写得真实、生动，特别是女性形象更加多姿多彩。窦娥、谭记儿、王瑞兰、赵盼儿、杜蕊娘、谢天香以及《蝴蝶梦》中的王母、《陈母教子》中的陈母等秉性、经历、教养、身份等各不相同，性格迥异，构成了一个时代的女性人物画廊。关汉卿还善于设置戏剧冲突，他的戏大都矛盾尖锐、冲突激烈，起伏跌宕，扣人心弦，但又不乖张、不牵强、不失情理，这是很难得的。另外，关剧的语言非常质朴，非常生活化、平民化，不用生僻的典故，不沿华丽的辞藻。“本色化”的语言，有力地促进了戏剧与平民的沟通，同时也为我国戏剧语言开辟了一条正确的道路。

元代的剧坛可说是人才济济、硕果累累。除关汉卿外，还有一大批优秀的作家和作品。如王实甫与他的《西厢记》、康进之与他的《李逵负荆》、纪君祥与他的《赵氏孤儿》、尚仲贤与他的《张生煮海》、杨显之与他的《潇湘雨》、石君宝与他的《秋胡戏妻》、白朴与他的《墙头马上》《梧桐雨》、马志远与他的《汉宫秋》、郑廷玉与他的《看钱奴》等，都是名载史册、千古流传的。以上所举都是元代前期的作家与作品。大约从大德末年开始，杂剧创作活动的中心逐渐由大都转移到杭州，从此直到元末是元杂剧发展的后期。后期杂剧不如前期兴旺发达。除郑光祖的《倩女离魂》、乔吉的《两世姻缘》、宫天挺的《范张鸡黍》、秦简夫的《东堂老》较为优秀以外，其他作家的成就都不甚出色。还有少数剧作家的作品，内容荒诞不经，宣扬封建迷信，显现出杂剧创作逐步衰微的颓势。

宋元时期，除杂剧外，南方另外还有一派戏曲艺术，就是南戏。它最早产生于温州（一名永嘉），故又称温州杂剧或永嘉杂剧。南戏与民众情感、民间艺术有着密切的关系。起初，只不过是用“村坊小曲”演唱的歌舞小戏。正如徐渭在《南词叙录》中所说：“‘永嘉杂剧’兴，则又即村坊小曲而为之，本无宫调，亦罕节奏，徒取其畸农、市女顺口可歌而已。”出场角不多，戏剧结构也比较简单，但因为富有浓厚的地方气息和鲜活的生命力，很受平民大众的喜爱。随着南戏活动地区的扩大，特别是进入城市以后，从诸宫调、唱赚、宋杂剧以及宋词演唱艺术中吸取了很多营养，艺术水平大为提高。成熟后的南戏，体制较宋杂剧和金院本庞大，结构比较完整，音乐为南曲。与宋杂剧、金院本套用大曲、法曲等现成的音乐体式不同，南戏的艺人们有意识地以民间音乐为借鉴创立自己的音乐体制，艺术的表现力和感染力有明显的提高。

南戏的剧本大多出自下层文人和艺人之手。由于封建统治者的禁毁和某些文人的歧视，刊刻付印的机会不多，据记载共有二百三十八本南戏，而流传下来的仅为十分之一。如《张协状元》《宦门子弟错立身》《小孙屠》《白兔记》《琵琶记》等有较为完整的本子，保持了戏文的原貌。另外，有些本子是经过后人修改加工的，如《荆钗记》《东窗记》《破窑记》等十二种。这类本子虽然不一定符合本来面貌，但原剧的轮廓、精神还是有的，仍可供欣赏。

宋元南戏有二百多年的发展和流传历史，是我国戏曲史上一个重要的艺术流派。它深深植根于生活土壤中，它注重表现平民百姓的审美情趣与时代的审美时尚，它不断地追求艺术的完美与创新，对后来的戏曲艺术有深远的影响。

明清时期，剧坛上流行两种戏曲艺术，即传奇与杂剧。传奇承接了宋元南戏传统，杂剧则承接了金元杂剧传统，但它们都没有故步自封，而是随着社会的发展、审美时尚的变化不断革新，从而使戏曲在明清时代又呈现出新的面貌。

“传奇”一词的内涵与指向，在历史上是有变化的。最早是指唐代小说。宋元时期有人把一些敷衍故事的说唱与戏曲称作传奇。到了明代则专指南戏戏曲作品。传奇作品在体制上不限出数，各类角色都可以唱，而且篇幅较长；内容上则偏重于事件的新奇。李渔说：“古人呼剧本为‘传奇’者，因其事甚奇特，未经人见而传之，是以得名。可见非奇不传。”[①]孔尚任在《桃花扇 · 小识》中说：“传奇者，传其事之奇焉也者，事不奇则不传。”他们都强调了传奇的“新奇”特征。

明代前期（洪武至嘉靖前）传奇创作成绩并不甚佳。由于统治者大力用程朱理学禁锢人们的思想，加之创作者多是“朝廷大吏”和“老学名流”，多数作品热衷于宣扬封建礼教、功名利禄和因果报应，朱有敦的《诚斋乐府》、丘濬的《五伦全备记》就是典型的代表。明代后期（嘉靖至崇祯）由于东南沿海城市经济的繁荣，社会矛盾的复杂尖锐，平民百姓对艺术的强烈呼唤，激活了戏剧家的创造力，戏曲创作走出低谷，日趋

① 李渔：《闲情偶寄》，《中国古典戏曲论著集成》，中国戏剧出版社 1959 年版，第 7 册，第 15 页。

繁荣。传奇作品的数量增多了,质量提高了,具有积极意义的作品成为剧坛的主流。有些作品讴歌忠臣良将反抗权奸的殊死斗争。如《鸣凤记》写嘉靖年间,权臣严嵩残害忠良,众豪杰以“不剪奸雄死不休”的决心和意志同他进行了前仆后继、不屈不挠的斗争,最终取得胜利。有些作品激扬爱国主义精神。如梁辰鱼的《浣纱记》,通过西施与范蠡的悲欢离合演绎了吴越两国的兴亡,歌颂了越国君臣上下一心、雪耻复国的精神。难能可贵的是作者把范蠡与西施的爱情与越国的兴亡联系在一起,爱情的幼苗在艰难的复国斗争中开花、结果,思想境界是高远的,在封建世俗气味很浓的明代剧坛,给人以清新脱俗之感。还有些作品揭露了封建礼教对人性的束缚,颂扬了青年男女追求自由幸福爱情的精神。《焚香记》《织锦记》《玉簪记》《红梅记》等都是受人们欢迎的优秀作品。而汤显祖的《牡丹亭》则是其中的扛鼎之作。它演绎的是杜丽娘为爱而死、为爱而生的凄恻动人的爱情故事。杜丽娘所受的封建礼教的管束比以前的妇女更为严酷,争取自主幸福婚姻的道路更为坎坷艰险,这就要求她以更大的勇气和决心去实现自己的意愿,稍有畏怯,希望就会化为泡影。而杜丽娘正是以生死不渝的精神意志去追求、去实现自己的美好梦想的,她的执着与激情比崔莺莺有过之而无不及,从而成为我国戏曲舞台最凄美动人的女性形象之一。至明代晚期,才子佳人戏居多,而孟称舜的《娇红记》却独具艺术光辉。它所写的王娇娘与申纯的爱情故事,与《牡丹亭》是一脉相传的,但它突出的不是梦想的满足,而是现实的兑现。作品从实情实景出发,通过生活化的细节与语言展现人物的思想面貌。它的出现,标志着爱情戏从浪漫化向现实化发展的新趋势。

明末清初,社会的大动荡、大变化,激发了戏剧家的创作热情,促进了传奇创作的发展。以李玉为代表的苏州地区戏剧家，继承了《鸣凤记》《娇红记》等传奇面向现实的优良传统，写出了《清忠谱》《万民安》《千钟禄》等佳作。《清忠谱》是李玉、朱素臣、毕万后和叶雉斐共同创作的。它以天启年间东林党人和苏州人民反抗阉党魏忠贤残暴统治为题材，既抨击了"豺狼满朝"的黑暗现实，又讴歌了"劲骨千磨不坏"的志士仁人。特别是它把市民反暴政的斗争搬上舞台，这是以前戏曲所没有的。苏州戏剧家群体还有一个重要特点是，不少人社会地位较低，他们多为民间戏班写戏，也就是为平民百姓写戏，题材广泛，曲词宾白通俗，为平民百姓所喜闻乐见。如《十五贯》《占花魁》《渔家乐》《艳云亭》等都是常演不衰的作品。尽管清代是一个矛盾重重、步履维艰的时代，但随着经济的发展、城市的兴起、近代文明的逼近，戏曲舞台还是呈现了超过以往的繁荣，舞台演出异常红火，优秀剧作不时出现。洪升的《长生殿》和孔尚任的《桃花扇》是清代传奇创作新高峰的标志。《长生殿》以李隆基和杨玉环的爱情悲剧为线索，深刻地揭示了安史之乱前后唐代社会的诸多矛盾，总结了唐王朝由盛而衰乃至国破家亡的惨痛教训，对于后人很有启示。《长生殿》在艺术上达到了很高的成就，场面壮丽，情节曲折，人物性格鲜明，不仅塑造了郭子仪、雷海青等正面形象，还入木三分地刻画了杨国忠、安禄山等反面人物的丑恶嘴脸。另外，对李、杨爱情如诉如泣的真切描述、如诗如画的情感抒发，使他们的爱情超越历史的时空，而获得永恒的审美价值。《桃花扇》是写南明王朝的历史剧。作品以侯方域、李香君的爱情故事为线索，集中地反映明末腐朽、动荡、衰败的社会现实。如孔尚任自己所说："借离合之情，写兴亡之感。"在文学史上，借青年男女的爱情故事和悲欢离合演绎一代世情变化的作品已是屡见不鲜，然而《桃花扇》却比以前的作品演绎得更好。它把侯、李的离合之情和南明的兴亡之感结合得更紧密，开掘得更深广，表现得也更生动。权奸的误国、叛将的苟且、复社文人的沉迷、爱国将领的坚贞，特别是下层民众的高贵品格和反权奸斗争，都爱憎分明地展现出来，具有很强的感情冲击力。乾隆以后，统治者强化了文化领域的管制，指令各省督抚派员删毁违碍戏曲作品，同时又倡导写粉饰太平的宫廷大戏，正直的文人既不愿跟随统治者的旨意走，又害怕触犯忌讳，不肯轻易动笔，由是传奇创作出现滑坡。

明清时代，在传奇盛行的同时，杂剧亦在延续。两者相互竞争、相互影响，相互渗透。明清杂剧既承继了元杂剧某些优秀的传统，又适应社会生活与审美情趣的变化，进行一些革新。一般地说，结构较为灵活，抒情色彩较为浓郁，演唱、曲调和语言也有所变化。从宏观看，虽然成就不如元杂剧辉煌，但也有些颇有光彩的佳作，如康海的《中山狼》就是一部深刻的哲理讽刺剧。它演绎东郭先生好心救狼却险被狼害的故事。作品通过中山狼狠毒诡诈，忘恩负义的性格和行为，有力地讽刺了炎凉的世态和人心的险恶，有助于人们认识社会人生，识别某些奸险小人的本性。徐渭的《四声猿》（由《狂鼓史》《玉禅师》《雌木兰》《女状元》四短剧组成）是他的代表作，也是明代最“绝异”（袁宏道语）的杂剧创作。特别是后两剧，突出表现出了女子的才干和对封建礼教的轻蔑。清代的杂剧，富有朝代兴亡的沧桑感和伤时感世的愤懑感。吴伟业的《通天台》《临春阁》、尤侗的《读离骚》《吊琵琶》等都具有这种思想情调。然而从积极方面看，这也表露了他们忧国忧民之心。

清代剧坛尤为引人注目的是地方戏的广泛兴起与繁荣。地方戏的兴起，并非始于清代。任何古老剧种都发源于一定的地域，初始形态都具有地方性。但是，在特定的历史时期，有些剧种广为传播乃至形成专擅一代的优势，这样，就超越了地域性，而成为全国性剧种了。有些剧种则长期在一定的地域衍生、发展，与该地区的人文风情水乳交融，富有独特的地域文化色彩，人们便称之为地方戏。明末清初，弋阳诸腔开始繁衍，显示了地方戏大发展的新势头。清代康熙、乾隆年间，众多的地方戏在全国各地雨后春笋般地发展起来，形成万紫千红、争妍斗丽的新局面。

《中国大百科全书·戏曲曲艺卷》对此做了全面的概括：

> 据有关文献记载，清代康熙、乾隆期间，除昆、弋诸腔戏继续流行外，已有下列新兴地方戏出现：即梆子腔（包括弋阳梆子、安庆梆子、陇西梆子等）、乱弹腔（包括扬州乱弹和山西平阳、四川等地的乱弹）、秦腔、西秦腔（一名琴腔或甘肃调）、楚腔、吹腔（一名枞阳腔或石牌腔）、宜簧诸腔、二黄腔（一名胡琴腔）、罗罗腔（一名罗戏或锣戏）、弦索腔（一名女儿腔，俗名河南调）、唢呐腔、巫娘腔、柳子腔、勾腔、本地土腔（本地指河南，包括大翁笛、小唢呐朗头腔、梆锣卷）、山东弦子戏、卷戏滩簧、秧歌、花鼓……它们还处在不成熟和不完善的阶段。尽管如此，其诸腔杂陈，新奇迭出，百花竞放的局面已基本形成。

清代的地方戏，不仅品种繁多，而且内容充实广泛。起步阶段，主要取材于日常生活。如《打花鼓》，描写一对年轻夫妇，因家乡遭灾而流浪街头卖艺，受到纨绔子弟的欺侮。悲切的情调，唱出了广大破产农民的辛酸。其他，如《打面缸》《张三借靴》《张古董借妻》等作品都紧密贴近现实生活，具有浓厚的生活气息，这正是地方戏曲所长而为文人创作所不足的地方。随着地方戏的繁荣发展，作品的题材与思想内涵不断扩展。有的颂扬农民与市民的反抗斗争，如《神州擂》《庆顶珠》《串龙珠》等；有的讴歌爱国主义和民族英雄，如《杨家将》《寡妇征西》等；有的鞭挞世态炎凉与道德沦丧，如《清风亭》等；还有的抒写真挚的爱情与婚姻，如《玉堂春》等。社会生活的许多重要方面，地方戏都观照到、表现到了，而且是以平民百姓的审美意识，审美情趣观照和表现的，从而最大限度地满足了平民百姓的审美需要。

地方戏兴起于民间，流行于乡村集镇。随着艺术的成熟，逐渐由乡村走向城市，由一个地区走向另一个地区。一些优秀的戏班还走进大城市献艺。当时的北京和扬州就是北方和南方的两大戏曲中心。地方戏曲的广泛流布，多种戏曲的荟萃演出，既极大地扩大了地方戏的影响，又促进了地方戏的大交流，大融合，大发展，此后，地方戏就深深地扎根在平民百姓的心田里，扎根在中国戏曲的舞台上，成为联系群众最广泛的长盛不衰的戏曲之花。

第二章　现代通俗文艺的发展

20 世纪是我国通俗文艺大发展、大变化的时期。由于社会的深刻变动、人民大众的热切需要以及先知先觉的积极倡导，通俗文艺逐渐形成一股强劲的文化潮流，汹涌在广袤的神州大地上，尽管在漫长的历史进程中曾遭遇这样那样的障碍，但终究以不可阻挡之势向前发展，从而形成今天全方位的兴旺发达景象。回顾现代通俗文艺的历史进程，可以得到一些重要的启示。这里，我们仅就各个历史阶段通俗文艺发展的主要态势和特点做一个简要的叙述。

第一节　20 世纪初的通俗小说潮

自魏晋以来，我国通俗小说流传了一千多年，到了清末民初，发生了质的嬗变，由古典文化时代走向现代文化时代。“鸳鸯蝴蝶派”(以下简称“鸳蝴派”)就是这一时期通俗文学潮流的代表。它以言情小说为开端，以上海、天津、北平、苏州、武汉为中心，流行长达四十多年。“鸳蝴派”的成员大都是活跃在上海、苏州一带文坛的作家，不少人是举人、秀才和“南社”成员，有所谓吴中才子“能创窈窕之思”的说法。包天笑、王西坤、徐枕亚、李涵秋、周瘦鹃等都是当时声名显赫的人物，作者不下数百人。据有人统计，“鸳蝴派”控制的杂志约一百三十多种，大小副刊十种，小报五十种，出版小说二千多部，而明清两代的通俗小说仅有几百部。创作题材，由言情推衍到社会、历史、黑幕、宫闱、武侠、帮会、侦探、滑稽等广阔的生活领域，足见其实力之雄厚，声势之浩大，在历史上亦属罕见。

“鸳蝴派”产生和发展的时代，正是我国社会处于专制体制与民主体制、封建思想与民主思想激烈碰撞的时期，作家们既受到新思潮的洗礼，又保留着一些难以割舍的旧意识；表现在创作上，既有革新创造，也有因袭守旧。“鸳蝴派”文学，虽不是完美的文学，却有独特价值，不可视为新文学运动的“一股逆流”。

从内容看，“鸳蝴派”的作品真切地反映了那一时期的历史风貌，表现了人性的朦胧觉醒。封建的伦理观念和婚姻制度给无数中国人造成人生悲剧，带来无限痛苦，因而婚姻问题成为当时反对封建礼教的突破口。徐枕亚的《玉梨魂》之所以一炮打响，不正是在于它抉出了久藏于人们心底的痛苦情结吗？相爱绵绵又不得不违心割舍，终于酿成一场婚姻悲剧。作者敢把“寡妇恋爱”的主题写进小说，肯定自由恋爱的合理性，充分显示了人性的觉醒和新人文主义精神。李涵秋的名著《广陵潮》描写了从鸦片战争到武昌起义这一段历史时期的重大社会变动和涌动的时代潮流，颇有认识历史和民俗的参考价值。张恨水在《〈广陵潮〉重版序》中说：“我们若肯研究三十年前的社会，在这里一定可以获得许多材料。”其他如包天笑的《上海春秋》，张恨水的《春明外史》，都是深刻揭露封建军阀和官僚内幕的佳作。

另外,“鸳蝴派”的作品较早地描绘了下层社会生活,展示了20世纪初人情世态的真相。包天笑的《夹层里》、恽铁樵的《工人小景》、周瘦鹃的《檐下》和《脚》等作品,用速写的笔法勾勒出一群都市社会里的穷苦大众形象,在现代文学史上开了描绘工人生活的先河。虽然数量不多,这种先觉性却十分可贵,并能说明这些作家并非都热衷于写些肉麻的“眼泪鼻涕”的作品。除了关注工人生活以外,“鸳蝴派”作家还广泛地接触到都市社会生活的其他方面,描绘了光怪陆离的生活现象。李涵秋的长篇小说《怪家庭》写一个无赖泼皮霸占他人家产的故事,这是根据扬州发生的一件真实的事件加工创造的,极富地方色彩。同类的小说还有《十年回首》《交易所现形记》《人海梦》等,是对都市生活怪现状的全面“巡礼”。这类小说近似晚清的谴责小说,但在思想层面上更开阔了,能自由运用黑幕小说作为批判社会的工具。

艺术上,“鸳蝴派”作家执意继承和弘扬中国古典小说的艺术传统,并有所创新。他们曾自称是“民国旧派小说”,但在五四新文化运动之前并不“旧”,除了思想内容的大力更新外,在运用传统模式和话语变革方面尤为明显。我国古典章回小说的艺术形式有几个突出特征:一是开篇入话和故事结尾必用诗词;二是使用“扣子”设置悬念,巧妙组织情节;三是全书结构分章回。他们对这些形式做了较好的改造,最大的改变莫过于打破了西方人认为“中国无悲剧”的艺术模式,改变了千篇一律的“大团圆”结局,创造了“哀情”“苦情”“惨情”等多种格式的言情小说。这和晚清的“才子佳人”小说迥然不同。其次,“鸳蝴派”作家注重抒写主体意识。苏曼殊的作品已见端倪,名作《断鸿零雁记》就是他自己飘零风尘的真实记录,在柳亚子主编的《太平洋报》上连载后,获得普遍赞誉。继起的《广陵潮》《人间地狱》等社会言情小说,逐步放弃原来的全知全能式的叙事手法，改为“自叙体的小说”，使抒情与叙事更有亲切感。这种变化是吸取外来艺术的结果。清代的言情小说、历史演义、谴责小说原本是界限分明的，“鸳蝴派”小说家则将它们糅合贯通，构成一种容量很大的社会言情小说，是小说文体的变异。包天笑、严独鹤、毕虹、叶小凤等人在这方面都有自己的贡献。徐枕亚的《雪鸿泪史》，首先在小说中穿插了大量日记书信，后来逐步形成日记体和书信体小说，从而丰富了我国通俗小说文体。另外，“鸳蝴派”在小说话语变革上也走在前面。早期的“鸳蝴派”小说不少仍袭用文言体，他们的行文“都喜骈俪出之，托旨骋妍，雕镂组绣”（郑逸梅语）。而毕倚虹、叶小凤、李涵秋、顾明道等几位名家则是例外，他们在运用白话语体上先行了一步。清末民初的文言势力还相当大，包天笑后来回忆说：“这时期写小说，以文言为尚……林琴翁深于汉学，大家以为好，靡然成风学他和笔调。”清末苏曼殊的小说、鲁迅于1911年发表的处女作《怀旧》均为文言体，《礼拜六》周刊则带头刊发白话小说，真正开了风气之先，其功不可没。

理论上，“鸳蝴派”明确地提出了通俗文学的消遣娱乐作用，这是把读者当作服务对象，追求生活快乐和张扬个性自由的进步主张。“鸳蝴派”的重要刊物《礼拜六》在《出版赘言》中说，大众在休息日中，“买笑耗金钱，觅醉碍卫生，顾曲苦喧嚣，不若读小说之省俭而安乐也。读小说以小银圆一枚，换得新奇的小说数十篇，游倦归斋，挑灯展卷，或伴爱友抵掌评论，或伴爱妻并肩互读，意兴稍阑，则以其作留于明日读之。晴曦照窗，花香入座。一编在手，万虑都忘，劳瘁一周，安闲此日，不亦快哉！”这段话从大众的生活实际出发，开创性地说明了通俗文学消遣功能的合理性与迫切性，读来亲切感人。后来，这种主张遭到不少人的批判，以为强调娱乐消遣作用就是否定文学教育认识功能，因而是一种大逆不道的观点。实际上，这种论断是断章取义的。“鸳蝴派”在倡导通俗文学的“娱乐消遣”作用的时候，同时强调了它的“警世觉民”用意。李涵秋说过通俗小说能够“移风俗，正人心”。著名武侠小说家顾明道也明确表示他的创作为的是“壮国之气，为国争光”。在袁世凯、张勋之流搞复辟之际，《礼拜六》《红玫瑰》等刊物出版了《国耻专号》，周瘦鹃及时地创作了小说《为国牺牲》和《亡国日记》，提醒人民大众不忘历史教训，就是最好的佐证。

作为历史转折期的一个通俗文学流派，“鸳蝴派”既有锐意求新的一面，也有因循守旧的一面。即使是政治上主张变革的作家，在伦理道德上，仍笃信封建的一套，所谓“发乎情，止乎礼义”。因此对社会人生认识比较肤浅，激愤多于剖析，有些作品还不时流露出对落后的封建意识的赞赏。有些作家艺术功力不足，写作态度又失之轻佻，“没有宜兴茶壶粗泥细做的功夫”，因而作品粗糙；还有些作品格调不够高，如此等等。尽管存在着一定的偏差与缺点，但是从总体看，成就还是主要的。在艰难险恶的历史文化环境中，“鸳蝴派”对通俗文艺的发展和壮大做出了独特的贡献，并为五四新文学的到来做了有益的铺垫！

应当承认，这个清末民初形成的文学流派曾风靡一时，而且一度与五四新文学运动同时并存下去。其代表作家和作品可简括为一句话：“四大说部五虎将”（包天笑语），理当永志史册！

第二节　20 世纪 30 年代的大众化文艺运动

1930 年，在中国现代史上第一次开展文艺大众化问题的讨论。这次讨论是“左联”发起的。那年春天,“左联”的《大众文艺》编辑部召开了座谈会,讨论文艺大众化问题。与会者的发言,后来刊登在《大众文艺》第二卷三、四期的新兴文学专号上。这便敲响了大众化问题讨论的开台锣鼓。

大众化的意义何在?换句话说,文艺为什么要大众化?是提出问题的出发点,因而也是讨论的重点。沈端先(夏衍)说:无产阶级“文学——乃至艺术——本质上,就是非为大众而存在不可的东西”[①]。郭沫若用诗人的激情和诗的语言说“我们希望的新的大众文艺,就是无产阶级文艺的通俗化!通俗!通俗!通俗!我向你说五百二十万遍通俗!你不要那样忸忸怩怩,以为通了俗便算伤了自己的尊严,以为通了俗便算惨淡了自己的颜色,闭在幕里唱后台戏的时间已经过了!”[②]

鲁迅强调了文艺的大众化,要适合中国民众的实际情况:“在现下的教育不平等的社会里,仍当有种种难易不同的文艺,以应各种程度的读者之需。不过应该多有为大众设想的作家,竭力来作浅显易解的作品,使大家能懂,爱看,以挤掉一些陈腐的劳什子。”[③]

鲁迅还深刻指出,文艺的大众化,并不是几个文人舞文弄墨的事,广泛而深入地开展“就必须政治之力的帮助,一条腿是走不成路的,许多动听的话,不过文人的聊以自慰罢了”[④]。五十多年后,茅盾在回忆这次讨论时,还满怀深情地说:鲁迅的“那一段话,意义十分深刻,可惜

---

① 沈端先:《所谓大众化的问题》,原载《大众文艺》第 2 卷第 3 期,1930 年 3 月。
② 郭沫若:《新兴大众文艺的认识》,原载《大众文艺》第 2 卷第 3 期,1930 年 3 月。
③ 鲁迅:《文艺的大众化》,《鲁迅全集》,人民文学出版社 1981 年版第 7 卷,第 349—350 页。
④ 鲁迅:《文艺的大众化》,《鲁迅全集》,人民文学出版社 1981 年版第 7 卷,第 349—350 页。

这意见当时未被重视"①。

郑伯奇说:"大众文学应该是大众能享受的文学,同时也应该是大众能创造的文学。所以大众化的问题的核心是怎样使大众能整个地获得他们自己的文学。"②

郁达夫则有针对性地指出:"'文艺的大众化并不是文艺的卑劣化',譬如专为想迎合一种社会的变态浅薄的心理,而以文艺来作做官发财的阶梯,这也是不对的。官尽可以去做,财尽可以去发,但是想借了新文艺来做旧时科举式的考卷,这却是文艺的卑劣化并不是大众化。"③

这次讨论,实际上只是各抒己见,没有交锋,也没有就某个问题进行集中的讨论,但仍提出了不少值得注意的问题,发表了不少精辟的见解,前面所列举的,就是最有代表性的。尽管所发意见,限于种种原因,没有有效地付诸实践,但它毕竟是中国新文化运动史上一个新的开端,表现了新文艺发展的正确方向和进步作家的革命追求。

1932年夏,进行了第二次文艺大众化问题的讨论。这次讨论规模比第一次大,参与的人比第一次多,对问题的论述也比第一次深入和具体。除了继续探讨大众化的意义,还着重讨论了如何创造大众化的作品,诸如作品的内容、形式、语言以及创作方法和描写技术等。

讨论中一些杰出的理论家面向现实,从分析社会现状、分析创作现状中寻找当时文艺大众化运动的症结,阐明正确的发展方向。宋阳(瞿秋白)在《大众文艺的问题》一文中,首先指出"中国的劳动民众还过着

---

① 茅盾:《回顾文学大众化的讨论》,《我所走过的道路》,人民文学出版社1984年版。
② 郑伯奇:《关于文艺大众化的问题》,原载《大众文艺》第2卷第3期。
③ 郁达夫:《我希望于大众文艺的》,原载《大众文艺》第2卷第4期。

中世纪式的文化生活。……中国的绅士资产阶级用这些大众文艺做工具,来对于劳动民众实行他们的奴隶教育。这些反动的大众文艺,不论是书面的口头的,都有几百年的根底,不知不觉地深入到群众里去,和群众的日常生活联系着。劳动民众对于生活的认识,对于社会现象的观察,总之,他们的宇宙观和人生观,差不多极大部分是从这种反动的大众文艺里得来的"。"因此,现在绝不是简单的笼统的文艺大众化的问题,而是创造革命的大众文艺的问题"[①]。对于传统的大众文艺,我们要做具体的分析,区分其民主性精华和封建性糟粕,不能一概否定,更不能笼而统之地斥之为"反动文艺"。但是不能不看到统治阶级确实利用一些落后的封建的文艺作品毒害群众、麻醉群众。因此瞿秋白提出的"创造革命的大众文艺"是解决文艺大众化的症结的见解,是非常正确的。这个观点,对于文艺大众化具有方向性的启示意义。

语言是文学的工具,也是文学大众化的基础,因而一直是讨论的焦点。瞿秋白认为,五四新文化运动以来的文学语言,"是中国文言文法,欧洲文法,日本文法和现代白话以及古代白话杂凑起来的一种文字,根本是口头上读不出来的文字";旧小说的白话,虽然来自口头语言,但已是过了时的"死的语言",因而不能用这样的话写,而"要用现代中国活人的白话来写,尤其是无产阶级的话来写"[②]。茅盾的看法和瞿秋白有所不同。他认为:"现在通行的'白话',尚不至于像宋阳(瞿秋白)所说的那样罪孽深重无可救药:而且也不是完全读不出来听不懂,……宋阳

① 宋阳(瞿秋白):《大众文艺的问题》,《瞿秋白文集》,人民文学出版社 1953 年版,第 2 卷,第 885—887 页。

② 宋阳(瞿秋白):《大众文艺的问题》,《瞿秋白文集》,人民文学出版社 1953 年版,第 2 卷,第 885—887 页。

先生挑取了最极端的'文言'以骂倒全体，不能使人心服。只要从事创作的人多下功夫修炼，肃清欧化的句法，日本化的句法，以及一些抽象的不常见于口头的名词，还有文言里的形容词和动词等，或者还不至于读出来听不懂。而作家要办到此层，一定不能躲到书房里用功夫，他必须和各种南腔北调的人多多接触，先使自己的嘴巴练好。"[①]一个主张抛弃现有的文学语言，完全用人民群众的活的口头语言写作；一个则主张在现在的文学语言的基础上提炼、革新，使之成为读出来听得懂的文学语言。两人提出的革新语言的途径和方法尽管不太相同，然而他们革新语言的意向是明确的，对于文学语言的大众化起了积极的推动作用。

五四新文化运动以后的一些新文学作品，不仅文字上使用"五四式"的假白话，"在体裁上也远离大众的需要拼命向欧化的死路上跑"，这是其不为群众所理睬的一个重要原因。因此在文艺大众化问题讨论伊始，人们就提出了形式问题。鉴于我国是一个文化传统深厚的国家，历史上群众喜闻乐见的通俗作品丰富多彩，因而，利用旧形式，"旧瓶装新酒"，将新的内容装到旧形式中去，就成为文艺大众化的一个最便捷的方法和途径。当时几乎所有的人都主张利用旧形式。然而一成不变的旧形式和剧烈变动的社会现实之间终究显示出不协调，固守旧形式就意味着拒绝变革。一些有识之士当即看到了一味模仿旧形式的弊病，提出了积极改造旧形式的主张。瞿秋白说："应当做到两点：第一，是依照旧式体裁而加以改革；第二，运用旧式体裁的各种成分，而创造出新的形式。"[②]鲁迅则从艺术发展的辩证规律做了进一步的阐述："旧

① 止敬(茅盾)：《问题中的大众文艺》，《文学月报》第1卷第2号，1932年7月。

② 瞿秋白：《论大众文艺》，《瞿秋白文集》，人民文学出版社1953年版，第2卷，第863页。

形式是采取，必有所删除，既有删除，必有所增益，这结果是新形式的出现，也就是变革。”①

这次讨论不仅探讨了创造大众化文艺作品的一些艺术上的具体问题，还探讨了实现大众化的根本途径，这就是作家的意识和生活问题，以及作家和群众的关系问题。一些思想敏锐的文学家意识到：观念问题、语言问题、形式问题、内容问题、创作方法问题等，对于文艺的大众化无疑都是很重要的因素，但是要彻底解决这些问题，却不能就事论事，而要从根本上改变作家的生活道路和创作道路入手。作家张天翼幽默地说：“现在的创作者是才从小白脸文化里蜕化出来，他一面非常吃力地想追上大众，一面还丢不了那嚼巧克力糖的生活。作品是反映作者的生活的，所以你无论怎样理解，而制作出来的东西仍然不属于大众，仅仅是进步一点的小白脸文艺而已，甚或并没进步。那么要怎样呢：要把你的巧克力糖，抒情诗，后期印象派的风景画等，全扔到粪缸里去，剥掉你那张小白脸皮，而跑到大众里面去生活。这生活，比理解还重要到一百四十四倍，这样你的作品才会真正是大众的。”②周扬认为，只有从生活的锻冶场里才能锻冶出大众所理解的文学，只有从斗争生活里才能使文学无限地丰富起来。革命作家应该是实际斗争的积极参加者。

文化的变革与发展，和其他任何事物一样，是波浪式地向前发展的。1933 年稍微沉静一下，1934 年又掀起了新的论争热潮。论争的焦点是语言问题：是“复兴文言”，还是进一步推动语言的大众化？5 月，

---

① 鲁迅：《论“旧形式的采用”》，《鲁迅全集》，人民文学出版社 1981 年版，第 6 卷，第 24 页。

② 张天翼：《〈北斗〉杂志社文学大众化问题征文》，载《北斗》第 2 卷第 3、4 期合刊。

国民党御用文人汪懋祖撰文公然鼓吹“复兴文言”。汪说：“文言之省便，毋待哓哓，乃必舍轻便之利器，用粗笨之工具，吾不知其何说也。”[①]与他唱一个调子的许梦因说：“白话必不可为治学工具。今用学术救国，急应恢复文言。”[②]在他们的鼓噪下，一度在学校消歇的文言又重新回到学校，引起思想文化界的混乱。他们的错误言论理所当然地受到了进步文化界的批评。在批评“复兴文言”的错误论调中，人们确实也感到当时使用的白话有不少缺欠，需要进一步革新，于是提出了大众语问题。著名学者陈望道对这次论争有比较详细的回顾。他说：“当时复古思潮很厉害。汪懋祖在南京提倡文言复兴，反对白话文，吴跰人起来反击汪的文言复古。消息传到上海，一天乐嗣炳来看我，告诉我说：汪在那里反对白话文。我就对他说，我们要保白话文，如果从正面来保是保不住的，必须也来反对白话文，就是嫌白话文还不够白。他们从右的方面反。我们从左的方面反，这是一种策略。只有我们也去攻击白话文，这样他们自己就会来保白话文了。我们决定邀集一些人在一起商量商量。第一次聚会的地点是当时的‘一品香’茶馆。应邀来的有胡愈之、夏丏尊、傅东华、叶绍钧、黎锦晖、马宗融、陈子展、曹聚仁、王人路、黎烈文，加上我和乐嗣炳共十二人。会上大家一致决定采用‘大众语’这个比白话文还新的名称。”[③]会后，陈子展在一篇题为《文言——白话——大众语》的文章中说：“从前为了补救文言的许多缺陷，不能不提

① 汪懋祖：《禁习文言与强令读经》，原载《时代公论》第110号，1934年5月4日。

② 许梦因：《告白话青年》，原载《时代公论》第117号，1934年6月22日。

③ 《陈望道谈大众语运动》，《文艺大众化问题讨论资料》，上海文艺出版社1987年版，第404页。

倡白话，现在为了纠正白话文学的许多缺点，不能不提倡大众语。”①这段话清楚地表明了进步文化人提出“大众语”的心路。当时，顽固的文化人，以尊孔读经为武器对抗时代的新思想，因而极力主张复兴文言、反对白话。所以这场语言问题之争，本质上是前进与倒退之争，革新与守旧之争。这次论争，从 1934 年 5 月到 1935 年，发表了四五百篇文章，规模是相当大的。虽然参加的人很杂，观点差异明显，对问题也没有取得共识，但它在思想与文化方面的影响是深远的。

上面我们简要地论述了 20 世纪 30 年代进行的几次文艺大众化问题的论争，表面看来，时间上是有间距的，不相关联的，实际上，它们是一脉相承的。如果从整体上考察几次论争的来龙去脉，连同它的思想准备和组织工作，更可看到它们的内在联系。例如，“左联”关于文艺大众化问题的第一个决议，是在 1931 年 11 月做出的，恰好在第一次和第二次论争的中间。决议指出：“为完成当前迫切的任务，中国无产阶级革命文学必须确定新的路线。首先第一个重大的问题，就是文学的大众化。”“今后的文学必须以‘属于大众，为大众所理解，所爱好’（列宁语）为原则；同时也须达到现在这些非无产阶级出身的文学者生活的大众化与无产阶级化。”②紧接着，在 1932 年初，“左联”又在几个决议中对文艺大众化的策略和方法做了明确规定。这些决议，可以说是第一次论争的总结，是其思想精神的升华；同时又是第二次论争的思想发动和组织准备，并为深入开展大众化问题的讨论指明了方向。瞿秋白正是根据“左联”决议的精神写作了《大众文艺的问题》等文。这表明在第

---

① 陈子展：《文言——白话——大众语》，原载《申报·自由谈》，1934 年 6 月 18 日。

② 《中国无产阶级革命文学的任务》，原载《文学导报》第 1 卷第 8 期，1931 年 11 月。

一次和第二次论争之间的内在联系是非常紧密的，并没有思想上时间上的鸿沟。第三次论争是御用文人挑起的，带有某种突然性。然而，从形势发展看，又具有一定的必然性。汪懋祖正是慑于白话文日深入人心，慑于大众文艺声势的不断壮大，才发出"复兴文言"的狂叫。汪懋祖的"文言——白话——文言"和进步文化人的"文言——白话——大众语"，两个截然不同的口号，清楚表明两种思想观念和文化观念的对立，同时也表明了新文化革命的步步深入。

这几次大论争，阐明了文艺大众化的重大意义，探索了文艺大众化的方法和途径，清醒地认识了现实的问题和克服的办法，团结了一大批愿为大众文艺事业而奋斗的作家，收获丰硕，意义重大。在中国文化史上，通俗性、大众性的作品，古已有之，提倡通俗性、大众性作品的言论，也曾有过，但是像这样系统的、全面的、声势这样浩大的讨论，却从未有过，是历史上的第一次，它为开辟新的大众文艺时代奠定了思想基础。没有这一系列的论争，就不可能有以后的气势磅礴的席卷神州大地的大众文化运动。然而有些文学史家，对于这几次论争的意义估价不足，对于缺点的批评又显得苛刻。如说"问题讨论得并不深入""并未达到应有的理论高度"等。"深入"也好，"高度"也好，都不是可以用一个固定的标尺衡量的概念，而是一个随着时代的发展和人们认识水平的变化而不断变化的概念。如果用当时的认识水平看，应当说讨论是"深入"的，有"高度"的，因为在这些文章之外，再也没有看到其他的高见。他们达到了时代的高度。如果我们用20世纪70年代、80年代乃至今天的认识眼光看，当然就不免觉得那时的认识不够"深入"、缺乏"高度"。但是这种指责符合历史唯物主义吗？如同一个婴儿刚刚呱呱坠地，你就指责他个子不高、骨头不硬，不是有些可笑吗？

理论的种子终究要在实践中开花结果，在实践中显示它巨大的生命活力。抗战时期通俗文艺蓬勃的发展有力地证明了这一点。

第三节　伴随革命斗争的通俗文艺

抗日战争初期，由于宣传抗日和动员群众的需要，通俗文学创作异常活跃。山河破碎的危机感焦灼着每个人的心，因而有正义感的文艺工作者，燃烧起空前的创作热情。他们从战前关于文艺大众化的讨论中认识到大众文艺最受群众欢迎和喜爱，是动员群众、组织群众有力的武器，因而许多作家和民间艺人都积极地从事通俗文艺的创作。这时期的通俗文艺数量很大，门类很多。除小说、诗歌、戏剧这些主要的文学形式外，相声、快板、评书、大鼓、小调各种传统的民间艺术形式，也都被运用来表现新的抗日内容。同时，为了适应创作的发展，先后创办了一批专门登载通俗文学的报刊，如武汉的《抗到底》《七日报》《大众报》，成都的《星芒报》《通俗文学五日刊》等。中华全国文艺界抗敌协会（简称“文协”）还发出征求通俗文学一百种的号召，大力推进通俗文学的创作。一些著名的“雅文学”作家，如老舍等也加盟到通俗文学创作的行列中来。众志成城。众多作家的积极参与，使通俗文学很快兴盛起来，进入了蓬勃发展、广泛深入的新时期。

短小精悍、通俗易懂、情真意切，是抗日初期文艺的一个突出特点。戏剧，和平时期在城市里，都在宏伟的剧场里演出。而这时，从剧场走向广场，从城市走向农村，并且出现了街头剧、活报剧等新的有很强的鼓动功能的戏剧形式。著名的街头剧《放下你的鞭子》，通过父女两人在家乡沦陷后悲惨处境和沉痛心情，激发人们的民族义愤，呼唤抗日的热情，有很强的感染力，观者无不泪下。另外《三江好》《最后一计》、夏衍的《咱们要反攻》、沈西苓的《在烽火中》、荒煤的《打鬼子去》、尤兢（于伶）的《省一粒子弹》，也都是这一时期的优秀剧作。抗日初期延安的戏剧创作也是很活跃的，有独幕剧、活报剧、小歌剧，还有改编的传统戏曲，其中王震之的《流寇队长》、冼星海和震之的《军民进行曲》、李伯钊的《农村曲》都是有影响的优秀作品。诗歌创作，也是以短诗为主，而其中影响最大、最有群众性的是街头诗。街头诗，又称传单诗、墙头诗、岩头诗等，都是紧密配合当前的斗争，敏锐、快捷地反映人民心声的作品。诗写出来后，或张贴在街头的墙上、野外的岩石上，或印成传单散发，不受报刊版面、时间的限制，随时随地可以发表，随时随地可以走到群众中去，是战争时期一种迅捷有力的艺术形式。1938 年 8 月 7 日，是延安的“街头诗运动日”，大街小巷到处都张贴满了街头诗。这些诗，铿锵有力，情绪昂扬，像时代的战鼓一样催人奋进。田间是街头诗的积极倡导者和推动者。他一方面宣传街头诗的重要性，指出街头诗运动“是使诗歌服务抗战，创造大众诗歌的一条大道”①；一方面积极创作富有鼓动性的街头诗，如《假使我们不去打仗》《义勇军》《呵，游击司令》《给饲养员》等都是很受群众欢迎的战斗诗篇。除田间外，邵子南、史轮等也是很活跃的街头诗作者。在小说创作上，不少作家一反 20 世纪二三十年代刻意效法西方写法的倾向，转而向民族传统学习，充分利用古典小说的艺术形式。如欧阳山，用群众喜爱的通俗小说的形式写了反映抗日内容的作品《战果》；谷斯范以“章回体”的形式写了《新水浒》；张天

① 田间：《延安的街头诗运动》，见诗集《给战斗者》，1979 年版。

翼、艾芜、沙汀联合起来运用"章回体"创作了《卢沟桥演义》。这些知名作家为什么放下了在人们眼中艺术品位高的雅文学写法，而改作通俗小说呢？显然，他们为的是使文艺能为更多的群众所接受，更有效地激发群众的抗日热情，同仇敌忾，和日寇做殊死的斗争。

如前所述，抗战初期，作家们怀着爱国的赤子之心，创作热情空前高涨，创作空前繁荣，特别是充分地利用了传统的文艺形式，创作了一大批适合群众阅读水平和审美情趣的作品，不仅对唤起民族觉醒、激发抗日斗志发挥了很大作用，而且推动了我国的通俗文艺创作迅速向前发展。但是，从另一方面看，在利用旧形式创作大众化作品的过程中，也出现了一些偏差。有的作者对于旧形式缺乏深入的认识，知其皮毛，而不识其精髓，因而创作时生搬硬套，牵强附会，甚至削足适履，将新内容和旧形式做了极不协调的结合；有的作者缺乏分析批判眼光，全盘继承，将传统中一些封建的、庸俗的东西也吸收过来，成为腐蚀群众心灵的毒素。从效果上看，"盲目地采用旧形式"，反而会被"旧形式所利用"，以至于导致文学上的"开倒车"[①]。现实文艺运动的发展，给文艺界提出了一个严肃的理论问题，这就是：如何正确地认识和运用旧的民族形式？如何创造和发展新的民族形式？

1938 年 10 月，毛泽东在《中国共产党在民族战争中的地位》（发表时题为《论新阶段》）一文中提出"把国际主义的内容和民族形式""紧密地结合起来"，创造"新鲜活泼的、为中国老百姓喜闻乐见的中国作风和中国气派"的问题，为文艺的民族化、大众化指出了前进的方向。1939 年初开始，延安开展民族形式问题的大讨论，主要是结合抗战时期的创

---

① 阿动：《关于旧形式的利用问题》，原载《新华日报》，1938 年 5 月 29 日。

作实践，谈学习毛泽东文章的心得和体会，认识到在“利用旧形式不但与发展新形式相辅相成，且正是为实现后者的目的的”，“民族形式的建立，并不能单纯依靠旧形式，而主要的还是依靠对于自己民族现实生活的各方面的缜密认真的研究，对人民的语言、风习、信仰、趣味的深刻了解，而尤其是对目前民族抗日战争的实际生活的艰苦实践”，只有“在活生生的真实性上写出中国人来，这自然就会是‘中国作风和中国气派’，就会是真正的民族形式”[①]。1940年初，毛泽东在《新民主主义论》中进一步提出“中国的文化应有自己的形式，这就是民族形式。民族的形式，新民主主义的内容——这就是我们今天的新文化”。同时指出，对于旧文化传统，其中包括旧形式，不能“生吞活剥地毫无批判地吸收”，而要“排泄其糟粕，吸收其精华”。对于旧形式的利用与新形式的创造进一步明确了指导思想。

1940年，在国统区也展开了民族形式问题的讨论。有两种截然不同的意见。一种意见以向林冰为代表，他说：“应该在民间形式中发现民族形式的中间源泉。”[②]认为“民间形式的批判地运用，是创造民族形式的起点，而民族形式的完成，则是运用民间形式的归宿”，所以“民间形式成为创造民族形式的主流”[③]。向林冰等持这种意见的人，一笔抹杀五四爱国运动以来的新文学，认为新文学是“以欧化东洋化的移植性形式代替中国作风与中国气派的畸形发展形势”“新文艺要彻底克服自

① 周扬：《对旧形式的利用在文学上的一个看法》，原载《中国文化》创刊号，1940年2月15日。

② 向林冰：《论“民族形式”的中心源泉》，载重庆《大公报·战线》，1940年3月24日。

③ 方白：《民族形式的“中心源泉”不在“民间形式”吗？》，载重庆《新蜀报·蜀道》。

己的缺点”“就不得不以民间形式为其中心源泉”[①]。另一种意见以葛一虹为代表，他认为民间文艺形式是旧的形式。“表现新事物而用属于‘旧事物’的旧形式是绝不可能”的，它们之间“并无相通之处”。甚至讥讽地说：民间文艺形式“只是历史博物馆里的陈列品”“必然归于灭亡”。他认为五四新文艺不如传统的通俗文艺作品在大众中普及，其原因不在新文艺本身，而在于“一般人民大众的知识程度低下的缘故”[②]。这两种意见，一种完全肯定传统的民间形式，否定新文艺，一种完全抹杀民间形式，全部肯定新文艺，都有片面性。后来随着讨论文章的增多，特别是《新华日报》召开了关于民族形式的座谈会以后，认识才逐步明确，片面性也逐渐纠正过来。如郭沫若说：“‘民族形式’的这个新要求，并不是要求本民族在过去时代所已创造出的任何既成形式的复活，它要求适合于今日的新形式的创造。”作家应当“投入大众的当中，亲历大众的生活，学习大众的言语，体验大众的要求，表扬大众的使命”[③]，并在这个基础上创造出新的具有鲜明民族特色的文艺。

这次讨论是中国现代文学史上关于文艺大众化方向问题的一次重要论争。通过讨论活跃了思想，提高了认识，但是仍有许多重要问题没有得到真正的解决，因而从根本上说，并没有真正解决文艺的民族形式问题，也没有解决文艺的大众化、通俗化问题。

在现代文艺发展的进程中，真正解决文艺发展方向问题的是毛泽东的《在延安文艺座谈会上的讲话》(以下简称《讲话》)。《讲话》是中国

---

① 向林冰：《再论民族形式的“中心源泉”》，载重庆《新蜀报·蜀道》。

② 葛一虹：《民族形式的中心源泉是在所谓“民间形式”吗？》，载重庆《新蜀报·蜀道》，1940年4月10日。

③ 郭沫若：《“民族形式”商兑》，重庆《大公报·星期论文》，1940年6月4日。

文艺发展的指路明灯，是指导我们创造通俗文艺、开拓通俗文艺的强有力的武器。这是因为：

《讲话》从根本的文艺方向上强调了创造通俗文艺的极端重要性。为工农兵、为人民大众，是毛泽东阐述和解决一切文艺问题的基本出发点，是毛泽东文艺思想的核心，当然也应当是我们考察和评价一切文艺现象的基本出发点和根本准则。在传统的文艺观中，存在着相当严重的“重雅轻俗”的思想。以“雅”为高，以“雅”为精；以“俗”为低，以“俗”为粗。有意贬低和压抑通俗的大众文化，这与毛泽东提出的为工农兵、为人民大众服务的文艺方向是相抵触的。这种传统偏见不改变，不纠正，为人民大众服务就会落空。为了实现文艺为工农兵的方向，毛泽东还明确提出创造新鲜活泼的、为群众所喜闻乐见的具有中国作风和中国气派的作品的大众化、民族化的美学原则，这样，就把通俗的大众文艺创作和文艺的根本方向联系起来，确立了通俗文学在整个文学创作中的主流地位。

《讲话》从主客观结合上阐明了创造通俗文艺的正确道路，这就是“深入工农兵群众，深入实际斗争”。坚持这两个“深入”，既有助于改造思想、转变作风，使主观思想适应客观现实；又能够广泛观察、深刻体验生活，获取丰富的创作材料。应当看到，由于传统思想和诸多社会因素的影响，唯心主义思想对于作家、艺术家的影响是很深的，轻视实践、脱离实际，追求道德的自我完善，创造自我欣赏的作品，和时代是格格不入的。这也更加证明了在毛泽东所指出的两个“深入”的过程中使主观和客观统一起来，使思想的提高与素材的丰富一致起来，才是创造通俗文艺的康庄大道。

《讲话》还从理论和实践的结合上有力地推动了通俗化运动的发

展。20 世纪 30 年代初期的大众化问题讨论提出了不少问题，发表了不少好的意见，但限于当时的主客观条件，大多数议论停留在纸上谈兵，没有深入到创作实践中去。《讲话》坚持从实际中来、回到实际中去的思想路线，具有很强的实践性；加之毛泽东是党的领袖，本身就具有异乎寻常的号召力，而且在《讲话》发表以后，中央发布了一系列文件，采取了一系列组织措施，贯彻《讲话》，实践《讲话》，从而掀起了声势浩大的专业与群众相结合的大众文化运动。

《讲话》是现代文艺发展史上的里程碑。它发表后，全国的文艺创作，特别是解放区的通俗文艺创作，呈现一派新气象。

首先表现出成绩来的是戏剧，其标志是新秧歌的兴起。秧歌本是流行于农村的民间艺术形式。其中艺术形态比较完整的秧歌剧，载歌载舞，生动活泼，充满生活气息和生命的活力，很受农民的欢迎。但它作为封建农村环境中培育和发展起来的艺术，又不可避免地带有一些消极落后的东西。在《讲话》精神指引下创作的新秧歌和新秧歌剧，充分吸取了传统秧歌中的艺术精髓，并赋予新的时代精神，使其更加生气勃勃，也更加富于艺术魅力。王大化、李波、路由创作的《兄妹开荒》，是一部充分体现了秧歌艺术特点的新型秧歌剧。它以清新的格调、动人的形象以及盎然的情趣赢得了广大群众的喜爱。新秧歌的成功，证明了民间长期流传的秧歌是一种很有表现力的艺术，只要加以改革，是能够表现新的社会生活和新的思想感情的，并能够真正地走到群众中去。新秧歌最早在延安和陕甘宁边区兴起，但很快传到整个解放区，成为军民文化生活中的一个重要形式。这场声势浩大的新秧歌运动，对于贯彻文艺的工农兵方向，对于文艺的大众化，起到了极重要的推动作用。前面已经谈到五四新文化的一个主要弱点，是没有和群众结合起来，特别是没有和占人口大多数的农民结合起来。新秧歌运动以前所未有的声势在农村普及开来，以前所未有的速度和广大农民结合起来，形成一股颇为壮阔的大众文艺潮。

新秧歌潮的兴起，极大地激发了文艺工作者的创造热情，有力地推动了戏剧改革运动的发展。一些优秀的文艺工作者，不仅充分吸收秧歌的长处，还吸收其他地方戏曲和民间艺术的优点，同时还借鉴西方歌剧的有益经验，融合创造出色彩缤纷的新歌剧。《白毛女》就是其中的佼佼者。《白毛女》的音乐，人们公认既优美感人，又富有民族特色。其原因就在于作者细心地吸取了民歌、小调和地方戏曲的曲调，并依据刻画人物性格和表现现实生活的需要，进行艺术的再创造。在表演上，借鉴了古典戏曲的歌唱、吟诵、道白三者结合的传统。三者交叉使用，相互配合，或介绍人物，或叙述事件，或烘托气氛，或抒发感情。由于运用得妥帖自然，浑然天成，毫无生硬拼凑的痕迹。《白毛女》的成功，为民族的新歌剧开辟了一条正确而广阔的发展道路。联星当时就指出："《白毛女》的演出对中国歌剧发展上是一个最大的贡献，有最大功劳——这是它的最高价值。从这次演出上，我们知道了怎样向中国故有的歌剧形式学习和吸取，怎样把旧的东西和新的东西结合起来。"[①] 除《白毛女》外，傅铎的《王秀鸾》、阮章竞的《赤叶河》、魏风等人的《刘胡兰》也都是民族化、通俗化的优秀剧作。

《讲话》发表以后，诗歌也是一个活跃的领域。一方面是群众业余创作风起云涌，他们蘸着血水和汗水写出了许多真挚感人的诗篇；一方面是专业诗人，在与群众的结合过程中改变了诗风，创作了脍炙人口的

① 联星：《〈白毛女〉观后记》，载《晋察冀日报》，1946年1月10日。

新诗箱。李季的《王贵与李香香》就是最有影响的代表作。这部作品将近一千行，全部用"信天游"形式写成。"信天游"是陕北民间流传的一种艺术形式，大多是两句一节，组成一个完整的意思，联唱起来，则变化多端，具有很强的表现能力《王贵与李香香》将近一千行，全部用"信天游"形式写成，相当于把几百首"信天游"连成一体，这是很不容易的。而李季圆熟自如地做到了这一点，整个诗篇，和谐自然，别具一格，开创一代新风。阮章竞的《漳河水》是继《王贵与李香香》之后又一部优秀的长篇叙事诗。作品热情地讴歌了妇女的解放，塑造了几位生动的女性形象。在表现形式上，也有独到之处。诗人把流传在漳河一带的民间小曲如《开花》《四大恨》《割青菜》《漳河小曲》《牧羊小曲》等加以改造、提炼、升华，使之成为通俗易懂而又优美动人的艺术形式。还有贺敬之、严辰等，也都改变了诗风，注意向民歌学习，写出了具有强烈民族色彩的诗篇。

《讲话》发表以后，小说创作也发生了深刻的变化。这主要表现在注意了向民间文学学习，注意对中国古典小说艺术传统的承接，从而创造出具有浓郁民族色彩的大众化的作品。最能体现这一时期小说创作发展趋势和特点的，当数赵树理的创作。1943 年 5 月，短篇小说《小二黑结婚》一发表，就受到广泛的赞扬。同年 10 月，长篇小说《李家庄的变迁》问世，更被誉为"解放区文艺代表之作"。郭沫若兴奋地说："我是完全被陶醉了，被那新颖、健康、简朴的内容和手法；这儿有新的天地，新的人物，新的意义，新的作风，新的文化，谁读了我相信都会感觉着兴趣。"[①]与此同时，赵树理还写了许多优秀的短篇小说。

---

① 郭沫若：《板话及其他》，上海《文汇报》，1946 年 8 月 16 日。

与赵树理同时期的作家，柯蓝、马烽、西戎、孔厥、袁静等也都写出了通俗易懂的大众文学作品。柯蓝1944年发表的中篇小说《洋铁桶的故事》，是解放区第一部以章回体形式写成的作品，故事生动，形象鲜明，富于情趣。作者说，这部作品是他向民间文艺和古典文艺学习，练习写通俗文艺的一个成果。马烽、西戎合写的《吕梁英雄传》也是用章回体的形式写的。小说是在大量真实的英雄、真实斗争故事的基础上加工创作的，故事曲折生动，战争氛围浓厚，激荡着革命英雄主义精神，一时成为青少年非常喜爱的作品。美中不足的是人物形象塑造较弱，个性不够鲜明。在这以后，又有孔厥与袁静合作的《新儿女英雄传》，这部作品写的是抗日战争的故事，也是以章回体的艺术形式表现的，但在艺术上又前进了一步，在保持故事生动性的同时，注意了人物形象的刻画；在保持书面语言的纯净优美的同时，又注入了群众语言的清新鲜活，成为大众文学发展过程中又一部具有划时代意义的佳作。

与解放区相对应，国统区的通俗小说创作也取得了重要成绩，并有自己的特色。如果说赵树理是解放区大众小说的杰出代表，那么张恨水则是国统区通俗小说的杰出代表。早在抗日战争以前，他的《啼笑因缘》在上海问世时，就引起社会轰动。抗战时期，他积极创作忧国忧民的"国难文学"。他说：在"烽烟满目，山河破碎"的国难时期，"心如火焚"，要以自己的笔"唤醒国人""鼓励民气"。如1939年写的《巷战之夜》（又名《冲锋》《天津卫》），以生动的笔触描绘了一个教师成长为抗日游击队支队长的曲折历程，热情讴歌了爱国军队与天津人民浴血奋战的献身精神。《八十一梦》则以辛辣的笔触揭露了贪官污吏和土豪劣绅的腐败堕落、纸醉金迷的生活。《五子登科》，是一个巧妙的富有寓意的名字，"五子"即"金子、女子、房子、车子、条子"，这是国民党官僚在日本投降后一意追求、不择手段攫取的东西。小说通过触目惊心的事实，面目可憎的形象，展示了丑恶的社会现状。张恨水始终注意小说的通俗易懂、明白晓畅。他的作品，故事生动曲折，人物性格鲜明突出，结构紧凑，语言流畅，加之爱憎分明、惩恶扬善的激情贯注其中，因而一直拥有众多的读者。茅盾说："近三十年来，运用'章回体'而能善为扬弃，使'章回体'延续了新生命的，应当首推张恨水先生。"[①]

赵树理和张恨水虽然同是通俗文学的杰出代表。但因为生活环境不同，文化背景不同，作品的内容和风格又有很大的差异。赵树理的小说以普通农民和穿了制服的农民——干部、战士为主体，兼及其他人物；张恨水的作品则以普通市民以及和市民有着千丝万缕联系的达官贵人、三教九流为主要描写对象。赵树理的小说以讴歌为基调，歌颂新的人物、新的观念、新的生活，歌颂革命对于社会的推动；而张恨水的小说则以暴露为主，揭露政治的腐败、社会的黑暗、贪官污吏的丑行、魑魅魍魉的倒行逆施。在张恨水的作品中，也有正面人物，也有高尚的情操，作者也真情实意地歌颂他们。然而这些人物，往往立足于社会污泥之中，经受诸多的磨难和委屈，再加上凄凉悲苦的结局，常常使人感到压抑，难以得到光明在前的鼓舞。在艺术形式上，赵树理继承了中国古典通俗小说的优秀传统，灵活自如地运用到艺术创作中去。如塑造人物形象，他总是把人物放在故事情节的发展中，在矛盾冲突中，通过人物自身的行动和语言表现他的性格，而不做静止的心理分析。对于情节的铺叙，讲究故事的曲折性和完整性，往往用大故事套着几个小故事

① 茅盾：《关于〈吕梁英雄传〉》，《茅盾论中国现代作家作品》，北京大学出版社 1980 年版，第 296 页。

的手法，环环相扣，层层推进。赵树理的小说有我国古典小说“章回体”的神韵，但却摒弃了“章回体”的结构方式。张恨水则依然沿用“章回体”的小说形式，当然这并不意味着他完全墨守成规，恰恰相反，张恨水是一个有创造性的作家，在“章回体”这个定型的艺术格局中，做了多方面不定型的艺术探索。他的小说布局刻意创新，不同流俗，情节曲折有致，起伏跌宕，写人则有笔到人活，栩栩如生的功力，从而使作品具有一种回肠荡气、欲罢不能的感染力。还有一个很重要的区别是：赵树理完全用北方农民的语言写作。无论是叙述语言，还是人物语言，都是北方农民的语言。他善于运用自己的智慧恰当地选择和运用农民语言，质朴自然而又幽默风趣，既保持浓厚的泥土气息，又具有纯正的文学韵味。张恨水则用北京方言写作，这一点，和《红楼梦》《儿女英雄传》是一脉相承的。他的语言，简洁而又凝练，清浅而又典雅，流畅而不失隽永，特别是在欧化风气盛行的文学氛围中，他却丝毫不受其影响，坚持按照传统的句式、句法写作，坚持艺术的民族化、群众化道路，这是非常难能可贵的。

从这个简略的对比，我们可以看到赵树理和张恨水这两个最有代表性的通俗文学作家，各有自己的艺术天地。从题材的选择到艺术的表现，从创作思想到服务对象，都迥然不同。赵树理创造的是农村通俗文学，张恨水创造的是都市通俗文学。这是当时特殊历史背景下的产物。然而他们的艺术道路却具有普遍的意义。它昭示了一个重要的真理：文学的通俗化，不是一个单一的艺术模式，它可能而且应当沿着不同的艺术道路向前发展。在我国，人口众多，情况复杂，经济发展不平衡，文化水平参差不齐，从而形成了审美需求与审美趣味的千差万别。只有创造多种多样的大众文学，才能满足各种层次人们的需要。而在全社会的千差万别中，一个最大的差别，就是城市与农村的差别，这是一个界限分明的整体性的差别。虽然现代社会的发展最终要消灭城乡差别，但是几千年日积月累的差异绝非短时间所能抹掉。因此创造都市与农村两种大众文化，乃是现阶段适应群众审美需求所必需。

总之，从抗日战争至解放战争时期，是我国通俗文艺迅猛发展时期。在理论观念上，从朦胧走向明确；在创作上，由因袭传统进到革新创造；在艺术品类上，由单调发展为多样，从而形成这一历史时期的文学主潮。这一时期通俗文艺的兴旺发达，显然和 20 世纪 30 年代前期的理论准备有密切的关系；但是，更重要的是时代的呼唤，是文学的历史使命的呼唤。当时进行的决定中华民族历史命运的伟大斗争，要求文艺与群众最广泛、最紧密地联系起来，化作无坚不摧、攻无不克的精神力量。从政治家到文艺家都清醒地认识到这个时代的需要，积极地促进它的实现，从而使通俗文艺以排山倒海之势向前发展。

第四节　中华人民共和国通俗文艺的沉重步伐

中华人民共和国成立后，由于坚持贯彻毛泽东《在延安文艺座谈会上的讲话》的精神，强调文学艺术民族化、群众化，许多文艺工作者积极向传统文艺和民间文艺吸取营养，于是出现了雅文学与俗文学相互渗透、雅文学向俗文学靠拢的现象。欧阳山的《三家巷》颇具名著的神韵。故事的铺陈有头有尾，而又委婉有致。人物形象的刻画和情节的展开有机而巧妙地结合在一起，让人物在复杂的矛盾中，在尖锐的斗争中，通过自己的行动和语言来展示性格，不做过多过细的心理分析。加上作者对南国——广东特有的绮丽的城市风光和文化习俗做了浓墨重彩的描绘，对于当地群众语言的娴熟运用，构成了一幅特殊地域特色的艺术画卷。比较《三家巷》，曲波的《林海雪原》属于另一种风格的作品。一个婉约，一个豪放，然而它们对于艺术的通俗化的追求是一致的。作者说他在写作本书的时候，“力求在结构上，语言上，故事的组织上，人物的表现手法上，情与景的结合上，都能接近于民族的风格”①。作者这里所说的“民族风格”主要是指传统的通俗小说的艺术风格。当我们读《林海雪原》的时候，它所展示的险恶而神秘的环境氛围，那跌宕多姿、扣人心弦的故事情节，那个性迥异的传奇人物，那浓郁的地方生活色调，都使人感到它和传统的武侠小说在艺术上是血脉相通的。作者后来所写的《桥隆飙》也具有这个特点。此外，赵树理的长篇小说《灵泉洞》、刘流的《烈火金钢》，是以评书的形式写的；刘知侠的《铁道游击队》、冯志的《敌后武工队》，节奏明快，语言流畅，富于传奇性和故事性，都很接近群众喜爱的通俗小说。当然，就某一个时期的文学而言，它的文学色调往往是斑斓的，有雅的，有俗的，也有雅俗合璧的，但就这一时期的总体发展趋势而言，走向群众，走向通俗，却是一个重要的整体特征。

戏剧这一传统的深受人民群众喜爱的艺术形式，在中华人民共和国建立后，遵照毛泽东提出的“百花齐放，推陈出新”的方针，从内容到形式都进行了改革，使其更符合新时代的群众的审美需要。最先显示改革成果的是戏曲。评剧《小女婿》、沪剧《罗汉钱》、吕剧《李二嫂改嫁》、越剧《梁山伯与祝英台》、京剧《自蛇传》就是第一批改革之果。虽

① 曲波：《关于〈林海雪原〉》，《北京日报》，1957年11月9日。

然还不免稚嫩,但却以其鲜活的生命力而赢得广大群众。1956 年“双百”方针提出后,进一步推动了戏剧改革,不仅挖掘的剧目增多了,而且改编的质量也有明显的提高。如报据《双熊梦》改编的昆曲《十五贯》、由《鸳鸯绦》改编的《拉郎配》、由《十二寡妇征西》改编的京剧《杨门女将》,都是闪烁着强烈艺术光彩的佳作。

京剧和昆剧,由于艺术表现的程式性比较强,艺术的发展又较为成熟和完美,因而改革的难度更大。但是经过京剧艺术家长期不懈的努力,还是取得了很大的成绩。1964 年举行了全国京剧现代戏观摩演出大会。参加这次会演的有来自全国各地的二十九个京剧团,演出了三十六个京剧现代戏,其中《红灯记》《智取威虎山》《芦荡火种》《奇袭白虎团》《六号门》《节振国》等都是较为突出的好戏。京剧艺术家们从表现新的现实出发,对唱腔和表演艺术都做了大胆的改革,有力地促进了京剧和时代的结合。

歌剧是一种高雅的艺术,在它的发展进程中,我们也高兴地看到向传统戏曲倾斜,向民族音乐靠拢的动向。1957 年剧协和音协联合召开了一次新歌剧研讨会,对如何发展新歌剧进行了热烈的讨论。大家比较一致的看法是:发展新歌剧必须继承和弘扬民族戏剧和民族音乐的传统,适当地吸取外国歌剧的艺术经验,创造性地发展成为群众喜闻乐见的中国新歌剧。正是在这样的正确的创作思想的指引下,先后出了《洪湖赤卫队》和《刘三姐》这样的艺术佳作。《洪》剧写的是洪湖地区革命斗争的故事。作者根据题材的特点,采用湖北地方戏曲和地方音乐作为歌剧音乐的基础,使内容和形式非常地和谐、优美,且富于浓郁的民族韵味。至于《刘三姐》,则和民间音乐有着天然的联系,因为刘三姐的传说原本就是以广西壮族山歌的形式流传的。剧作者对大量的民间山歌做了仔细的筛选和提炼，又精心地进行了艺术加工，从而使自然、丰富而又有些粗糙的山歌变为优美、精致而又不失民间山歌神韵的新歌剧了。这两部歌剧和以前出现的《白毛女》都是中国歌剧史上有里程碑意义的作品，它标志着歌剧在群众化的道路上前进了一大步。

中华人民共和国建立后，通俗文艺创作的另一特点，是群众的广泛参与。早在 20 世纪 30 年代，先知先觉的文艺家们就意识到，真正意义上的大众文化，不只是大众能欣赏的文化，而且是大众参与创造的文化。中华人民共和国成立后，群众参与的文化创造活动多了，创作了不少好的作品，积累了不少经验。其中有两次奇特的群众创作运动，最值得注意。一个是 1958 年的群众诗歌运动，一个是 1976 年春的天安门诗歌运动。1958 年的诗歌运动是在大跃进的背景下产生的。当时“浮夸风”“共产风”“瞎指挥风”刮得正猛，一些领导好大喜功，一意孤行，大搞赛诗会，各地方、各部门，比速度、比规模、比数量，赛诗会越搞越多，越搞越浮夸，有的地方还提出“人人做诗人”，建立“诗歌村”“诗歌乡”“每个县都要出一个郭沫若”等口号，强制性地要求人们写诗。在这种情势下，确实“创作”出数量惊人的“诗篇”，不只是“汗牛充栋”，简直要“船载车运”了。许多地方和部门，甚至连村庄和连队都出版自己的诗歌专集，还出版了选集，而最权威、影响最大的当数郭沫若、周扬编的《红旗歌谣》。《红旗歌谣》选择的确实都是当时创作的“精品”，标志着当时诗歌创作所达到的高度。而且看得出，选者进行了认真的思考，对有些极端主观主义和极度渲染“左倾”思潮的篇章，编者并没有选入。但是，作为时代的产物，仍不免笼罩着错误思潮的阴影。以主观代替客观，以幻想代替现实，以浮夸的豪言壮语取代实事求是的科学精神，一味地唱赞歌，盲目地乐观，对于现实生活中的歪风邪气却没有一点揭露和批判，对于人民心中的疑虑不安也没有一丝抒发，因而不能不说其思想倾向性是偏颇的，艺术的真实性是要打折扣的。这一次群众诗歌运动的失误，根本原因在于“瞎指挥”，即违背艺术规律强行要人们按照领导的意志写作，而不是让群众由衷地唱出自己的心声。这一深刻的历史教训值得记取。

天安门诗歌运动，则以另一种形态、另一种精神出现在我们面前。1976 年 4 月 5 日前后，百万人汇集在天安门广场人民英雄纪念碑前，深切悼念人民的好总理，愤怒声讨“四人帮”的滔天罪行。这次斗争的主要武器就是诗歌。广大工人、学生、农民、战士、干部……把自己愤激的诗歌张贴到人民英雄纪念碑的周围，感召和呼唤更多的人起来同“四人帮”抗争。成千上万的人写了成千上万首诗歌，短短的几天，天安门广场成了诗歌的海洋，激荡着愤怒的波涛。有一首诗这样写道：“纪念碑前洒诗花/诗刊不登报不发/莫道谣文篇篇载/此是人民心底花。”“此是人民心底花”，说得多好！是的，天安门诗歌，是人民的爱与憎碰撞的火花，是血与汗凝结的心花，字字铿锵有力，篇篇激情洋溢。它像剑一样直接刺向敌人的心脏，它在揭露敌人、打击敌人，团结群众、鼓舞群众上所起的作用是无可估量的。天安门诗歌最大限度地表现了群众诗歌运动的伟力。

如前所述，中华人民共和国成立后，不少作家在文艺的通俗化道路上开拓、前进，促使雅文学向俗文学倾斜和转移，同时，在某些特定的时期，还大力号召和组织人民群众参与文艺创作，然而从整体看，大众文化体系并没有得到全面的发展。通俗文学的主要品类：武侠、言情以及侦探小说并没有兴旺发达起来，中华人民共和国成立前的以张恨水、刘云若、宫白羽等为代表的通俗小说传统也没有在新的历史条件下发扬光大，一些有实力的通俗文学作家在新的现实生活中感到茫然，以至感到英雄无用武之地而停笔辍耕。造成这种状况，从思想上看，是由于“左”的文艺指导思想，过分强调文艺为政治服务，过分强调写重大题材，过分强调文艺的教育作用，以至于轻松、闲适、愉悦身心的通俗文艺就觉得微不足道了。在这种情况下，谁还敢冒天下之大不韪，贸然从事通俗文学创作呢？另外，从实际生活看，在长久的计划经济体制下，市场不繁荣，抑制了人们艺术趣味的多样性，因而没有形成一个欣赏通俗文艺的庞大群体，这又反转来抑制通俗文艺的创作发展。与此同时，在香港、台湾，大众文化倒是随着市场经济的兴旺发达而兴旺发达起来。言情、侦探、新武侠等门类的通俗小说创作很多，影视、歌曲也有许多通俗的作品，各种传媒几乎都是大众文化的载体，从而使大众文化得到广泛的传播，形成了一个相当持久的热潮。这股潮水后来也涌到内地来，对全国的大众文化的发展产生了相当大的影响，这一点，我们后面还要详细论述。

第五节　港台通俗文学

中国当代文学是由大陆、台湾、港澳这三度空间构成的文学圈，广义的华文文学还要包括旅居海外的华人创作。在通俗小说这个问题上，大陆与港台地区更是存在着密切相连的关系，而后者所独具的艺术价值和重大影响，无疑对通俗文学的整体发展做出了特殊的贡献。

有必要对港台的大文化背景做些概述：香港被誉为“东方之珠”，是一个高度现代化的国际商业大都会，相形之下文化显得很冷寂，严肃文学难以立足，所以有种种非议："香港是文化沙漠""香港没有文学"。其实不然，它的文化也相当发达，根据《香港 1983 年》资料表明，香港有中文报纸 55 家，中英文杂志期刊 413 种，每个月刊发的大量诗文、小说作品。香港回归后的新都市文学已有更大的发展。从 20 世纪 70 年代以来，香港文坛大角度向通俗化倾斜，出现了通俗文学的繁荣期，现在进入了"多元化文学时期"，通俗小说创作仍然保持着绝对优势。总之，被人戏称为"文化沙漠"的香港不是"没有文学"，它拥有几百位作家，每年出版 300 多种文学作品，和以往 30 年有着比较深刻的变化与大发展，这是有目共睹的。另一方面，由于香港的特殊地理位置和历史原因，它能够广泛地吸收西方文化和外来的文学思潮，逐步形成了浓郁的"港派风味"的现代都市文学品格。香港的创作队伍分为本土作家和南迁作家两大类，在第二代本土作家（20 世纪 50 年代后）中有部分曾留学欧美，他们的文化素养高，艺术视野开阔，能与世界文坛各种新潮流相融通，所以说香港文学成了中西文化的交汇点。特别是内地开放后，香港与海峡两岸及海外华文文学加强交流活动，它是这中间的"文学之桥"。

香港的所谓"普及文学"和通俗文学是同义语，黄维梁在他所著《香港文学初探》（1987）中把它分为三大类型：武侠小说与科幻小说、爱情小说、框框文学（包括散文、杂文）。香港文学的多元化决定了文学价值观和审美取向的不同，其中之一就是属于俗文学的三种类型：武侠小说、科幻小说、爱情小说。它是一种在现代工商业刺激下而流行起来，以满足广大市民群众精神调节之需要的文学作品，具有消费性文化的特征和其他文学不可替代的娱乐功能。香港在 20 世纪 20 年代至 40 年代还没有真正独立成型的文学，一般称为文学的"拓荒期"，到 20 世纪 50 年代随着城市经济的发展，才出现了新武侠小说的勃兴，同时带动了其他文学的发展。以通俗小说而论，金庸和倪匡、亦舒兄妹合称是“香港文坛三大奇迹”，他们三人代表着武侠小说、科幻小说和爱情小说的杰出成就。

一个国家的不同地区会有不同的文学，香港文化是岭南文化与外来文化相结合的特殊文化。香港人喜好上述的三种通俗小说，正是这种特殊文化的具体表现。这是多种因素造成的。作为一个国际性的现代化大都市，具有特殊的生活方式，香港人天天忙于经商、忙于竞争、忙于打工，生活节奏都是围绕“时间就是金钱”这个轴心运转的，所以他们需要相应的精神上的调节，因而那种娱乐性、趣味性、知识性的通俗文学就特别流行。武侠小说最能体现这种通俗性的审美特征，人物富于传奇色彩，情节曲折奇诡，故事引人入胜，它能给读者感官上的刺激和满足文化消费的需求。因为销路好，报纸杂志竞相连载，不仅在香港、台湾地区而且在东南亚各地掀起了几十年经久不衰的武侠小说高潮，其盛况远远超过了前人。

其次是科幻小说，香港读者对轻功大侠和超光速太空船同样怀有兴趣，但后者风行较晚。主要原因是香港重视高科技知识的传播，市民的文化素质比较高，而且注意对青少年进行启蒙教育，在尖东建立了一座亚洲第一的天文馆，每逢周日免费开放参观。创作科幻小说的著名作家首推倪匡（卫斯理），他在 20 世纪 50 年代后期到了香港，先写武侠小说成为一名作家，后来才是科学幻想小说名家。据说倪匡自知写武侠小说的名次排在金庸、梁羽生之后，便改写科幻小说。在这个领域他独树一帜，已出版了 65 部科幻小说。

爱情小说也很时髦，这是一种描写香港式的恋爱婚姻观与家庭平凡生活的通俗小说，读者以女性为主。主角大多是富商及其子弟，绮年玉貌的女子,后来又增添了“大陆妹”的形象。他们之间的爱情纠葛常见以家庭矛盾和争夺财富而展开,人物个性往往怪异乖张得令人匪夷所思。亦舒的《香雪海》里的女主角美得出奇,爱得出奇,也死得意外,便是一例。无爱的婚姻是普遍存在的社会问题,如老夫少妻、婚外恋和“禁忌之爱”,以及“女强人”都是常见的小说题材。香港人的思想意识很开放,不主张以牺牲个性去换取维护超稳定的家庭。这与大陆的女性文学有很大差别。在他们的作品中看不到张洁《爱,是不能忘记的》中所表现的内容。由于香港的特殊条件,多出才女作家,她们都是写言情小说的高手。香港文坛有一种见解,认为爱情小说只有少数可以归入“严肃文学”,一般就还是流行小说。

再说说台湾的文学。它与大陆都是来自一个脉流。但台湾自从与大陆分离以来也形成其独特性,一度鼓吹“横的移植”来指导文学的发展,尤其是新诗的现代主义诗风比较盛行,并取得了一定的成绩,不过文坛的主流仍然是传统的现实主义,即“乡土文学”。20 世纪 80 年代以来,台湾文学出现了多元化趋势,呈现出严肃和通俗,武侠和科幻,现代与乡土,问题小说和广告小说的竞争共荣局面。最著名的通俗小说家是:写武侠小说的古龙、写爱情小说的琼瑶、写历史小说的高阳。台湾的武侠小说创作在时间上应早于香港,郎红浣在 1952 年就发新武侠小说之先声,比梁羽生早两年,但后者被看作新武侠小说的开拓者。同样地在古龙之前台湾写作武侠小说的已有多人,如卧龙生(早期著名的“三剑客”之首),有的论者认为他的小说成就“是继梁金古之后”的大家。台湾文坛对“严肃”和“通俗”两种文学的划分及其评价也存在着分歧意见。比如琼瑶的小说在台湾相当流行,作品甚多,并有四十多部作品已拍摄成电视连续剧,可是很多知识分子却指摘其好专门写些“畸态热恋的爱情故事”,没有多大意思,但是他们在背地里照样阅读流行通俗小说。归根到底,由于武侠小说这一类通俗文学深深地植根于中国传统文化土壤中,不但接受过中华文化教育的亿万人民欣赏它,它甚至对印尼和越南两国文化都产生过影响,在“移居”海外的华人当中也很有市场。

本来,我国旧派通俗小说已经渐入末流,不大被人瞧得起,在大陆更是销声匿迹了。但到了20世纪50年代中期,香港和台湾的武侠小说再度复兴,形成了我国通俗小说的第三次热潮。它在文本精神和叙事模式上仍有传承性,又以一种新颖的面貌出现,具有“新”的素质和突破。就是说,“新武侠”对侠义和历史故事持有新的理解,其中注入许多现代意识观念,以弘扬民族精神和爱国主义品德为基调,以歌颂英雄豪侠的正义行为作为主要内容,突出表现人性美和揭露世情的险恶,给“武、侠、情、奇”的美学原则赋予新的意义。艺术上大力推陈出新,“新武侠”吸收我国古典小说的精华,并借鉴西方现代派和新文学的表现技巧,“将历史演义、言情、侦破、哲理等熔于一炉而又各有侧重”。因此,这不仅增强了审美的可读性,又有极高的文学价值。以新派武侠小说“四大家”为例:梁羽生偏重于对历史的再认识,在爱国为民的新高度上宣扬侠重于武,民族大义重于一切的积极主题,作品中的所有人物事件均附丽于此。如代表作《萍踪侠影录》和《七剑下天山》,都以明清两代的历史为背景,表现出主人公在时代剧变中争赴国难的行侠仗义的感人事迹。同时,梁羽生的小说都有完整的故事结构,蕴含着较深刻的历史内涵,所以都称得上高水平的经典著作。金庸写武侠小说稍晚于梁羽生,早期的几部作品《书剑恩仇录》《碧血剑》受到梁的影响,也是在历史框架中嵌入武侠故事,而艺术想象力则明显比梁来得奇巧恣肆。金庸有七部小说取材于宋元到明清之际的历史背景，却着力于对人性、世情做深入的探索，达到了超越侠义之上的深沉意蕴。可以说他的每一部作品都极富创意，体现了他卓尔不群的才智与贡献。中国台湾的古龙 1960 年前后创作《苍穹神剑》，他一出山便立志改革武侠小说并以《欢乐英雄》作为范本，后来确实独领十年风骚(1967－1976)。他的前期小说如《陆小凤》《剑毒梅香》等，开始引进侦破小说的手法，中后期写《大旗英雄传》《多情剑客无情剑》《楚留香》，才转入描写情侠故事。有人说“几可作为言情小说来读，不让于琼瑶”，正是一语点破真诠。至于温瑞安这位来自马来西亚的香港作家，从事武侠小说创作兼“金学”研究，成绩斐然，已出版 300 多种小说，后来居上，代表作《四大名捕》及其他作品于 20 世纪 80 年代后期传入大陆，便名声大振。他在《刀丛里的诗》中提出写作“超新武侠小说”的理论宣言，主要指要在艺术结构和语言方面有所突破，其作品艺术风格和古龙近似，都尝试把散文和诗引进武侠小说。倪匡感叹古龙死后，“就只剩下温瑞安独撑大局了”。除此之外，当代港台武侠文坛上包括海外华人作家在内，比较著名的小说家约有数十位，1992 年陈墨出版《新武侠十二家》对此做了初步绍述，书中简论了肖逸、卧龙生、司马翎、诸葛青云、陈青云、曹若冰、司马紫烟、秋梦痕、柳残阳、墨余生、丁情的创作。下面，再对港台几位重要的通俗小说家生平创作和艺术成就进行扼要的说明。

金庸原名查良镛，1924 年生于浙江海宁。抗战时考入重庆中央政治学校外文系，毕业于东吴大学法学院。曾任记者、编译，在香港创办《明报》，后来是香港大学名誉博士。1955 年发表小说成名作《书剑恩仇录》，至 1972 年《鹿鼎记》出版宣布“封刀”，共创作 15 部 38 册新武侠小说。因其作品的思想内涵博大精深，被公推为“新武侠”一代宗师，在他那里虽然也写英雄美人、正邪武林高手的生死较量，但是“包含的历史的、社会的内容太广泛了”（冯其庸语）。的确如此，金庸“采用中国传统形式和古代背景的武侠小说”创作，却是锐意改革旧小说中的“快意恩仇”观念，把正确解答各种复杂的历史问题和如何塑造英雄人物提到一个新的美学高度。如在《天龙八部》中，写了一个出身契丹族的大英雄乔峰所发生的人生悲剧，告诫人们汉族和契丹都要“一视同仁”，普天之下众生平等，与大多数小说热衷于“反清复明”的意向截然不同。《神雕侠侣》则是想通过杨过这个正面人物，反对世间礼法习俗的落后意识，歌颂师徒之间纯真的爱情。再如《雪山飞狐》和《飞狐外传》两部作品中，各种武林宗派、名门世家，为争夺金钱名声互相对立搏斗，凶残仇杀不休，便借苗人凤之口说出：“百多年来，胡苗范田四家子孙冤冤相报，没有一代能得善终。”它揭示了世情的险恶、人性的奸诈，给人以警醒。在其他描写江湖生活和历史事件中亦无不潜藏着这种“独立批判精神”，这也是金庸小说的主要内容与突出特色。他曾在《笑傲江湖》后记里说，他“企图刻画中国三千年来政治生活中的若干普遍现象”。这个设想最后落在《鹿鼎记》里主人公韦小宝身上。此人不学无术却能爬上武林宝座并办成许多大事，从这个“天下第一号无赖”的故事中，不难看出古今的世间百态。严家炎指出，这“正是金庸政治家的洞察力与小说家的想象力”的生动证明。[①]

梁羽生原名陈文统，1922 年生于广西蒙山，广东岭南大学经济系毕业。1949 年进入香港《大公报》工作，1954 年首创新武侠小说至 1984 年封笔，共出版 35 种 155 册武侠小说，约两千万字。他成为“新

---

① 严家炎：《评金庸小说的现代精神》，《文学评论》，1993 年第 3 期。

武侠”的开山鼻祖，源于香港有一场拳师比武在澳门举行引起了轩然大波，时任《新晚报》负责人的罗孚约梁羽生写稿，促成了第一篇连载小说《龙虎斗京华》诞生，历史背景改为太平天国，场面大人物多，从此揭开了“新武侠”创作的序幕[①]。当时金、梁是该报编辑，平时同好宫白羽的《十二金钱镖》和还珠楼主的《蜀山剑侠传》，所以能很快写成武侠小说。还有一个叫百剑堂主的陈丸也跟着连载此类小说，他们三人又是副刊部同事，俨然如当年上海的“报人作家”。梁羽生的文化根底丰厚，自幼精通唐宋诗词和文史知识，乃以优雅大度的名士派风格影响了一代武侠小说。他的创作重视历史真实性，几乎每篇都有一个明确的历史背景，写《七剑下天山》前要先研究有关的历史与地理材料，《大唐游侠传》近乎是一部“安史之乱”的历史演义，在名作《白发魔女传》中还附录了重要的史料和人物表。其作品坚持侠义小说的正统规范和方法，可能限制了对传奇性文学的更充分的发挥，但又是本人风格的标志。他笔下塑造了一系列深明大义、抗争强权的英雄豪杰，其中有风流洒脱、智勇双全的名士型剑客，侠骨柔情而俊俏的巾帼英雄，成功刻画了许多的女英雄形象。在《白发魔女传》《冰川天女传》等众多的小说里，更以女侠为主人公，这是一大贡献。梁羽生习惯将人物分为善恶二元两极，常有侠义与邪教殊死斗争的场面描绘，以代表作《七剑下天山》最为显著。《萍踪侠影录》的楔子开场诗曰：“独立苍茫每怅然，恩仇一例付云烟，断鸣零雁剩残篇……”诉说了许许多多浪迹江湖的侠影奇闻，任你品味。

古龙原名熊耀华，生于中国香港，后来定居中国台湾，1985 年病逝台北。少年时生活陷于困境，肄业于台湾淡江英专，当过美军顾问团翻

① 罗孚：《南斗文星高》，《侠影下的梁羽生》。曾敏之《武侠风》一文亦有此记载。

译。1960年写处女作《苍穹神剑》便脱颖而出，到最后留下遗作题名《猎鹰·赌局》，共完成71种小说，字数达2500万以上。他的“楚留香系列”《铁血传奇》等多部，后来被拍成电视连续剧《香帅传奇》流传海峡两岸，风格独特。古龙自创诗与散文相结合的武侠小说体，曹正文称他是一位“武侠世界的怪才”。古龙主张武侠小说不该再写神怪、魔头，要描写有血有肉的凡人，所以人物身上都有优缺点，武艺高强的侠客也会嗜酒好色，这一点跟金庸写复杂人物相似。他的作品表现男女间的爱恋生活多于武林争斗，故事也寻找不到任何历史背景，但是语言富于哲理性，以营造气氛和意境取胜，美籍华裔作家萧逸写《甘十九妹》便受其影响。古龙为迎合台湾商业需要，前期作品显得草率浅显，有人批评他“性爱描写过于放纵”。另外，在古龙、萧逸、卧龙生、秋梦痕等名家小说中，依然保留着一种怪诞奇幻的色调，离不开描写一种“虚幻的世界”。

人说“台湾有琼瑶，香港有亦舒”。香港写爱情流行小说的人数很多，名家有亦舒、严沁、林燕妮等。居首席的亦舒原姓倪，其兄倪国是香港著名的科幻小说家。1955年亦舒从上海来港读书，曾留学英国学经济管理，当过记者和港府新闻官员。17岁时成为蜚声文坛的才女，20多年下来出版60多种小说和散文作品，如《家明与玫瑰》《独身女人》《我的前半生》《曾经深爱过》《风信子》《没有月亮的晚上》。她说香港人爱看爱情小说、轻型文学。爱情小说题材狭窄，“不外是说些男女私情”，对二度单身女人和上层知识妇女的孤寂感深有体验，并由此迸发出她的小说亮色。

琼瑶，1938年出生于湖南衡阳，中国台湾著名的言情女作家。自1963年开始创作《窗外》至今，以几个月的速度写一部长篇小说，共出版近百部爱情小说，其中绝大部分拍成了电影、电视，知名度很高。与此同时，她的小说在台湾屡次遭到极严厉的批判，却未能阻止其成为长期的畅销书。琼瑶的作品从侧面反映当今台湾资本主义畸形发展的社会现实，只能躲到幻想的世界里寻找慰藉，用一种“纯情小说”写给涉世不深的少男少女看。她依据中国人内向性的感情表达方式创造出一种温软型的言情小说，从题目到故事情节都洋溢着诗意情调。如《窗外》写“师生恋”，《彩霞满天》写“未婚同居”，《在水一方》写“爱情观”，《心有千千结》写“理想婚姻”等。最精彩的代表作是《夕阳红》《庭院深深》和《还珠格格》，堪称倾倒文坛一支笔。琼瑶竭力歌颂真情流泻的爱，忠贞不渝的人品以及现代女性的自尊，它兼有传统和现代的双重伦理观念，她能写出人类在爱情关系中所表现的独特的精神境界和极细微的感情变化，而区别于张恨水、张爱玲和亦舒的言情小说。她也因此被人斥责是“逃避现实”的唯美派，对社会造成“琼瑶公害”的文化罪人！

在香港还有一位因写“财经系列小说”著称的女作家梁凤仪。她的创作力旺盛，短短几年内已出版数十种财经小说，有《醉红尘》《花魁劫》《千堆雪》《豪门惊梦》等。小说“写的多是香港财经界的生活和斗争，题材重大，别开生面，具有开拓性的意义”[①]。梁凤仪曾获国外哲学博士，自办一个出版社研究过晚清小说，很熟悉商界内幕，故以刻画“女强人”为特长。她希望多写些“好看”的故事成为市民群众的“消闲读物”。

高阳是台湾的一位著名历史小说家，原姓许，出身于杭州一个名门世家。从第一部小说《李娃》到去世前未终篇《再生香》，共创作 80 多部作品，以其 3000 多万言的百科全书式的历史系列——从先秦到民国初两千年间的社会史，扫描众多朝代的历史，成就为我国历史小说的卓越

① 王剑丛：《香港文学史》，百花洲文艺出版社 1995 年版，第 392 页。

巨匠。他的小说和金庸一样流传甚为广泛，构成现代文学史上的一种奇观。

第三章　新时期通俗文艺的勃兴

人们经常用“文艺的春天”形容良好的文艺生态环境。这确是一个美妙的比喻。不过，这个词使用很烂，多数情况下，是溢美之词、媚俗之辞，名实难副。如果实事求是地谈论“文艺的春天”，作者以为新时期倒是真正的“文艺的春天”，一个非常难得的春天。不是吗？“野火烧不尽，春风吹又生”，多么切合当时的文艺情景！“文革”的“野火”，把文艺园地烧成了焦土，连文艺队伍也被摧残得七零八落。但是，沐浴着改革开放的“春风”，作家、艺术家又恢复了创造的活力，通俗文艺——这块荒芜的艺术园地又重新得到耕耘。而且随着创作环境的改善，参与者越来越多，一批批通俗文艺的新军陆续加入进来，从而使通俗文艺以前所未有的速度发展起来，繁茂起来，蔚然成为一股文艺风、一股时代潮。

新时期通俗文艺的勃兴，是通俗文艺发展史上一个时代性的转折。它有自己的特征，有深刻的社会历史原因，同时也有许多宝贵的经验和有待解决的问题，需要认真地研讨。

第一节　新时期通俗文艺的特点

通俗文艺是时代性很强的艺术。不仅不同社会形态的通俗文艺迥然不同，同一社会形态的不同历史阶段，其面貌也不一样。新时期以来，改革开放日益深入，社会发展越来越快，变化越来越大，通俗文艺的时代性也就更加凸现出来，形成了一系列新的特点。

其一，新时期的通俗文艺是以全面繁荣、多向变革的态势向前演进的。通俗文艺品类繁多。从历史上看，在某一历史阶段，往往是一两个艺术品种比较发达，其他艺术品种则相对地受到冷落，发展迟缓。诸如汉魏六朝的乐府民歌、元代的戏曲、明清的通俗小说，都是那个时代最发达的文体，以明显的优势盖过其他艺术形式，从而成为该时代文艺的表征。近现代较为发达的，也主要是小说、戏曲和部分曲艺品种；至于流行歌曲，虽有那么几首，却从未形成“曲”浪滔天的宏大之势。新时期则不同了。通俗文艺呈现出前所未有的全面繁荣的新局面，小说、戏曲、电影、电视、音乐、舞蹈、美术、曲艺等全面兴旺发达。各种体裁的内部，也不断发生“裂变”，产生新样式。一些新兴的艺术品种更以惊人的速度发展着、完善着。如电视剧，几十年前刚刚诞生时，只有现场直播的独幕剧，或称“单本剧”，现在则有短篇、中篇、长篇电视连续剧、系列剧等多种体裁。又如小品，原本为课堂教学的一种艺术形式，不为世人注目，这些年从课堂走向社会大舞台，很受人们青睐。其品种也日益增多，单是喜剧小品，就有哑剧小品、戏曲小品、话剧小品、相声小品、体育小品、音乐舞蹈小品、杂技小品、动画小品、魔术小品等多种。各种艺术品类的全面兴旺发达，一方面表明艺术生态环境的良好，另一方面也表明大众的审美情趣是多样化的，而且随着时代的发展、文明的进步，越来越多样化了。不断变化的、增多的审美需要牵动着各种艺术的更新与发展。

传递信息是文艺的一个重要功能。文艺作品不同于新闻报道，不是以抽象的数字或零散的表象传递信息，而是以具体生动的艺术形象概括地反映生活和理想，让人们在愉悦的审美感受中感悟生活的真情实况，领略社会人生的真谛。并且人们可以反复地观赏，反复地品味。这是文艺作品不同于一般新闻信息的一个基本特点，也是它的一个优点。新时期的通俗文艺由于品种的增多，题材的广泛拓展，作品内涵的丰厚，大大地扩充了作品的信息量。通俗文艺的信息密度大大高于雅致文艺的信息密度，成为广大群众了解社会、洞察人生的一个重要的信息源。通俗文艺传递的信息大体可分为三类。一类是正面信息（红色信息），如爱国主义、革命英雄主义思想与行为，大公无私、舍己救人的壮举，忠诚事业、廉洁奉公的表现以及热心社会公益事业等。另一类是中性信息，如科学幻想、名人轶事、科学考察与探险、生态变化与环境状况等。还有一类是负面信息（黑色信息），如某些当权者目无党纪国法、以权谋私、贪污受贿、道德败坏，以及社会上形形色色的犯罪分子破坏社会治安、危害人民生命财产、谋财害命、拐卖妇女儿童、走私贩毒等。这种分类是对各种信息性质的抽象分析与概括，具体体现在作品中，各类信息是交织在一起的。因为正与反、犯罪与反犯罪是对立的统一，高尚思想与英雄行为是在同各种犯罪分子的斗争中发扬出来的，所以不可能只写一面而不写另一面。正确认识和把握正面信息与负面信息的辩证关系，是全面传递信息的一个中心环节，一定要把握好。有些通俗文艺作品,热衷于描写负面事物而不同时描写与之对立与斗争的正面事物,使作品成为丑恶的犯罪心理和行为的展览馆,负面影响很大。这是一个不好的艺术倾向。

其二,新时期通俗文艺的另一个特点,是都市化趋势加快,流行性增强。前面谈到,20 世纪 40 年代,我国有以赵树理为代表的农村通俗文学和以张恨水为代表的城市通俗文学。这是由于当时中国特殊的社会政治状况所造成的。中华人民共和国成立后,情况变了,从整体看,城市成为文化中心。但由于受当时经济上、政治上以及思想上诸多因素的影响,通俗文艺不够发达,城市的作用没有充分发挥。新时期以来,随着国民经济的高速增长,城市规模的扩大、设施的完善、功能的增强,城市的中心地位和主导作用逐渐凸现出来。从创作与生产看,通俗文艺工作者大都居住在城市,作品的创作、生产、加工、制作也在城市,因而城市成为通俗文艺生产的主要基地。从取材看,由于现代都市生活的复杂性、尖锐性、突变性,又由于都市群体构成复杂、层次多样,各色人等无所不有,奇情怪事层出不穷,为通俗文艺创作提供了丰富的"信息源",成为通俗文艺表现的热点。从传播看,现代社会的主要传媒:报刊、广播、电视以及互联网都以城市为基地、为印制与发射中心,然后辐射到全国各地。现代传媒的发展,不仅大大地加快了通俗文艺的传播速度、扩展了传播广度,还起着至关重要的导向作用和信息反馈作用,这对通俗文艺的创作、生产、流通与消费都有直接的影响。从这些方面看,通俗文艺的城市化趋势是明显的,城市的主导作用是不容忽视的。当然,城乡是一体的、紧密联系的。我国农村地域广阔、人口众多,拥有极其丰富的创作资源和最庞大的消费群体,只有依托农村、服务农村,才能更好地发挥城市的作用。

通俗文艺的都市化与流行性是密切相关的。由于英文 popular 含有“流行的、大众的”意思，所以西方一些国家把通俗文学称之为“流行文学”“大众文学”(popular literature)。流行性包含两层意思：一是指作品传播得迅速、广泛，传播的地域愈广，拥有的读者与观众愈多，流行性愈强；二是指通俗文艺创作为适应形势的发展和受众审美趣味的变化而不断革新。只有不断革新，创造出具有新风貌的新作品，才能形成新的流行。一部作品流行与否，标志着大众对作品的认可程度。流行性不仅关系作品的经济效益和社会效益，也关系到作品的生命价值。有的作品转瞬即逝，有的却经久不衰，甚至成为百年经典，就是鲜明的对比。流行的过程，是一个大浪淘沙的过程，因此，流行性也是促进艺术变革与进步的驱动力。我国的通俗文艺，长期在封闭的小农经济和计划经济的历史背景下运行，观念是滞后的，变化是缓慢的，有如平原的小溪，缓缓地流动着。如今的市场经济社会则是另一种态势。生活节奏快，社会变化快，通俗文艺必须在新的时代大潮中冲浪、搏击，求新求变，以更新更好的作品取代正在流行的作品，不断制造新的热点。否则，就没有生存的空间，就难免被淘汰。

新时期通俗文艺的商品性增强了，市场在一定程度上左右着通俗文艺的创作走向和艺术面貌。文艺的商品性并非始自今日。在自然经济为主体的封建社会里，也包含着某些商品经济因素，存在着商品的交换与流通，那个时期某些通俗文艺品种也就作为商品进入市场了。比如说唐宋时代，到瓦舍勾栏里听说书，是要交费的，说书与听书是一种商品交易关系。元明清时代，随着商品经济的发展，文艺的商品属性增强了，看戏、听书、观赏杂耍，都要以钱作中介，没有钱是难以如愿以偿的。到了近代，特别是进入 20 世纪以来，商品经济发展得更快了，文艺的商品属性更明显地显现出来。在五光十色的通俗文艺的观赏领域里，处处要以钱作通行证，没有钱，一般的人民大众是得不到欣赏机会的。但是，由于我国封建社会延续几千年，商品经济一直不很发达，文艺的商品属性没有充分地发展起来，在相当广阔的地方，相当多的通俗文艺领域，是以非商品交换的形式创作和观赏通俗文艺的。还有大量的以行政方式组织的文化活动和群众自发进行的自娱娱人性质的文化活动，这些都是非商品性的。新时期以来，我国商品经济大发展，文艺的商品性也大大增强。由于计划经济时代所形成的文艺观念的影响，一些人否认作为精神产品的文艺的商品属性。经过热烈的讨论，通俗文艺的商品性得到确认。从此，通俗文艺产品光明正大地进入市场，在商海的大潮中流通，并成为光彩夺目的富有生命力的商品，受到亿万大众的欢迎。

其三，通俗文艺的商品性发展得愈充分，市场的主宰作用愈明显。一方面，市场为通俗文艺的创作与生产提供了丰厚的土壤，为通俗文艺的发展开辟了广阔的道路；另一方面，它又带来一些消极的制约和负面影响。主要表现是：第一，创作主体的不自主性。作者写什么、怎么写、写多少，都要看市场的情况和需要。作者熟悉的生活和写法，如果不适应需要，就不能变成作品。如果勉强写成作品，也难以进入市场。而市场需要的，即使作者缺乏条件，也往往诱惑或驱使作者拼凑成篇。这就意味着作家、艺术家的创作在很大程度上不是按照艺术规律而是按照商品经济规律进行的，有时不免损害艺术。第二，从媚俗走向庸俗。有些作者为了赢得市场，着意注入一些庸俗无聊的东西，或渲染色情，或张扬粗俗，或搞些无聊的噱头，或乱用脏鄙的语言，如此等。第三，无明确的艺术追求，肆意违背艺术规律。有些作品脱离生活，违情背理，荒诞不经；有些历史题材作品，为了追求奇情奇趣，任意歪曲历史，把历史人物弄得面目全非；还有些作品，恣情随意地搞艺术“拼盘”，不是精心地将多种艺术营养有机地化合在一起，雕琢与破绽随处可见。在市场经济土壤上扎根的通俗文艺，出现一些负面现象，是难免的。有的学者将我国通俗文艺当前出现的一些问题，和西方后现代主义思潮相提并论，混为一谈，似乎不太确当。我国的政治、经济和文化状况与西方不同，作家、艺术家队伍的人生信仰、思想品德、文化素养也和西方文艺家不同，囫囵地将它们视作同类，不仅不能清楚地说明问题和解决问题，还会模糊不同文艺的性质。

其四，新时期以来，人民大众对通俗文艺更加喜爱，更加关注，参与意识增强了，参与的人数增多了，参与的范围扩大了，同时，参与的水平也提高了。通俗文艺，由于和人民大众有着天然的联系，历来有人民大众参与创造的传统。20 世纪三四十年代，由于革命斗争的需要，不少人民大众参与到通俗文艺活动中来，写诗、画画、演戏、扭秧歌等。但由于文化水准和其他条件的限制，参与的面比较窄，艺术水平不太高。中华人民共和国成立后，大众文艺活动还在继续，但道路曲曲折折。由于“左”的思潮的侵蚀、错误的行政干预、不切实际的全民动员，使大众的通俗文艺活动偏离了大众的审美需要，变成政治的传声筒。“大跃进”时期的全民诗歌运动就是最具代表性的例证。那时候写诗是“政治任务”，有些地区的领导人，为了“争先进”“夺红旗”，号召村村写诗，人人写诗。一时间，诗片满天飞。所谓的“诗”，其实大都是浮夸的政治口号、空洞的豪言壮语，具有真情实感的真正诗歌寥寥无几。这次全民诗歌运动给了我们一个沉重而深刻的历史教训：为了某种政治目的运用行政手段大规模地组织群众进行文艺创作，是收不到良好成效的，因而也是不可取的。新时期以来，人民大众的物质生活改善了，文化生活丰富了，同时，文化的自主意识和创造意识也增强了。他们不只是欣赏文艺家创造的作品，还自觉自愿地投身到各种形式的文艺活动和创作中来，从唱歌到跳舞，从文学创作到戏剧、影视表演，从自娱到娱人，在各种通俗文艺活动领域都有群众在参与、在创造。人民大众把自己的思想愿望和审美情趣尽情地挥洒到通俗文艺中，把新鲜血液灌注到通俗文艺的肌体中，这对于保持通俗文艺蓬勃的生命力，对于促进通俗文艺的发展与更新，有着重要的作用。

以上特点，显示了新时期通俗文艺与以往通俗文艺迥然不同的时代风貌，标志着一个新的通俗文艺时代的到来。

第二节　新时期通俗文艺勃兴的原因

文艺的兴衰荣枯，系于时势，系于政策。我国文艺发展史上正反两方面的经验一次又一次地证明了这个真理。新时期，经济发展了，为各项文化事业的发展提供了坚实的现实土壤；政治上一系列改革开放政策，创造了和平安定、宽松、和谐的环境，这是文化兴旺发达最根本的条件。同时，与文艺发展直接相关的文艺政策，党中央也及时做了调整。1979 年 10 月邓小平同志的《在中国文学艺术工作者第四次代表大会上的祝词》（以下简称《祝词》）集中地系统地阐明了党在新时期的文艺政策，是一个拨乱反正、除旧布新的文艺纲领，为我国文艺事业的发展指明了方向。正是在这样的历史条件下，我国的文艺事业复苏了、发展了、繁荣了。然而在同一历史条件下，为什么俗文艺比雅文艺发展迅猛、势头火爆呢？这又有其特殊的文化和历史的原因了。

探寻文艺的发展，首先要从文艺和人民大众的关系这个根本点着眼。《祝词》指出："对人民负责的文艺工作者，要始终不渝地面向广大群众。""人民需要艺术，艺术更需要人民"。小平同志着重强调艺术和人民的关系，是有其现实的针对性的。虽然马克思主义的创始人和理论家早就提出了艺术为人民服务，要和人民群众保持密切联系的理论主张，毛泽东还制定了为最广大人民服务的文艺方针，但是在实践中被扭曲了，特别是"四人帮"对这个方针肆意践踏和破坏，把为广大的人民群众服务篡改成为他们的反动的政治目的服务。"顺我者昌，逆我者亡"，对一切不符合他们反动政治目的的文艺作品横加扫荡，幸存者寥寥无几。以至于八亿中国人民在长达十年的时间里，翻来覆去，观赏的只是那么几出戏、几部电影，形成了我国历史上空前的文化生活大饥荒。"四人帮"垮台以后，人民群众觉醒了，大声疾呼地抒发了他们对文艺枯萎现状的忧愤，表达了对新的文艺的热烈期待。当然，这种"期待"包含雅文艺和俗文艺两个方面。然而在两种文艺"比翼双飞"的竞赛中雅文艺却落在了俗文艺的后面。就文学而言，一些雅文学作家，特别是青年作家，过分沉迷于文学的"探索"，生硬地套用西方现代派的哲学思想和表现手法，疏离了民族的艺术传统和审美习惯，致使原本不大的读者群进一步缩小。此时刚刚复兴的通俗文学则注意考虑群众的思想观念和价值标准，注意考虑群众的审美情趣和审美爱好，注意群众的接受能力，以群众喜闻乐见的形式表现他们的思想和情趣，从而赢得最广大的读者。刘卓在《十年喧嚣》一书中指出："文艺复兴的本体要求，最主要的是人民群众的文化心理要求。这不仅是文艺复兴最深厚的根基，而且也是文艺复兴最强大的动力。”[①]新时期的通俗文艺正是凭借这个“最强大的动力”而展翅高飞的。

新时期通俗文艺勃兴的另一个重要原因，是作家、艺术家的思想观念得到解放，创作的自由度增加了。观念的解放，主要表现在两方面：一是对文艺的功能的认识。在“左”的思想和庸俗社会学占统治地位的时期，机械地理解文艺与政治的关系，把文艺当作单纯的教化工具。即使是干巴巴的说教，只要符合当时的政治需要，也被视作佳作。反之，则一律排斥。这对于重视文艺的娱乐功能的通俗文艺来说，无异于下了“禁写令”。在拨乱反正中，人们深入认识到：艺术的功能是多元的。除思想教化功能外，它还有社会认知、情感净化、审美、娱乐等功能。对于通俗文艺来说，娱乐功能是一种很突出很重要的功能。娱乐性的强弱，不仅关系到作品社会影响力，而且关系到其他功能的发挥。缺乏娱乐性，也就失去了通俗文艺的重要特色。对通俗文艺的这一特点取得共识以后，人们对通俗文艺也就格外重视，作家、艺术家也就能够放心地创作了。二是对题材的认识。“四人帮”时期，题材的限制是很严的，选材面是很窄的，基本上是围绕着政治任务的中心转。谁越了雷池，就批判谁。通俗文学善于表现的法制题材、传奇题材、言情题材、历史题材以及趣闻轶事等，都在排斥之列。这就堵死了通俗文学创作的路，通俗文艺家感到困顿而无用武之地。邓小平同志在《祝词》中指出：“文艺这种复杂的精神劳动，非常需要文艺家发挥个人创造精神。写什么和怎样写，只能由文艺家在艺术实践中去探索和逐步求得解决。在这方面，不要横加干涉。”这些话解开了束缚文艺家手足的绳索，使他们能够

---

① 刘卓：《十年喧嚣沉思录》，春风文艺出版社1991年版，第105页。

写其所爱，扬其所长，自由地在通俗文艺的园地上驰骋。在短短的十几年的时间里，通俗文艺形成了一个包容古今中外、闪烁奇光异彩的艺术世界，艺术的广度与深度越过以往任何时期，这正是广大通俗文艺家辛勤耕耘、大胆创造的结果。

国外及我国港台地区通俗文化的大量输入，也对新时期通俗文艺的勃兴起了积极的催化作用。在闭关锁国时期，国外的文化被视作资本主义的“洪水猛兽”，是不许入内的。改革开放了，通俗文艺同其他商品一样，源源不断地进入国内。或许是它们别有一种形式，别具一种情调，使人民群众备感新奇、备感有趣，从而也就备受欢迎。音乐可说是外来文化的先声。早在 20 世纪 70 年代末，以邓丽君为代表的一大批港台歌星演唱的通俗歌曲在大陆迅速流传开来。大江南北，长城内外，到处飘荡着她们那温馨而又缠绵的歌声。与此同时，西方的爵士乐、摇滚乐也传播进来。在外来通俗音乐的刺激下，大陆的通俗音乐也应运而生。伴随着歌声，一些群众自娱性的舞蹈也进入内地。不仅有传统的交谊舞，也有现代的迪斯科、霹雳舞，形成了大陆的新舞潮。在舞厅、在广场、在公园，到处都可以看到人们欢快地跳，尽情地乐，并从中体验到一种过去没有体验到的生命激情和活力。与此同时，国外的和港台的武侠、言情、侦探小说和影视也大量进入内地。金庸、古龙、梁羽生、琼瑶、亦舒等名家的小说，一时成为洛阳纸贵的热门读物。而日本的《阿信》《血疑》、墨西哥的《卞卡》等外国长篇电视连续剧，也通过荧屏进入千家万户。国外及港台通俗文化的大量拥入，不仅在精神食粮匮乏的情况下解决了人民大众的饥饿感，而且给予我们自己的通俗文艺家许多重要的启示。文艺家从这股通俗文艺潮中看到了人民群众对通俗文艺的浓厚兴趣，明白了通俗文艺应当怎样进行艺术创造，这对我们通俗文艺的发展起了重要的潜移默化的作用。

新时期通俗文艺的勃兴，与它在市场竞争中的优势也是分不开的。在商品经济的社会中，雅俗文艺都具有商品的属性。作为商品，能否适应市场，就成为兴衰的重要杠杆。雅文艺，除某些特别优秀的作品外，它的受众面远不如通俗文艺宽，因而市场的竞争力也就不如俗文艺强。特别是随着经济体制的改革，国营出版社由过去的大包干改为独立核算、自负盈亏。改制以后，尽管强调社会效益、经济效益一齐抓，但是，出版社为了生存，为了发展，优先考虑经济效益也是情理之中的事。于是，市场畅销的通俗小说、通俗纪实文学等大量出版，雅文学则出版艰难，呈现萎缩。其他艺术也同样。通俗歌曲的磁带、通俗影视的录像带以及 CD 盘、VCD 盘都受到广泛的欢迎而日益扩大它的市场。市场，是通俗文艺生命的活水。有了它，通俗文艺才得以生存、得以发展、得以传播。市场愈广阔，通俗文艺就愈繁茂。

第三节　新时期通俗文艺的发展与提高

新时期的通俗文艺以崭新的面貌、宏大的气势和前所未有的速度向前发展，这是有目共睹的。但是，由于它是在“文化浩劫”之后复苏的，现实的文化底蕴不够深厚，加之创作队伍是从各方面走来，仓促上阵，准备不足，因而文艺创作水平不是很高。尽管每天都有大量通俗文艺作品问世，然而值得称道的佳作却是寥寥无几。能够代表一个时代文艺发展水平的扛鼎之作，尚未见到。粗制滥造、生搬硬套、七拼八凑的作品，倒是不少。有的作者只求“短期效应”，满足于博得人们的一快，不注重也不追求作品的高质量。还有的以卑微的姿态“媚俗”，内容污浊，格调低下。这种状况，不仅不能满足大众的文化需要，也败坏了通俗文艺自身的声誉。所以，我们要在兴旺发达的形势下，正视它的不足、它的危机，并且以积极的态度提高通俗文艺的艺术品位与质量，弥补不足、克服危机，促进通俗文艺沿着健康的道路日新月异地向前发展。

通俗文艺的提高与文艺家的思想观念、思想境界是密切相关的。在社会主义商品经济条件下，这一点尤为突出。商品经济，很像一根魔杖，左右着通俗文艺的创作。一方面，它可以极大地调动人们的积极性，激发创作的热情，造成各种体裁、各种形式的艺术作品争妍斗丽的活泼局面；另一方面，它又能够戕害人们的心灵，扭曲创作心态，诱发低劣作品的繁衍和流传。由此可见，商品经济对于通俗文艺的影响是具有两重性的。对此，我们一定要有清醒的认识和正确的态度。值得我们深思的是：为什么有的文艺家从积极方面接受商品经济的影响，而有的文艺家却从消极方面接受商品经济的影响呢？这就与文艺家的世界观这个最根本的问题密切相连了。原来，人们的世界观，或者说每个人的思想体系，是由多方面的思想因素构成的，诸如政治观念、经济观念、伦理道德观念、文化观念等。在商品经济条件下形成的文艺观念只是人们整个思想体系中的一个组成部分。各种思想观念并不是孤立的，而是互相渗透、互相影响的。商品经济所形成的文艺观念无疑对文艺家的整个思想会有一定的影响，但是从根本上说，还是政治观念、经济观念、伦理道德观念等这些世界观中最根本的因素影响和支配着文化观念。对于较为成熟的文艺家，尤其如此。一个坚定地站在人民大众立场上的文艺家，就不会片面地追求作品的商品价值而忘却它的社会价值，也不会单纯追求经济效益而丢掉为人民服务的宗旨，更不会为了追逐利润而玷污圣洁的文艺殿堂。所以，树立先进的世界观，建立一个完整的境界高远的思想道德体系，是文艺家的立身之本，也是提高通俗文艺品位和质量的关键。在商品经济活跃、商品意识逐渐浸透人们心灵的今天，这一点更加至关紧要。

要提高通俗文艺创作，还需要增强创新意识。文艺本来就是一种创造性艺术，创新是艺术的本质，也是艺术赖以生存和发展的基础。俄罗斯批评家别林斯基说："在真正艺术的作品中，所有的形象都是新颖的，独创的，没有任何形象重复其他的形象，而是每个形象都有其各自的生命。"①一个艺术家的作品尽管多种多样，他在任何一部作品或任何一笔线条上都不会重复自己的或别人的。1942 年，毛泽东为"延安平剧研究院成立特刊"特别题写了"推陈出新"四个大字，为我国的戏曲乃至整个通俗文艺的发展指明了道路。不断创新，才能保持艺术蓬勃的生命力，才能写出具有新品位、新境界的艺术作品；反之，故步自封，墨守成规，艺术就会枯萎、僵化，长此以往，无异于自我毁灭。这一基本的艺术规律，是颠扑不破的真理。然而，在文艺界和学术界有一种影响深远的看法，认为通俗文艺有历史上形成的固定的模式，文艺家只要遵循传承的套路创作就可以了，不需要创什么新，创新是雅文艺的事。这种观点严重地阻碍了通俗文艺的发展，既违背了事物发展的辩证规律，也不符合通俗文艺发展的历史实际。

通俗文艺由于是面向亿万群众的艺术，它的发展、它的变化是和广大群众的审美意识、审美需求密切相连的。它不能脱离群众的审美情

① ［俄］别林斯基：《别林斯基论文学》，新文艺出版社 1958 年版，第 6 页。

趣去追求新奇的技巧、朦胧的表现手法和隐晦的内涵。否则,就会失去群众,失去广阔的市场。正是由于这个原因,通俗文艺的传承性要强一些,稳定性也要强一些。但是,不能因此而否定通俗文艺的创造性,更不能因此而故步自封。通俗文艺不是不要创新,而是要遵循通俗文艺的特点和规律创新,要适应广大群众的审美需要创新。正是不断创新,我国的通俗小说才能从"粗陈梗概"到精致完美,而成为世界小说格局中独立的一支,而且是标志着艺术高峰的一支;也正是由于创新,我国的戏曲艺术才从简单的模拟发展成为品类繁多、色彩缤纷的艺术园地,成为世界戏剧舞台上最具独特艺术魅力的艺术。没有创新,艺术就没有发展、没有提高。

当前我国社会正处在转型时期,从经济基础到上层建筑,从社会生活到精神生活都发生了深刻的变化;与此同时,人们的文化生活、文化观念、文化需求也发生了巨大的变化。"转型的社会"需要"转型的文艺"。通俗文艺家应当更加致力于艺术创新,以适应新的时代的需要。

通俗文艺的发展与提高,与理论建设是分不开的。张伯海先生指出:"理论的成熟,是创作的先导;配上理论的翅膀,社会主义通俗文艺才能往更高处飞翔。"[①]这个论断是非常正确的。如果没有理论导航,通俗文艺不仅不能沿着正确的方向发展,也不会有高远的艺术追求。值得庆幸的是,新时期通俗文艺一复苏,就得到文艺理论界的关注和扶植。一些热情而又敏锐的理论家,运用辩证唯物主义的美学观点,认真地审视了勃然兴起的通俗文艺。从作家到作品,从宏观到微观,从现状到历史,都有人研究评论。尽管研究不那么深入、系统,但毕竟广泛地

① 张伯海:《我们有信心开拓通俗文学的未来》,《通俗文学评论》1992年第1期。

涉及通俗文艺的许多问题。有些论著及时地评述了当前通俗文艺的发展态势和前景，探讨了通俗文艺发展和演变的规律，阐明了雅俗文艺不同的审美特征，论述了通俗文艺的社会价值和审美价值，同时还批判了错误观念和错误倾向，这不仅为通俗文艺的发展扫除了障碍，还为通俗文艺的提高建立了必要的路标。

但是，毋庸讳言，目前的理论建设与通俗文艺的发展还是很不适应的。夏武全先生说："我们的通俗文艺理论和批评，尚未建立真正符合通俗文学创作和审美规律的价值系统和美学品格，也在很大程度上制约着通俗文学的发展。就已有的通俗文学研究看，我认为还基本上处于一个较低层次，即一般地讨论通俗文学的社会供求关系，一般地研究通俗文学的创作特点、欣赏特点，或者将通俗文学当作文化学、民俗学、社会学的研究材料。要改变这种情况，超越目前的层次，我以为应当将研究的视角转移到美学的层面，在一般和个别两个方面着力，特别在个别方面。"[①]这些话，是在20世纪90年代初说的。近些年，理论研究有长足的发展，逐步深入和系统化了，但是，这里所批评的状况似乎还没有根本的转变。当前的理论批评，对于当代通俗文艺还缺乏从美学高度进行深刻而全面的总结，对于我国久远而丰厚的通俗文艺传统还缺少深入地开掘和理论的升华，对于浩瀚的外国通俗文艺也缺乏必要的比较研究和系统的引进，这些不足给理论建构造成很大困难。所以，至今确实还没有科学而完整地建立"真正符合通俗文艺创作和审美规律的价值系统和美学品格"。

通俗文艺理论的建设问题，不只在于现状有些滞后，还在于许多人

① 夏武全：《90年代通俗文学：寻找突破口》，《通俗文学评论》1992年第1期。

对于理论的轻视。前些年,是理论工作者内部的某些人轻视通俗文艺的理论研究。他们熟悉雅文艺,也搞惯了建立在雅文艺基础上的理论研究,对于俗文艺就有些看不上眼。他们认为,俗文艺有什么审美可谈?当然也就不为其劳神费力了。这几年,情况有了明显的转变。一些人意识到通俗文艺是广阔繁茂的艺术园地,也是坚实而深厚的理论土壤,急需理论家开拓、耕耘,于是投身到通俗文艺的理论研究中来。这些人大都是修养有素、造诣颇高的学者,这就大大增强了通俗文艺理论批评的实力。现在的问题是社会上对理论的轻视和忽视,造成了理论研究和文艺批评举步维艰的情况。出书难,报酬低,已成为理论成果社会化的严重障碍,也是理论不能和创作同步发展的重要原因。正是在这样的历史条件下,《通俗文艺报》《通俗文学评论》等通俗文艺理论刊物,以逆水行舟的勇猛姿态,破土而出了。它们大力倡导通俗文艺理论的建设,积极推动不同学术观点的争鸣与交流,努力拓展通俗文艺研究的领域,严肃批评通俗文艺的不良倾向,对于我国通俗文艺的发展与繁荣起到了有力的推动作用。历史将会记载它们不可磨灭的功绩。随着时代的进步,理论建设的生态环境会逐步好起来的。即使一时不那么好,也有一些有识之士不求名利,不畏困难,在理论战线上开拓进取,并创造出丰硕的成果。我们深信,在理论的光照下,创作会更加灿烂。

通俗文艺的发展与提高,是一个系统工程。它包含着创作实践经验的积累和理性认识的深入,包含着文艺家应有的修养和队伍的建设,还包含着对通俗文艺内部规律的把握和外部条件的改善……上面所谈,只是直接关联的几点,其他问题,我们将在有关章节论述,这里就不赘言了。

第四章　通俗文艺发展的若干规律

前面三章，我们历史地叙述了我国通俗文艺的大体情况。虽然限于篇幅没有说得很详细，只能算是一个轮廓，但这个轮廓对于认识通俗文艺却是绝对必要的。因为，通俗文艺的演变规律与创作法则，蕴含在历史的进程中。只有从历史的实际出发，才能概括出符合客观实际的规律和原则，并具有实际的指导意义。通俗文艺史的理论内涵十分丰富，这里着重谈两个问题。

第一节　通俗文艺的兴衰与变革

纵观历史，我们可以清楚地看到，通俗文艺的发展是波浪式的，有时兴旺，有时衰颓；有时繁荣，有时萧条；有时长足发展，有时停滞不前。这种情况是如何造成的呢？有哪些重要因素左右通俗文艺的兴衰呢？

历史唯物主义告诉我们，经济是基础。文艺的兴衰，从根本上说，与社会的经济状况是密切相连的。在我国古老的封建社会，长期是封闭的、零散的、自给自足的自然经济，生产力发展低下，人与人之间的交往疏淡。劳动人民为了调节精神生活，吟唱一些歌谣，编说一些故事，主要是创作者和他所接近的人们的自娱自乐，本质上是一种“自给自足”的文艺。这种文艺，对穷乡僻壤、生活单调的人们来说，是不可或缺的精神食粮，因此，人们总在尽其所能地创造着、延续着。但是，这种文艺缺乏丰厚而坚实的物质基础，缺乏广阔的社会舞台，更缺乏广泛的欣赏和支持的群体，因而它难以扩展它的表现领域，难以提高它的创作水平，更难以形成一种文艺潮流，总像一条水源不足的细流，断断续续，曲曲折折，缓慢地流淌着。经济的发展，特别是城市商品经济的发展，才为通俗文艺的生存与发展提供了丰饶的土壤。这在宋代已初露端倪。《中国大百科全书》(戏曲曲艺卷)有一段生动描述：“到了北宋，商品经济发达，都城东京(今开封)等地成为繁华的大商业都市。东京除相国寺为游观之地外，还有专为各种艺术表演而设的瓦舍。据宋孟元老《东京梦华录》所记，12 世纪初，东京的瓦舍已遍布东西南北四城。……瓦舍是一个集合多种伎艺长年卖艺的地方。瓦舍的艺人以卖艺为职业，观众主要是市民……瓦舍虽集中各种技艺于一处，但各自在自己的勾栏棚里表演。瓦舍勾栏所演的技艺范围很广，有小说、讲史、诸宫调、合生、武艺、杂技、各种傀儡戏、影戏、说笑话、猜谜语、舞蹈、滑稽表演、装神弄鬼等，也有从滑稽戏发展出来的‘杂剧’。南宋都城临安(今杭州)的瓦舍勾栏承袭北宋体制，但杂剧在数量上和质量上都有所发展和提高。”[①]这段话，很好地说明了宋代“商品经济的发达”有力地促进了通俗文艺的发展。特别应当提出的是，这个时期通俗文艺的大发展，不只是表现在表面的繁荣上，更重要的是有了质的变化。小说，由过去的笼

① 《中国大百科全书》(戏曲曲艺卷)，中国大百科全书出版社 1983 年版，第 450 页。

而统之地合在一起，开始进行分类；戏曲，在滑稽戏的基础上吸取各种技艺的营养而形成体制较完备的宋杂剧。曲艺品类丰富了，演唱艺术也有很大提高。实际上，在艺术品类和技艺上为我国通俗文艺奠定了基础。明、清以后，商品经济更加发展，通俗文艺也更趋繁荣。这一事实雄辩地说明了商品经济是通俗文艺繁育的沃土。当代最有力的证明是香港通俗文艺的变化历程。在20世纪的20年代到20世纪40年代，香港的经济比较萧条，文艺园地也很萧疏，只有少数人在“拓荒”。20世纪50年代以后，香港经济蓬勃发展、蒸蒸日上，通俗文艺亦随之崛起。武侠小说、科幻小说、言情小说等重要品类的通俗小说创作，日渐兴旺，日益提高，并且出现了金庸、倪匡和亦舒兄妹这样杰出的具有代表性的作家。他们在各自领域把我国的通俗小说推进到一个新天地。无论是古代还是现代的历史事实都充分表明，文艺的兴衰与演变始终受经济基础的制约。

除了经济因素以外，政治也是一个重要的因素。历史唯物主义告诉我们，一定的经济基础，必然要产生一定的上层建筑。恩格斯说：“政治、法律、哲学、宗教、文学、艺术等的发展是以经济发展为基础的。但是，它们又都互相影响并对经济基础发生影响。”[①]在全部上层建筑中，“政治是经济的最集中的表现”，居于主导地位；而文学、艺术则是“更高的远离物质基础的意识形态”，因此政治对文学艺术必然具有指导和制约作用。历史上，统治者实施的政策，是正确的还是错误的，是开明的还是专制的，往往导致两种截然不同的结果。如明代朱元璋取得政权

---

① ［德］恩格斯：《致符·博尔吉乌斯》，《马克思恩格斯选集》，人民出版社1972年版，第4卷，第506页。

后，为了巩固皇权统治，独揽大权，杀戮功臣，先兴胡党大狱，将左丞相胡惟庸凌迟处死，后又兴蓝党大狱，将大将军蓝玉凌迟处死，而且“列侯以下坐党夷灭者不可胜数”。对文人则是恩威并施，采取笼络与高压并用的两手政策。洪武年间规定“士大夫不为君用，罪该抄杀”。此后便大兴文字狱，不少文人无端被杀。在这样专横跋扈的统治下，文人心惊胆战，谨小慎微，以致开国以后一百多年文坛相当暗淡，只有以皇族朱有炖为代表的戏剧家写一些歌功颂德、粉饰现实的作品。明代中叶以后，特别是嘉靖、万历以后，政治情况有所改善，经济明显发展，文学艺术也随之呈现一个崭新的局面。清代也有过类似的曲折。康熙大兴文字狱，到雍正、乾隆而愈演愈烈，给文人心灵造成很大的伤害。加之“考据风”的兴起，不少文人冥心追古，逃避现实，沉没在故纸堆中，造成文学创作中的复古主义倾向。现代社会逐步走向民主，通俗文艺家的主体意识有所增强，对政治更为敏感，政治对文艺的主导作用更明显更充分地表现出来。政治路线与政治行为的正确与错误，一次次导致文学兴衰的波涛，或兴旺发达，出现高潮，或萧条衰退，陷入低谷。

政治对文艺的作用，主要是通过政治路线实现的。有明确的政治路线，并有贯彻这一路线的具体的方针政策，那么，文艺工作和其他工作一样，就有了明确的目标和实施的办法，从而保证工作的顺利进行。抗日战争时期，总的政治方向是明确的，文艺的方向和道路也是明确的，于是，文艺工作者意气风发，斗志昂扬地投身到抗日的火热斗争中，掀起了文艺创作的热潮，不仅创作了大量地道的各种形式的通俗文艺作品，而且使整个文艺创作向通俗化倾斜。这种新的创作潮流，是亘古未有的。中华人民共和国成立后，政治路线与方针政策有正确的，也有一些失误。特别是极“左”思潮的肆虐，“四人帮”的横行，给文艺带来毁灭性的灾难，文艺园地一片荒芜，文艺队伍摧残得七零八落。粉碎“四人帮”后，党总结了历史上正反两方面的经验教训，制定了正确而完整的方针政策。江泽民同志在党的第十四次代表大会上的报告中指出：“在建设有中国特色社会主义理论的指导下，我们党形成了社会主义初级阶段的基本路线，这就是：领导和团结全国各族人民，以经济建设为中心，坚持四项基本原则，坚持改革开放，自力更生，艰苦创业，为把我国建设成为富强、民主、文明的社会主义现代化国家而奋斗。‘一个中心、两个基本点’，是这条路线的简明概括。同这条路线相适应，我们党还形成了包括经济、政治、科技、教育、文化、军事、外交等各方面的一整套方针政策。”[①]基本路线，为文艺工作者指明了前进的目标和道路，是文艺事业繁荣兴盛的根本保证。

正确发挥政治的作用，要尊重艺术规律，按照艺术规律办事，而不能随心所欲地横加干涉。艺术是一种特殊的精神产品，它的创作过程，它的发展演变，都有自己的规律。任何违背艺术规律的行为，都会造成相应的恶果。历史上这种教训太多了。例如，文艺创作本是一种创造性的精神劳动，作家必须有思想和幻想的自由、兴趣和爱好的自由，才能创作出有风格、有特色的优秀作品，别人不应干预，而有的领导却制定种种清规戒律，束缚作家的手脚，限制作家的创造。又如，搞文艺创作，是需要一定的天赋与素养的，因人而异，不可强求，而过去有的地方却不看个人情况，大搞群众运动，提出“人人当诗人，村村是诗社”的口号，还像抓玉米、高粱一样，下达生产指标，结果是劳民伤财，生产文化

① 江泽民：在中国共产党第十四次代表大会上的报告《加快改革开放和现代化建设步伐，夺取有中国特色社会主义事业的更大胜利》。

废品。鉴于沉重的历史教训，邓小平在1979年10月深刻地指出："党对文艺工作的领导，不是发号施令，不是要求文学艺术从属于临时的、具体的、直接的政治任务，而是根据文学艺术的特征和发展规律，帮助文艺工作者获得条件来不断繁荣文学艺术事业，提高文学艺术水平，创作出无愧于我们伟大人民、伟大时代的优秀的文学艺术作品和表演艺术成果。"[①]随后，1979年11月，周扬在《人民日报》撰文对此做了具体的阐述。他说："文艺和政治的关系，包括党如何领导文艺工作这个至关重要的问题。党对文艺工作的正确领导，应当是依靠群众包括尊重专家的群众路线的领导，应当是力求由外行变为内行，按照艺术规律办事的实事求是的领导，而决不应当只是凭个人感想和主观意志发号施令的家长式的领导。作家写什么和怎样写，应有自己的自由，领导不要横加干涉，而要善于诱导；要鼓励不同意见的相互讨论和争辩，要允许犯错误和改正错误，允许批评和反批评。"[②]这些看法，都是历史经验的认真总结，是沉重的代价换来的真理。做"按照艺术规律办事的实事求是的领导"，是处理好文艺与政治关系的一个关键。

百花齐放、百家争鸣的方针，是毛泽东运用辩证唯物主义分析社会、分析科学与艺术而提出的文艺方针，是政治民主在文艺领域的体现，符合艺术发展的客观规律。"双百"方针"是促进艺术发展和科学进步的方针，是促进我国社会主义文化繁荣的方针"（毛泽东语）。如果说，曾经有过一段时间"双百"方针停留在纸上、嘴上的话，那么，现在宽松、祥和的政治环境则为"双百"方针的实行提供了可靠的保证。文艺

---

① 邓小平：《在中国文学艺术工作者第四次代表大会上的祝词》，《邓小平文选》，人民出版社1994年版，第2卷，第213页。

② 周扬：《继往开来，繁荣社会主义新时期的文艺》，《人民日报》1979年11月20日。

工作者应当提高认识，珍惜机遇，焕发创作激情，发挥聪明才智，把创作提高到一个新水平，既不要以“花”遮面展现丑恶，也不要搞玩闹的恶作剧。

文艺的兴衰，还取决于文艺自身的变革。现实生活的变化和人们审美情趣的变化，不断对文艺提出新的要求，只有不断变革，不断出新，才能适应形势的要求，保持旺盛的生命力。思想僵化，故步自封，以不变应万变，就会与生活疏离，与大众隔膜，自然走向衰微。变革，是文艺兴衰的一个至关重要的因素，也是文艺运行和发展的一个内部规律。通俗文艺如何实现自身的变革呢？有三个基本要求是应当做到的，简单地说，就是要做到“三个交融”。

一、古代与现代的交融

我国通俗文学源远流长，成就辉煌。刻苦学习前人的著作，吸取有益的经验，是通俗文艺工作者不可或缺的基本功，它既是年轻人学习创作的起点，又是成熟者攀登艺术高峰的阶梯。谁在这方面下的功夫大，吸取的营养多，谁的成就就会大。对于文学遗产，恐怕每个文化人都不陌生。学校的教科书里，就有精彩的篇章；业余的阅读，更是广泛涉猎，然而各人收到的实际效果却大不相同。有的读和没读一样，一点有用的东西也没学到，有的则借此腾飞，成就非凡。这种差别，就是学习的方法和态度的问题了。

继承遗产，首先要对文学遗产有清醒的认识。我国的文化遗产浩如烟海，良莠并存，一个人不可能也没必要把所有的文化遗产都读一遍。因此，要选择优秀的作品读。优秀作品的思想内涵充实厚重，艺术高超精湛，完全可以包容和涵盖一般性的作品。读优秀作品是一条捷径，可以收到事半功倍的效果。阅读古代作品不要停留在感性认识上，而要上升到理性认识，以历史唯物主义为指导对作品的思想内容进行深入的细致的分析，辨明哪些是积极的，哪些是消极的；哪些是有现实意义的，哪些是缺乏现代价值的。同时还要以正确的艺术理论为指导对作品的艺术进行认真的分析，辨明哪些精彩，哪些一般；哪些是沿袭的，哪些是独创的；哪些可以继承，运用到现代创作中来，哪些已经过时，不能为表现现代生活所用。认识是继承的基础，有了清醒的认识才能有收到实效的继承。

继承遗产，还要有明确的目的。各人的学习目的可能不同，但归结到一点，就是为了“用”。毛泽东讲“古为今用”，就强调了一个“用”字。“用”既是继承遗产的出发点和落脚点，也是取舍的依据。对现实有用，才有继承的价值；对现实无用的东西，有什么必要继承呢？这里说的“用”主要体现在两方面：一是对充实作品的思想内涵有“用”，有助于增强作品的历史感和现实的深刻性；二是对提高文学的艺术性有“用”，使作品更具艺术魅力。现代文学中一些广为流传的通俗作品如孔厥、袁静的《新儿女英雄传》明显地受到古典小说《儿女英雄传》的影响，欧阳山的《三家巷》则和《红楼梦》有一脉相承的血缘关系。至于现代通俗文学第一大家张恨水，其古典文学根基之深厚是人所共知的。可以说，没有古典文学的深厚修养，就不可能有辉煌的张恨水。

二、民族与民族的交融

各民族由于社会生活、历史传统、民族精神与风俗习惯等的不同而形成了不同的文学艺术。各民族的文艺都有自己的显著特色。只有从民族的视角观察世界艺术的园林，才能更清楚看到它是何等灿烂，何等瑰丽，何等的多姿多彩！这种令人赞叹的壮观的文学局面是怎么形成的呢？历史告诉我们，是各民族文艺在发展过程中相互交流、相互影响、相互促进的结果，没有一个民族的文学是在没有外来文学影响的完全封闭的状态下发展的。随着社会的发展，各个国家、各个民族之间的政治、经济的联系更频繁、更紧密了，文学艺术的交流也更多更广泛了，只有加强交流才能促进发展。闭关自守，必然滞后，必然衰颓。在当今世界，民族与民族的文化交流是关系到文艺兴衰的一个重要而急迫的课题。

民族与民族的文艺交融，包含国内各民族的交融和国际间各民族的交融两个方面。我国是一个多民族的国家，由于各民族共同生活在一个祖国大家庭里，民族关系是亲密的，民族交往是紧密的，民族文化的交流是持续不断的。交流，开阔了艺术家的视野；交流，扩大了文艺的题材；交流，丰富了艺术表现手法；交流，提高了艺术境界。如蒙古族的长篇小说《青史演义》《一层楼》《泣红亭》等在思想与艺术上都受到《三国演义》《红楼梦》《镜花缘》等作品的影响，英雄史诗《格斯尔传》则受到藏族史诗《格萨尔传》的影响。“西部歌王”王洛宾，是在西北民间音乐的哺育下，才写出那么多优美动听、脍炙人口的动人乐章。

进行文艺的交流与融合，还要注重国际间各民族的交流与融合。这是一个更为广阔也更为丰富的领域。世界各族人民所创造的灿烂文化，所积累的丰富经验，是我们取之不尽、用之不竭的艺术养料，对于我国文学艺术的发展起了极其重要的推动作用。例如，从汉代开始，佛教的传入对我国的文学、美术、音乐、雕塑、建筑等各门艺术都产生了深远的影响。“变文”等文学样式更是开创了我国通俗文学的先河。明清时期就逐渐发展，到五四爱国运动时期形成高潮的东西文化交流，对我国文学由古典到现代的转型起了至关重要的作用。走在时代前面的一些作家，把西方的民主、科学的思想注入自己的创作中，并用西方某些艺术观念和手法改造我国传统的艺术表现方式，从而使我国的文艺面貌发生了质变。这一点，雅文学做得更好些，但通俗文学也不是没有变化。拿侦探小说来说，就完成了由古代公案小说到现代侦探小说的转变。在程小青等侦探小说家的笔下，不再有依赖托梦启示和鬼神帮助破案等封建迷信思想和做法，代之而起的是现场勘察、科学推理，这就开创了我国侦探小说现代化的新进程。新时期以来，国际间、民族间的文学艺术交融的潮流比以往任何时候都壮阔，呈现全方位、多层次的新局面，不仅加大了对于经典作品介绍的力度，而且介绍了诸多的新思潮，以及各种体裁、各种流派的通俗文学著作。封闭已久的我国作家艺术家，面对新的文学潮流，有一种目不暇接之感，于是拼命吸纳，并融入自己的创作中来。这对我国文学艺术，特别是通俗文艺融入世界潮流，将起重要推动作用。

无论什么时候都不能忘记，借鉴国外作品，不是要抹杀文艺的民族性，而是要充实和增强文艺民族性。毛泽东同志指出："艺术上'全盘西化'被接受的可能性很少，还是以中国艺术为基础，吸收一些外国的东西进行自己的创造为好。现在各种各样的东西都可以搞，听凭人选择。外国的许多东西都要去学，而且要学好，大家也可以见见世面。但是在中国艺术中硬搬西洋的东西，中国人就不欢迎。""中国人还是要以自己的东西为主。"①

这段话深刻阐明了文艺的民族性与大众性是一致的，具有独特民族性的文艺作品，才能在人民大众的心中扎根，从而繁荣兴旺起来。

---

① 毛泽东:《同音乐工作者的谈话》,《毛泽东论文艺》(增订本),人民文学出版社 1992 年版,第 91 页。

三、文体与文体的交融

文学艺术品类繁多,特征鲜明,而且许多艺术经验与艺术方法是你有我无、我有他无、他有你无的。不同文体艺术之间相互学习、相互借鉴、相互交融,是促进艺术变革与兴旺发达的重要途径,也是艺术发展的辩证规律。

以戏曲为例,它的发生、发展、繁荣,始终是与诸多门类的艺术相互交融的过程。前面谈到,戏曲主要是由民间歌舞、说唱和滑稽戏三种艺术形式"合成"的。如果再细分,这三类艺术又都包含许多艺术品种。由此可见,戏曲是百川汇海似的交融而成的艺术。如果没有各种艺术的相互交融,也就没有中国的戏曲。戏曲的出世依赖艺术的交融,戏曲的发展同样依赖艺术的交融。宋代是中国戏曲发展的黄金时代,宋杂剧的出现标志着戏曲的成熟。宋杂剧又是如何形成的呢?一言以蔽之,是各门艺术交融的结晶。由于经济的发展,都市兴旺起来,在东京(今开封)东西南北四城全有供艺人们演出的瓦舍。瓦舍演出的技艺很多,有杂剧、小说、讲史、诸宫调、合生、杂技、武艺、傀儡戏、影戏、说笑话、猜谜语、歌舞、滑稽表演等当时所有表演艺术几乎都到瓦舍里献艺。这就为不同艺术的交融提供了最好的契机。戏曲艺人们边演出、边观摩、边吸收、边创造,取长补短,融会贯通,这就使已经有百年发展史的传统戏曲体制趋于完备、艺术趋于完善,形成具有新质的宋杂剧。这表明艺术交融在艺术变革中起着至关重要的作用。中国的戏曲,从宋杂剧到金院本,到永嘉杂剧,到元杂剧,再到明传奇,虽然不断完善、不断提高,但是戏曲的品类还是比较少的,清代地方戏的兴起彻底改变了这种局面。地方戏的发展繁荣,也是交融的结果。"北方的梆子腔,据现在所知的历史事实是在山西和陕西交界的地区蒲州与同州之间形成的。当时称为山西梆子，流入关中以后演变为秦腔，在河东就称为蒲州梆子，到晋北就成为北路梆子，到晋中就成为中路梆子，由晋北转入北京和河北就成为河北梆子。梆子腔传入河南与河南原有地方戏交流融汇，就衍变成河南梆子。从河北继续往东，形成山东梆子。各地梆子来源虽是一个，由于与方言语音和当地民歌、小戏相结合，到了今天都已形成风格迥然不同的许多独立的戏曲剧种……这种情形并不囿于北方梆子，南方高腔、皮黄都是如此。”①从这里我们可以看到，地方戏的变革的过程就是艺术交流融合的过程。北方梆子既与地方的民歌、小戏相融合，又与地方风俗习惯、语言语音相融合，由此才有百花绽放，争奇斗艳。

再以小说为例。我国古典小说经历了漫长的发展过程。从粗陈梗概到细致描摹，从摹写人物表面行动到深入内心，从单一的白描到多种艺术手法的并用，这种变革与发展也是与其他艺术的交流融汇分不开的。《红楼梦》的高度艺术成就最有力地说明了这一点。曹雪芹不仅熟谙小说文体特征，而且通晓诗词歌赋、戏曲、绘画、建筑等多种艺术。在创作《红楼梦》的过程中，他吸收、融合了许多艺术的营养。古典戏曲（如《西厢记》《牡丹亭》）语言优美、描写细腻、叙事委婉，《红楼梦》在描写与叙事上就吸收了它们的长处，而在氛围的烘托、意境的创造、环境的营造上则又明显地借鉴了诗歌、绘画和建筑艺术。

再以电视剧为例。电视剧是一种新兴的艺术形式。这些年发展很快，数量很多，质量却不尽如人意。思想肤浅、艺术粗糙、格调低俗，是

---

① 张庚：《中国戏曲》，《中国大百科全书·戏曲、曲艺卷》，中国大百科全书出版社 1983 年版，第 8 页。

当前电视剧的通病。原因何在呢？就在于文化底蕴不足。电视剧是一种综合艺术，电影、戏剧、音乐、美术、摄影、建筑等都与它有密切的关系。但是从文学剧本来说，特别是电视连续剧，与之关系最密切的是长篇小说，特别是古典章回体小说。古典小说的叙事方式、结构方式、人物刻画以及环境描写，对于电视剧创作有很多启示。其他文学样式对于电视剧创作也有不少助益。然而一些电视剧作者不倾心于加强文学素养，不着力于在广泛的艺术领域里借鉴、吸纳，这样又怎么能使电视剧革新和发展呢？

历史的经验表明，交融是文艺变革的内动力，也是文艺兴旺发达的必由之路。邓小平同志强调："所有文艺工作者，都应当钻研、吸收、融化和发展古今中外艺术技巧中一切好的东西，创造出具有民族风格和时代特色的完美的艺术形式。只有不畏艰难、勤学苦练、勇于探索的文艺工作者，才能攀登上艺术的高峰。"[①]让我们遵循小平同志指引的道路开拓未来吧！

第二节　通俗文艺的创作方法

一、创作方法的走向

作家、艺术家在进行创作时，都面临一个如何选择题材、如何分析和评价生活以及如何表现生活的问题，也就是如何处理创作与现实的

---

① 邓小平：《在中国文学艺术工作者第四次代表大会上的祝词》，《邓小平文选》，人民出版社 1994 年版，第 2 卷，第 212 页。

关系问题。由于作家的人生观和艺术观的不同，所遵循的原则和使用的方法是不同的，于是形成各种各样的创作方法，其中主要的是现实主义和浪漫主义两种方法。这是贯穿文学发展过程始终的两种方法，也是雅俗文艺都使用的方法。改革开放以来，西方现代主义也为许多通俗文艺家所吸纳。这里让我们结合中国通俗文艺创作实践，考察一下这几种创作方法的基本特征、历史轨迹及其具体运用。

1. 现实主义

现实主义，其基本精神是立足现实，按照生活的本来面目描写生活，按照生活本身发展的逻辑反映生活，特别重要的是要写出典型环境中的典型人物。在表现上，运用写实的方法对生活做客观细致的描写，同时，还注重细节的精选妙用。何其芳说："现实主义是按照生活的实际存在的样子反映生活，这样一个解释好像许多人都不否认。生活的实际存在的样子，并不只是生活的外貌，同时还包含有它的内在的意义。这样，现实主义就不仅要求细节的真实，而且还要求本质的真实。文学艺术的典型性就是从后一要求来的……现实主义也是有虚构的，虚构就不能离开幻想。然而现实主义所据以进行虚构的幻想仍然和生活的实际存在的样子很相似，它不一定实际存在，但却可能存在。"[①]这段话既说明了现实主义和自然主义在描写"生活的实际存在的样子"上的区别，又指出了现实主义在运用想象和幻想上与浪漫主义的不同，有助于我们正确把握现实主义的特征。

虽然现实主义的概念是近代才提出的，我国是在五四新文化运动

① 何其芳：《文学史讨论中的几个问题》，《文学艺术的春天》，作家出版社 1964 年版，第 131 页。

时期才引进的，但是现实主义文学现象却是自古就有的。由于文学与生活有着天然的联系，从文学诞生之日起，就含有现实主义的因素。如《弹歌》是一首较原始的猎歌，它写道："断竹、续竹、飞土、逐。"简洁而清晰地描写了狩猎过程，不就是现实主义的写法吗？《诗经》中的《伐檀》《硕鼠》《采薇》《东山》等诗，不也是现实主义的抒情方法吗？这表明，现实主义是植根于现实生活土壤中的，是从文学的"娘胎"中带来的。当然，早期的现实主义是幼稚的、不成熟的，只不过朴实地摹写现实生活罢了。随着社会的发展、文学的进步，现实主义文学逐步走向成熟。明代中叶出现的《金瓶梅》就是突出的标志。从现实主义角度观察，它有以下几个特征：(1)它通过对西门庆一家真实细致的描写，表现了当时社会历史的整体风貌，正所谓"著此一家，即骂尽诸色"；(2)塑造了西门庆、潘金莲、应伯爵等一系列典型形象；(3)它描写了西门庆上面勾结贪官污吏，下面笼络地痞流氓，再加上一些狐朋狗友，构成了一张极其复杂的社会关系网，从而揭示了西门庆性格蜕变的典型环境；(4)作品展现了悠久的传统文化和浓郁的地域文化特色，并且极富生活气息。这一切都表明《金瓶梅》是一部非常典型的现实主义作品，具有现实主义所应具备的基本美学特征。

我国现实主义文学，源远流长，流派纷呈，特别值得提出的是具有批判色彩的现实主义文学。18 世纪中叶出现的《儒林外史》首开先河，"说部中始有足称讽刺之书"(鲁迅语)。这以后具有批判性的作品时有所见，而真正形成一股批判现实主义思潮是在清代末年(19 世纪末到 20 世纪初)，代表作有李伯元的《官场现形记》、吴趼人的《二十年目睹之怪现状》、刘鹗的《老残游记》曾朴的《孽海花》等。这些作品，继承了《儒林外史》的讽刺艺术，不同的是批判的重点由士林转向官场，在更加广泛的领域针砭了时弊，尖锐地揭露了政治的黑暗与腐败。1911年，辛亥革命推翻了清王朝，结束了帝制，但并没有使我国走向和平民主、繁荣兴旺的道路。军阀混战、帝国主义入侵，加之政治腐败、经济衰退，以致民不聊生，这种现实情况激发了批判现实主义文学创作的热潮。张恨水的《啼笑因缘》《八十一梦》，刘云若的《小扬州志》《旧巷斜阳》，周瘦鹃的《秋海棠》《檐下》，李涵秋的《怪家庭》等，都是满怀激愤的批判现实主义佳作。从总体看，这个时期的小说较之晚清的小说思想层面更开阔，艺术上也更趋成熟。

大家记得，《在延安文艺座谈会上的讲话》曾尖锐地提出"歌颂与暴露"的问题，从根本上说，这是一个创作方法问题。当时在延安，有人提出"从来文艺的任务就在于暴露"，在这种思想观点支配下，一些作品热衷于暴露解放区的阴暗面。这实际上是坚持批判现实主义的观点和写法。毛泽东敏锐地感觉到这种主张和解放区明朗向上的现实生活是不合拍的，和革命文艺应具有的鼓舞作用也是相违背的，因此，针锋相对地给予驳斥。同时强调革命文艺要满腔热情地讴歌革命的丰功伟绩，要着力表现"新的人物，新的世界"。这个论述从根本上阐明了批判现实主义和革命现实主义两种艺术方法的区别，而且旗帜鲜明地指出了革命的文艺家不能走批判现实主义的老路，而要开创革命现实主义的新路。毛泽东的主张是一个转折，从此批判现实主义的东西在中国文坛没有"合法"地位，而被革命现实主义所取代。

2. 浪漫主义

浪漫主义，又称理想主义，它着重主观情感的抒发，表现作家理想的境界。席勒说："诗人的任务就必然是把现实提高到理想，或者是表现理想。"他认为，这种美丽的理想可以弥补现实的不足，从而实现文艺的伟大目的。在形象塑造上，浪漫主义不拘泥于生活的真实，充分运用想象和幻想创造超越常人的传奇形象，乃至塑造人性、神性以及动物性融为一体的怪异形象。细究起来，在怪异形象的“三性”之中，人性是主导的。“神魔皆有人情，精魅亦通世故”换句话说，“神魔”“精魅”是形象的外在特征，“人情”“世故”则是形象的内在精神。正因为这样，这类怪异形象才能和人类相通，才富有亲和力和启示性。孙悟空、猪八戒、哪吒、申公豹等都是这类形象的代表。在艺术表现上，浪漫主义不拘泥于对现实事物的摹写，常常运用想象、夸张、象征、荒诞、变形等艺术手法，因而作品具有明显的虚拟性。《山海经·西山经》写西王母“其状如人，豹尾虎齿而善啸”，为“司天之厉”，就是一种夸张而变形的写法。《镜花缘》中所描写的海外奇国：君子国、大人国、黑齿国、无肠国、两面国、淑士国、毛民国等，都是虚拟的，一则抒发作者的社会理想，一则讥弹现实的丑恶现象。

浪漫主义和现实主义一样，也是自古有之，并且贯穿通俗文学发展的全过程。远古的神话传说，首开浪漫主义文学的先河。“盘古开天辟地”“女娲炼石补天”“羿射九日”“精卫填海”这些优秀的神话传说，充分显示了初民饱满的激情、宏大的气魄以及丰富的想象力，而这正是浪漫主义的精髓。因此，神话传说尽管带有人类童年艺术的稚气，它对后世浪漫主义文学创作的影响却是无法企及的。可以说在任何一部真正的浪漫主义文学作品中都渗透着神话精神。魏晋南北朝和唐代是浪漫主义大发展时期。突出的标志是：在思想上，超越了原始拜物教的束缚，沿着儒释道三家的思想轨道驰骋幻想，这样，就使浪漫主义的想象融入了相当多的理性色彩，清晰地显现了浪漫主义的思维规律。其次，想象和幻想的空间扩展了，对现实的观照增强了。神话中的浪漫主义主要表现在人与自然的关系上。魏晋和唐代的浪漫主义则更侧重人与社会的关系，对社会生活中的诸多领域，如宗教生活、家庭生活、爱情生活、豪侠生活、官吏生活等各个方面都有观照、升华，从众多方面迸射出色彩缤纷的思想和幻想的光华。再次，浪漫主义的艺术手法丰富了，发展了，夸张手法、象征手法、变形手法等相当广泛地运用于浪漫主义的文学创作中，有的还运用得非常出色。如《韩凭夫妇》的结尾以"相思树""鸳鸯鸟"象征韩凭夫妇的精魂，十分凄婉感人，直到今天仍不失其艺术魅力。明代是浪漫主义文学的成熟期。《西游记》《封神演义》等优秀作品的问世，标志着我国浪漫主义文学达到一个新高度。一是体制完备了，规模宏大了。此前的浪漫主义小说大都是描写少数人物、简单冲突的短篇，《西游记》《封神演义》则是人物众多、冲突复杂的鸿篇巨制。这就使作品所展示的生活更深广，理想表现得更灿烂，情感的抒发更加酣畅。二是艺术表现力明显提高，形象塑造更加充实生动，富于魅力。它不像过去某些作品那样，通过一两件事展示人物某个侧面、某个闪光点，而是通过一系列的矛盾冲突，多角度、多层面地展示人物的复杂性格。这样的艺术形象不仅更充实，更有活力，而且从根本上解决了理想与艺术两张皮的不良倾向，使思想与艺术真正地融为一体。清代的浪漫主义文学继承了传统的浪漫主义文学精神，并在针砭时弊的尖锐性和艺术表现的丰富性上有所超越。

浪漫主义的嬗变与社会的革新是密切相连的。随着现代社会的发展、文明的进步，浪漫主义也发生了质变。神仙与妖魔的拼杀没有了，人与鬼的缠绵爱情消失了，一夜之间进入天堂的梦想幻灭了，冥冥中祈求来世幸福美满的念头打消了。代之而起的是对人的生命意识、生命潜能与生命价值的发掘，对于传统美德与现代意识相交融的人格理想的追求以及对未来的憧憬。以新武侠小说的代表人物金庸为例，在他的作品中，聂隐娘似的具有妖异色彩的人物销声匿迹了，陈家洛、胡斐、杨过、张无忌、乔峰等侠义英雄都是燃烧着生命之火的有血有肉的人。作者一方面将他们放置在种种逆境、困境、险境、绝境中，考验和磨炼人物的思想、意志、品格，使他们的生命之火炽烈地燃烧，精神之光充分升华，充分表现出他们崇高的人文理想；另一方面着力刻画他们经过刻苦磨炼造就的卓绝的武功。他们的功夫虽非常人所能及，但绝不是神法道术，其立足点还是最大限度地调动和发挥人的生命本能。另外，科幻小说的浪漫主义也是很有特点的。科学技术是第一生产力，也是人类改天换地的第一推动力。现代科学技术高速度的发展，为科幻小说的创作提供了许多新题材、新理念、新憧憬，一些敏锐的科幻小说家抓住了新的历史契机创作出了一批富有新意的作品。从地球到外层空间，从人类自身的忧患到外星人的探秘，从日常生活到遨游宇宙，从今天的现实到遥远的未来，科幻小说家都注意到了。他们以自己的神思妙想构建了一个个光怪陆离而又奇妙无比、奇趣无穷的艺术世界。由此可见，现代浪漫主义和古代的浪漫主义迥然不同，它以先进的社会科学和自然科学为基点，瞻望未来、幻想未来，着力张扬人的智慧、力量、理想与远景，因而更富艺术的感召力。

3. 现代主义

从 19 世纪末到 20 世纪中期，欧美文坛不断涌现新的文学潮流和文学流派，如象征主义、意识流小说、表现主义、存在主义、荒诞派、黑色幽默、新小说等。这些文学流派各有特点，但有一点是共同的，这就是他们都声称与传统文艺的思想与艺术相隔绝，别出心裁地创造一种与传统艺术的和谐形式相对立的现代新形式。因此，它们被人们统称为现代主义。

现代主义的产生有其特定的社会背景和思想根源。从 19 世纪末到 20 世纪中期，西方世界经历了剧烈的动荡。科技的发展，极大地推动了西方社会现代经济的发展。与此同时，资本的高度垄断与集中、竞争的激烈，加深了资本主义世界的各种矛盾，经济危机、劳资冲突此起彼伏，第一次、第二次世界大战在相距不久的时间里连续发生，战后冷战的阴霾又笼罩大地，地区性的冲突与战争更是连绵不断，政治、经济、文化等各方面的矛盾加剧，危机加深，这使得一些文学艺术家对传统的理性文化观与价值观产生怀疑和动摇，转而信仰各种非理性主义的哲学。他们把叔本华的唯意志论、尼采的超人哲学、弗洛伊德的精神分析学、柏格森的直觉主义当作创作的指南，从中吸取创作理念和方法，由此产生了现代主义文学。

在现代主义作家看来，现实社会的主要问题，是人性受到残酷现实的挤压和扭曲而异化，人正在走向他的反面而变成非人。现代主义作家认为，这是人类的最大悲哀，也是当时社会最严重的问题。因此现代主义的创作大都聚焦在这个问题上。人性的异化主要体现在人与人、人与社会、人与自然、人与自我等方面。人与人之间的异化，主要表现为由和谐转向对立、由熟悉转向陌生、由友爱转向倾轧。萨特剧作中有句名言："他人即是地狱！"入木三分地揭示了人与人之间的危险关系。他的话剧《禁闭》描写三个鬼魂在阴间勾心斗角、彼此侵害，曲折地反映了人世间尔虞我诈、损人利己的生活现状。人与社会关系的异化，主要表现为个体与社会整体的对立。个人受社会的制约、束缚，个性逐渐丧失，才能不得施展，变为渺小的可怜虫。卡夫卡《变形记》中的主人公一天醒来发现自己变成了一个大甲虫，异常地无奈和悲哀，就是社会对他挤压的结果。人与自我关系的异化，主要是指人性的异化、自我的丧失。弗洛伊德心理学派关于潜意识的理论，指出潜意识是人的生命力和意识活动的基础，人的行为动机都是出自原始本能的冲动。而且指出人的潜意识领域是神秘莫测、飘忽不定的。这个理论不仅改变了“人是以理性为主的动物”的传统观念，而且导致了人们对自我的稳定性和可靠性的怀疑和动摇。现代主义作家非常信服弗洛伊德的学说，对人的潜意识等精神领域进行了大胆的探索和多样的艺术表现。他们的作品经常表现人的精神领域各个侧面的分裂与倒置，在理性与直觉、意识与无意识、意志与本能的冲突中，揭示人的本性的异化与自我的失落。艾理森的《隐身人》写一个黑人无姓无名，他想搞清自己是什么人，想成为自己掌握自己命运的人，然而却始终弄不清自己的面目，也摆脱不了受人摆布的命运，最后只好躲进一间地下室，做一个别人看不见的“隐身人”。这就意味着从自我的异化到自我的消失，给世人传递一股悲凉的气息。还有人与自然关系的异化、人与物的关系的异化，这里就不再详谈了。由此不难看出，现代主义作家通过多角度、多侧面揭示人性的异化，揭露了资本主义社会的种种矛盾，真实地表现了人人自危、忧心忡忡的生存现状。

现代主义公开表明自己是反对传统的文学。他们反对传统的创作方法，反对传统的表现形式，反对传统的文体模式。具体特点是：第一，主张表现论，反对再现论，强调主观性、内向性。认为文学是作家主观世界的表现，客观事物只是表现的媒介，作家要运用“自由联想”实现思想知觉化，即思想找到“客观对应物”（艾略特语），情绪找到它的“对等物”（庞德语）。第二，注重艺术直觉，强调艺术想象，认为只有借助直觉与想象才能充分地显现心灵，才能创造出具有独特风貌的作品。他们把创作主体的内在想象置于客观现实之上，认为他们所提出的心理现实主义比传统的现实主义更真实、更优越。第三，勇于探索，大胆创新。在语言运用上，现代主义突破了单独运用语意表达内容的方式，广泛地采用意象比喻、文体变化、标点符号以及拼写方法等方式来显示人物在特定情境中的感觉印象和内心活动。在章法结构上，充分发挥自由联想的威力，突破形式逻辑的约束，具有层次丰富、变化奇突、新颖别致的特点。在叙述方式上，舍弃了由作者（或叙述者）充当“全能”介绍和评论的方式，改用靠形象来暗示、象征、对比和烘托的表现方法，换句话说，在小说中运用了“戏剧式”的叙述方法，从而增强了直观性和真实感。现代主义对文学形式的探索与革新是多方面的，成就是显著的，堪称文学形式的一次革命。

现代主义是西方一个时期内流行的文艺思潮和创作流派，它和我国通俗文艺有着怎样的关联呢？换句话说，从通俗文学的角度如何认识和对待它呢？

从创作思想看，现代主义文学是以各种非理性主义为指导的，这与我们遵循的辩证唯物主义和历史唯物主义有本质的区别。因此，它们在揭示资本主义社会的弊病和人的异化方面虽然有独到和深刻之处，但是，从整体看，对社会人生的观察与认识是片面的、肤浅的、形而上学的。他们把资本主义的丑恶现象扩大为人类社会普遍存在的问题，把一时的不幸遭际视为永恒的“生之痛苦”，把资本主义社会的危机看作是整个人类社会的末日，大力散布虚无主义、悲观主义、极端个人主义等消极的思想情绪，对于人们不无负面影响。

从艺术表现看，现代主义刻意追求新奇、怪诞、晦涩、朦胧的美，以适应他们那个时代某些人的审美需求，对于我国的广大的人民群众，就变得难于理解、难于接受了。如意识流作品,特别注重写人的潜意识、下意识活动,并常常运用“自由联想”的手段把直觉与幻觉、记忆与印象、现实与梦境、理智与错乱糅合起来,并以“心理时间”取代“空间时间”将它们串联起来。这种表现方法本身就有很强的跳跃性和随意性,何况作者为了强化人物的潜意识活动的复杂剧烈,特意写得模糊零乱,就更让人难以捉摸。这只要读一读爱尔兰意识流小说家乔伊斯的名作《尤利西斯》就会有深切体会。其次,在传统小说中,人物和情节是基础,个性鲜明的人物和曲折多变的故事情节是作品引人入胜的关键。而在现代主义的作品中,人物符号化了,情节淡化了,有的甚至无故事情节可言。这与大众的阅读习惯也不太符合。另外,艺术形象的抽象、模糊,意象的虚幻、飘忽不定以及语言的生涩、隐喻的冷僻、标点符号的超越常规的运用乃至完全舍弃不用,都造成大众阅读的障碍。

由此可见,现代主义的创作思想、价值取向以及美学追求和我国人民大众的审美需求是有差异的,与我国的文化传统也有很大的不同。因此,不能把现代主义文本作为我国通俗文艺创作的艺术规范,更不能生搬硬套、全盘移植。但是必须看到,艺术是相通的。不同形式、不同体裁、不同流派、不同创作方法的艺术相互交流、相互借鉴、相互吸纳,是艺术发展与变革的必由之路。现代主义是20世纪最有创新精神的艺术流派,也是最富现代性的艺术流派,吸取它们的思想和艺术的精髓,有助于促进通俗文艺的推陈出新,从而更好地适应广大群众,特别是欣赏趣味不断变化的年轻读者与观众的需要。事实上,改革开放以来,一些敏锐的通俗文艺家已从现代主义的艺术宝库中吸纳不少东西。诸如对人的内心世界特别是潜意识活动描写的加强、以“心理时间”结构作品的适当尝试、象征观念的增强以及创造性地运用、有意识地在作品中注入荒诞色彩和黑色幽默意味等，在通俗文艺创作中已相当多见。同时，还出现了具有民族特色的荒诞剧和精神分析小说。这些借鉴和探索，尽管有不尽如人意的地方，但它毕竟有力地推动了我国通俗文艺的变革与发展，促进了通俗文艺的现代化。

现实主义、浪漫主义和现代主义这三大影响深远的创作方法，既各自独立发展，又相互渗透。在我国，现实主义与浪漫主义的相互渗透已有悠久的历史。20 世纪 60 年代毛泽东提出的“革命的现实主义和革命的浪漫主义相结合”的创作方法，就是总结历史的经验而提出的，目的在于引导作家、艺术家更自觉地把现实主义和浪漫主义结合起来。现代主义传入我国以后，影响很大，但是和西方一模一样的现代主义作品还没有见到，大都是吸纳其有益的观念和适宜的表现手法融入自己的创作中，形成现实主义、浪漫主义、现代主义三者的融合。当然，在不同作家的笔下，在不同体裁与题材的作品中，“三者”孰主孰次、孰轻孰重，是不同的，结合方式和融合程度也是不一样的，多数作品是以现实主义为主体，在现实主义的基础上吸纳其他。近年来，这种兼容性的现实主义创作越来越多，形成一种发展趋势，有可能引起我国当代通俗文艺历史性的新变。

二、思想观念与创作方法

我国古代的思想理论探讨原本是很活跃的。春秋战国时代出现了百家争鸣的热烈局面。然而到了汉武帝，为了巩固封建统治，实行“罢黜百家，独尊儒术”的政策，确立儒家思想的统治地位。这一传统虽然也因时势的变迁、异端的挑战有些起伏波动，但总的说来，是一直延续发展的，而且逐步地强化。孔子学说的主要内容是：“祖述尧舜，宪章(效法)文武”，崇尚“礼乐”和“仁义”，提倡“忠恕”和“中庸”之道。政治上主张“德治”和“仁政”，并大力提倡这种政治需要的伦理道德教育。儒家学说是封建统治阶级执政的指导思想，很自然地也是文学艺术创作的指导思想。

汉明帝时期，佛教从印度传到中国来，此时的佛教文化经过历代大师们的精心培育，已经相当辉煌，不仅有完整的宗教哲学思想体系，而且在音乐、美术、建筑等方面有出色的创造。经过三国两晋南北朝的四五百年的翻译与研究，到了唐宋，佛教的传播已非常广泛，佛教教义深入人心。不仅出家的僧侣信仰它，普通的百姓中也有众多的信徒。

道教，是汉民族固有的宗教。东汉顺帝汉安元年(142)创建于鹤鸣山(一名鹄鸣山，今四川崇庆境内)。凡入道者须出五斗米，故又称五斗米道。道教尊奉老子为教祖，尊称“太上老君”，以老子的《道德经》以及《正一经》和《太平洞极经》等历代典籍为主要经典。

随着佛教与道教的建立与佛道学说的广布，形成了儒、释、道在意识形态领域的三足鼎立。在后来漫长的历史进程中，统治者由于政治的需要或个人的爱好，对各派有所倚重，或崇或黜；它们彼此之间既有矛盾冲突，又有吸收与交融，但这一切都没有改变各派的“道统”，也没有改变它们平行发展的历史趋势。儒、释、道三家始终是中国传统思想舞台上三大思想支柱。它们各具特点的文化思想体系，影响人们的人生理想、价值观念、思维方法以及生活方式，因此，也必然深刻而广泛地影响着文学创作。这里我们就各派学说的主旨和艺术方法的关系做一点具体的探讨。

在三派学说中，儒家学说一直是主流。与佛家、道家学说相比较，其学说的最大特点是从现实出发、服务于现实。它关心现实的社会和人生，积极地探索解决现实矛盾、调节人际关系，促进社会和谐与进步的举措。儒家认为，统治者要实行“德治”与“仁政”，爱护平民百姓，平民百姓则要有良好的道德修养，遵守忠孝仁义等道德规范，社会才能稳定、和谐和进步。如何实现这种社会的理想局面呢？文学就是一个重要的工具。《毛诗序》说：“诗者，志之所之也。在心为志，发言为诗。情动于中而形于言，言不足故嗟叹之，嗟叹之不足故永歌之，永歌之不足，不知手之舞之，足之蹈之也。情发于声，声成谓之音。治世之音安以乐，其政和；乱世之音怨以怒，其政乖；亡国之音哀以思，其民困。故正得失，动天地，感鬼神，莫过于诗。先王以是经夫妇，成孝敬，厚人伦，美教化，移风俗。”[①]这段话，至少包含三层意思：一是提出了“诗言志”的文学本体思想。“在心为志，发言为诗”，诗歌、舞蹈等文艺创作的冲动，是发自内心的真情催发的，是情感的外化。二是阐明了文学与社会现实的关系。文学反映社会现实，现实状况决定文学内容与基调。“治世”“乱世”与“亡国”等社会状况下产生的文学是大相径庭的。三是指明了文学在整个社会政治生活中的巨大作用。这里所说的“正得失”是指匡正官吏治理国家的得失。要求文学颂扬他们的功绩，讽刺错误行为和不良现象。这里所说的“厚人伦，美教化，移风俗”，则是强调文艺在移风易俗、陶冶人们情操方面发挥积极的作用。总的说来，《毛诗序》所表述的儒家文艺观，概括了现实主义创作方法的一些要点，是现实主义范畴的文艺观。

儒家提出了现实主义性质的文艺观诚然是可贵的，但是还很不完善，甚至还有一些偏颇。一个突出的问题就是“道”与“情”的关系。儒家认为，“文以载道”是文学创作的一个基本点，许多文艺名家都论及这

① 《毛诗序》，十三经注疏（三）《毛诗正义》，中华书局聚珍仿宋版，第 38—46 页。

一问题。刘勰说“原道、征圣、宗经”，韩愈说“为文志乎古道”，柳宗元说“文以明道”，朱熹说“道文一贯”，说法各有不同，但基本点是一致的，就是要求文学要成为封建政治和伦理道德的载体。“道”是文学表现的中心，决定文学的认识价值和思想价值。对于“道”的极端强调，很自然地就挤压了“情”。《毛诗序》中说“情动于中而形于言”者为诗，是把“情”作为艺术创作的原动力和表现的主要内容的。然而儒家的典籍又强调“发乎情止乎礼义”这就是说真情的表露要在“礼义”面前止步。“礼义”犹如一个精细的过滤器，诸如“三纲五常”“三从四德”之类就是不同品牌、不同规格的过滤器。凡是违背“三纲五常”“三从四德”之类封建伦理道德的情感，就被过滤器挡住，不能进入文学作品之中。这实际上就意味着以封建的伦理道德约束、限制、扭曲乃至扼杀人的真性真情。儒家学者还提出：“存天理，灭人欲”的主张，把“天理”（即“道”）和“人欲”（即“情”）彻底对立起来，直言不讳地要以伦理的刀子砍杀一切情欲。这势必导致文学创作歪曲人性、歪曲生活，变成抽象的虚伪的封建礼教的传声筒，现实主义精神也就荡然无存。对于儒家文艺观中这种严重的弊端，进步的文学家是有认识、有抵制的。如明代的徐渭、李贽、汤显祖，以及公安派“三袁”先后提出“童心说”“性灵说”“以至情为文”等理论主张，在一定程度上纠正了“文以载道”观的偏颇。但由于他们自身时代和思想的限制，也没能从根本上克服儒家文艺观的不足，把文学完全引导到现实主义的道路上来。倒是一些杰出的作家，在创作中实际地体现了现实主义精神。

佛家、佛教对中国文学的影响也是很深刻的。鲁迅指出：“魏晋以来，渐译释典，天竺故事亦流传世间，文人喜其颖异，于有意或无意中用之，遂蜕化为国有。”[①]这里鲁迅先生指出了，在佛教汉化的过程中，佛文学也在同步地汉化。不少文人依照佛教的宗旨、佛教的观念，演绎佛经故事和世俗故事，引起了中国文学创作观念和创作方法的质变。

前面谈到，儒家以人间的现实世界作为文学的基点，而佛教的“超三世”“通阴阳”的观念则打破了现世规律的约束，不只是承认人间，还认为有天堂和地狱；人不但有现世，还有去世和来世，从而使单一的人间世界变为三维的神鬼人世界。在佛家或相信佛教的人看来，神鬼世界和人的世界一样，是真实的、实在的，理所当然地成为文学表现的对象。这样就改变了文学与现实的关系，扩大了文学描写对象的范畴。

远古时期，我国已有黄泉观念与冥界思想，但意识上较为朦胧和单纯。在佛教影响下并在佛典的启示下建造的地狱却完整严密得多，不仅有层次分明、组织复杂的地狱构造，还有一套严整而酷虐的统治制度和处罚制度。《冥祥记》中的《赵泰》是现存小说中最早较完整地描写地狱的境况。小说写晋代清河人赵泰，半夜心疼而死，十日后，又复活，向人叙述了死后的亲历：初死时，立即有二人骑黄马将他带到地府，一个穿红衣的鬼吏依次问新来的死鬼，生前是干什么的？有什么罪过？有什么功德？让每个新死者自己说。其实，地府早派专职的鬼吏暗地里记录了每人的善恶，此时的询问，只是验证一下而已。审查完毕，依每个人的功过决定奖惩。地狱的惩罚是多种多样的。他在一地狱看到一火树，高千丈，树上全插着明亮的利剑，而且燃火，将剑烧红，不少人先被火烧，然后坠落到火剑上，剑穿肢体，发出凄厉的叫声。受此刑罚都是抢劫杀人的坏人。走过地狱，他又到一个地方，是专管转世托生的。

① 鲁迅：《中国小说史略》，《鲁迅全集》，人民文学出版社 1981 年版，第 50 页。

托生什么，依善恶事迹进行。偷盗者，变为猪羊，以自身的肉补偿前世的罪孽；淫荡的，变做毒蛇；恶语伤人的，变做秃鹰，如此等。赵泰随后又到一处，宽阔整洁，纵横百里，人们“安居快乐”。此是生时行善的人的居所。快走出地府时，又遇成千上万的男男女女，“皆裸形无服，饥困相扶”，向赵泰磕头啼哭，求他为之超度。后来的作品写到地狱的很多，如唐话本《唐太宗入冥记》，唐传奇《杜子春》《四游记》中的《南游记》，《古今小说》中的《游丰都胡母迪吟诗》等，都从不同侧面写地狱的严酷、善恶分明的果报，意在警醒人们弃恶从善、诵经奉佛，当然一些优秀篇章在善恶果报之中注入了相当浓烈的现实性。

按照佛家的说法，在浩渺的天际还有一个神仙居住的“天堂”，那里祥云缭绕，香风吹拂，环境优美，珠宝成山，房屋用珍珠玛瑙装饰，街道用金银琉璃铺成，生活富足，心神安康，俨然极乐世界。佛教信仰的最高神，是如来佛，即佛教的缔造者释迦牟尼。下面诸神甚多，且不同的派别有不同的神祇。从文学的角度看，影响最大的是阿弥陀佛与观世音。阿弥陀佛，意思是“寿命及其人民无量无边”，因而被称为“无量寿佛”。据说，他是西方极乐世界的主宰，专门接引念佛的人死后到西方净土——极乐世界的。过去民间信仰阿弥陀佛的人甚多，他们虔诚地希望他能够引领自己脱离苦海。所以人们不论遇到什么事情，或祈求，或感恩，或求助，都张口闭口“阿弥陀佛”。观世音菩萨，俗称观音菩萨，《法华经》中说：“苦恼众生，一心称名，菩萨即时观其音声，皆得解脱，以是名观音”。这说明她是最慈悲的神，众生遇难，只要诵念其佛号，观世音就会听到他的声音，立即前去解救。文学作品中写观世音的很多，如《西游记》写唐僧师徒去西天取经路上遇到许多艰难险阻，每当他们自身无力解决时，就求助观世音，观世音则相机以种种化身帮助他们化险为夷，渡过难关。又如《海公案》《龙图公案》等公案小说，每每遇到难断的案件，也总是观音托梦为他们指点迷津，判明善恶。神的世界是佛家的理想境界。这个世界有极乐的生存环境，有具有至善至美人性的诸神，这使芸芸众生心驰神迷而梦寐以求。

在佛家思想，不仅启示文学家创造了地狱与天堂两个相对独立的艺术世界，而且引起了艺术形象塑造的重大变革。佛教是神不灭论者。既然神不灭，也就是说灵魂不死，那么灵魂就可以离开肉体而无拘无束、自由来往，于是产生了离魂的种种传说和故事。《搜神记》中《吴王小女》、唐代陈玄祐的《离魂记》等许多作品以离魂为题材、为中心线索抒写人间的悲欢离合故事。由神不灭又引发出转生与再生说。人，不仅可以死而复生，而且可以一世、二世、三世乃至无限制地轮回转生。这实际上是延伸了人的生命，扩大了生命的艺术内涵。不是吗？按照现实的观点，一个人，不论好坏，死了，随着生命的终结，善恶的果报也就终结。有了转生说就不一样了，你现世是达官贵人，但你造了孽，那么你下世就会托生为猪狗，以偿还罪过。如果你现世是个穷苦人，但你行善积德，转世就可能大富大贵。当然，这种带有迷信色彩的因果报应并不可信，但它毕竟延长了生命历程，丰富了生命内涵。还有佛家“神变”说，直接引起艺术形象的“形变”，灵与肉的分离，是“神变”说的基点。不仅灵魂可以离开肉体而自由来去，还可以附着于其他肌体而千变万化。唐传奇中的《聂隐娘》就变做蠛蠓小虫钻到节度使的肚子里作弄他。《任氏传》中的任氏则开化为狐之风。以后的神魔小说“神变”到了登峰造极的程度。《西游记》中孙悟空以及众多妖魔鬼怪的神奇变化，令人拍案叫绝。离魂、神变、转生、再生等佛家观念在文学中的运用与再现，极大地丰富了文学的表现手法，增强了艺术的表现力，浓化了中文学的浪漫主义色彩。

道家对于中国文学的影响是多方面的，诸如以自然之道、朴素人性为本体的文学本体论，以自然、质朴、含蓄、冲淡为特征的审美认识论以及汪洋恣肆的创造想象论等。这里结合本章的主旨重点谈一下它对创作方法的贡献。

道家对文学的贡献，首推庄子。在先秦诸子中，庄子的散文是独树一帜的。其特点是：他不靠逻辑语言讲道析理，而是运用大量的比喻、寓言、神话传说、民间故事等形象地显示道理。如《逍遥游》《人间世》《德充符》《秋水》等篇章都是这样谋篇的，具体而微，形象生动，想象奇瑰而丰富。在他的笔下，骷髅幽灵、奇禽怪兽、花草鱼虫、山水树石，都和人的精神力量相感应，或显示某种神奇的力量，或寄寓深刻的哲理，迷离荒诞而又让人折服。庄子的行文，则如山洪暴发，汪洋恣肆，变化多端。庄子在《天下篇》中说："以谬悠之说，荒唐之言，无端崖之辞，时恣纵而不傥，不以觭见之也。"这些话表明他是主张并在创作中有意识地运用夸张、虚构、想象等艺术手法的。庄子，可以说是在理论与实践的结合上开拓了我国浪漫主义文学。

道教对文艺的影响，突出地表现在神仙体系的构建与神仙形象的塑造上。由于道教是本土宗教，它与中国历史文化传统和现实生活有着深厚的关系，与民众有着密切的联系，众多的平民百姓直接参与神仙形象的创造。因此道教系统的神仙形象不少是从实际生活中提炼、升华的，是典型化、人性化的神。他们有名有姓、有出生地、有父母兄弟，还有成仙前具体的生活状况和曲折的得道过程。尤为可贵的是他们每个人都有独特的外貌特征和性格特征，有血有肉，形神兼备。民间传说中的"八仙"的故事就是生动的例证。从外形特征看，"八仙"各具风采。

吕洞宾“蓄着五绺长须，手执拂尘，身背宝剑，颇具仙风道骨”；何仙姑“聪慧漂亮，身着云锦霞缎，手提花篮或脚踩莲花”；蓝采和又名赤脚大仙，他常常“一脚穿靴，一脚赤足”“一年四季都穿件破旧的蓝色长衫，夏天衫内夹絮，他不觉热，冬季卧于雪中，他不觉冷，腰系一条三寸宽的腰带，手拿三尺长的大板，边走边歌，手打拍板”；韩湘子，据说是唐代大文学家韩愈的侄子，他“头扎两个小髻，随身常带一支竹箫，长得眉清目秀，端庄文静，像个小生模样，性格却粗犷豪放”；张果老“寿眉胡须洁白如雪，牙齿脱落，老态龙钟……常常倒骑毛驴，日行万里”；铁拐李，号如其人，“瘸了一条腿，拄着一根拐杖，身背一个葫芦，看上去像个乞丐”；汉钟离“矮胖敦实、袒胸露腹，头上梳着两个娃娃髻，手里拿着一把大芭蕉扇”，颇像不拘小节的老百姓；八仙中只有曹国舅，形象较模糊，这可能与他成仙最晚有关。从出身、经历、脾气、秉性看，八仙也各不相同。吕洞宾，唐蒲州永乐县人，聪颖过人，少时即“下笔万言，出口成章”，但却两举进士不第，后浪游江湖遇仙人去房先生。他最富道家风范，却又好酒贪杯，幽默风趣，极有人情味。何仙姑，广东增城人(亦有不同说法，不详述)，“从小聪颖机警，力大过人，四岁时能举千斤重物”。13 岁时，上山采茶，迷路，巧遇道士(即吕洞宾)，引渡成仙。唐开元时，皇帝听说仙姑有异术，派黄门使官到广州请何仙姑。何仙姑应约去见皇帝。途中使官爱慕仙姑的美貌，心怀邪念。仙姑察觉，飘然而去。韩湘子，出身官宦人家。父亲是个清官，因遭奸佞的诬陷而被判罪，死于边疆。后来，叔叔韩愈抚育他成长，教他读书做人。但他喜读老子的《道德经》，志趣与叔叔迥然不同，后来，成为吕洞宾的弟子。在引渡成仙的过程中，经受了多方面的考验，如美女的诱惑、厉鬼的恐吓、钱物的引诱、谗言的蛊惑等，从多方面印证了韩湘子的成熟以后，吕洞宾才高兴地说:“你七次考验都合格,我可以收你了。”其他诸人成仙过程也各不相同,这里就不一一叙述了。他们得道成仙以后,也并不远离人间,而是常常走街串巷,为百姓解除苦难,消灭祸害。“八仙”形象的创造,充分体现了道家创作观念与创作方法,同时也浸润着道家思想愿望与审美情趣。

以上我们分别论述了儒、释、道三家的学说和信仰对文学观念和方法的影响。总的说来,在儒家思想指导下的创作,主要是写实的,但也沿着儒家思想而提升,因此也不乏理想的色调。在佛道两家思想指引下的创作,主要写的是虚幻的人物与境界,是信仰的真实,而不是现实的真实。尽管写作者是本世俗民情而写,是把它当作真实的事情来写,但从根本上说,改变不了虚拟的幻想的本质。从这个角度看,它就具有浪漫主义性质了。同时我们也要看到,无论佛家还是道家思想,都和民众的生活、民众的感情密切相连,反映在作品中,有不少现实的因素。

这里需要说明,我们为了论述的方便,将儒、释、道三家对文学的影响分别加以介绍,而在实际创作中,往往相互渗透、相互结合、两位或三位一体地体现在作品中。例如,《西游记》是以取经故事为主线,无疑是以佛家思想为基调,但也渗透了不少道家思想观念。作品中的神就有两个系统,如来佛以下是佛教系统,玉皇大帝以下以及太上老君等散仙则属道教系统。对人物、事件以及许多生活现象的描写,也有不少道家的东西。猪八戒讲“九传还丹”、沙僧讲“明堂圣水”,女妖们用尽心计摄取唐僧的“元阳”以求长生不老,都来自道教的思想宝库。《水浒传》强调“忠义”思想,是属于儒家的;但在“张天师祈禳瘟疫”“宋公明遇九天玄女”“公孙胜斗法破高廉”等章节中则宣扬了道家的思想与法术。其他作品也是如此。如果说,短篇作品还有思想比较集中单纯的情况,那么在长篇作品中绝大多数都是思想混杂、三位一体的。由于三家学说与思想在作品中分量的轻重、影响的大小，直接决定作品现实主义与浪漫主义孰占主导，进而影响作品的思想内涵和艺术风貌。

现实主义和浪漫主义，作为文学创作的基本原则和方法，是世界文学艺术所显示的共同艺术规律。但是，由于各国的社会状况和文化传统的不同，其具体表现形态又是多样化的，不能也不应当用某一国家或某一地区的文学所显示的创作方法和创作原则的特征，去解释和评价与之根本不同的另一国家、另一地区的文学现象。譬如说，浪漫主义是各国共有的文化现象，但是从形成一种创作思潮、一种创作原则来看，是于 18 世纪末到 19 世纪初这段时间在欧洲形成的。它是欧洲一些国家资产阶级反封建的民主运动在文化上的反映，是对占统治地位的古典主义文学的一个重要的反拨。浪漫主义者，重主观、重理想、重个人情感，讴歌自然，这是共同的。然而他们的作品的基调和价值取向却不尽相同。有些浪漫主义者缅怀过去，向往中世纪，“发思古之幽情”却厌恶现代文明，对现实采取一种逃避的态度。有些浪漫主义则不是这样，他们面向现实，积极进取，追求未来。他们热烈讴歌进步的新事物，猛烈抨击一切丑恶现象。对于这个文学潮流，高尔基做了较为明确的分析和概括，他说“在浪漫主义里面，我们必须分清楚两个极端不同的思想倾向——一个是消极的浪漫主义——它或者是粉饰现实，想使人和现实相妥协，或者就使人逃避现实，堕入自己内心世界的无益的深渊中去，堕入‘人生的命运之谜’、爱与死等思想里去……积极浪漫主义则企图加强人的生活意志，唤起人心中对于现实的一切压迫的反抗心。”[①]这个概括是符合欧洲当时创作现状的。因而它只是说明了欧洲 18 世纪末到 19 世纪初那个特定时期、特定历史背景下浪漫主义的特征，而不是其他国度、其他时代的浪漫主义特征。然而，几十年来，我们的文艺理论著作和文学史著作一次又一次地引用高尔基的这一论断来剖析和阐释中国文学现象，于是将几千年的文学创作分为积极浪漫主义和消极浪漫主义两个支流，并以“出世”还是“入世”作为其基本的分界线。这实际上是把中国源远流长、风貌独特的浪漫主义文学纳入欧洲那个狭小的框子中去，给人以生搬硬套、削足适履的感觉。这样做的结果，中国浪漫主义文学被阉割了，被扭曲了，独特的风采破坏了，固有的思想面貌模糊了。观察中国文学的创作方法必须从指导创作方法的意识形态——儒、释、道思想特征入手，是它们决定了中国文学的创作走向，影响了作品的思想价值与艺术价值。历史地看，儒、释、道三家的学说与思想都具有两重性，既有提高人们情操，调节人们人际关系，引导人们向善，促进社会进步的一面，又有不重科学、不重人性、不重民主的一面，而其主导方面是积极地在其指导下的浪漫主义文学的主导方面也是积极的。有的论者曾以为，佛道都是鼓吹“出世”的，因而笼而统之地认为都属于消极的浪漫主义。实际不然。佛道两家的某些理论主张确乎是在宣扬“出世”，但其活动的宗旨还是“入世”的。它们劝人向善，惩治邪恶，解救人间苦难，力图造福人间。他们不是为神而神，而是为人而神，借助超现实的神灵解决现实的问题。如《封神演义》写神与人密

① 高尔基：《我怎样学习写作》，转引自林焕平编：《高尔基论文学》，广西人民出版社 1980 年版，第 92 页。

切配合铲除暴君、振国兴邦的艰难斗争，高扬正义和英雄主义精神，不就是突出的例证吗？当然，由于佛道思想自身的两重性，体现在作品中的消极东西是有的，有的还很严重。但是，这只是整体的一个侧面，一个次要的侧面，还密切地联系着它的积极的一面，并没有从浪漫主义文学整体中分离开来，所以中国始终也就不存在积极浪漫主义和消极浪漫主义两种创作思潮和创作方法，而只有一个以儒、释、道思想为指导的浪漫主义，“积极性”和“消极性”都附丽在这一个本体上。

五四新文化运动是一次深刻的文化思想运动。以此为分界线，儒、释、道对中国思想文化的统治开始动摇，特别是对儒家思想和学说提出了尖锐的批判，代之而起的是民主主义和共产主义的新思潮。

五四新文化运动提出了“德先生”(democracy)和“赛先生”(science)的响亮口号，亦即民主和科学。它的基本点是提倡民主政治，反对专制独裁；提倡科学地认识事物，反对封建迷信、盲从和武断；提倡新道德，反对旧道德以及封建礼教。五四精神成为中国人民反帝反封建的革命火炬，并在革命实践中获得长足发展。毛泽东对这一时期的宝贵经验进行了全面的总结。他指出：“这种新民主主义的文化是民族的。它是反对帝国主义压迫，主张中华民族的尊严与独立的。”“这种新民主主义的文化是科学的。它是反对一切封建思想和迷信思想，主张实事求是，主张客观真理，主张理论和实践一致的。”“这种新民主主义的文化是大众的，因而即是民主的。它应为全民族中百分之九十以上的工农劳苦民众服务，并逐渐成为他们的文化。”[1]张闻天在《抗战以来

① 毛泽东：《新民主主义论》，《毛泽东选集》，人民出版社 1968 年版合订本，第 666—668 页。

中华民族的新文化运动与今后任务》一文中，对新民主主义的文化做了更具体明确的阐释。他说，中华民族的新文化的基本内容是民族的、民主的、科学的和大众的。“民族的，即抗日第一，反帝，反抗民族压迫，主张民族独立与解放，提倡民族的自信心，正确地把握民族的实际与特点的文化”“民主的，即反封建、反专制、反独裁、反压迫人民自由的思想习惯与制度，主张民主自由、民主政治、民主生活与民主作风的文化”“科学的，即反对武断、迷信、愚昧、无知，拥护科学真理，把真理当作自己实践的指南，提倡真能把握真理的科学与科学的思想，养成科学的生活与科学的工作方法的文化”“大众的，即反对拥护少数特权者压迫剥削大多数人，愚弄欺骗大多数人，使大多数人永远陷于黑暗与痛苦的贵族的特权者的文化，而主张代表大多数人民利益的、大众的、平民的文化，主张文化为大众所有，主张文化普及于大众而又提高大众”。[①] 这些论述，从内容到形式，从方向到方法都谈到了，为广大文艺工作者指明了创作的方向和前进的目标。它所昭示的现实精神和科学精神，它所强调的大众意识和民主意识，把通俗文艺创作引导到现实主义道路上来。作品的理想色彩是在现实土壤上的升华，而不是胡思乱想的光怪陆离世界，人的主体意识增强了，神的意识淡化了，这是思想认识上的一个飞跃。张恨水、刘云若等现代优秀通俗小说家正是在新的民主主义思想指导下创作了许多洋溢现实主义精神的佳作。

马克思主义学说也是在五四新文化运动前后兴起的。它比民主主义更具先进性和彻底性。马克思主义是严整的科学理论，是科学的世

---

① 张闻天：《抗战以来中华民族的新文化运动与今后任务》，转引自张学新、王之望编《毛泽东文艺思想与实践大观》，天津人民出版社 1993 年版，第 159 页。

界观，是工人阶级和人民群众认识世界、改造世界的锐利思想武器，同时也是文学艺术工作的指南。周恩来说：“我们不是以主观唯心主义做指导，也不是以机械唯物主义做指导，而是以辩证唯物主义思想做指导。辩证唯物主义思想能够帮助我们更好地认识客观规律，更好地发挥主观能动性。”①学习马克思主义，是要我们用辩证唯物主义和历史唯物主义的观点去观察世界、观察社会，并进而指导文艺创作。它既可帮助我们认识客观世界，又可以帮助我们认识主观世界；既可以帮助我们深刻认识现实，又可以帮助我们瞭望未来。因此可以说，马克思主义为现实主义和浪漫主义提供了理论基础。

在一个相当长的时期里，庸俗社会学，特别是极“左”思潮干扰和破坏了马克思主义学说对革命工作和文艺创作的指导作用。它们以“正统的、真正的”马克思主义自居，反而将一切正确坚持马克思主义的人斥之为修正主义。“真作假时假亦真”，这样一些人就把错误的理论主张当作“真马克思主义”推行开来。表现在文学创作上，弄虚作假，胡想瞎吹，粉饰现实，歪曲未来，既不是现实主义，也不是浪漫主义，而是庸俗社会学和极“左”思潮主观理念与意志的显现。针对这种错误思潮对革命的严重危害，邓小平提出“实事求是”的思想路线。他说：“实事求是，是无产阶级世界观的基础，是马克思主义的思想基础。过去我们搞革命所取得的一切胜利，是靠实事求是；现在我们要实现四个现代化，同样要靠实事求是。”②实事求是，既是一切革命工作的思想路线，也是文艺创作的思想路线。坚持实事求是，才能真实地深刻地反映现实；也

① 周恩来：《周恩来选集》（下卷），第413页。

② 邓小平：《解放思想，实事求是，团结一致向前看》，《邓小平文选》，人民出版社1994版，第2卷，第143页。

只有坚持实事求是,才能正确地把握未来,抒发切实的理想。

近年来,有些人在商品经济影响下,对马克思主义产生了怀疑和动摇情绪,不是运用马克思主义指导创作,而是以唯心意识、利己意识、玩闹意识、色情意识、暴力意识等种种灰色的错误思想指导创作,致使某些创作思想肤浅,艺术拙劣,格调低下,趣味庸俗。提高理论的自觉性已成为改善不良现状的关键。只有自觉运用马克思主义指导创作,才能提高创作境界,拓宽创作道路,促进通俗文艺更好地发展。

第三节 风格、流派与民族特色

在每个民族的文学艺术发展的历程中,风格、流派以及民族特色,都是贯穿其中的一条血脉,是影响作品思想艺术风貌的重要因素。认识和把握风格、流派以及民族特色的内涵及其特点,不仅有助于全面地深层次地认识通俗文艺的过去,而且有助于艺术家更好地创造新颖风貌的艺术作品

一、风格

何四来在为《中国大百科全书》(中国文学卷)撰写的“风格”条目中,开宗明义地说:“风格是指文学创作中表现出来的一种带有综合性的总体特点。就一部作品来说,可以有自己的风格;就一个作家来说,可以有个人的风格;就一个流派、一个时代、一个民族的文学来说,又可以有流派风格(或称风格流派)、时代风格和民族风格。其中最重要的是作家个人的风格。风格是识别和把握不同作家作品之间的区别的标志,也是识别和把握不同流派、不同时代、不同民族文学之间的区别的

标志。”这段话简明扼要地阐明了风格的内涵、范畴及其审美价值，是我们认识风格问题应当把握的几个基本点。

风格虽然有多种范畴，但是不论哪类范畴的风格，都是通过具有代表性的作家的个人风格体现的，因此，个人风格，是整体风格论的基础，也是我们研究风格的核心。在论及个人风格的问题时，古今中外的艺术家、理论家有一个共同的切入点，这就是把作品的风格和它的创造者——作家、艺术家联系起来，认为风格是作家、艺术家气质、秉性和学识的显现，探索风格的奥秘必须追寻创造者的人性与人格。在我国，“文如其人”的说法世代相传，几乎成为格言。在西方，布封的“风格即人”的说法，也被尊为圭臬。诗人歌德更具体地说：“一个作家的风格是他的内心生活的准确标志。所以一个人如果想写出明白的风格，他首先就要心里明白；如果想写出雄伟的风格，他也首先就要有雄伟的人格。”①这些话无疑都是对的，人格与风格确实存在着一致性。但是，如果我们的认识仅仅停留在这样的层面上，并从这样的认识出发对作家和作品风格做直接地比附，那么我们对两者关系的认识就未免简单化、肤浅化了。人格与风格确实存在着一种对应关系，这是一致性的基础。但是，两者的对应不是很简单的。人格是一个复杂因素的组合体，风格也是一个由诸多审美因素组合成的综合体，因而两个综合体之间的对应状态也必然是极其错综复杂、千变万化的，既有“一致”的一面，也有“不一致”的一面；即使一致是常态，也还有不一致的变态。何西来在《文格与人格——艺术风格论》一书中，对作品风格与人格不一致的现象做了精细的分析，主要的有以下几个方面：第一，“作家的主体人格，

① 歌德：《歌德谈话录》，人民文学出版社 1978 年版，第 39 页。

外化为作品的风格，要经过审美的选择与转化。在这一转化过程中，主体人格的一些方面被略去，另一方面又会有提高，这就决定了在作品风格和作家人格的对应关系上可能产生某些错位，某些不一致”。第二，“作家的人格，像一切具体的个体人格一样，是由复杂的、多方面的因素组合而成的，这些因素既包括相同方向的东西，也包括矛盾的、对立的东西。从心理层次来划分，有显意识与潜意识的区别；从性格的积极因素与消极因素来划分，‘半是魔鬼、半是天使’的说法，也许是一种夸张了的两极组合……在创作中，作家不可能把他所有人格因素都化为作品的具体风格。也许，这个作品的风格更多地反映出这一个侧面，另一个作品则更多地反映了另一个侧面”，从整体看，就会显现出某些不一致。另外，“还要考虑到创作主体出于各种考虑的作假和掩饰。既然作者可能把他笔下的人物加以理想化，为什么不会把他自己的人格加以理想化呢？即使是最卑污的人写作，也不可能或很少可能把自己人格的卑污和盘托出”。许多主客观因素常常造成风格与人格的不一致。清代大学者纪昀在论及文格与人格的一致性时说：“此亦约略大概言之，不必皆确。”这个说法比较灵活，留有余地，表明了艺术风格的复杂性与不确定性。

任何一种风格的形成，都是在一定的社会历史条件下主客观多种因素综合作用的结果。哲学家指出，外因是变化的条件，内因是变化的依据，从根本上阐明了主客观的辩证关系。风格的形成也是这样。作家、艺术家的主观因素，诸如秉性气质、人格精神、思想品德、艺术天赋与文化修养等，是作家、艺术家风格形成和变化的主要依据；而外因，一定社会的经济基础、政治状况、思想潮流、审美时尚、文化趋势等，则是风格形成和变化的客观条件。一般地说，主观因素是主导的，但是客观因素也是不容忽视的。英国诗人雪莱说:"在任何时代,同时代的作家总难免有一种近似之处,这种情形并不取决于他们的主观意愿。他们都少不了当时时代条件的总和所造成的某种共同影响,虽然在一定程度上说,每个人之所以周身渗透这种影响,毕竟是他自己造成的。"回顾我国现代通俗文艺,它所受到的客观社会的浸染,它所呈现的时代色调,是非常突出的。清末民初的通俗小说几乎都是感时伤世、沉重低迷的。抗战时期,同仇敌忾、如火如荼的斗争,培育了刚健清新、热情洋溢的新风格。在极"左"思潮作祟、浮夸风肆虐的时期,作品风格也随之极度浮夸,浮夸的人物、浮夸的生活、浮夸的语言,充斥作品。改革开放以来,"实事求是"成为人们的指导思想,渗透到为人处世以及生活的各个方面,文学艺术重又回到现实中来,重新培育出现实化、大众化、审美化的艺术风格。

风格是文学艺术成熟的标志。从文学艺术的发展历史看,风格有一个从无到有、从粗到精的过程。早期的通俗小说,只是粗陈故事梗概,没有风格可言。唐传奇、宋话本乃至明代的拟话本,多少显露一些个人创作的特点,但没有形成鲜明的风格。直到《金瓶梅》的问世,才真正显示出作家个人的独特风格。这也是我国小说艺术成熟的一个重要标志。从作家、艺术家个人来说,往往不是一开始就具有自己的艺术风格,而是随着创作才能的发展和创作经验的增多,逐步形成了自己的风格。风格一旦形成,就具有相对的稳定性。虽然随着作家、艺术家思想感情和审美意识的变化,风格还会嬗变,但其风格的基调大都贯穿其中。然而,如果艺术家遭遇大波折、大变化,灵魂受到大震动、大洗礼,作品的风格也会发生突变、大变,与以前迥然不同风格的创造,既要注意独特性,又要注意大众性,要把个人的风格建立在大众化的基础上。

传统的风格理论，着重探讨艺术家个人的风格特点及其形成，把风格创造仅仅看作是创作者个人的事，忽略了风格创造与读者大众的关系。这种偏颇的认识，对于通俗文艺的生存与发展是有害的。它有可能导致艺术家的创作与受众的审美趣味相背离，与市场的需求相脱节，以致艺术家的作品没有市场，没有销路。西方接受美学认为，读者和观众观赏艺术作品不是消极的被动的接受过程，而是积极参与创造的过程，作品的风格创造，是在受众阅读欣赏以后完成的。因此，艺术家的风格创造，也有受众的一份心血和功劳。这种看法是有道理的。当代著名戏剧家焦菊隐在 1963 年就提出过“欣赏者与创造者共同创造”的戏剧美学原则，比西方接受美学家提出的还早，只是没有产生广泛的影响。至于毛泽东提出的创造“新鲜活泼的、为中国老百姓所喜闻乐见的中国作风和中国气派”的主张，更为人们所熟知。这些都说明，作为文艺家，特别是通俗文艺家，一定要尊重大众、联系大众、了解大众、适应大众，从大众的审美需求出发创造大众“喜闻乐见”的艺术风格。

二、流派

流派与风格有密切的关系，但是，风格主要依赖于个人的独创性，流派则依靠群体的凝聚力和创造力。在一定历史时期内，一些思想倾向、艺术倾向、创作方法和艺术风格相近似的作家、艺术家聚集在一起而形成流派。流派的构成大体有三种情况：一是自觉形成的有组织纲领、有相同创作和理论主张的文学艺术群体；二是围绕一个或几个具有风格特色的作家、艺术家所形成的创作圈。他们虽然有相同或相近的创作思想、艺术倾向，却没有明确的纲领和固定的组织；三是松散的富有流派色彩的作家、艺术家群体。他们一无组织，二无纲领，甚至彼此没有联系，各不相关，但由于有相同的历史背景，相近的创作题材，或者相同的地域特色，而被世人看作是一个流派。由此可见，流派的构成与形态是复杂的文艺现象，并且具有不确定性和多样性。

先秦时期虽然也有像屈原这样的大作家，但从宏观看，文学艺术还处在发展的初始阶段，作家寥寥，因而没有也不可能形成流派。到了建安时期，特别是到了唐代，诗歌创作空前繁荣，人才辈出，星斗满天，这样也就形成了众多的诗歌流派。戏曲的发展也是这样。戏曲产生后的数百年间，戏曲形式不断革新，内容不断扩展，逐步从幼稚走向成熟，但是没有形成流派。元明以后，戏曲大发展、大繁荣，一个剧种流变为多个剧种，每个剧种，又有多个表演流派，形成了万紫千红、争妍斗丽的局面。

世界上一切事物总是相比较而存在、相斗争而发展的。各种艺术流派既有相互学习、相互吸取的一面，也有相互排斥、相互斗争的一面。这种对立的统一正是推动艺术发展的内动力。以国外侦探小说为例，先后涌现了古典派、心理悬念派、硬汉派、惊险派、幽默派以及社会派等，每个流派都是在与其他流派的竞赛与斗争中产生的，都给侦探小说艺术带来一些新的东西，形成了自己特有的艺术风貌。例如正统的古典派侦探小说以描述惊心动魄的案件和迷雾重重的解谜为特征，后来出现的悬念派侦探小说则以案件为由头，着重描写人物的心理悬念，以丝丝入扣的心理分析取胜。这种变化，使两者的风貌迥然不同。又如传统的侦探推理小说，大都以个人或家庭为背景展开故事，犯罪动机也局限在个人身上，作品的思想深度受到很大的限制，而以松本清张为旗手的社会派推理小说，则从社会观点出发，着眼于政府和社会组织的腐败劣迹，为深化主题、拓宽题材领域开辟了道路。又如惊险、间谍侦探小说，法庭警察推理小说，科幻推理小说等，都从不同方面拓宽了侦探推理小说的空间,增强了艺术表现力。由此可见,流派的竞争必然激活作家的想象力和创造力,从而极大地促进艺术的革新。当然,这样的流派必须是真正的有特色的流派,而不是那种招摇过市、欺世盗名的假流派。当前我国的通俗文艺相当繁荣,数量之大,品种之多,观赏者之众,都是前所未有的。然而从流派的视角观察却不能尽如人意。有些艺术领域,如戏曲,形成了一些富有特色的流派;有些领域,如当代通俗小说、电视剧,却还没有形成色彩绚丽的流派。这并非说没有思想倾向、艺术风格相近的作家,而是说这种特点不鲜明、不突出,没有给人以完整而强烈的流派印象,更没有获得国内外广大观赏者的认同。在各个艺术领域积极自觉地创立新流派,是广大群众艺术欣赏的需要,也是艺术自身发展和变革的需要。

流派的形成,有外部和内部两方面的原因。从外部因素看,一定时期的经济基础、政治状况、社会思潮、文化趋势等都对流派的形成有重要的影响。我国正处在变革的时代、发展的时代,物质生产发展很快,社会面貌日新月异,人民大众的思想观念与审美意识也在急剧变化,这就为新流派的创建提供了极好的社会基础和思想基础。特别难得的是,这个基础既不同于西方,也不同于中国的过去,而为当代中国所独具。这样的时代土壤理应产生富有时代特色的艺术流派。从内部因素看,文学艺术的发展状况、成熟程度,杰出作家、艺术家的出现以及追随者的多少,都直接影响流派的形成与存在。特别是作为流派领袖的杰出作家、艺术家,起着至关重要的作用。他不仅要有独具特色的作品,还要有独树一帜的流派意识,适时地认识潮流,掌握时机,创建新流派。五四爱国运动以后,知识分子的思想非常活跃,大胆创新,勇于追求,各种艺术流派如雨后春笋,纷纷出现。后来,由于政治的干扰,思想的禁锢，艺术家们人人自危，不敢标新立异，更不敢趋同合群，流派也就七零八落了。改革开放以来，文学艺术获得很大的发展，然而，真正有影响的艺术流派仍然寥寥。原因不在客观环境，而在文学家自身。从创作思想看，不少人缺乏流派意识，不去思考和探索流派问题，这样流派自然也不会产生。清醒地认识这些经验教训和存在的问题，对于我们创建新流派是有助益的。

三、民族特色

民族特色是文艺的本质属性，关系着文艺的生存与发展。

所谓民族特色，就是作品内容和形式的有机统一中显示出来的民族精神风貌和艺术特征。它是民族的社会生活、文化传统、风俗习惯、审美理想在艺术中的反映。别林斯基说得好："在任何意义上，文学都是民族意识、民族精神生活的花朵和果实。"

文学艺术的民族特色，既表现在形式上，也表现在内容上，而且是二者的统一。认为民族特色仅仅是形式问题，是片面的。真实地反映民族的生活斗争，塑造体现民族精神与理想的人物形象，描绘民族特有的优秀文化传统和风俗习惯，揭示历史的发展与未来，是构建民族特色的基本内容。同时，也要注意艺术形式的民族化。语言文字、叙述方式、文体风格，都要遵循民族的艺术规范，突出民族特点。只有将内容因素与形式因素要有机地、和谐地统一起来，才能构成完美的作品。尽管民族性诸因素在作品的各种构成要素中的显示有多有少、有浓有淡，但从总体看，艺术的各种构成要素都是民族特色的载体，是表现民族特色所不可或缺的。组成要素有了充盈的表现，整体才显现生机与特色。放眼世界的文学艺术，从古至今，都贯穿着民族特色。不仅东方民族与西方民族迥然不同，东方各民族的差别也很显著。如日本、印度，和我国有着悠久的文化交流，但各自的民族特色还是很鲜明的。

文艺的民族特色是与文艺的大众化互相联系而不可分的。我国文学艺术有几千年的传统，形成了长期流传的民族形式和风格。这种民族形式和风格，是人民大众创造性的集中表现，也是人民大众审美理想、审美趣味的集中体现，因而历来受到人民大众的喜爱。人民大众观赏富有民族特色的文艺作品的过程，也是受感染、受陶冶的过程，从而逐渐形成了与传统的民族特色相适应的审美理想与审美情趣，随着时代的推移，培育了一代又一代读者和观众。作品一旦淡化了民族特色，脱离了民族传统，大众就会感到陌生而疏离它。五四爱国运动以后的新文艺，大量地吸收了外国文学艺术的经验，采用了许多外来艺术形式和表现手法，这是必要的。但是一个不可忽视的问题是，它疏远了大众，以致很长时期只能在知识分子中传播，而不为人民大众所接纳。通俗文学大家张恨水的作品，由于继承了民族传统，具有浓厚的民族色彩，而一直拥有广大的读者群。当前我国不断扩大对外开放，文化交流的潮水，阵阵涌来，借鉴和吸收一些外来艺术手法，是有好处的，但要认真仔细地加以改造、融化，使它具有民族色彩，成为自己民族的东西。然而有些人误认为外国的东西一切都好，不加分析，不做取舍，生吞活剥地移植过来，七拼八凑成作品，用西方的风格取代民族的风格，取消了民族的特点，背离了人民大众的审美理想与欣赏习惯，大众也就不理睬。民族特色是文艺联系大众的纽带，割断这个纽带，也就从根本上失去大众。

这里还应当提出各少数民族文艺的民族特色问题。我国是一个由五十六个民族组成的大家庭。在漫长的历史岁月中，少数民族创作了大量的通俗文艺作品，其中主要是长期流传于民间的由群众集体创作加工的民间文学。这类作品以其独特的体裁、形式和风格，生动形象地表现了少数民族特有的生活方式、风俗习惯和文化传统，细致地刻画了各族人民的精神风貌和英雄气概，构成一幅幅色彩斑斓的历史画卷。如藏族的《格萨尔王传》、蒙古族的《江格尔》、柯尔克孜族的《玛纳斯》等，都是体制宏伟、气势磅礴、色彩绚丽的英雄史诗，不仅在国内受到广泛赞誉，在国际上也有深远影响。另外，彝族撒尼人的《阿诗玛》，傈僳族的长诗《逃婚调》，苗族长诗《仰婀莎》，壮族抒情长诗《特华之歌》，土家族的抒情长诗《哭嫁歌》，彝族的创世史诗《阿细的先基》、抒情长诗《我的幺表妹》，以及新疆地区维吾尔族、哈萨克族、乌孜别克族和柯尔克孜族人民共同创作的《阿凡提的故事》，都是具有鲜明民族特色的优秀的作品。近几十年来，少数民族地区，社会发展很快，人民精神面貌变化很大，民族特性与现代精神相结合，以一种新的风貌展现出来，比以往更具魅力，这就为凸显少数民族文学艺术的民族特色提供了丰厚的生活土壤。在新的历史条件下，应进一步弘扬民族文化传统，创作更多更好的闪烁民族光彩的艺术作品。

从发展的趋势看，世界是逐渐走向一体化的，国家之间、民族之间的交往会越来越多，文化交流会越来越频繁，相互借鉴与吸纳会越来越多。这会不会抹杀艺术的民族特色呢？不会的，肯定不会。艺术的民族特色是与生俱来的，是与民族同生同长、同存同荣的。不论人类历史进化到何种程度，民族肯定要存在，而且发展肯定不平衡，各个民族在经济发展、政治结构、文化传统、心理素质、风俗习惯以及地理环境等方面肯定会存在差异，因而文学艺术也必然各有特色。离开民族的根基，文艺也就不复存在。因此，在现代社会条件下，不仅不应当淡化和取消文艺的民族特色，而且要强化和凸现民族特色，这样才能使各民族的文学艺术在世界文化总格局中有自己的一席地位,也只有这样,才能使世界的文化园林花团锦簇,美不胜收。

第二编　创作论

第五章　通俗文艺作品构成要素的特质(上)

文艺作品的构成是内容与形式的统一。形象、题材、人物、情节和思想意蕴,是内容的主要因素;结构、语言、表现手法和体裁则是形式的主要因素。如同了解人体需要从生理解剖学入手一样,了解通俗文艺也必须从“文艺解剖学”入手,剖析文艺作品构成的诸因素。对构成因素有了清楚的认识,才能真正切实地把握通俗文艺的整体特征。

第一节　题　　材

在传统的文艺理论著作中,习惯地把题材划分为广义和狭义两种。广义的题材,是泛指现实和历史生活中某些方面的生活内容,可作为艺术描写的对象。通常以行业来划分,如工业题材、农业题材、财经题材、公安题材等;有的以地域划分,如城市题材、农村题材、域外题材、边疆题材等,也有的以性别、年龄划分,如女性题材、男性题材、少儿题材、老年题材、青年题材等。现实的生活内容,经过作者的选择、提炼、加工、创造而写到各种形式的作品中去,就是人们所说的狭义题材了。由此可见，广义和狭义题材，一个是可作为艺术表现对象的潜在的艺术原料，一个则是已经形象地展现在作品中的生活现象，后者是由前者转化而来，两者本质上是相通的、一致的。

诗人歌德说："还有什么比题材更重要呢？离开题材还有什么艺术学呢？如果题材不适合，一切才能都会浪费掉。"[①]是的，题材是作品的基础。题材的选择，关系到作品反映生活的容量、思想意义和审美价值，关系到艺术体裁、风格、手法的多样化，还关系到文艺家的艺术才能能否充分发挥、审美理想能否充分实现，所以题材问题是一个影响作品全局的问题，需要深入思考，认真对待，而不能掉以轻心。

文艺作品的题材领域是非常宽广的，选择的自由度也是很大的。陆定一在《百花齐放，百家争鸣》一文中说："题材问题，党从未加以限制。只许写工农兵题材，只许写新社会，只许写新人物等，这种限制是不对的。文艺既然要为工农兵服务，当然要歌颂新社会和正面人物，同时也要批评旧社会和反面人物，要歌颂进步，同时要批评落后，所以文艺题材要非常宽广。在文艺作品里出现的，不但可以有世界上存在着和历史上存在过的东西，也可以有天上的仙人、会说话的禽兽等世界上所没有的东西。文艺作品可以写正面人物和新社会，也可以写反面人物和旧社会，而且没有旧社会就难以衬托出新社会，没有反面人物也难以衬托出正面人物。因此，关于题材问题的清规戒律，只会把文艺工作窒息，使公式主义和低级趣味发展起来，是有害无益的。"《百花齐放，百家争鸣》一文发表于 1956 年 6 月 13 日的《人民日报》上，是为贯彻"双百"方针而写。充分反映了文艺发展的客观规律。

---

① 歌德：《歌德谈话录》，人民文学出版社 1980 年版，第 11 页。

然而这样一个很清醒、很正确的认识，并没有很清醒、很正确地贯彻到实践中去，随着“左”的思潮的兴起，阶级斗争的尖锐激烈，题材的“清规戒律”多起来，取材的范围愈来愈窄。1961 年，《文艺报》发表《题材问题》专论，试图扭转这种偏向，许多文艺工作者有所震动。但是，继之而起的阶级斗争的狂飙，不仅设立了更多的“禁区”，连这篇“专论”也成为批判的对象，题材的多样化又成为泡影。1979 年，邓小平在《在中国文学艺术工作者第四次代表大会上的祝词》中义正词严地提出了“打破林彪、‘四人帮’设置的精神枷锁”的问题，并指出：“文艺这种复杂的精神劳动，非常需要文艺家发挥个人的创造精神。写什么和怎样写，只能由文艺家在艺术实践中去探索和逐步求得解决。在这方面，不要横加干涉。”[①]题材狭窄的症结就是“精神枷锁”。“精神枷锁”一破，才从根本上解决了题材多样化的问题，自此文艺题材才走上了宽广的发展道路。

文艺题材的多样化，从根本上说，是由现实生活的多样性所决定的。现实生活是丰富多彩的，反映现实生活的文学艺术也应该是丰富多彩的。狭窄、单调的题材，是违逆真实生活的，自然为人民群众所不满，更谈不上满足他们的精神需要了。既然题材的多样化，是从文艺反映现实生活这个基本点提出来的，那么，我们也应该从现实生活的实际认识题材多样化的内涵和要求。我们这个世界真是太博大、太丰富了，从自然环境到社会生活、从人间到天上、从内心世界到外部世界、从国内到国外、从谈情说爱到改天换地、从战争到自然灾害……每日每时每分每秒，在地球的每寸土地上、每个空间里，都发生着数不清、说不尽的

---

① 邓小平：《邓小平文选》，人民出版社 1994 年版，第 2 卷，第 213 页。

事件和生活现象。各种事件和生活现象的形态、性质、作用和影响各不相同，其生活容量、思想价值和审美内涵自然也存在差异。有些事件和社会问题，对于民族的兴旺与发达，对于人类的生存与发展，关系密切，为亿万群众所关注，就是人们所说的重大题材。譬如说孙中山领导的辛亥革命，一举推翻了两千多年的封建统治，开创了中华民族历史的新纪元，无疑是一件划时代的大事件。这个大事件，包含极其丰富的民族传统和人文思想，表现了极其昂扬的时代精神和崇高的理想，同时也给后人留下了极其深刻的经验教训，无疑是一个很有审美价值的文学题材。创作一部深刻反映辛亥革命时代的作品，当然不是非要直接描写辛亥革命本身，但这一事件所具有的题材优势却是非常明显的，因而也就为有眼光的文艺家在创作时所关注。这里所举的是一个典型的例子，并不意味着只有历史上或现实生活中发生的大事件才是重大题材。重大题材的范围要比这宽泛得多，广大人民群众在推动历史变革、促进社会进步中建树的丰功伟绩，都属重大题材范围之内。要创作高度概括历史、深刻反映时代的作品，重大题材有其潜在的优势。但是也要看到，重大题材以外，还有广阔的生活领域和无限丰富的题材资源。各种各样的题材都有其独特的思想内涵和审美价值，题材愈广泛愈多样，愈能给观赏者多方面的启迪，满足多方面的需求，使人获得惬意的审美感受。而且生活是一个整体，重大斗争与日常生活往往是交织在一起的，这在和平建设的今天尤为明显，即使是写重大题材，也需要以广泛的日常生活为依托才能丰满、生动。所以，在题材问题上，最根本的，是坚持多样化，切实地百花齐放。

题材的多样化，是雅俗文艺共同遵循的原则。那么，通俗文艺有没有自己的特点呢？回答是肯定的。题材本身并无雅俗之分。许多领域，通俗文艺家涉足，雅文艺家也热衷，两者是交叉的。但是，在历史发展的过程中，雅俗文艺的选材也存在不同的倾向性。一般地说，雅文艺作者注重捕捉最能体现人的生存意义的事件，捕捉代表历史发展趋势的新事物和个人独到的感受，俗文艺则注重表现与亿万人民群众利益相关的事件，表现那些奇特、有情趣而为大众喜闻乐见的事物。古代的通俗文艺，写武侠英雄的、写才子佳人的、写官场内幕的、写黑社会的、写市井生活的、写公案的、写神魔的以及写历史的比较多。这种取材传统代代相传，以致形成一种相对固定的文体和影响广泛的流派。诸如武侠小说、公案小说、言情小说、神魔小说等品类，都是由题材的特点而形成的。

现代载体的发展，新文体的出现（如电视剧），极大地扩大了通俗文艺的容量，扩展了题材的范围。言情、公案、黑幕、历史、武侠等传统题材，拓展得更深广了，而当代的政治经济变革、时代风云，也成为通俗文艺关注的内容，诸如工业题材、农业题材、财经题材、军事题材、公安题材、法制题材、教育题材以及涉外题材等，无不涉猎。这就大大扩充了通俗文艺的艺术表现力，提高了它的认识价值和审美价值。在我国通俗文艺发展史上，题材的选择与范围总是伴随着社会的变化而变化。以小说为例，六朝时期的志怪、志人小说，以鬼神灵异和奇人逸事为题材；唐传奇逐步由写灵异转向市民社会，但题材涉猎的面很窄，还没有形成独立的门类。宋代小说的题材进一步现实化、市井化，题材的范围扩大了，同类题材的作品增多了，初步形成了烟粉、灵怪、传奇、公案四大类。明清小说沿着宋代小说的轨透向前拓展，除了上面四类以外，武侠、历史、言情题材的作品大大增多了。近现代通俗小说，如吴趼人、李伯元、张恨水等人的作品，在揭露官场黑暗、抨击政治腐败方面大大地前进了一步，但从整体看，通俗文艺的题材远没有达到对现实社会的整体观照。对比历史，当前的通俗文艺不仅题材面最宽广，而且直面生活的激流，勇于表现社会热点、焦点、重点事件和问题，这是一个历史性的突破与超越。

值得提出的是，题材虽然扩展了，然而如何处理好题材，还是一个没有解决的问题。一些通俗文艺作者，只考虑题材的重要性，不考虑题材的传奇性和趣味性，加之在创作过程中又不能自如地驾驭题材，以致写出来的作品呆板生硬、枯燥无味，完全没有通俗文艺的审美特性和浓厚的艺术魅力。这样的作品，不仅自身结局凄凉，也会影响乃至损害通俗文艺的声誉。

另外，题材的粗俗下流，也是一个不好的倾向。鲁迅早就指出："……世间实在还有写不进小说的人。倘写进去，而又逼真，这小说便要毁坏。譬如画家，他画蛇，画鳄鱼，画果子壳，画字纸篓，画垃圾堆，但没有谁画毛毛虫，画癞头疮，画鼻涕，画大便，就是一样的道理。"①不必讳言，当前有些通俗文艺作品描绘的画面，比"癞头疮"还脏，比"大便"还臭，造成严重的精神污染。诚望通俗文艺的作者唤醒理智和良心，以正确的审美观观照题材、选择题材，而不要做"嗜痂逐臭"的人。

第二节 形　　象

艺术是以感性形式反映现实生活并诉诸人的感觉和情感的。这种

① 鲁迅：《半夏小集》，《鲁迅全集》1981 年版，第 6 卷，第 483 页。

感性形式就是形象。黑格尔在《美学》中指出:"艺术作品的使命在于用感性的艺术形象的形式去显现真实。"①高尔基也说:"艺术作品不是叙述,而是用形象、图画来描写现实。"②形象性是文艺区别于其他社会意识形态的根本特征。没有形象,也就没有艺术。

文艺作品的形象是一个包容广泛的多层次的概念。从氛围的烘托到具体场景的描写,从细枝末节到重大冲突,从人物的一颦一笑到整个形象的塑造,都属形象范畴。一部文艺作品就是由各式各样、千姿百态的形象有机构成的。

那么,艺术作品中的形象有哪些审美特点呢?

一、具体可感性

现实生活中存在的客观事物是具体的、有形的、可感的,作为现实生活"一面镜子"的文艺作品,无疑也保存着客观事物具体可感的特征。高尔基说:"艺术家用文字所创造的形象,只有当它在您面前几乎是能从肉体上可以感觉到的,并且仿佛是立体的时候,才可以说是逼真的。"③

形象的具体可感性有直观性和非直观性的区别。在造型艺术中,如绘画、雕塑、工艺美术、戏剧、影视、舞蹈等类作品,呈现给观众的形象是直观的,观赏者可以凭着视觉或听觉直接感受到。文学形象和音乐形象则不同。它以语言为中介,语言是思想的符合,人们了解了语言的

---

① 黑格尔:《美学》,人民文学出版社 1959 年版,第 1 卷,第 65 页。

② 高尔基:《同进入文学界的青年突击队员的谈话》,《文学论文选》,人民文学出版社 1959 年版,第 113 页。

③ 高尔基:《给费·华·革拉特珂夫》,《文学书简》(下)人民文学出版社 1965 年版,第 98 页。

含义，才能借助想象和联想感受到语言所塑造的形象。这里我们不妨重温一遍李白的《望庐山瀑布》这首诗：“西登香炉峰，南见瀑布水。挂流三百丈，喷壑数十里。如飞电来，隐若白虹起。初惊河汉落，半洒云天里。仰观势转雄，壮哉造化功！海风吹不断，江月照还空。空中乱潈射，左右洗青壁。飞珠散轻霞，流沸指穹石。而我乐名山，对之心益闲……”读过这首诗，即使我们没有去过庐山，也会在我们眼前浮现出一个如蛟龙、飞虹一般气势磅礴、姿态万千的大瀑布形象，这就是具体可感所产生的观赏效果。音乐常常借助乐音模拟现实生活中的音响，再现客观事物的某些外部特征。例如《百鸟朝凤》借助唢呐吹奏出众鸟的鸣叫声。不过，就音乐表现现实的特点看，主要不是模拟事物外部特征，而是表达人的情感。不论是西方交响乐，还是我国民族音乐，都是这样。我们从阿炳的胡琴曲《二泉映月》可以深切地感受到作者悲苦的身世和凄凉的心情。由此可见，各种艺术，由于表现手段和表现对象的不同，形象的具体可感性也是千差万别的。这正是艺术具有无穷表现形式和无尽艺术魅力的基础。

二、概括性

文学反映生活，是从个别到一般，从现象到本质，这就要求艺术家笔下的形象具有概括性。先哲说过，任何个别都包含一般。所以文学作品描写任何个别现象都包含着某种一般性，具有一定的普遍意义。但是，个别事物所蕴含的一般意义的大小强弱却是千差万别的，因此艺术家在进行艺术创作的时候，要选择那些最能反映事物特征、最有艺术表现力和感染力的人物、事件、场景以及细节，在此基础上进行加工、改造、熔铸、锤炼，使作品中的形象比实际生活中的形象更集中、更典型，从而更富概括性。关汉卿的不朽作品《窦娥冤》，描述的是窦娥个人不幸的命运。窦娥从小是个孤女，因父亲欠下高利贷无力偿还，被卖到蔡家做童养媳，随后又成为寡妇。即使这样悲苦不幸，她仍然细心照料婆婆。但是没想到地痞张驴儿父子又对她横加迫害。昏聩愚蠢的官僚混淆黑白，把纯洁善良、命运悲苦的窦娥送上了断头台。作品通过窦娥的悲剧命运深刻地揭露了社会的黑暗与司法的腐败，从而使窦娥的个人悲剧，变成了沉重的社会悲剧。正因为作者赋予该剧以厚重的思想内涵，不仅在当时“感天动地”，直至今天仍然感人肺腑。读过刘鹗的《老残游记》的人，大概不会忘记开篇时惊心动魄的一幕：这一天，老残和文章伯、德慧生两位好友到海边游玩，然而天不作美，白浪滔天，阴云密布。这时，远处有一艘大船驶来，船身严重破损，水直往船里灌。八个管帆的却是认真地在那里管，只是各人管各人的帆，仿佛在八只船上似的，彼此不相关照。那水手只管在那坐船的男男女女队里乱窜，不知所做何事。用望远镜仔细看去，方知他在那里搜他们男男女女所带的干粮，并剥那些人身上穿的衣服。章伯看得亲切，不禁狂叫道：“这些该死的奴才！你看，这船眼睁睁就要沉覆，他们不知想法敷衍着早点泊岸，反在那里蹂躏好人，气死我了！”正在说话之间，又见那船上杀了几个人抛下海去。老残等人十分气愤，商量如何搭救这条大船及船上的人。章伯主张驾一条小船去将那驾驶的人打死，就可救一船人的性命；但又觉得他们三人势孤力单，不是驾驶人员的对手。老残说：“依我看来，驾驶的人并不曾错，只因两个缘故，所以把这船就弄得狼狈不堪了。怎么两个缘故呢？一则他们是走‘太平洋’的，只会过太平日子，若遇风平浪静的时候，他驾驶的情状亦有操纵自如之妙，不意今日遇见这大的风浪，所以都毛了手脚。二则他们未曾预备方针，平常晴天的时候，照着老法子走去，又有日月星辰可看，所以南北东西还不大很错，这就叫作

‘靠天吃饭’；那知遇了这阴天，日月星辰都被云气遮了，所以他们就没了依傍，心里不是不想往好处去做，只是不知东南西北，所以越走越错。为今日之计，依章兄法子，驾只渔艇，追将上去……送他一个罗盘，他有了方向，便会走了。”及至他们快追上大船的时候，不料除管船的人搜括众人以外，又有一种人高谈阔论，聚敛钱财、蛊惑人心，制造混乱。老残等更加气愤。跳上船去，献出罗盘及其他现代航海仪器，并准备说出他们的一番道理。不想船上人认为他们三人是“洋鬼子差遣来的汉奸”，“请船主赶紧将这三人绑去杀了，以除后患”。同时，几百人一起动手用“断桩破板”砸他们的小船。老残觉得飘飘忽忽沉下海底。忽而听到有人叫他，原来是南柯一梦。这里虽然写的是梦，却是作者最真实的生活感受，是长期郁结在心中的祖国情结。这艘大破船，实际是清朝末年中国现实状况的象征，浓缩地显示了政治腐败、国家衰颓、民不聊生的真实情景，同时也表现了知识分子兴国安邦的不切实际的幻想，概括的政治、思想内容极为丰富。

叙事文学需要概括，抒情文学也需要概括。“朱门酒肉臭，路有冻死骨。”（杜甫《自京赴奉先县咏怀五百字》）是对社会贫富悬殊现象的概括；“千村薜荔人遗矢，万户萧疏鬼唱歌。”（毛泽东《送瘟神》）是对血吸虫以及一切疾病严重危害人类生命健康的概括；“人生自古谁无死，留取丹心照汗青。”（文天祥《正气歌》）是对爱国志士崇高气节的概括；“春蚕到死丝方尽，蜡炬成灰泪始干。”（李商隐《无题》）是对忠贞爱情的概括。其他艺术，也都以自己独特的艺术手段进行艺术概括。

概括，是艺术由单调走向生动、由肤浅走向深沉的必由之路，是艺术创作不可忽视的环节。这个道理并不深奥，实践却相当困难。这是因为艺术的概括化应和具体化同时进行，概括性蕴含在形象性之中，要把丰富的思想内涵和生动的形象像水乳一样交融在一起,非要认真思考、刻意追求不可。概括化一旦和具体化、形象化相脱离,势必造成作品的概念化。在我国现代文学史上,多次出现公式化、概念化的倾向,不仅降低了文学的质量,而且产生了很不好的社会影响。这样的历史教训,务必要吸取。

三、具有审美意义

艺术的本质就是创造美。形象的美感作用,是形象的重要特征。文学理论家毛星说:"谈到形象的美的问题,使我回忆起幼年在学校读书时看到一些科学挂图,特别是那些动物挂图,上面如实地画着牛、马、羊等的形象,这些形象在动物学的教科书里也是找得到的,这些图形尽管画得很细致,但却不能叫着艺术作品。相反地,我们许多人都看过徐悲鸿所画的马,尽管徐悲鸿笔下的马不如科学挂图上的马画得那样仔细,不合乎教学的要求,比如马是奇蹄类还是偶蹄类,从他的画上是弄不明白的,可是徐悲鸿的马却是真正的艺术作品。所以这样,就是因为科学挂图不能给人美感,徐悲鸿的画却是能给人美感的。"①这里,毛星结合自己的体验娓娓地讲述了艺术与科学的一个根本区别,它唤醒了我们每个人也曾有过的同样的感受和体验,因此倍感亲切,并且认同他的看法。

艺术的形象美,从根本上说,源于对生活美的汲取。生活是美的宝藏,从自然景色到社会生活,从人们的思想感情到认识和改造世界的实践活动都包含着美,给人们以美感。然而这种生活的美是"自然形态的东西,是粗糙的东西",如同金子混杂在泥沙和矿石中一样,美的事物与

① 毛星:《论文学艺术的特性》,人民文学出版社1958年版,第128—129页。

不美的事物混杂在一起。文艺家是遵循美的规律进行创作的。因此，他不能纯客观地记录生活，而是要根据自己的审美意识、审美理想选择和提炼生活中的美，并把对事物的审美评价，把自己的爱与恨、喜与悲、尊敬与鄙视、喜爱与厌恶的思想情感浸润在人物、事件的描写中，这样，艺术形态的美也就比自然形态的美更加鲜明突出，更加光彩夺目。在美学史上，有人认为艺术美完全是生活美的机械模拟，而且永远赶不上生活美，因而是苍白无力的；有人则相反，割断艺术美与生活美的天然联系，认为艺术美完全来自心灵。这两种看法都是不对的。前者是机械唯物主义的观点，后者是唯心主义的观点。我们应当在认识上划清界限。只有正确认识艺术美与生活美的辩证关系，才能深切地感受和欣赏艺术作品焕发的美。

现实生活中，既有美的事物，也有丑的事物，美与丑是相比较而存在，相斗争而发展的。文艺作品要全面地有机地表现现实生活，不可能只写美的事物而不写丑的事物，也就是说，不可能只写好人不写坏人，只写真善美的社会现象而不写假恶丑的社会现象。那么，丑的事物是否具有审美意义呢？回答是肯定的。美的事物通过肯定和颂扬而获得审美意义，丑的事物则是通过批判和否定而获得审美意义的。例如《包公传》《七侠五义》等书中塑造的包公是刚直不阿、铁面无私的“青天”，他的人格美、行为美，感染了一代又一代读者，成为美的偶像。《老残游记》中的玉贤是一个杀人如麻的酷吏。他之所以滥杀无辜，是为了捞一个“严格治理”的好名声，以便往上爬。作者刘鹗在写作这个人物时的字里行间流露出憎恶之情，并借老残之口痛斥玉贤“冤埋城阙暗，血染顶珠红”。对丑言恶行的批判和否定，也就是对善良言行的间接肯定，因而具有审美意义。所以对于丑的描写关键在于作者的审美评价。如果纯客观地展示丑，甚至以丑为美，带着欣赏的态度描写丑，那就适得其反，失去了审美价值。

第三节　人物形象

一、人物刻画

人物是文艺作品描写的主要对象。这是因为，人是社会生活的主体，是社会关系的联络点，现实生活中的诸多矛盾、纷争和纠葛，寻根究底，是人与人的交织与碰撞；人类历史的一切创造、变革、发展，都是亿万人民的智慧和力量推动的；自然面貌的变化，也是与人类“敢教日月换新天”的精神分不开的。文艺要反映现实，推动现实，不能不着眼于人，不能不把人放在艺术表现的中心位置上。高尔基说“文学是人学”，就是对人在文艺作品的中心地位和崇高价值的高度概括和充分肯定。人物刻画得好坏，直接关系作品的成败。因此，作家、艺术家一定要重视人物刻画，研究人物刻画，精于人物刻画，从而创造出鲜活的、有特色的乃至典型的人物形象。

作家刻画人物，大多从肖像入手。这么做，可以让人物一出场就给人一个具体鲜明的印象，为进一步描写做铺垫。随着情节的展开，逐步由表及里、由浅入深，塑造一个完整生动的人物形象。文艺作品中的肖像描写，大体有两种情况，一是细致的“工笔画”，一是简约的“写意画”。就小说而言，雅致的小说采用“工笔画”写法的较多；通俗小说则更喜爱“写意画”的写法。这里我们举两个例子做一下对比，先看《笑傲江湖》中对小尼姑仪琳的描写：

门帘掀处，众人眼睛陡然一亮，一个小尼姑悄步走进花厅，但见她清秀绝俗，容色照人，实是一个绝丽的美人。她还只有十六七岁年纪，身形婀娜，虽裹在一袭宽大的缁衣之中，仍掩不住窈窕娉婷之态。她走到定逸身前，盈盈倒拜，叫道："师父……"两字一出口，突然哇的一声，哭了出来。

定逸沉着脸道："你做……你做的好事？怎地回来了？"

仪琳哭道："弟子这一次……这一次，险些儿不能再见着你老人家了。"她说话的声音十分娇媚，两只纤纤小手抓住了定逸的衣袖，白得犹如透明一般。人人心中不禁都想："这样一个美女，怎么去做了尼姑？"

这段人物肖像描写有两个突出特点：第一，它没有全面细致地描写仪琳的相貌与服饰，而是通过对她的神情与体态的简洁的勾勒，就凸现了一个清纯脱俗、楚楚动人的少女形象。第二，它不是静止地描写人物的肖像，而是结合人物的行动做动态的描写，从而把人物的神韵活脱脱地表现出来。这样的描写体现了通俗小说以写意画笔法描写人物的共同特点。

再看叶圣陶的《倪焕之》中对少女金佩璋的描写：

青春的年龄把她蕴藏着的美表现出来；像花一般，当苞儿半放花瓣微展时，自有一种可爱的姿态和色泽，叫人家看着神往。她的美可以说在乎匀称；面部的器官，躯干和手臂，好像天生配就是这么一副；分开来看也没有什么，合拢来看就觉着彼此相呼应，相帮衬；要是其中任何一件另换个样式，就要差得多了。微可憾惜的是两条腿短了些，否则还能多几分飘逸。然而她把裙子裁得长些，把上衣故意剪短半寸或三四分，也就差不多弥补过去。此外，似乎皮肤太白了些。除了颧颊部分，即使没有什么羞惭和欣喜，也晕着一层薄红外，平时皮肤底层的白色竟不甚显著。她常常笑，但是不过分地狂笑，只到两排细白的牙齿各露一线为度。她又常常凝思，睫毛下垂几乎淹没眼球，端正的鼻子仿佛含着神秘；想到明澈时，眼皮开幕一般倏地抬起，晶光的黑眼瞳照例这么一耀。

这副肖像画，笔触极其细腻，她那“天生配就”的“匀称”美，她那“微可憾惜”的缺陷的弥补，她那白里透着“薄红”的肤色，她那有分寸的笑容以及静思默想时的神情，都描摹得惟妙惟肖，跃然纸上，这显然是“工笔画”的写法。

两种写法各有千秋，写意的肖像，简洁明快，特征突出，读来舒畅，便于大众阅读和欣赏；工笔的肖像，细致逼真，毫发毕现，值得读者细细地品味，获得一种真切的美感。不过由于影视等现代视听艺术的发展，人物的肖像直观地呈现在观众的面前，它的鲜明性、生动性、真切性以及整体性都是语言文字的描述所难达到的。在这种情境下，人们对文学作品中的肖像描写，更多地期望它形神兼备，简约的几笔就勾画出人物的某些心理、气质或性格的某些特征，轻松、快捷地感受到人物的肖像美，而不愿意花很多时间去品味又长又细的人物肖像描写。正因为如此，现在包括雅文学作品在内，写意的肖像多了，工笔的肖像少了，写意的手法已成为肖像描写的主流。

刻画人物特别重要的是对行动的描写。行动是人的思想和愿望的直接显现。生动感人的富有个性特征的行为是表现人物性格的最有力的手段。我国古代的小说，如汉魏六朝的小说、唐代的传奇等，就主要是描写人物的行动，很少与行动无关的其描写。这种表现手法形成了小说的传统。元明以后，小说艺术更趋成熟，行动描写手法的运用也更加纯熟，每个成功的艺术形象，都与出色的行动描写有密切的关系。诸葛亮形象的光辉，是在“草船借箭”“火烧赤壁”“空城记”“六出祁山”“七擒孟获”等一系列睿智决策和神奇胜利中迸射出来的；李逵形象的真切感人，是他手持板斧、赤膊上阵、出生入死拼杀出来的；霍元甲精神的可歌可泣，是他“为我中华国民吐气，为中华免遭屈辱”所进行的不屈不挠的斗争赢得的。没有出色的行动描写，也就不会有出色的人物创造。电视连续剧《大明宫词》对于太平公主的刻画前半部分有特色，后半部分就一般化了。原因何在？就在于前半部分，人物的行为个性特点鲜明。突厥王子求婚，太平自断手指拒婚。这个行为极富个性，既表现了太平骄纵任性，又显露了她的机巧灵敏。类似这样的有个性、有感染力的行动，后半部分没有了。虽然，她的地位更高了，权势更大了，作为也更大了，但是都是一般的皇亲国戚、能臣贤相所为，缺乏独特的个性光彩。

老舍先生说：“最能够帮忙揭显个性的恐怕是对话了。一个人有一个说话方法，一个人的话是随着他的思路而道出的……我们必须依着他心中的变动去写他的话语。言谈不但应合他的身份，且应合乎他当时的心态与环境。”[①]这段话是老舍先生的经验之谈，既强调了对话对于刻画人物的重要性，又说明了写对话应遵循的基本原则，很值得我们品味和领会。写对话，看似容易，其实是最难的。这是因为，“一个人有一个说话的方法”，创作一部长篇小说或长篇电视连续剧，一般有几十个人物，就要求写出几十种各不相同的人物对话，这不是很难很难的

① 老舍：《人物的描写》，《老舍论创作》，上海文艺出版社 1980 年版。

吗？说实话，要求作家写出每个人物的不同话语，是很难办到的，甚至是不可能的。但不能因此而放弃人物对话的个性化目标。应当尽量争取较多的人物、较多的语言具有个性色彩，至少主要人物要做到这一点。否则，作品的就不能说是成功的、优秀的。当前创作中存在的主要问题是：叙述语言和人物对话的语言一样，不同职业、不同素养、不同年龄的人的语言也是一个样。这种情况，严重地损害了人物性格的塑造。

刻画人物，还需要很好地把握和表现人物的心理活动。心灵是现实的“感应器”。人与社会的矛盾、人际关系的矛盾、人的自我矛盾以及人与自然的矛盾，无不折射在心灵上。人的心灵活动是一个极其丰富而广阔的世界。有人把心灵称为“内宇宙”，是有道理的。心理活动是人的行为的动力和基础，行动是心理活动的外现，只有真实而细致地揭示人物的心理活动，才能使人物塑造避免平面化，走向立体化；同时，也才能使作品避免停留在事物表面的肤浅，走向深邃。

心理描写的方法是多种多样的：可以直接描写，也可以间接描写；可以剖析议论，也可以通过行动显现；可以实写，也可以借助梦境、象征等方式虚写。从人物的心理实际出发，适当而灵活地运用各种表现方式，有利于心理描写的舒卷自如、淋漓尽致。

在我国悠久的文学长河中，心理描写最杰出的，首推《红楼梦》中宝、黛爱情心理的描写。特别是对林黛玉心路历程的描写，把握的准确，透析的精细，手法的丰富，表述的微妙，都达到了心理描写的极致。这里不妨举几个片段。第二十回“林黛玉俏语谑娇音”写的是宝玉到宝钗那里玩儿，黛玉得知心中不快，引发了一场心理冲突。小说通过黛玉的“俏语”描述了她由怪到怨、由怨到悲，最后又破涕为笑的心理变化，不仅委婉有致，而且妙趣横生。第二十七回“埋香冢飞燕泣残红”，写黛玉葬花："闺中女儿惜春暮，愁绪满怀无释处，手把花锄出绣阁，忍踏落花来复去？""质本洁来还洁去，不教污淖陷渠沟。"这就是黛玉葬花的思想动机。《葬花诗》是黛玉心灵的乐章，尽情地抒发了黛玉感时伤世而引发的悲凉情怀。与这种诗意的抒发不同，第三十二回"诉肺腑心迷活宝玉"则是直接的剖析。黛玉知道湘云和宝玉在一起，怕他们有私情，便悄悄走来，见机行事。不想刚走近，就听到两人因"仕途经济"而争执。宝玉说："林妹妹不说这些混账话；要说这话，我也和她生分了！"黛玉听了这话，不觉"又喜又惊，又悲又叹"。何以"喜、惊、悲、叹"，叙述者条分缕析地做了剖析，使人感到又真切、又透彻、又合情理。随着岁月的流逝，人世的沧桑，黛玉对自己悲苦的命运和凄凉的前景愈来愈深切地感觉到，成为郁结在心中的块垒。这在第八十二回"病潇湘痴魂惊噩梦"中充分表现出来。著名美学家王朝闻说："林黛玉的噩梦，十分切合她这一时期的忧虑、烦恼的情绪和追求幸福的意愿。它是敏感的、多虑的和意愿坚定的林黛玉白天心理的继续、发展、深化和形象化。"[①]这里所举的只是《红楼梦》心理描写的几个片段，但也不难感受到它是多么出色，多么感人。假如没有这些心理描写，就根本成就不了林黛玉这个魅力无穷的艺术形象。

人都在一定的环境中生活。人的思想、观念、习惯、爱好以及其他的优点或缺点，或轻或重地投射在他所生活的环境中，从而烙印下性格的印记。因此，环境描写，也就成为侧面显现人物性格的一个不可或缺的手段。环境是比较宽泛的概念。从时代背景、地域文化到居住场所、

---

① 王朝闻：《谈人物的心理描写》，《论艺术的技巧》，艺术出版社 1956 年版，第 79—80 页。

室内陈设,从壮观的山河到怡人的花鸟鱼虫,都是环境包容的对象。我国古典文学作品,很早就涉笔环境描写,而运用得比较成功的,当数《三国演义》中对诸葛亮生活环境的描写。作者一方面描写卧龙岗的自然景色不同一般:“山不高而秀雅,水不深而澄清,地不广而平坦,林不大而茂盛;猿鹤相亲,松篁交翠。”给人一种自然和谐、清新淡雅、平中有奇的印象。另一方面,又精心描绘这里的人文景观。诸葛亮的亲人和好友一个个“容貌轩昂,丰姿俊爽”,且又超尘脱俗,志向高远,使人感到真乃人杰地灵之地方。这对于“卧龙”诸葛亮是一个有力的衬托。《三国演义》以后,小说技巧不断发展,环境描写更加细致,与人物性格结合得更加紧密,艺术的表现力也更强了。《红楼梦》是出色的代表。无论是大的背景的勾勒,还是小的居室的描绘,都达到了完美的程度,难挑瑕疵。

当代通俗文艺作家在营造环境氛围的时候,有的喜欢作面面俱到的介绍,有的喜欢华丽辞藻的铺陈,有的随意点染,形不成完整的意象,这些,都达不到刻画人物的愿望。老舍先生一针见血地指出:“我们最怕心中没有一种境地,也硬要配上几句,纵然用上许多漂亮的字眼,也无济于事。心中有了一种境地,而不会扼住要点,枝节的去叙述,也不能讨好。这是写实的作家常爱犯的毛病。”[①]老舍先生这里所说的“境地”,实际上就是意境。人物思想感情的抒发需要营造意境,环境氛围的构建也需要意境。“意”与“境”的很好的融合,再加之简洁而生动的描述,才能形成有特点、有价值的环境描写。

以上我们简要地说明了刻画人物的几个主要手法。道理只是告诉

① 老舍:《景物的描写》,《老舍论创作》,上海文艺出版社 1980 年版。

人们采撷果实的方法，而不是已经采撷到手的果实。能否刻画出成功的人物形象，就看作者有无充实的生活积累和实际运用技巧的能力了。

二、典型形象

典型塑造是文艺创作的根本任务。一部作品，特别是小说、戏剧、影视等叙事文学作品，是否创造出典型形象，是衡量作品艺术成就高低的重要尺度。一个成功典型的出现如同一颗璀璨的新星升上天空，会吸引亿万群众的关注与欣赏，产生不可估量的艺术效果。作为艺术家，应当通晓典型创造的艺术规律，以便自如地掌握规律，创造出光彩的典型形象。作为读者和观众，也需要了解关于典型的理论知识，以便更好地感悟典型的性格魅力和深刻内涵。

那么，如何理解典型，区别一般人物形象和典型形象呢？

每一部文艺作品，特别是规模大、篇幅长的作品，大都要写几个、几十个乃至更多的人物。有些人物基本立得住，但刻画不是很深入，性格不是很鲜明，艺术感染力和思想震撼力也不是很强烈。这样的形象只能说是一般的艺术形象。如果某个人物，性格非常突出、非常鲜明、非常独特、非常生动，这种个性又并非凭空杜撰、与世隔绝，而是以独特的个性形式体现了特定的群体特征，在许多人身上有他的影子，这就可以说是典型形象了。从一般形象到典型形象，是一个由量变到质变的过程。当一个形象具有很高的典型性而为社会所公认，就成为典型形象。

别林斯基说："典型人物是一整类人的代表，是很多对象的普通名词，却以专门名词表现出来。举例说，奥赛罗是只属于莎士比亚所描写的一个人物的专名词；然而，当我们看到一个人嫉妒心发作时，就会叫他奥赛罗，尽管这个人的名字叫伊凡或彼得，是俄国人或德国人，而不是摩尔人。”[①]他又说：“每个典型都是一个熟悉的陌生人。”[②]人们所以“熟悉”，是因为典型是从现实生活中概括出来的，集中一定群体的特征，具有普遍性和代表性；所以“陌生”，则因为他的个性是独特的，人们所不曾见到的。别林斯基所强调的，还是普遍性和独特性的高度结合。假如普遍性不强，或独特性不鲜明，都构不成典型。

典型，本不是一个难于理解的问题，然而由于某些理论家艰涩的诠释和一定时期的错误思潮的影响，以致成为一个争议最多的复杂的理论问题。从实际情况看，以“阶级分类法”影响最大。宣传这种主张的人认为，在阶级社会中，阶级性是人的本质、本性，典型人物，是阶级的代表，要集中体现阶级特征；离开阶级性，也就谈不上典型。从这种认识出发，把文艺作品中的典型形象都给贴上阶级的标签，在农村有地主典型、富农典型、贫下中农典型、雇农典型系列；在城市则有工人、小业主、民族资本家、买办资产阶级系列。这种典型分类法，在指导思想和分类方法上，与现实生活中的划分阶级成分几乎一模一样。这种以庸俗社会学为理论基础的简单化、绝对化的典型理论，当时就受到一些有识见的理论家的批评，但因为这种典型理论适应“左”的时代思潮，所以还是造成了很大的危害。

如此说来，我们是不是否定阶级分析方法、否定典型的阶级性呢？非也！阶级分析无疑是认识典型的一个重要方法，但不是唯一的方法，不能把一切文艺现象和典型形象都“阶级化”。只有从纷纭万状的生活实际和文艺实际出发，对不同时代、不同环境、不同特征的典型进行具

---

① 别林斯基：《别林斯基论文学》，新文艺出版社1958年版，第128页。

② 别林斯基：《别林斯基论文学》，新文艺出版社1958年版，第120页。

体而贴切的分析，才能正确揭示艺术典型的本质面貌和独特风采。例如梁斌的《红旗谱》是以明确的阶级意识描绘了我国20世纪30年代的一场农民革命风暴，朱老忠和冯老兰，不仅出身于两个对立的阶级，而且自觉、积极地参与了两个阶级的生死斗争，充分显示了各自不同的阶级特征和政治愿望。对于这两个形象，运用阶级观点分析和评价，是自然而恰当的。但是，有些形象，作者突出的并非他的阶级意识，而是广泛地概括了各阶级人都有的某种“国民性”，如果再用阶级的框子去硬套，就十分牵强附会。例如鲁迅笔下的阿Q，以“精神胜利法”为其特征。文艺理论家冯雪峰曾经指出：“阿Q，主要是一个思想性的典型，是阿Q主义或阿Q精神的寄植者；这是一个集合体，在阿Q这个人物身上集合着各阶级的各色各样的阿Q主义，也就是鲁迅自己在前期所说的‘国民劣根性’的体现者。”[①]这段话客观而准确地概括了阿Q的典型性。但是，它在一个时期内却被认为是超阶级的论调而遭到批判。批判者认为阿Q是一般农民或落后农民的典型。就当时情况而言，“精神胜利法”主要寄植在士大夫和腐败的统治者身上，相对来说，农民身上则轻淡得多。把阿Q说成是“农民典型”，不仅削弱了阿Q的典型价值，也歪曲了农民的本来面貌。何迟在相声《买猴儿》中集中描写了马大哈马马虎虎、疏忽大意的性格特点，几十年来已成为家喻户晓的典型。如何给这个人物的典型性定位？如果说他是“一般干部的典型”或是某个阶级的典型，岂不荒唐？马大哈只能是有马马虎虎、疏忽大意性格弱点的一类人的典型。文学史上，还有一些极其有名的典型，如堂·吉诃德、奥勃洛莫夫、诸葛亮、夏洛克等，或主观盲动，或懒惰透顶，或智

① 冯雪峰：《冯雪峰论文集》，人民文学出版社1952年版，第1卷，第288页。

慧过人，或吝啬无比，都是因某种精神特质的突出而成为典型，而这些精神特质都是人类各个阶层所共有的。如果不顾实际情况，硬将其“阶级化”，势必扭曲其本来面貌，贬损其典型价值。

在典型理论中，还有一种“类型说”。“‘类型说’把典型的重点放在普遍性上，忽略人物的个性。”古罗马的诗人贺拉斯较为明确地提出了这样的理论观点。他说：“如果你希望观众赞赏……那你必须注意不同年龄者的习性，给不同的性格和年龄者以恰如其分的修饰……我们不要把青年人写成老年人的性格，也不要把儿童写成成年人的性格，我们永远坚持坚定不移地把年龄和特点恰当地配合起来。”[①]17 世纪法国的布瓦洛结合人物描写强调了“类型说”的观点。18 世纪的启蒙思想家孟德斯鸠说，美的典型是“最普遍的东西的汇合”，“美的眼睛就是大多数眼睛都像它那副模样的眼睛”[②]。大作家巴尔扎克更明确地说：“‘典型’这个概念应该具有这样的意义，‘典型’指的是人物，在这个人物身上包括所有那些在某种程度跟它相似的人们的最鲜明的性格特征；典型是类的样本。”[③]这表明“类型说”是一种历史久远的、为许多大家所提倡的典型观。在近现代，“类型说”不断遭到非议。一本作为大学教科书的文学理论著作把二千多年来典型理论的发展分为三个阶段，即：类型化阶段、个性化阶段和共性与个性统一的阶段。类型化阶段被认为是典型理论发展的“雏形阶段”，由此可见一些人是如何贬低和排斥“类型说”了。

“类型说”与通俗文艺关系密切。有些人通过批评这种典型观而贬

---

① 贺拉斯：《诗艺》，《诗学 · 诗艺》，人民文学出版社 1962 年版，第 146 页。

② 转引自朱光潜《西方美学史》，人民文学出版社 1979 年版，第 69 页。

③ 巴尔扎克：《〈一桩无头公案〉初版序言》，古典文艺理论译丛，第 10 册，第 137 页。

损通俗文艺。福斯特在谈及人物形象塑造时，把那些性格复杂、丰满的人物，称为“圆形”人物；而把那些性格较为单纯面特征突出的人物称为“扁形”人物。他认为“圆形”人物是人物创造的上乘，“扁形”人物则是人物创造的下乘。这里所说的“圆形”“扁形”，不过是一种形象的比喻，并不是含义明晰的科学概念，然而却有人奉为经典，并借以批评通俗文艺只会创造“没有文学价值”的“扁形”的“类型化”的人物，创造不出有复杂性格的“圆形”人物。这种不负责任的胡言乱语，实际上完全抹杀了通俗文艺中典型形象的价值，还从根本上否定了通俗文艺塑造典型的能力。这种看法是偏颇的，不符合通俗文艺创作的实际。

从词义学看，《说文·土部》：“型，铸器之法也。”段玉裁注：“以木为之曰模，以竹曰范，以土曰型，引申之为典型。”典型原本指的是模型或模范，包含着“类型”的意义。在古希腊文里，典型原义也是“模子”，也有种类的意义。因此，典型人物含有“类型”特征，是符合典型词义的。

从文学着眼，具有明显“类型”特点的典型形象，其审美价值和社会价值丝毫不比具有复杂性格的“圆形”的典型形象低。这是因为它能给人以舒畅愉悦的审美感受、强烈的精神震撼和极大的心理满足，还非常适应大众的阅读习惯和欣赏水平。比如说，诸葛亮、刘备、张飞、李逵、鲁智深、包公、海公、施公等人物，在有些理论家的眼里是“类型说”范畴的典型，然而却是千百年来活在亿万群众心中的典型人物，是人们最欣赏、最喜爱、最景仰的人物，当然也是审美效应和社会效应最佳的典型形象。有人指责“类型”特征强的典型只有共性，没有个性，这种批评是不确切的。诸葛亮虽然是一个智慧的典型，并非只是抽象的智慧的化身。他忠君爱国、鞠躬尽瘁、深思慎行、赏罚严明、辅佐幼主、培育良才……他的性格特征也是很丰富的。不能用现代人眼光指责《三国演义》

没有写他的家庭与爱情生活，没有写他内心的矛盾。作家的艺术技巧与艺术追求，是和一定的社会文化背景相联系的。《三国演义》塑造人物形象的方法，是非常符合当时社会时尚与审美需求的，因而取得了极大的成功。只有从历史的实际出发，才能对文学历史上的人物作恰当的评价。

我们强调"类型说"的审美价值和社会价值，肯定它的文学地位，并不是专门推崇"类型说"，也不是把它当作通俗文艺家典型创造的唯一追求。有人以为通俗文艺只会创作"类型化"的人物，这是一种偏见。通俗文艺不仅能创作具有"类型说"特点的典型形象，而且能创造个性特征非常突出、性格非常丰富而又有概括力的完全合乎"典型说"的典型形象。《水浒传》中的林冲、《金瓶梅》中的西门庆和潘金莲都是人们熟知的典型人物。我们不妨反复地细细地品味这些人物，他们性格的独特性、丰富性、真实性、生动性有什么值得挑剔的吗？没有。完全符合典型创造的一切要求。金庸笔下的韦小宝，也是一个很成功、很独特、很深刻的典型形象。他的性格非常丰富而又充满矛盾，他贪爱钱财，必要时又能仗义疏财；他贪恋女色，但又不无真情；他贪生怕死，但又能舍命救人；他苦心钻营、不择手段往上爬，但又能重气节，弃官为民。多方面的性格特征有机地统一在韦小宝身上，使他成为一个有活力、有生气的生命。韦小宝的形象不仅在当代通俗文学领域是绝无仅有的，而且在包括雅文学在内的整个当代文学领域也是独一无二的。学者陈墨认为："韦小宝的人格模式则是民族文化及其国民性的总结。正如阿 Q 是国民性的一种典型，韦小宝是另一种典型。而且韦小宝的形象更加深厚、更加独特也更加深刻。"我们不太同意这种比较，因为这两个艺术形象艺术风貌和思想意蕴太特殊了，不宜做生硬的对比；但却认同他对韦小宝形象的充分肯定。韦小宝形象的意义不仅在于自身的审美价值,还在于他的出现充分显示了通俗文艺在塑造人物形象所达到的艺术高度。

滕云在《多元化的典型观》一文中认真地回顾了两千多年来典型理论的发展,最后提出了几点概括性的看法:"一、典型理论、典型观二千年来确实是多元地发展着,从未定于一;二、诸家典型说既对立又统一,彼此依存、渗透、转化;三、有些典型说,似与类型说无别,实际上却对立,而有些典型说,似与类型说有别,实际上却相承;四、许多名家的典型说都不单纯,本身就是多元的;五、正如对典型说不能简单化对待一样,对类型说也不能简单化对待。总之,无论从大而言或从小而言,典型理论、典型观都呈现一幅多元的景象。"①这段话精辟地阐明了"典型说"与"类型说"之间的辩证关系,指明了多元发展是历史的趋势,很有现实意义。提倡多元化的典型观,有利于激活艺术家的创造力,有利于各种典型创作经验的交流和融汇,从而创造出更加多姿多彩的人物和光彩夺目的典型形象。

三、环境与性格

正如树木植根于土壤中一样,人总要立足于社会生活中,在特定的生活中成长,在特定的生活中发展、创造。因此,描写环境与性格的关系,是现实的必然,也是艺术创作的必然。

人们对环境与性格关系的认识,经历了一个由浅入深的认识过程。古语云"近朱者赤,近墨者黑"就道出了环境对人的影响。"孟母三迁",成为千秋万代的佳话,孟母可以说是重视环境对子女思想影响的先驱。

---

① 滕云:《多元化的典型观》,《小说审美谈》,百花文艺出版社 1986 年版,第 32 页。

我国不少优秀古典作品都很注重环境与性格两者关系的揭示，并且逐步由家庭环境的描写扩展到社会全貌的描写。在这方面，《水浒传》《金瓶梅》《红楼梦》堪称典范。这几部作品，既细致入微地描绘了人物生活的具体环境，又浓墨重彩地渲染了时代氛围，不仅为人物性格的成长和行为提供了依据，而且环境本身还具有独立的审美意义和认识价值。但是，这些经典作品所包含的理论启示，没有被人们及时地领悟，更没有及时地提升到理论的高度。直到 1888 年，恩格斯指出："现实主义的意思是，除细节的真实外，还要真实地再现典型环境中的典型人物。"① 才使人们茅塞顿开，认识到典型环境是典型性格产生和发展的艺术依据，构建特定的典型环境是创造独特的典型性格的基本前提。然而在如何认识和创造典型环境上，还存在偏颇的看法。

典型环境就是一定历史时期社会生活和自然环境的总形势，是形成人物性格和驱使人物行动的一切客观条件的总和。从整体观察，人类任何时候的生存环境都是对立的统一，既存在光明的、美好的、进步的一面，也存在阴暗的、丑恶的、落后的一面，两者相互对立、相互斗争，由此推动社会的发展。这个辩证的发展规律，贯穿人类社会的始终。只不过在不同的历史时期和不同的社会制度里，光明与黑暗、美好与丑恶、进步与落后的具体内容、具体存在和斗争情况有所不同罢了。文艺家要创造艺术的典型环境，就必须以辩证的观点观察社会生活，统揽社会总体面貌，把握矛盾的两个侧面，还要洞察诸多矛盾的错综复杂的交织，只有这样，才能正确把握社会面貌和时代精神，为典型环境的创造

① 恩格斯：《致玛·哈克奈斯》，《马克思恩格斯选集》，人民出版社 1972 年版，第 4 卷，第 462 页。

奠定一个坚实的认识基础。要艺术地创造典型环境，当然要对生活进行提炼，但不能提纯；要生态化，而不能人为地简单化。人们还记得，在极"左"思潮泛滥时期，对典型环境出现过形而上学的理解，认为社会主义革命时期，只有光明的、美好的、进步的事物才是典型的，阴暗的、丑恶的、落后的事物则是不典型的，把光明面和阴暗面分裂开来、对立起来，只承认光明面，不承认阴暗面，这就把典型环境提纯化、简单化了。遵循这种观念创造的典型环境，只不过是抽象思想观念的物化，而不是真切反映现实的典型环境。

艺术地创造典型环境，还要充分考虑地区的差异。我国幅员广阔，民族众多，社会发展不平衡，文化传统又不尽相同，这就造成了千差万别的生活境况。诸如城市与农村、东部与西部、沿海与内地、山区与平原等，在人文环境和自然环境上就有很大差别。既不能认为只有先进的发达城市是典型的，也不能认为只有某些偏远的落后的农村是典型的。如同阳光普照神州大地一样，时代精神也渗透在祖国的每寸土地上。因此，不论写城市还是农村，也不论写发达地区还是不发达地区，只要把具体的描写和全局的形势联系起来，使特定的环境充盈着时代精神，那么自然而然就具有典型性。张弦的小说《被爱情遗忘的角落》（后改编成电影）写的是发生在偏远而又贫困的农村中的爱情故事。姐姐存妮因蒙昧的爱情被蒙昧的人折磨而死，妹妹荒妹长期生活在姐姐的阴影中，不敢爱，也不存想自己会有什么幸福。直到改革开放，这位纯真的少女，才感受到生活的曙光。王蒙指出，张弦笔下的爱情描写，"与一般的甜腻腻的恋爱或者想入非非、虚无缥缈的感情不同，他们的爱情是发生在、变故在、回响在中国的现实的土地上，与政治、与经济、与历史、与地理（例如《被爱情遗忘的角落》）、与社会心理这样深密地纠结在一起，是食人间烟火的爱情"[1]。这部作品引起的广泛的社会影响，正源于它的典型性。

每个人都有自己生存的空间。典型环境的描写，要从个人生存空间出发，充分展示生存空间的独特性；同时，还要结合人物的生活历程，展示环境的复杂性和多变性。在现实生活中，一个偶然的机遇，一次和某人的邂逅以及某些环境条件的改变，就有可能铸成人生的大错，造成终身的遗恨；也有可能从此大展才华，成就辉煌。有篇纪实文学记述贫穷农村的少女阿兰，被人贩子拐卖到河北某地，丈夫是一个"武大郎"式的人，而且百般蹂躏她。一天夜里她逃了出来，几经周折，到音乐学院吴老师家当保姆。阿兰音质颇佳，又有音乐天赋，吴老师稍加调教，竟然能唱出优美动人的歌。与此同时，阿兰的心中不由自主地滋生了对吴老师的爱慕之情，虽然没有越轨的行动，但眉目之间还是显露出来。敏锐的吴夫人很快就觉察到这一点，于是就把她赶了出来。心情失落的阿兰无精打采地来到歌舞厅唱卡拉 OK，几曲唱过，献花者蜂拥上来。老板见此情景，便挽留她在歌厅伴唱。阿兰迟疑了一下，但想到生计问题，就答应下来。她深知歌舞厅是个"大染缸"，出入这里的，大款大腕儿、阿飞流氓，什么人都有，因此，谨言慎行，洁身自好，除唱歌外，不说多余的话，不亲近任何外来的人。对于流里流气、酒气熏天、脏话连篇的人更是想方设法退避。一天，献花人中有个年轻人，他的羞涩畏怯的眼光给她留下了印象。后来，他又献过几次花，得知他姓贾。一天，她说："你好像每次都来得很晚？"他说："是的，我是下了晚自习才来的。""你还在上学？""是的。""哪个学校？""外贸学院。""呀！你还是个

[1] 王蒙：《善良者的命运》，载张弦小说集《挣不断的红丝线》，第 2 页。

大学生啦!”“嗨! 穷学生。”“穷不怕,有志气就行!”阿兰带点抚慰地说。他神秘地笑着说:“我既穷,又没有志气!”阿兰说:“你还真够谦虚的。这样吧,我在这里唱歌多少也挣了一些钱,你要是需要,我可以赞助你一些!”小贾立即用手一挡说:“不,不,我哪能用你的钱呢!”从此以后,两人经常谈心,而且越谈越投机,实际上,阿兰已经痴迷地爱上他了。一天两人一起吃夜宵,阿兰有些醉意,就迷迷糊糊地跟着他走了,似乎是一起坐车到了他的住处,后来就不知道了。清晨醒来,却见身边躺着一个满脸疙瘩、凶神恶煞似的汉子,阿兰如掉进冰窟窿一般,浑身哆嗦,猛然尖声叫道:“你是谁?”恶煞冷笑道:“我是小贾的大哥。”说着,伸过黑粗的胳膊拧她的手臂,疼得她连声求饶,从此她被这个丑陋而粗野的大汉控制了。后来才知道他叫大魁,是黑帮的头子,又是个作恶多端的罪犯,正是他唆使小贾去诱惑她的。阿兰求生不得,求死不能,在黑窝里逐渐地堕落了。赌博、吸毒、淫乱,没个正经人样了。幸运的是,不久这个黑窝被端,她被解救了。阿兰思念老母,思念青梅竹马的好友宏生,思念贫穷而温馨的家乡,于是分别给家人和好友写了信,还给母亲寄去了她的大部分积蓄,然而都没有写她的真实地址,她感到自己命运多舛,无颜见家乡的父老。办完这几件事后,她感到一阵轻松,她不想再在那灯红酒绿的地方谋生,于是到一家汽车美容店当了一名洗车工。工作虽然累一些,她却感到自食其力的愉快。经理是一位退休的机械工人,为人正派,这使阿兰有一种安全感。一天,一辆红色的桑塔纳徐徐开到店前,阿兰迎上前去。车门开了,阿兰一愣,走出来的不正是她童年的伴侣宏生吗? 虽然是西服革履,然而神态没变,她一眼就认出了他。她正想转身躲开,宏生一个跨步走近跟前:“兰妹! 你受苦了!”说着,两人紧紧地拥抱在一起。她以为这只是偶然的巧遇,实际上他按照信上的邮戳已经寻她一个多星期了。宏生告诉她，他们家乡的金矿，已经开始开发了，他被推举为矿长。他要阿兰和他一块回去，跟他一块干。阿兰怯生生地说："我能干什么呢?"宏生说："搞文艺活动哇!"阿兰说："我可再不唱歌了!"宏生拍拍她的脑袋说："不是让你当坐台小姐，是让你带领大家自娱自乐，这也是精神文明建设呀!"阿兰回到了家乡，清新的乡风吹走了她心头的乌云，她成为一个精神文明建设的积极分子，还出席了省里的"三八红旗手表彰大会"呢！作者随着阿兰的人生历程展开环境描写，不断变化的环境深深地影响着、左右着她的命运。阿兰的经历是个性化的、独特的，然而却折射着时代的光芒。从这个例子可以看出，从个人的生存空间入手展开环境描写，不仅不会影响环境的典型性，而且可以使典型环境更具特色。

在对环境与性格的关系的认识和处理上，雅俗文艺大体上是一致的，但在环境的设置上，通俗文艺有两个突出的特点：一是假定情境，二是极限情境。"环境"与"情境"在词义上略有差异。"环境"，指的是主人公所在的周围的境况，包括社会环境和自然环境。"情境"这个词较为生僻，《辞海》里有"环境""情景"，却没有"情境"这个词。然而，在通俗文艺评论中却用得很多，它指的是主人公置身其间的情景和状况，虽然主要说的也是客观环境，却和主体更紧密地交织在一起，让主人公去参与、去适应、去解决。我们尊重通俗文艺约定俗成的用法，这里姑且将"情境"与"环境"通用。

假定情境，是作者根据内容的需要虚拟的、非现实的情境。这种情境奇特、罕见，却极为激动人心，对性格塑造有很强的表现力。《笑傲江湖》描写了诸多的武林派别，如华山派、衡山派、嵩山派、泰山派、恒山派以及日月神教等。其中有正教、有邪教，有亦正亦邪的教，从而形成一个极其复杂的钩心斗角、争权夺势的武林世界。这个独特的世界是假定性的，它不只是武林派系的生动写照，而且是整个社会的一个象征。作者通过这个假定情境展示了中国数千年来社会斗争的一个焦点——争权夺位，并通过刀光剑影、你死我活的争权夺位的斗争塑造了岳不群、任我行等形象，还塑造了令狐冲这个“笑傲江湖”不随波逐流的独特形象。这部作品人物的生动、情节的跌宕、思想的深邃以及意趣的高远，都与假定情境的出色创造分不开的；没有这样一个假定情境，人物就失去了最富表现力的舞台而变得苍白，思想也因为没有博大的载体而不免肤浅。《神雕侠侣》中诸多假定情境的构建也是很出色的。

极限情境，是指人物在生命历程中遭遇到的最艰险的环境、最痛苦的磨难、最严酷考验人的“炼狱”。置身在极限情境中，人物的聪明才智、卓越武功以及潜在的生命能量才能得到充分的发挥、尽情地释放。《雪山飞狐》中的“铁屋”是一个典型的极限环境。铁屋，名副其实，完全是用铁铸造的。不仅四面墙是铁的，连房顶和地面也是铁的。屋中聚集了十几位英雄好汉，个个身怀绝技，然而没有想到，心怀叵测的庄主为了报仇，偷偷地将铁门关上，在屋的四周烧起了柴火。霎时间，屋里热起来、烫起来、灼起来，人们炙热难当，眼看着就要被烧死烧焦。在这个“极限情境”的磨难中，卑鄙小人的嘴脸显露出来，英雄的光芒则更加灿烂四射。在死亡来临的最后一刻，人们发现墙角有一个小小的狗洞。机智而又神勇的小胡斐，冒死从狗洞钻了出去，解救了大家。这一极限情境的创造，为胡斐的英雄性格增添了绚丽的一笔。当然，塑造一个刻骨铭心的人物形象，构建惊险动人的情节，仅仅一两个极限情境是不够的，必须创造一个又一个极限情境，才能完成人物性格的塑造。金庸的《天龙八部》就构建了一系列的极限情境，使主人公萧峰刚入火海，又越刀山，经历种种“炼狱”，从而铸就他大义凛然、豪迈感人的英雄形象。另外，《神雕侠侣》中的杨过，古龙的《多情剑客无情剑》中的李寻欢、《天涯明月》中的傅红雪等为读者所熟悉所感佩的人物，也都是通过一系列极限情境塑造的。当然，极限情境虽然是塑造人物一个强有力的手段，也不可无节制地滥用。有平地才能显出高山。有一般性的日常生活场景做基础、做铺垫，才能反衬出经受极限情境考验的震撼力量。如果一味地写“极限”，也就不成其为“极限”了。

人物与环境的关系，是一个基本的艺术命题。通俗文艺多种观照角度和表现方法，为艺术地表现这一基本命题拓展了广阔的空间，大大提高了表现能力。

第四节　情　　节

情节是作品中所描述的一系列生活事件的有机组合，是人物性格成长和展现的历史。在叙事文学作品中，情节是不可或缺的要素。犹如树木的枝干支撑着整棵大树一样，文艺作品中的情节也支撑着整部作品。情节建构的好坏，直接影响到作品的思想和艺术风貌。

高尔基说过，情节“即人物之间的联系、矛盾、同情、反感和一般的相互关系——某种性格和典型的成长和构成的历史”。① 这段话精辟地概括了人物性格与情节的辩证关系，是我们观察情节问题的着眼点。从根本上说，构成情节的基础是人物性格的交织与碰撞。不同的人、不

① 高尔基：《和青年作家的谈话》，《文学论文选》，人民文学出版社 1959 年版，第 397 页。

同的性格，自然也就演绎出不同的故事情节。比如说以破案为核心的侦探小说，大体说来有四种人物：罪犯、受害者、各种身份的侦探和知情者。虽然只有四类人物，然而就其性格来说，可就千差万别了。就罪犯来说，有的穷凶极恶，有的人性未泯；有的高智商，有的低能儿；有的贪财，有的好色，有的嗜酒，有的图名；有的忤逆不道，有的尊老爱幼，如此等等，有着说不尽道不完的个性特征和思想风貌。与之相对立的侦探、受害者以及知情人在知识结构、思想品德、性格秉性方面当然也是千差万别的。正是千差万别的人物性格、千差万别的交织与碰撞，形成了变化无穷、绚丽多姿的情节。既然情节是性格创造的，是不同性格冲突的结果，那么，反过来说，情节也就是性格的外衣，是表现性格最有力的手段，作家要塑造人物，也就不能不依赖情节。有了对人物一系列行动——情节因素的生动描写，也就有了成功的人物。我们不妨到柯南道尔、克里斯蒂、勒布朗等侦探小说艺术大师所创造的“侦探王国”中去漫游一遍，或是到张恨水、琼瑶等人的“情爱画廊”去浏览一番，对个中的奥妙也就会得到更加深切的感悟。

在一部作品中，情节大体由开端、发展、高潮和结局四个部分组成。

开端，是矛盾冲突的起点，为情节的展开和发展做铺垫。我国古典小说的开端，多是交代主人公的相貌、出身、秉性以及必要的人物关系，从而为矛盾冲突的设计、情节的发展奠定基础。这种开端直截了当，开门见山，便于读者掌握情节的来龙去脉，体味作品的思想内涵。然而这种开头世代沿袭，犯了“千篇一律”的大忌，不仅不太容易激起读者的美感，反而会使阅读欣赏能力较强的读者产生厌倦感。五四新文学改革了这种传统的叙述方式，开端新奇而多样了。有的描述生存环境，有的营造氛围；有的写对话，有的写行为；有的写梦境，有的写意象……力求开得新奇、写得优美，唤起读者阅读的快感，从而舒适愉悦地读下去。开端富于变化固然好，但不能忘却它为下一步情节发展做铺垫这个基点，不能离题千里，也不能故弄玄虚，以免造成阅读的误导。

发展，是开端以后接二连三地发生的事件。在这个阶段，矛盾冲突要逐渐展开和深化，人物性格要逐步充实和完满，人际关系要全面地展现。既要使开端提出的问题有一个引人入胜的发展态势，又要为高潮的到来开渠引水，起着承前启后的作用。情节的发展，要起伏跌宕、千变万化、曲径通幽。金圣叹说："文章之妙，无过曲折。试得百曲千曲万曲，百折千折万折之文，我纵心寻其起尽，以自容与其间，斯真天下之至乐也。"[①]金圣叹结合自己的审美体验，强调了"曲折"之文乃审美之"至乐"，因而是通俗文艺应当达到的艺术境界。情节的发展还要注意节奏的变化，要疏密相间、张弛得当，既有雷霆风暴，也有风光霁月，力避单调和刻板。还要注意情节发展的连续性与阶段性的巧妙结合，既让读者永远保持阅读的期待，又适时地让他们松口气。

高潮，是矛盾斗争的白热化，是情节发展的极致。高潮应当是水到渠成自然而然形成的，脱离固有的情节基础生硬地制造高潮，或是恣意地虚张声势，不是真正的高潮。高潮的艺术价值和力量，在于它对人们心灵的强烈的冲击力。而要做到这一点，必须把尖锐的冲突和剧烈的情感震荡结合起来，也就是说，当冲突白热化的时候，人物的情感也必须白热化，从而形成内外和谐统一的激动人心的高潮。高潮所达到的高度在很大程度上决定了作品感染力的力度。高潮不"高"，而要作品动人，是不可能的。

---

① 金圣叹:《西厢记》"赖简"一折评点。

结局，是作品所描述的矛盾冲突的最后解决，人的行为的最后结果。它往往在高潮中就显露出来，因而与高潮紧密相连。从艺术处理看，结局有封闭式的和开放式的。封闭式的，有一个明确肯定的结果，孰胜孰败，孰喜孰悲、孰结婚孰分手等，都交代得一清二楚。开放式的结局则不写肯定的结果，给人们留下思考和联想的自由空间。金庸的《雪山飞狐》就是一个典型的例子。结尾时写苗人凤与胡斐争斗，斗到后来，"胡斐举起树刀，一刀就能将苗人凤劈下岩去"，然而"霎时之间，他心中转过了千百个念头"，不知这一刀是不是该劈？就在这举刀不定的时刻，小说结束了。金庸在"后记"中说："《雪山飞狐》的结束是一个悬疑，没有肯定的结局，到底胡斐这一刀是劈下去呢还是不劈，让读者自行构想。这部小说于 1959 年发表，十多年来，曾有好几位朋友和许多不相识的读者希望我写个肯定的结尾，仔细想过之后，觉得还是保留原状的好，让读者们多一些想象的余地。有余不尽和适当的含蓄，也是一种趣味。在我自己心中，曾想过七八种不同结局，有时想想各种不同结局，那也是一种享受。胡斐这一刀劈或是不劈，在胡斐是一种抉择，而每位读者，都可以凭着自己的个性，凭着各人对人性和这个世界的看法，作出不同的抉择。"这段话不仅明确地回答了他不愿改动结局的原因，而且深刻阐明了开放式结局的美学趣味。从结局的性质看，有喜剧性的、有悲剧性的，还有亦悲亦喜的正剧性的。不论哪种结局，都应符合人物性格的发展，符合情节的逻辑。我国古典小说和戏曲多是大团圆的喜剧结局，既表现了正义必然战胜邪恶的规律，又表达了人们对生活的希望，适应了众多群众的审美心理。但是，如果作品不从现实和剧情的实际出发，生硬地安上一个让人高兴的光明尾巴，就不足取了。

上面我们分别说明了情节的四个组成部分的特点和写作要求，在具体作品中，四个组成部分是有机统一的，是一个完整的存在。因此，这里结合古典小说名篇《蒋兴哥重会珍珠衫》做进一步的阐释。

这篇作品的开端，交代了主人公蒋兴哥的相貌、秉性以及从小就随父出外经商的经历。小小的年纪就“学得伶俐乖巧，生意行中，百般都会，父亲也喜不自胜。”但突然，父亲病故，把兴哥推上了独立生活的道路。这些描写为以后情节的发展做了必要的铺垫。随后情节逐步展开。兴哥娶三巧儿为妻，夫妻恩爱。后来，兴哥南下广东讨账，滞留未归，三巧儿被外地商人陈大郎勾引而失足。兴哥回来，一气之下休了她。这时，陈大郎也回了家。路过此地的吴知县要娶妾，王公便把三巧儿嫁给了他。兴哥不仅不嫉恨，反而赠送她十六箱细软财物，这种真诚与宽容使三巧儿很是感动。不久，陈大郎再次出来经商，不幸财物被抢，贫困交加，不久身亡，经人说合，其妻平儿嫁给兴哥为妻。后来，兴哥再次到广东经商，吃了人命官司，正巧是三巧的官人吴知县审理此案。三巧儿不忘旧情，恳求吴知县关照。官司了结后，兴哥知道三巧儿救他，倍加感激。三巧儿约他来府里相见。此时，无论就情节的发展还是感情的升华来说，都达到了高潮。作者满怀激情地写道：“你道这番这意外相逢，不像个梦境吗？他两个也不行礼，也不讲话，紧紧地你我相抱，放声大哭。就是哭爹哭娘，从没见这般哀惨。”吴知县为其深情所感动，遂让三巧儿回到兴哥的身边。这样，小说也就圆满地结束了。从整体看，这篇小说写得非常好，曲折有致，细腻入微，人物心理、世态风情，历历在目，毫发毕现，显示了卓越的情节艺术。

第五节 意　　蕴

传统的文艺理论著作，都有一节讲“主题”，不讲什么“意蕴”。本书则讲的是“意蕴”，没有专节讲“主题”。何以要做这样的改变？我们是有考虑的。

传统的文艺理论大都是这样阐释作品的思想内涵的：首先说明主题是指贯穿于文学作品形象体系中的中心思想，对作品的内容和形式起着统帅作用，主题思想的深度、表现的力度，直接影响作品的社会价值和审美价值。进而分析不同作品主题存在的状况：有些作品是单纯明了的，只有单一的主题，有些作品（如长篇小说、长篇电视连续剧）人物众多、情节复杂，主题也就具有多义性和复杂性。一部作品不仅有一个基本主题（或称正主题），还有若干小主题（或称副主题）。并且习惯地举茅盾的《子夜》为例，论证一个正主题以外，还有两三个副主题。这种理论观点是由来已久的。一本又一本文学理论教科书都这么写，一堂又一堂的文艺理论课也都这么讲，似乎是毋庸置疑的确论。但是我们冷静地想一想：主题只是中心思想，还有大量的“非中心思想”啊！如果没有大量的“非中心思想”存在，中心思想也就不成其为“中心”了。以“中心思想”代替对作品全部思想意蕴的分析，是不是以偏概全？仅仅以主题来评价作品的价值而不顾作品的全部思想意蕴，是不是也会导致评价的失衡？

童庆炳教授主编的《文学概论》正面地涉及这个问题。书中写道：

还有些作品，反映的生活内容和表现的审美意识，本身的容量和内含的意蕴实在太丰厚,无论作家或读者,都难以简单化地从一个角度或方面加以概括或强调,而在不同审美主体面前,极易引起大相殊异的审美反应。这类作品的主题,即便以分主、副的办法来辨析,也较难形成被普遍接受的定论。唯其如此,人们对主题的传统理论,提出了若干质疑性的研讨意见。较为突出和尖锐的一点,是认为对异常丰富复杂的生活现象及其深远意蕴,对情感与思想互为渗透以体验为特色的审美意识,硬要用很少的字数作简单化的理性概括,硬要以其一点取代全貌,或分割成几点作科学分类式的主次划分,是不符合艺术创造和审美鉴赏活动的规律的。应该讲,这是一些有见地的看法。在这方面,理应作更深入的探索研究。但是,作家创作一个作品,一般说来,总是有一个特定的角度和表现中心,有一定的创作意图的,这就决定了传统的主题理论有其基本的不可动摇性。因此,有人主张,文学作品的主题,应是多义性和单一性的统一,模糊性与明确性的统一。这种认识,较为辩证。以此作为对文学作品主题内涵特点的总体概括,在具体作品的主题辨析中,作灵活运用,不失为一种有较大适应性的理论见解,可以作为一说与传统主题理论并存。

这段论述,表现了对"探讨性"的主题理论热情的推荐和诚恳的容纳态度,是值得赞赏的。但是,作者又做了较多的保留。认为"传统的主题理论有基本的不可动摇性",只是要"灵活"而"辩证"地运用。笔者认为,我们不应当把自己的思维仍然束缚在"传统的主题理论"的圈子中,而要超越固有的圈子去做新的思考与探索,从而全面地感悟和把握作品的思想意蕴。

一部长篇的叙事作品,其思想意蕴一般有三个层次:

一、主题，即贯穿整部作品形象体系中的中心思想，是意蕴的核心。

二、副主题，常在人物众多、情节复杂的作品中出现，与主题思想紧密相连，起补充和衬托作用。

三、非主题思想意蕴，它不直接显示主题，也不贯穿作品的始终，而是蕴含在某个人物、某个情节、某个场面、某个意象乃至某个细节中。在反映生活广阔，内容深厚的作品中，非主题思想意蕴大量存在。把握非主题思想意蕴，无论对作品的思想价值，还是审美价值，都具有重要意义。

试以我国古典名著《三国演义》为例。

这部作品以魏、蜀、吴三国的斗争为线索，以“拥刘反曹”为指导思想，歌颂明君贤相，祈愿“三分”归“一统”。这就是作品的主题。作者的“拥刘”与“正统”观念不无关系。但是，更主要的是表达“仁政”的理想。作者笔下的刘备仁爱、慈祥、宽容、忠厚；曹操则与之相反，狠毒、刻薄、阴险、狡诈。用刘备的话说：“操以急，吾以宽，操以暴，吾以仁；操以谲；吾以忠。每与操想反，事乃可成。若以小利而失信于天下，吾不为也。”正因为此，刘备“远得民心，近得民望”。

如果说以仁政为本一统天下是正主题的话，那么，为人处世以义为重则是副主题。小说第一回就写刘、关、张桃园结义，绝不是偶然的。意味着“义”是为人处世的准则，也是成就事业的思想基石。此后，在他们的一生的行为中都贯穿着“义”。关羽是“义”的化身，因而成为“圣人”“神灵”，人们对其“顶礼膜拜”。后来，刘备与关羽、张飞有君臣之分，但却因有兄弟的情谊而超越了某些君臣之礼。在《三国演义》中，举凡良臣善民无不是重义之人，而奸佞小人则都是不义之人。

除了正、副主题以外，《三国演义》还蕴含着极其丰富的其他思想意蕴。例如王允利用貂蝉所施的连环计，蒋干弄巧成拙的“盗书”，黄盖的“苦肉计”，周瑜的“三气”而死，黄忠的不服老、显神威，曹植受逼而赋“七步诗”，徐庶及其母身陷曹营的处境及气节，马谡的品性及其失街亭的教训等，无不意味深长，耐人寻味。

《红楼梦》的思想意蕴更为丰富，不少情节、人物、场面乃至某些细节都具有独特的内涵，值得细细玩味，总括起来，意蕴就无穷无尽了。

意蕴，是一个总概念，包含了作品的全部思想内涵；而主题，只是其中的一部分，尽管是“主要的”，却不是“唯一的”。只提“主题”，以主题的分析取代对作品思想内涵的全面把握，给文学带来诸多弊病。它往往导致作者构思的简单化，作品的公式化、概念化、肤浅化，同时也导致艺术欣赏的简单化。阅读作品时，只要捕捉到主题，就以为欣赏到头了，丢掉了作品中所蕴藏的丰富的审美内涵。犹如在观赏一座雄伟壮丽的宫殿时，只关注几根大梁而不顾其他，怎么能感悟这座宫殿的美和价值。值得注意的是，在不少的读者头脑中，这种阅读方式已形成后患无穷的“阅读定式”，是应该唤起人们警醒的时候了

由于叙事风格的不同，雅俗文艺在思想意蕴的表现上也有差异。一般而言，通俗文艺表述得简洁明快，雅致文艺则讲究含蓄蕴藉。与这种追求相联系，通俗文艺主要借助故事情节作为思想的载体，雅致文艺则在情节之外还运用多种手法使作品更委婉，更隐蔽，更富寓意。台湾学者郑明俐说：“通俗文艺的表面结构即作品的全部资讯内容，它提供的歧异性低，负载的资讯必须简单明白，迎合一般读者的接受水准，因此大部分篇幅用来介绍故事情节。此类文章要使用清晰的明码，提供明白肯定而‘绝对’的价值观。因此常出现开口见喉、作者跳出来现身说明的教示……纯文学强调深层结构，多密码，有影射，重象征，虚构与

现实之间隐含交流情境,作品提示的思想观念时常希望提升读者,相对地却因为曲折难懂而见斥于读者。”[①]郑先生的看法是有创作依据的,大体而言,是这种情况。如《包公案》《施公案》《七侠五义》《儿女英雄传》《官场现形记》《二十年目睹之怪现状》等作品,意蕴都显露在“表面结构”中,了解了故事情节,也就了解了作品的意蕴,隐含的让人寻味的东西不多。但是也要看到,也有一些通俗文艺的思想意蕴并不是直露地显现在“表面结构”中,而是隐含在“深层结构”里,金庸的一些作品就具有这种艺术特征。

“金学”专家陈墨认为金庸的小说具有几个层次,内涵各不相同。情节是“最基本的层次”,“小说中有武、有侠、有传奇,保证一般读者有热闹可看”。“除此之外,金庸还吸取了古今中外其他的通俗小说乃至其他的通俗艺术(如电影)的营养和经验……这就在武打传奇的层次上,增加了历史知识层次、人类情感层次、神话幻想层次,乃至宗教的层次,从而形成一种丰厚的俗文学(文化)的艺术世界”。“在此基础之上,金庸小说的与众不同之处,还在于建立了‘抒写世间悲欢,表达人生感受’的个性化的艺术层次”。尤其是主人公的人生指向各有不同,表现了独特的思想内涵。最后还有一个更高的层次,就是“寓言性”。金庸的小说“不仅是些武侠与传奇的故事,而且是一些有关世界(历史/文化)及人生(人性/生活)的深刻的寓言,而且每部小说的寓言形式及其寓意都不一样,在这一意义上,金庸的小说创作达到了艺术的独创性、探索性的高峰。金庸的小说,尤其是《射雕英雄传》以后的小说,都可以当成寓言来读,而且是‘金庸式的寓言’,这就是它的独一无二、无人企

① 郑明俐:《通俗文学与纯文学》,《通俗文学评论》1994 年第 1 期。

及之处”[①]。陈墨先生将金庸的小说分成四个层次，每个层次都有其独特的意蕴，而作为意蕴核心的主题，则隐蔽在作品最隐蔽、最深邃的层次中。因此，阅读时停留在“表面结构”的热闹故事中是不行的，必须深入进去，认真阅读，仔细品味，才能真正把握作品的主题及其丰富的意蕴。

① 陈墨：《金庸的产生及其意义》，《通俗文学评论》，1997年第1期。

第六章　通俗文艺作品构成要素的特质(下)

前一章我们讲述了通俗文艺内容要素的特质,这一章我们讲述通俗文艺形式要素的特质。文艺作品的形式,是指具体表现作品内容的内部结构和表现手段,是作品完成后的感性形态。如果没有形式,作品的内容诸要素只是自然形态的素材,根本不能转化为艺术品,由此可见形式对于艺术的重要。艺术形式,不仅是表现内容的必要手段,而且具有独立的审美价值。当我们阅读文艺作品时,首先感受到来自形式的艺术魅力,如生动有趣的语言、传神的描写、优美的画面以及新奇多变的情节安排等。由于艺术形式与我们的感觉、理智和情感生活所具有的动态形式具有同构性,因而阅读时还可得到鲜活的审美的心理体验,感受到生命的律动。这种艺术美的心理感受是超脱现实的物质重负的,因而是真正自由的审美活动。

文艺作品的形式要素,包括结构、语言、表现手法以及体裁。

第一节　结　　构

作家、艺术家进行创作时，把从生活感受中获得的素材——事件、人物、场景、细节等，经过选择、加工改造和巧妙安排，组织成一个有机的艺术整体，这就是结构。简要地说，文艺作品的结构是指文艺作品内部的组织构造和总体安排。

作品的结构要适应作品的内容，要根据不同的内容寻求最佳的结构形式，所以结构是一种极富创造性和灵活性的表现手段。但是，另一方面，不同作品的结构又有共同的美学规律。熟悉和掌握结构艺术的基本原则，有助于作家、艺术家自觉而有效地进行艺术创造。那么，通俗文艺的结构有哪些基本原则呢？

一、结构要为意蕴的丰富、主题的深邃服务

文艺作品的思想意蕴，不是抽象的存在，而是蕴含在整个形象体系中。人物、情节、场面、环境、氛围、细节、道具等，都是意蕴的载体。艺术家在设计人物、安排情节、描述场景的时候，都应当考虑到它的思想的、历史的和美学的内涵。人物性格多样化了，情节丰富多彩了，意境的创造幽深了，细节的运用精到了，并且高明地运用结构手段将它们自然而和谐地组织成一幅完整的生活图画，作品的思想意蕴也就丰厚而深邃了。艺术家在思索作品的结构时，首先要考虑主题思想的表现，这是结构作品的出发点和基本点，要把它作为一条红线贯穿在整体结构中，脱离主题思想去构建作品，作品不可能有统一性和有机性，自然也就损害了它的思想价值和审美价值。然而，一部作品，特别是一部大型

作品，如果把结构完全定位在凸现主题思想上，不考虑表现其他意蕴，那么，作品就可能变得非常狭隘而单调。历史上的文学巨著之所以流传千古、品味不尽，就在于它的宏大的结构包容了生活万象，意蕴无穷。

二、结构要为强有力地展示人物性格和人物命运服务

人物是文艺作品描写的中心，因而结构作品要围绕人物而展开，充分地揭示人物之间的友爱、反感、联系和冲突，从而使人物立体地树立起来。为塑造人物服务和为展示思想意蕴服务是一致的。作品的思想意蕴主要是通过人物形象来体现的。人物形象塑造成功了，作品的思想意蕴才能得到生动有力的体现；人物形象苍白，思想也必然贫弱。在一些内容比较单纯，人物不多的作品中，作者常常围绕一两个主要人物的性格成长和生命历程来结构作品。与主人公关系密切的多写，不密切的则少写；重要的多写，不重要的则少写；有个性特色的多写，缺乏个性特色的则少写，取舍的原则非常明确，完全从人物塑造的需要出发。金庸的《飞狐外传》就属这类作品，以主人公“飞狐”胡斐的个人经历结构作品，其他人物，围绕胡斐而设计、安排。有的作品规模宏大、内容广阔、矛盾纠葛错综复杂，作品结构不可能自始至终围绕一两个人物展开，但也要做到“以人为本”，坚持从人物性格的刻画和人际关系的展示出发结构作品。《三国演义》就是一个典型的范例。它演绎的是从东汉末年到晋代统一之间百余年的历史风云。这期间有多少政治和军事的纷争？有多少可歌可泣、可评可点的历史人物？有多少其他的传闻逸事？作者如果从写历史出发，正面描写历史过程，那么，再加几倍的篇幅，也是写不完、写不好的。罗贯中紧紧抓住诸葛亮等几个中心人物来结构作品，就理清了历史的乱麻，突出了思想红线，同时也表现出了历史风貌和历史精神。《三国演义》的成功经验，充分显示了人物在结构作品中的核心作用。是否坚持这一原则,直接影响作品的艺术风貌和艺术成就。

三、结构要符合生活逻辑和想象逻辑

生活逻辑是指人们在生活经验中所把握的时空结构和因果关系。文学艺术是以生活为本源,以说明生活为旨归。只有符合生活逻辑,才能为人们所理解、所把握、所认同。违背生活逻辑,就意味着作品的杂乱无章、违背情理,读来也就难以理解和接受。当然,遵循生活逻辑并不是说只能顺序地结构作品、叙述故事。现代文艺作品,时序的颠倒和空间的跳跃多了,先“果”后“因”的倒叙也时时可见。这只是叙述方式的变化,实质上仍是以生活逻辑为基础的。读者只要意识到这是生活基本秩序的形式上的变动,是一种艺术技巧,也就可以正确感悟其中所蕴含的生活逻辑了。

想象逻辑是生活逻辑的升华。符合想象逻辑,就是要循着生活逻辑去想象。它可以是现实生活的延伸、夸张和变形,却仍然包含着生活的情理。这一原则在现实主义作品中表现得很明确。如“三气周瑜”就是遵循想象逻辑创造的。历史上并无此事,但是作者从艺术的需要出发,设计周瑜是一个心胸狭隘的人,诸葛亮抓住了他的这一性格弱点,一气、二气、三气,将他置于死地,除掉一个强有力的对手。冲突虽属虚构却表现了高度的逻辑必然。在神话小说中,作者的想象力驰骋得更远了,常常从人的世界进入妖魔鬼怪的世界,人妖之间发生的种种冲突形式上是荒诞不经的,但也不无逻辑的道理。如“三打白骨精”,白骨精变村姑、变老头儿、变老妇,唐僧一次次被蒙蔽,同情她、怜悯她;而孙悟空却凭着“火眼金睛”认准她是一个妖精,坚决把她消灭。这不是很符合人们认识事物的逻辑吗?正因为符合事物逻辑,才有启示作用。

四、要坚持完整统一与灵活多样的辩证关系

所谓完整统一，不只是指故事有头有尾，要把开端、发展、高潮、结局都把握住、描写好，还要把整个形象体系中各个部分、各种因素之间互相依存、互为因果的关系正确地表现出来，不能缺这少那，不能扭曲关系，从而形成有机的艺术整体。列夫·托尔斯泰说："在真正的艺术作品中——诗歌、戏剧、绘画、歌曲、交响乐中间，我们不可能从一个位置上抽出一句诗、一场戏、一个图形、一小节音乐，把它放置在另一个位置上，而不致损害整个作品的意义，正像我们不可能从生物的某一部分取出一个器官来放在另一个部位而不致毁灭该生物的生命一样。"①这是对艺术作品有机的完整统一性的最好说明。完美的艺术结构，必然是和谐的、完整的、统一的，每个因素、每个部分都适得其用、适得其所，不允许随意变动。真正的艺术家要力求自己的作品达到这样一个完美的艺术境界。

文艺作品的结构，既要完整统一，又要灵活多样。由于作品描述的生活内容不同，艺术家的个性、才能和表现手法不同，作品的结构也就各不相同。结构的多种多样，既有利于开拓艺术的空间，扩充表现生活的能量，从而更好地反映多姿多彩的现实世界；又有助于破除俗套，革新面貌，更广泛地适应亿万读者的审美需要。反之，结构单一、呆板，就会阉割生活的丰富性和多样性，损害大众的审美情趣，最终毁坏了艺术自身。

就叙事作品而言，常见的有以下几种结构方法和样式：

---

① 托尔斯泰：《什么是艺术？》，转引自《托尔斯泰论创作》，漓江出版社1982年版，第133页。

1. 纵式结构。完全按照事件的发生、发展、高潮和结局的自然流程和时间的先后顺序结构作品框架，安排故事情节。这种结构方式，线索单纯，脉络清晰，便于读者理解和接受。萌芽时期的小说就采用这种方式，后来更被多种艺术形式广泛采用。

2. 横式结构。作者把表面上没有什么关联的人物、故事和生活片段，平面地组织起来表达一个共同的思想意蕴。这种结构方式，选择比较自由，安排比较灵便，又因为有明确的着力点，也容易产生较强的阅读效果，但难以构成社会生活的完整图画，因此适用于篇幅较小的叙事作品。魏巍的名篇《谁是最可爱的人》就是运用这种方式结构的。

3. 复式结构。这种方式，将纵式结构和横式结构结合起来，纵横交错地营建作品。它能将广阔的社会生活、众多的人物和错综复杂的情节组成一个有机的艺术整体，因此，适用于长篇小说、长篇电视连续剧等大型作品。

4. 连环式结构。这是将几个人物的故事勾连起来、环环相扣而形成一个艺术整体的结构方式。这种结构方式最早为“说话”艺术所创造，后来被广泛地吸取运用到小说创作中来。古典名著《水浒传》《儒林外史》《老残游记》等，都或多或少地采用了这种结构方式。这种结构方式由于源远流长，且故事曲折委婉、节奏感强，颇受大众的喜爱。

5. 包孕式结构。这类作品大都有一条纵式结构线索，同时运用倒叙、插叙、补叙等手法，将若干非主线的情节、人物、意境等穿插到整体框架中，构成一个庞大而复杂的艺术有机体。这种结构方式，有利于拓展作品容量，丰富作品思想意蕴，同时也有利于艺术结构的摇曳多姿，增强艺术感染力。但要运用得当。过多的倒叙、插叙、补叙，容易造成结构凌乱、旁枝四出，给人以臃肿累赘感，那就适得其反了。

上面介绍的几种结构方式,可供参照,不可生搬套硬。真正的艺术家应当突破现有模式,创造新的艺术天地。

五、结构要顺应大众的审美心理,力求引人入胜

由于文化传统、社会生活以及其他因素的影响,人民大众形成了相对稳定的审美心理和审美情趣。他们较为喜欢有头有尾、层次分明、针脚细密、前后呼应的情节,同时又要求故事的叙述曲折生动、奇谲多变、新鲜有趣。既平实有序,又奇突变化,这是一个很高也是很难做到的结构境界。我国的通俗文艺家为了满足大众的审美需要,孜孜不倦地探索、追求,积累了宝贵的经验。

设置悬念,是使作品更吸引人的一个重要方式。悬念是作品提出的悬而未解的"谜"。它能激发读者的期待和探究心理,从而萌生不忍释手的阅读愿望。譬如说一个可爱的孩子丢失了,现在哪里?一件国宝不翼而飞了,是谁盗窃走了?一个善良的人被杀了,谁是凶手?都是悬念。有人以为安排悬念是侦探小说家的"拿手戏",一般的小说家无须用它,这是一种误解。以写言情小说见长的琼瑶就常常运用悬念来结构故事。《还珠格格》开头就写紫薇带着画卷和乾隆题诗的绢扇到北京去认父。身为皇帝的乾隆能够认她吗?这是一个未知数。她到北京后,和小燕子结为姐妹,并拜托小燕子打通门路。不想,乾隆错把小燕子当成自己的亲生女儿,封她为"还珠格格"。由此一个悬念又衍生为两个悬念:真假的错位导致小燕子和紫薇两人的吉凶未卜。这两个悬念贯穿作品的始终,激发了观众浓厚的欣赏趣味。如果没有这样巧妙的悬念设置,这部作品的艺术魅力,恐怕要减少一半。

突转,也是结构艺术的一种重要技巧。所谓突转,就是情节从现有定势突然转向相反的方向,由逆境转化为顺境,或由顺境转化为逆境。

这样，就打破了情节平直发展的态势而呈现急转直下，起伏跌宕的新局面。《七侠五义》第十回所描述的韩家的变故就是一个突出的例子。韩文氏丈夫已经去世，身边只有一个儿子，母子俩过着贫苦的生活。这天早起，突然发现床底下一个沉甸甸的箱子，母子俩十分惊喜。（这是第一次突转）。韩文氏说，这是不义之财，不能贸然打开，要买些三牲祭礼，谢过神明，再作处理。儿子瑞龙到郑屠家去买猪头，不想提回家一看，却是一个"血淋淋发髻蓬松的人头"。县官追查此事，郑屠却矢口否认"人头"是从他店里买的，这样韩瑞龙就成为说不清道不明的犯罪嫌疑人。（这是第二次突转）包公审理此案，觉得瑞龙不像是杀人犯，便派公人调查。公人到韩家，又挖出男尸一具。（这是第三次突转）接连发生的三次"突转"，生动地凸出了这段故事的奇谲变化，难以逆料，激发起读者浓厚的阅读兴趣，使之产生强烈的惊奇感。这样的艺术效果是平铺直叙的作品不可能有的。

叙事作品在安排情节时，还常常运用巧合。俗话说"无巧不成书"，足见巧合的重要和深入人心。所谓巧合，就是不期而遇、不谋而发的事件和冲突，是事物的偶然性的一种表现形式。巧合运用得好，可以生发许多令人眼花缭乱、心醉神迷的故事。《十五贯戏言成巧祸》这篇不朽的名篇，就是运用巧合的手法组织戏剧冲突的。刘君荐因生活无着，岳父给了他十五贯钱，让他作本钱做生意。回家路上，他"巧"遇熟人喝了几杯，回到家后趁着酒兴和媳妇开玩笑，将媳妇气走，正"巧"当晚十五贯钱便被贼人偷走。而与媳妇同行的崔宁身上的卖丝钱也正"巧"是十五贯，于是他就成了有口难辩的犯罪嫌疑人。事件的发生、发展都是由巧合牵动的，细心的读者或许觉得"巧合"多了些，但因它是从当时市民社会生活中自然生发出来的，所以为大众欣然接受。

以上是通俗文艺家常用的几种手法，应给以应有的重视。但是，出色地结构作品，仅仅了解这些是远远不够的，必须对作品的每个局部、每个组成部分都精心细致地组织好、安排好。从外部说，对作品的宏观结构，要全面考虑，周密安排，各个部分、段落之间与总的顺序，都要配置得当，符合内容表现的需要和审美的要求，不要轻重倒置，不要杂乱无章。从内部看，对作品的微观结构，如人物的配备与出现的时机、情节的处理调度、细节的穿插、环境的安排以及节奏的掌握等等，都要有别出心裁的考虑和周密细致的安排。宏观与微观、外部与内部结构统一了，和谐了，并且具有独到之处，那就是上乘的艺术结构了。

结构是艺术的"魔方"，变化无穷。不同的文体，要求不同的结构；不同的内容，要求不同的结构；不同的审美时尚，也要求不同的结构。愿我们的艺术家审时度势，继往开来，不断探索新的结构方式，创造迥乎寻常的结构艺术。

第二节 语　　言

语言是文学塑造艺术形象的主要工具。雅俗文学遵循共同的语法规则，采用大量相同的语汇材料和修辞方法，而且有许多共同的美学要求，因而，从根本上说，两者是相通的、近似的。但是，雅俗文学的语言又有明显的差异。这种差异是我们区分雅俗文艺的一个重要依据。这里我们结合通俗文学的创作实际，谈谈通俗文学语言的基本美学特征。

一、通俗化

许多作家、艺术家和理论家在论及通俗文学时，都注重其语言的通俗特征。老舍先生指出通俗文学既“求言语通俗”，又“求全篇意思的通俗”[①]。门岿、张燕瑾在《中国俗文学史》一书的序言中说：“所谓俗文学，简言之就是人民大众的文学。说它‘俗’，包括两方面的含义：通俗和世俗。通俗，指语言的浅显易懂，形式为人民大众所喜闻乐见……世俗，指从内容到形式都反映民间的好尚，使平民百姓看着顺眼，听着顺耳，看了听了顺心，因而爱听爱看。”由此看来，语言的通俗化，是通俗文学最基本的构成因素，也是通俗文学最显著的标志。

语言的通俗化，是一个历史的概念。在不同的历史时期，由于社会生活状况和文化状况的不同，通俗化概念的内涵和外延以及其表现形态也存在某些差异。在古代，文言文是不通俗的，而语体白话则是通俗的；五四新文化运动后，某些人追求的欧化语言是不通俗的，贫民大众的语言则是通俗的；毛泽东的《在延安文艺座谈会的讲话》发表后，知识分子腔的语言被认为是不通俗的，而工农兵的语言是通俗的；改革开放以来，某些“先锋派”“探索者”所运用的语言是不通俗的，而以市民和农民为主体的广大人民群众的语言则是通俗的。

语言的通俗化，本质上就是语言的大众化。它以大众语言为源头活水，以适应大众语言时尚为准绳，以满足大众的审美需要为目的，取之大众，用之大众，悦之大众。因此，一个通俗文艺作家、艺术家一定要在大众语言上下苦功夫、硬功夫，要热爱大众语言，熟悉大众语言，学习大众语言。要以冷静的头脑和良好的语言感觉，认真剔除那些芜杂的、粗俗的、不健康、不纯洁的成分，细心挑选那些准确、生动、传神的语言和有美感、有味道的语言。这样，既保证了语言的通俗性，又保证了语

① 洪忠煌：《老舍的俗文学观念》，《烟台大学学报》1994 年第 2 期。

言的文学性。值得提出的是,当前有些通俗文艺作品,脏话连篇,污秽不堪,痞气十足,这就不是"通俗",而是低俗、庸俗了。

二、形象化

语言的形象化是文学形象地反映现实生活的本质特征的要求。文学不能抽象、概括地表现生活,也不能平面、单线条地描述生活,而是逼真地描绘生活的图景,创造多姿多彩的现实画卷。要达到这样的艺术目的,就必须使用形象的语言。语言的形象化程度愈高,艺术形象也就愈鲜明生动。反之,语言抽象,作品势必平面、干瘪、枯燥。所以,语言的形象化,是文学之所以成为文学的最基本、最重要的因素。

语言的形象化,方法很多,概括起来,可分为直接描写和间接描写两种。

直接描写,就是用形象而准确的语言,直接描写对象。古代哲人说过:"世界上没有两片相同的树叶。"这就意味着世界上的事事物物,都有自己的特征,都有与自身以外事物的区别点,精确地描绘了该事物,也就自然地显现出该事物的特殊风采。这样也就达到了清代文论家胡仔所说的"形似之语,如镜取形,灯取影也"的艺术境界。[①] 试看金庸在《雪山飞狐》中对苗若兰与胡斐见面时的情景的描绘:

> 那白衣人(胡斐)听得于管家说话,回过头来,见到苗若兰这样一个文静清雅的少女,弱态生娇,明波流慧,怯生生地站在当地,不禁一怔。
>
> 苗若兰见这人满腮虬髯,根根如铁,一头浓发,却不结辫,横生倒竖般有如乱草,也是一惊。她自幼对胡一刀之子怀怜惜悲悯之

① 胡仔:《苕隐渔溪丛话》,人民文学出版社 1962 年版,前集第 8 卷。

情，想到他时，总觉他是个受人欺侮虐待的稚子，今日相见，却是如此粗豪猛恶的一汉子，心中不由得三分惊异，三分惶惑，又有三分失望，但随即想到："胡一刀胡伯伯容貌威严，他生的孩子自也是这般，又何足为奇？却是我一向将他想错了。"

这里，作者借助一系列形象的语言，对胡斐和苗若兰碰面时的第一印象，做了生动的描写，从外貌到内心，从神情到动作，都惟妙惟肖，活灵活现，历历如在目前。这幅图画，充满生气，洋溢激情，比静态的画面更具感染力量。

间接描写，多是运用比喻、比拟等艺术手段表现事物的特征。间接描写，可以化无形为有形，化平平淡淡为光彩烁烁，是凸现形象特征、增加艺术魅力的不可或缺的艺术手段。例如赵树理在《小二黑结婚》中对三仙姑的描写："三仙姑却和大家不同，虽然四十五岁，却偏爱当个老来俏小鞋上仍要绣花，裤腿上仍要镶边，顶门上的头发脱光了，用黑手帕盖起来，只可惜宫粉涂不平脸上的皱纹看起来好像驴粪蛋上下上了霜。"只此一个比喻就把三仙姑的粗俗增加三分，令人看后不忘。比喻越贴切、越新奇，艺术效果越好。比喻是借助他物的相似特点来形容对象，比拟则是借助人与物之间的相似特点来形容对象。关汉卿的在散曲《不伏老》中说："我却是个蒸不烂、煮不熟、捶不扁、炒不爆、响当当一粒铜豌豆。"这个比拟，十分鲜明突出地显求了特定人物的秉性，不仅给人印象深刻，而且被广泛引申运用。"文革"期间，一些人蒙冤受屈遭批斗时，就以"响当当一粒铜豌豆"自况，从而获得一股自我激励的精神力量。

直接描写与间接描写虽然各有特点，但在塑造艺术形象的过程中，常常是结合使用的。《水浒传》描述晁盖等人智取生辰纲时，白胜担酒上山，唱道："赤日炎炎似火烧，野田禾稻半枯焦。农夫心内似汤煮，公子王孙把扇摇！"一、三句是间接描写，二、四句是直接描写，两者水乳交融，构成一幅酷暑时节苦乐不均的真实景象。

三、充盈感情

列夫·托尔斯泰说："艺术是这样一种人类活动：一个人用某种外在的标志有意识地把自己体验过的感情传达给别人，而别人受到感染，也体验到这种感情。"[①]文学所使用的"外在的标志"就是语言。表现人物情感的喜怒哀乐变化，要在词汇的运用、叙述的节奏和语气上与情感基调相适应。老舍先生说："一篇作品必须有个情调。情调是悲哀的，或是激壮的，我们的语言就须恰好是以配备悲哀或激壮。比如说，我们若要传达悲情，我们就选择些色彩不太强烈的字，声音不响亮的字，造成稍长的句子，使大家读了，因语调的缓慢，文字的暗淡而感到悲哀。反之若要传达慷慨激昂的情感，我们就须用明快强烈的语言……语言不可随意抓来就用上，而是经过我们的组织，使它能与思想感情发生骨肉相连的关系。"[②]充盈情感的语言，既表现在作者的叙述上，也表现在人物的独白或对话上。《窦娥冤》中写窦娥走上法场发出了强烈的控诉：

> 有日月朝暮悬，有鬼神掌着生死权。天地也只合把清浊分辨，可怎生糊涂了盗跖、颜渊！为善的，受贫穷更命短，造恶的，享富贵又寿延。天地也做得个怕硬欺软，却原来也这般顺水推船。地也，你不分好歹何为地，天也，你错勘贤愚枉做天！哎，只落得两泪

① 托尔斯泰：《托尔斯泰论创作》，漓江出版社1982年版，第16页。

② 老舍：《我怎样学习语言》，《老舍论创作》，上海文艺出版社1982年版，第219页。

涟涟。

这段唱词，字字泪，字字血，字字燃烧着怒火，将窦娥的冤、窦娥的恨，像火山爆发似地喷射出来，成为我国文学史上最出色、最震撼人心的唱段。

四、音乐性

音乐性，主要是指韵律与节奏，即按照语言规律，通过词语声调与意义的重复、对比以及其他变化，使语言具有音乐性。具有音乐性的作品，韵律和谐，节奏鲜明，声音铿锵，悦耳动听，给人以听觉上美好的享受。反之，缺乏音乐性的作品，读起来枯燥无味，晦涩难懂，味同嚼蜡。语言的音乐性是关系作品表现力和感染力的一个重要因素。通俗文艺的音乐性，在不同艺术形式中有不同的体现。如通俗诗歌（包括文人创作的通俗诗歌、民间歌谣、民间故事诗等）、说唱文学（如弹词、大鼓、评书、快板、相声等）、戏曲文学（如豫剧、越剧、秦腔、河北梆子等各种地方戏曲），都非常注重与其艺术形式相适应的音乐性，力求和谐、动听、悦耳，从而取得上佳的朗读和演唱效果。其他体裁的作品，如小说、电视剧等，对于语言的音乐性的要求，虽然不像上述几类作品那样严格，但也应当有意识地注意，尽量使语言音调和谐、节奏鲜明、明白如话、流畅顺口。试看冯育楠的《津门大侠霍元甲》中的一段文字：

他（霍恩弟——霍元甲之父）集长拳、短拳、少林拳、行意、八卦、大极之精华创造出霍家拳。此拳乃是柔中有刚，随屈就伸，以神贯气，意存丹田。讲究心为会，气为旗，腰为素，内固精神，外示安逸，迈步如猫，行动有如抽丝，疾如闪电，与人交手，往往对方还没有看清门道，即被击倒，所以江湖上把霍家拳也称为迷踪艺。意思是，此拳神出鬼没，施展起来如狂风急雨，令对手眼花缭乱，迷失了踪迹。因此，武林界赞霍家拳有歌曰：

霍家迷踪真可夸，变化无穷独一家。
妙处全凭快如风，当场着意莫轻拿。

这段叙述文字，作者适当地运用了排比、对仗、谐韵等修辞手段，使叙述明快而简洁，流畅而铿锵，读来朗朗上口，快人心意。

以上所谈，是通俗文艺语言最基本的原则，不同题材、不同体裁、不同叙述方式的作品，还有一些特殊的原则和要求。比如说，抒情作品与叙事作品的语言、历史题材和现代题材的语言、叙事作品中的人物语言与叙述人语言等，就各有不同，需要专门地研究。拿人物语言和叙述人语言来说，两者的要求就不同。人物语言，是指作品中人物的对话、独白乃至人物的内心独白等，是人物“思想的外衣”，因此，必须性格化。作者应根据人物的年龄、秉性、职业、教养以及特定情境中的思想情绪和心理状态，考虑人物说什么、怎么说，以最恰当贴切的语言显示人物的个性。叙述人语言，指的是作者叙述故事、塑造形象、描写环境、抒发感慨乃至发表议论的语言。它不能停留在一般化的层面上，而要显示出叙述人的语言个性，进入风格化的艺术境界。老舍先生说：“创作是个人的工作。‘怎么说’就表现了个人的风格与语言的创造力。我这么说，说的与众不同，特别好，就表现了我的独特风格和语言创造力。艺术作品都是这样的。十个画家给我画像，画出来的都是我，但又各有不同。每一个里面有画家自己的风格与创造。他们各个人从各个不同的风格与创造把我表现出来。写文章也如此，尽管是写同一题材，可也十个人写十个样。从语言上，我们可以看出作家们的不同的性格，一看就知道是谁写的。”[①]著名通俗小说家，如张恨水、金庸、梁羽生、古龙、琼瑶乃至王朔，都有自己的语言风格。尽管人们对某些语言风格有异议，不无需要改进之处，但树立一种语言风格，毕竟是难能可贵的。当前大多数通俗文学创作的语言，都是一般化的，严重地损害了读者的阅读兴味。在这种情况下，强调语言风格的创造，更具强烈的现实意义。

第三节　表现手法

表现手法是作家运用生动、形象的语言塑造艺术形象、表达主题、丰富意蕴所采取的各种艺术手段。表现手法很多，而且常常嬗变，因此很难一言以蔽之。但是，最基本的、最常用的有以下四种：

一、描写

描写，是用形象化的语言对人物、事件和景物做具体描绘的一种手法。作品中栩栩如生的人物形象、错综复杂的矛盾纠葛以及如诗情画意的景物，都是通过描写展现的。描写是文学作品基本的造型手段。离开描写，文学不可能具有形象性和文学性，文学也就不成其为文学。由此可见描写对文学创作的重要意义。

描写，作为一种基本的文学表现手法，广泛地运用于文学的各个方面。从人物的肖像到内心、从行动到对话、从重大的事件到特殊的民俗、从生死搏斗到生活细节、从大的人文环境到具体的居住场所，总之，作品中所表现的一切，都在描写的范畴之内。当然，人物是描写的重

① 老舍：《关于文学语言问题》，《出口成章》，作家出版社1964年版，第61页。

点，是主要对象，首先要集中精力把人物描写好，但也不能忽略其他方面的描写。否则，不仅写不好人物，还会损害艺术的完美性。

文学描写，最重要的是写得真切、鲜活。现实生活中的各种事物，表面看来有许多是相似的、雷同的，有的事物自身是反复运动、反复出现的，因此，描写起来很容易浮泛化、一般化，而这又是文学的大忌。浮泛化、一般化的描写，不仅不能唤起读者的美感，反而会败坏读者的阅读兴趣。要避免描写的这种“常见病”，就需要作家精心地观察事物的特征，敏锐地捕捉事物在不同状态下的不同情状，从而使自己笔下的描写对象具有某些与众不同的特殊色彩。比如太阳，这是人们睁眼就可见到的事物，而且日复一日地看，一生一世地看，古今中外的作品，不知描写了多少遍。冉冉升起的太阳、徐徐落山的太阳、乌云笼罩的太阳，雨后放晴的太阳、喷火的太阳、暗淡的太阳……诸多的太阳情状，作家们都写了，而且不止一次地写过了。当然，这并不是说太阳的诸多情状与变化都写完了，对于太阳的描写就此打住。而是说，写得多了，就给后来的描写带来了困难，提出了新要求。尽量避开以前的描写，寻找新感觉、新特点，从而使人们熟悉的描写对象显示出某些人不熟悉的新面貌。试看曲波的《林海雪原》中对太阳的描写：

> 第四天早晨，风消雪停，东方的一轮淡淡的灰色太阳，疲乏地挂在天空，好像它也被这狂风暴雪打击得筋疲力尽，夺去了它无限的热量。它对着大地也是冷冷淡淡的没有神气，无精打采。整个山林被酷寒的威严吓得寂静无声，只有天空剩下的雪粉碎末，像霜渣一般下落，它遮蔽着太阳的光芒。

读完这段文字，你的感受如何？如果您在严寒的山林里目睹过暴风雪后太阳的真实情景，您一定会觉得写得真切、写得鲜活，一幅独特的太阳景观鲜明地呈现在我们面前。

有人说过："每天的太阳都是新的。"这句话道出了事物发展的辩证法。不只是太阳，世界上的一切事物都在发展，都在变化，不断呈现新的面貌、新的特质，并在多种多样的情境中显现出气象万千，这就为艺术描写提供了无穷无尽的客观现实基础。艺术描写永远没有尽头。问题在于您能否感觉到事物的变化，能否捕捉到它的新颖之处。

描写，一般地说，是客观地描写现实对象，只要把事物的状貌、特征描写出来，就达到了艺术的目的；但有时也可以融入人们的主观感受。这样，不仅可以更好地传导描写对象的神韵，还可以拉近主体与对象的距离，增加亲近感。《警世通言》中《王安石三难苏学士》一文写瞿塘峡就采用了这种描写方法。

……那西陵峡又唤作瞿塘峡，在夔州府城之东。两峡对峙，中贯一江。滟滪堆当其口，乃三峡之门。

……原来这滟滪堆，是江口一块孤石，亭亭独立，夏即浸没，冬即露示。因水满石没之时舟人取途不定，故又名犹预堆。俗谚云：

犹预大如象，瞿塘不可上；犹预大如马，瞿塘不可下。

请看，这段描写何其灵动、鲜活！江中的"孤石"成了左右人们思想情绪和行为举止的"小精灵"，读来感同身受，亲切非常。

同为描写，用笔也有差别。就小说而言，欧美小说描写较细，我国古典小说描写较粗；雅致小说描写较细，通俗小说描写较粗。这种差别的形成，与民族的文化传统、群众的阅读习惯以及作者的美学追求有密切关系。粗与细，是两种不同的叙事风格，并不反映艺术水平的高低。

工细地描写，虽然能够达到惟妙惟肖的境界，使读者获得丰富而完满的艺术美感，但是描写过细，势必影响叙事节奏，而节奏的缓慢是与现代读者的审美趣味相抵牾的。粗放地描写，虽然有时画面不如工笔细描的真切感、立体感强，但能突出事物的神韵，反而给人以深刻印象。另外，描写粗一些，艺术节奏就会快一些，尖锐的冲突、复杂的纠葛、色彩缤纷的人物和景物接踵而来，令人目不暇接，这很适合大众的欣赏趣味，从而在整体上取得上佳的艺术效果。

二、叙述

叙述是具体记述和介绍人物、事件的一种艺术手段，与描写既有区别又有联系。描写重在用形象生动的语言塑造形象、描绘生活和斗争的图画；而叙述则多用简约而概括的语言把作品的内容依据一定的关系和序列组织起来，构成一个有机的艺术整体。在创作实践中，两者常常是相互交织、结合使用的。例如，《金瓶梅》第一章写西门庆，首先运用的就是叙述的手法。用凝练的语言简要地记述了西门庆的家庭、身世、相貌、脾气、秉性以及诸多的恶习，勾画出青少年时代西门庆的精神面貌，为后来故事的展开做了必要的铺垫。随即，笔锋一转，写西门庆一日在家闲坐，要吴月娘为他筹备"兄弟们"聚会，才转入了具体描写。后来，一次次的冲突，一幅幅的生活画面，也都是两种手法交替使用而展现的。读其他叙事文学作品，我们也都会看到描写与叙述两者灵活的结合和两者相辅相成的作用。

叙事的方式，常用的有顺叙、倒叙、插叙三种。

顺叙，是按照事件发生、发展的先后顺序来铺展情节，展现人物行动。作品的开端、发展、高潮和结局，与事件的进程大体上是一致的。顺叙，是来自"天然"的顺理成章的叙述方式，也是最便于全面展现事物形态的叙述方式,加之写作时比较容易驾驭,阅读时比较容易理解,因之成为运用最广泛的最基本的叙述方式。我国古代小说最早运用的就是这种叙述方式。后来在鸿篇巨制中,时而有一些插叙,但基本框架仍是顺叙的方式。直到清代末年,才有倒叙作品出现。由此可见顺叙在叙事文学中的地位。当代作家,崇尚新奇,花样出新,甚至让人眼花缭乱,但是,仔细地考察,就会发现不过是在顺叙的主干加一些点缀和穿插,搞一点局部的时序颠倒而已。由此可见,在多种叙述方式并用时,顺叙仍有其重要的独特的作用。顺叙的不可替代性正在于它合乎事物的自然逻辑,有其天然的合理性,而其他的叙述方式,则是人为的安排。

顺叙,要遵照事物的自然逻辑,但并不是事件的实录,也不能平铺直叙。要注意叙述的委婉曲折、起伏跌宕、纵横捭阖,要注重描述对象的多样性,根据对象的不同特质变换叙述的格调,从而更好地发挥顺叙的艺术表现力。

倒叙,指作者有意识地颠倒时序,将后面发生的事情和结局,提到前面展示出来,然后再回过头叙述此前发生的事情。如果描述的是具有因果关系的事件,时序的颠倒就意味着因果关系的颠倒,先揭示"果",然后再回溯"因"。比如,有的作品写一个人落魄了、堕落了,先将其落魄或堕落的现状展现出来,然后再写他人生途程的遭遇、不幸,以及主观的失误,以致落到今天这步田地。在我国小说史上,吴趼人较早运用了倒叙的表现方式。胡适曾指出:"《九命奇冤》……开卷第一回便写凌家强盗攻打梁家,放火杀人。这一段故事本应该在第十六回里,著者却从第十六回直接提到第一回去,使我们先看了这件烧杀人命的大案,然后从头叙述案子的前因后果。这种倒装的叙述,一定是西洋小说的影响。"[1]在文学领域，运用倒叙最多的文体，恐怕要数侦探小说了。侦探小说的开端大多写案情的发生。比如在一个杂草丛生的河岸发现了一具女尸，死者是谁？是他杀还是自杀？如果是他杀，是何人杀死了她？为什么杀她？作者提出问题后，不能不返回去叙述事情的前因后果，最终解开女尸之谜。从这个层面来看，确实是倒叙。但是，人们往往忽略了侦探小说的这一叙事模式实际上具有两重性。从案件的前因后果来看，它先"果"后"因"，是倒叙的；然而从案件的发生和解决来看，它是沿着案件的发生和侦破的过程来写的，是顺叙。案情的发现，是一个中间环节，既是作案过程的终结点又是侦破过程的起始点，从而使由此展开的叙述具有两重性，这是侦探小说叙事的一个特点。

插叙，是作者在叙事过程中插入与情节主干不直接关联的故事和人物，常见于长篇叙事作品中。插叙的主要目的是丰富作品内容，同时还可以调整叙事节奏，增强作品的艺术魅力。我国古典小说很早就掌握了这一叙述方法。《水浒传》三打祝家庄原本可以一口气写下去，然而作者却在两打以后，写了"解珍解宝又越狱"。现代通俗小说，特别是人物众多、关系复杂的长篇武侠小说、言情小说，更喜爱运用插叙，使情节更加摇曳多姿、变幻莫测。插叙，要考虑作品的有机性。如果安排不当，枝蔓过多，头绪紊乱，反而损害作品的艺术效果。

三、抒情

抒情，是指作家在作品中抒发感情的表现手法。抒情的方式很多，概括起来，可以分为直接抒情和间接抒情两种。直接抒情，就是直抒胸臆。直抒胸臆，并不排除直白地道出自己的思想感情，但主要还是借助

---

① 胡适：《五十年中国之文学》，《胡适论中国古典小说》，第 623 页。

意象来表现，这样才能增强文学性和感染力。间接抒情，则是从客观的描写与叙述中间接地表露出内心的情感。不论是直接抒情还是间接抒情，都需要把情感转化为蕴涵情感的意象，但两者在意象的营造上有所不同。试看下面两首诗：

上邪！我欲与君相知，长命无绝衰。山无棱，江水为竭，冬雷震震，夏雨雪，天地合，乃敢与君绝！

《上邪》

新裂齐纨素，鲜洁如霜雪，裁为合欢扇，团团似明月。出入君怀袖，动摇微风发。常恐秋节至，凉飚夺炎热，弃捐箧笥中，恩情中道绝。

《怨歌行》

这两首诗，同是汉乐府，同样是借助意象抒发女性对男子的感情，然而意象的构成有明显的不同。前者的意象是主观情感的产物。“山无陵”“天地合”“冬雷震震”等意象，都是主观臆想出来的，以现实中不可能发生的事情(“江水为竭”，当时也认为是不可能的)反衬爱情的坚贞。后者的意象——团扇，是对客观现实事物的描摹，作者借助团扇的用与废，间接和几乎是不露声色地表示了对自己爱情命运的忧虑。由此可见，直接抒情的作品中的意象，是作者主观情感的产物，或是主观臆想的，或是现实事物的加工与再创造。间接抒情的作品中的意象，主要是从客观现实生活中选择和提炼的，一般不作改头换面的变形改造，而是充分利用客观事物的固有特征，自然贴切地显露作者的思想感情。从审美效应看，直接抒情激情奔放，冲击心灵；间接抒情则情致隽永，沁人心脾。还有些作品，特别长篇叙事作品，往往将两者结合使用。刘鹗的《老残游记》有一个很好的例证：

> 老残坐着无事，书又在箱子里，不便取，只是闷闷地坐，不禁有所感触，遂从枕头匣内取出笔砚来，在墙上题诗一首，专咏玉贤之事。诗曰：
>
> 得失沦肌髓，因之急事功。冤埋城阙暗，血染顶珠红。
> 处处鸺鹠雨，山山虎豹风。杀民如杀贼，太守是元凶。
>
> 下题"江南徐州铁英题"七个字。写完之后，便吃午饭。饭店，那雪越发下得大了。站在房门口朝外一看，只见大小树枝，仿佛都用簇新的棉花裹着似的；树上有几个老鸦，缩着颈项避寒，不住的抖擞翎毛，怕雪堆在身上。又见许多麻雀儿，躲在屋檐底下，也把头缩着怕冷，其饥寒之状殊觉可怜。因想："这些鸟雀，无非靠着草木上结的实，并些小虫蚁儿充饥度命，现在各样虫蚁自然是都入蛰，见不着的了，就是那草木之实，经这雪一盖，那里还有呢？倘若明天晴了，雪略为化一化，西北风一吹，雪又变成了冰，仍然是找不着，岂不要饿到明春吗？"想到这里，觉得替这些鸟雀愁苦的受不得。转念又想："这些鸟雀虽然冻饿，却没有人放枪伤害他，又没有什么网罗来捉他，不过暂时饥寒，撑到明年开春，便快活不尽了。若像这曹州府的百姓呢，近几年的年岁，也就很不好。又有这一个酷虐的父母官，动不动就捉了去当强盗待，用站笼站杀，赫的连一句话也说不出来，于饥寒之外，又多一层惧怕，岂不比这鸟雀还要苦吗？"想到这里，不觉落下泪来，又见那老鸦有一阵刮刮地叫了几声，仿佛他不是号寒啼饥，却是为有言论自由的乐趣，来骄这曹州

府百姓似的。想到此处,不觉怒发冲冠恨不得立刻将玉贤杀掉,方出心头之恨。

这段节录文字里,作者先以直接抒情的方式痛斥了草菅人命的曹州太守玉贤的滔天罪恶,接着,笔锋一转,以风雪严寒中绝食的鸟雀作喻,间接地抒发了对曹州百姓在"酷虐父母官"的统治下痛苦生活的同情。最后又直抒胸臆:"想到此处,不觉怒发冲冠,恨不得立刻将玉贤杀掉,方出心头之恨。"这段文字,从直接抒情到间接抒情再到直接抒情,两种方式结合使用,相得益彰,既倾泻了对酷吏恨之入骨的愤激,又如诉如泣地抒发了对百姓的悲悯。笔者每每读到这段文字,总是心痛不已。

四、议论

恩格斯说过,文学作品的思想倾向"应当从情节和场面中自然而然地流露出来,而不要特别把它指点出来"①。这句话概括了文学艺术的基本特征,毫无疑问是正确的。但是,在形象塑造完成以后,意犹未尽,情不自禁地发表一些对形象和生活的看法,这也是艺术上允许的。精彩的议论,能够升华形象,使作品的思想内涵光彩烁烁地闪现出来,帮助人们更好地理解作品。

在叙事作品中,叙述人通常是议论的主体。叙述人在多数情况下是代表作者发言的,因此带有导向性,格外受到读者的尊重。叙述人应具有平民意识,应站在时代的前沿,敏锐地感应新思想、新事物、新变化,把握时代的发展方向,这样,所发议论虽不一定是振聋发聩之言,却包含真知灼见,能给人以启示。反之,背离平民,思想滞后,乃至逆潮流

---

① 恩格斯:《致敏·考茨基》,《马克思恩格斯全集》,人民出版社 1974 年版,第 36 卷,第 385 页。

而动，所发议论必然是悖谬之词。以往的文学作品，有的诋毁人民革命运动，有的鼓吹腐朽道德，有的张扬丑言恶行，不就是明证吗？当前通俗文学作品中的议论有两点值得注意的不良倾向：一是以玩世不恭的态度、粗俗的“痞子式”的语言亵渎主流文化，嘲讽正义的言行；二是完全以西方的道德标准和价值取向作为我们的道德标准与价值取向，打着“先锋”的旗号，推销思想意识领域的“洋破烂”。这两种不良倾向，对于大众，特别是对青少年，腐蚀性是很大的，应引起注意。

通过人物之口发表议论，也是常见的方式。由于人物是多种多样的，议论也必然是多种多样的。正面人物的言论，往往间接地表达了作者的思想观点，所言大多代表正确观点，但也不是没有失言。反面人物的议论，主要表达一种批判和否定的错误倾向，多是违背情理的荒谬之言。当然，反面人物的性质和情况也是不同的，其议论的错误性质和情况也就不一样。还有某些性格复杂、亦正亦邪的人物，其言论就更加复杂。因此，对于作品中人物所发的议论必须认真细致地分析，准确把握其精神实质。另外，作品中人物的议论，要切合人物的身份，要适应人物性格塑造的需要，切切不可让人物信口开河，胡言乱语。当前有些作品中人物的议论太轻率、太随意，几近梦中呓语，读起来让人哭笑不得。

通俗文学作品中的议论，要切合通俗文学的文体特征，语言生动活泼，通俗易懂，力求深入浅出，而不要故作高深、故作玄妙。《警世通言》中有一段关于权势的议论：

> 你看如今有势力的、不做好事，往往任性使气，损人害己，如毒蛇猛兽，人不敢近。他见别人真惧怕、没奈何他，意气洋洋，自以为得计。却不知八月潮头也有平下来的时节。危滩急浪中趁着这刻儿顺风，扯了满篷，往前只顾使去，好不畅快。不思去时容易，转时

甚难。当时夏桀、商纣，贵为天子，不免窜身于南巢，悬头于太白。那桀纣有何罪过？也无非倚贵欺贱，恃强欺弱，总来不过是使势而已……

这段文字，写得那么切近生活，那么浅显易懂，那么真挚感人又那么鞭辟入里，不仅针砭了当权者"意气洋洋，自以为得计"的心态，而且指出了"八月潮头也有平下来的时节"的事物发展变化的规律。读这样的议论，丝毫没有深奥艰涩之感，读者在轻松愉悦的审美享受中就获得了有益的人生启迪。

为了更好地发挥议论的效应，我国古典小说创造了多种议论形式。比如，《聊斋志异》在篇尾有一个"异史氏曰"的议论"专栏"，作者直接站出来说出自己的由该篇作品引发的一些想法。蒲松龄的议论有三个突出优点：一是提升了某些艺术形象的审美价值；二是提出了不少针砭人生的卓见；三是语言非常精炼。虽然将议论固定化、模式化并不可取，但其好的精髓，还是应当肯定。另外，还有一些古典小说将议论锤炼为诗、锤炼为箴言，这也是一种创造。例如"酒是烧身硝焰，色为割肉钢刀，财多忌恨损人苗，气是无烟火药。四件将来合就，相当不欠分毫，劝君莫恋最为高，才是修身正道。""万两黄金容易求，知心一个也难寻。""白酒红人面，黄金黑人心。"这类诗与箴言，语言简练，形象鲜明，读来朗朗上口，且便于接受、便于记忆，很受大众的欢迎。当然，任何艺术形式都是随着时代的变化而不断变化的，议论的形式也是这样。有些形式时过境迁，已不适合今天的需要，但是，渗透于这些形式之中的创造精神，却是值得我们继承和发扬的。

以上我们分别论述了通俗文艺内容与形式的构成要素，这里需要进一步概括地说明一下它们之间的关系。

文艺作品的内容与形式，是一种对立统一的辩证关系，两者既相互矛盾，又相互依存，而且在一定条件下相互转化。具体说来，应当把握以下几个要点：

（一）内容决定形式。在内容与形式这对矛盾中，内容是矛盾的主导方面，内容决定着形式，形式从属于内容、服务于内容。在创作过程中，作家总是根据内容选择相适应的形式。刘勰说："夫情动而言形，理发而文见，盖沿隐以至显，因内而符外者也。"[①]这句话清楚说明了思想内涵与艺术形式的辩证关系。情理内涵催发艺术形式。情不动则言不行，理不发文亦不见。这是一条艺术规律。

（二）形式具有相对的独立性和一定的反作用。形式不只具有服务内容的依附性，还具有相对的独立性；不只是受动于内容，还有积极的能动作用。形式有自身的艺术规律，有独特的审美价值。艺术形式的优劣，直接影响内容的表达。优美而又适应内容需要的形式，能充分表现出内容的思想价值和审美价值，极大地增强作品的艺术魅力。反之，艺术形式低劣，就会损害作品的内容，乃至毁掉整个作品。

（三）切实做到内容与形式的完美统一。一部文艺作品，要赢得大众，要成为名作，乃至成为流传久远的经典作品，必须实现内容与形式的完美统一。然而在实际创作中，两者常常是矛盾的、背离的。有的作品，题材很好，意义重大，但缺乏完美的艺术形式；有的作品形式较为精致，但内容却苍白贫乏。认真克服这两种常见的偏向，切实做到内容与形式的统一，先进的思想内容与尽可能完美的艺术形式的统一，应当成为艺术家孜孜以求的奋斗目标。

---

① 刘勰：《文心雕龙 · 体性》。

第七章　雅俗文艺的区别与联系

我们曾说，雅文艺与俗文艺是艺术的连体儿。她们之间，既有相通的一面，也有不同的一面，而且彼此渗透，互相影响，以至于形成你中有我，我中有你，你变成我，我变成你的错综复杂的艺术景象。前面两章具体地剖析了通俗文艺构成要素的特质，这一章再进一步从整体上考察雅俗文艺不同的艺术风貌及其血脉相通的密切联系。

第一节　雅俗文艺的区别

雅俗文艺的区别，有两种形态：一是不同文体的雅俗区别。例如散文与赋，历来被看作是雅文学，交响乐和声乐中的美声唱法历来被看作是高雅的音乐；而歌谣、鼓书、快板、相声、小品等则一直被认作是俗文艺，声乐中的通俗唱法则是名副其实的通俗音乐。二是同一文体的雅俗区别。例如诗、词、曲、小说、戏曲等文艺形式，其内部都有雅俗两种倾向、两种品类。值得注意的是，不论文体相同与否，雅文艺有自己的共同点，俗文艺也有自己的共同点，而雅俗之间在艺术风貌、价值取向和审美规范上却有明显的不同。

其一，俗文艺一般都是通俗易懂、朴实自然的；雅文艺则注重精致、典雅、深沉，有的还刻意追求古奥、朦胧、晦涩、冷僻。这里我们不妨举几个例子做个比较：

江山一笼统，井上黑窟窿。黄狗身上白，白狗身上肿。

——（唐）张打油

千山鸟飞绝，万径人踪灭。孤舟蓑笠翁，独钓寒江雪。

——（唐）柳宗元

这是唐代很有名的两首咏雪诗。我们读它们，会立刻感到前者是俗的，后者是雅的。为什么呢？诗的语言、意境、情调不同。前者以最通俗的语言、人们最熟悉的比喻，表达了民众对雪的感受；后者则以雅致的语言、独特的意境，勾画了一个独特的雪的景象，抒发了诗人当时孤寂落寞的心情。古典诗歌如此，现代诗歌也是如此。试看现代著名诗人徐志摩写的《雪花的快乐》：

假若我是一朵雪花/翩翩地在半空里潇洒/我一定认清我的方向——飞扬、飞扬、飞扬——这地面上有我的方向。

不去那冷漠的幽谷/不去那凄清的山麓/也不上荒街去惆怅——飞扬、飞扬、飞扬——你看，我有我的方向！

在半空里娟娟地飞舞/认明了那清幽的住处/等着她来花园里探望——飞扬、飞扬、飞扬——啊，她身上有朱砂梅的清香！

那时我凭藉我的身轻/盈盈地，粘住了她的衣襟/贴近她柔波似的心胸——消融，消融，消融——融入了她柔波似的心胸！

这首诗构思十分巧妙。诗人以雪花作为自我情感的意象。省花在半空中飞扬，不是随风逐尘，乃是“认清”自己的方向，为了抒发对“她”的依恋之情，为了追求春天到来的理想，它甘愿把自身消融。这首诗虽然是用白话写的，然而它的优美、它的雅致、它的精巧，都表现出雅文学的特征。

其二，雅俗文艺在思想内涵上各有不同的追求。俗文艺顺应群众的价值观念和审美习惯，着重表现人的本性，表现是非分明的道德观念，以及当代社会普遍认同的社会道德和行为准则。俗文艺表现的这些内涵，雅文艺也不是不表现，文艺史上许多富于人民性的优秀作品就是明证。但是，由于雅文艺创作者大多是封建官吏和有地位的文人，因而不少作品为统治者歌功颂德，浸透了封建士大夫的情调。这种分野，在《诗经》中已露端倪，后来的汉赋、唐诗、宋词、元曲乃至明清小说等都清楚地显示了这一点。

历史步入20世纪，辛亥革命结束了两千多年的封建统治，给我国社会带来了深刻的变化，雅俗文艺的思想分野亦随之变化。以鲁迅为代表的一批进步的知识分子，积极从事雅文艺的创作，他们以彻底的不妥协的精神反对封建主义，深刻地反思几千年所形成的国民的劣根性，多方面地启迪人民的觉悟，充满革命和探求精神。这时期，以“鸳鸯蝴蝶派”为代表的通俗文艺家，对时代的感应较慢，革命的锐气较弱，仍在传统的艺术套路中缓步前行。他们没有提出反对旧礼教的口号，然而某些作品却形象地暴露了旧礼教的罪恶。诸如批判包办婚姻、提倡恋爱自由，反对军阀横暴、颂扬社会民主、赞颂传统美德、抨击丑言恶行等等，都有积极的意义。这表明雅俗文艺的思想走向是一致的，只不过这时期雅文艺较为激烈，而俗文艺较为缓和罢了。

然而俗文艺终究是一种与时代、与人民紧密联系的文艺。在新的时代背景下,俗文艺迸发了新的生机与活力。20 世纪 30 年代开展的文艺大众化问题的讨论,特别是延安文艺整风运动,提高了广大文艺工作者对通俗文艺的认识,不少思想先进、才华横溢的文艺工作者加入俗文艺的创作中来,极大地丰富和充实了俗文艺的思想内涵,超越了传统的老套而成为时代号角。雅文艺在思想内涵上能达到的,俗文艺同样能达到。雅文艺所具有的创新精神,俗文艺同样也具有。区别仅在于表现形式的不同。在现代,由于通俗文艺载体的增多,功能的提高,在传播现代思想的速度上往往超过雅文艺。比如说电视连续剧《外来妹》《情满珠江》《浦江纪事》《英雄无悔》等,都及时地传送了时代的新信息、新发展。通俗文艺的这一优势在未来的发展中会更突出地显示出来。

有的学者把表现"传统文化精神"作为通俗文学的本质特征,认为"一是接受了种种的外国标准,并逐步地思想政治化;一是恪守着中国既有的文化精神,这大概是中国'雅'俗'文学之间的最大区别"①。这个论断恐怕失之于笼统。前面提到,在 20 世纪 30 年代以前,通俗文艺确实是以表现"传统的文化精神"为主,20 世纪 30 年代后期,以抗日战争为契机,通俗文学的价值观念和思想追求发生了明显的变化。尽管仍然有一些通俗文艺表现的是传统的文化精神,但是不应当漠视代表历史新趋向的新潮流。一言以蔽之,通俗文艺不是"恪守着中国既有的文化精神",而是批判地继承"既有"的文化精神,并结合新的时代潮流,将它发扬光大,永葆通俗文化的先进性。

其三,俗文艺比较偏重于消闲和娱乐功能,因而注重形式的多样

---

① 汤哲声:《传统文化精神:通俗文学概念的批评视角》,《通俗文学评论》1994 年第 2 期。

性,注重艺术的趣味性和观赏性;雅文艺更着意于让人们品味艺术自身的魅力,领略深层次的思想内涵,起到教化作用。古人云,通俗文艺“固非国史正纲,无过于消遣于长夜永昼,或解闷于烦剧忧愁,以豁一时之情怀耳”(酉阳野史《新刻续编三国志引》)。近代的通俗文艺杂志《礼拜六》等亦宣称:“一编在手,万虑皆忘,劳瘁一周,安闲此日,不亦快哉。”清楚地说明了它的消闲和娱乐功能。虽然他们也说要“感化”民众,要“警世觉民”,但把消闲和娱乐功能摆在第一位,却是很明显的。

一般地说,通俗文艺把娱乐性放在首位,但不能把它绝对化。在特定的时期、特定的环境中,就可能突出认识功能和教化功能,娱乐功能相对来说就要放在后边。在关系到民族生死存亡的抗日战争时期,正如郭沫若所指出的:“一切文化活动都集中在抗战这一点,集中在于抗战有益的这一点,集中在能够迅速并普遍地动员大众的这一点。”[①]面对这样的现实和任务,通俗文艺理所当然地要把宣传抗日、动员群众作为自己最崇高最重要的历史使命。事实也正是这样。当时的诗歌、戏剧、曲艺,无不是为抗战服务。田间等人的抗战诗歌、《放下你的鞭子》等抗日戏剧,对激发群众抗日热情起了难以估量的作用。因此,我们不能不分时间、地点和历史情况而笼统地把娱乐功能放在通俗文艺的第一位。

当然,在谈论通俗文艺的娱乐功能与教化功能的关系时,要做具体分析,而不能刻板地对待,要注意作品的多样性。拿相声这门艺术来说,是以引人发笑为前提的,有的作品思想分量轻一些,有的作品思想

① 郭沫若:《战争与文学》,转引自程麻《文学通俗化潮流再探讨》,收入《现当代文学复印资料》1993年第7期。

分量重一些，但只要引人发笑，而且笑得会心，笑得欢快，就是好相声。如何迟的《买猴儿》以诙谐而又辛辣的笔调揭示了一个普遍存在的社会问题，塑造了“马大哈”这一典型形象，成为一个时代的相声代表作。侯宝林的《醉酒》则惟妙惟肖地刻画了酒醉之后神智迷乱的情状，特别是结尾是那样的传神，每当说到这里人们总要爆发出欢快的大笑。这个相声只是表现了一种状态、一种情绪，很难说有多么深刻的社会内涵，但它的娱乐性是那么强，不论听多少遍都爱听，而且每一次听都要发笑，能说这不是好作品吗？

另外，不同的艺术体裁，负载的思想容量也是不同的。笑话、小品、快板等短小的艺术形式，思想容量小一些，而像电影、电视、戏曲、中长篇小说等艺术体裁，思想容量则大得多。无论创作任何形式的作品，都要在注重娱乐性的同时，赋予该体裁以充实的内容；无论容纳思想内涵的体裁袋子大小，都应当把它们装满，而不要让它空着，或是把一些乌七八糟的东西充塞其间。内容糟糕的作品，不成其为艺术，也不会有健康的娱乐效应。

以上所说，是雅俗文艺之间最一般、最基本的区别，具体到各类文体则又各有不同，我们在第三编讲文体特征时再做详细分析，这里就不赘述了。还需要说明的是，雅俗文艺的区别是相对的，文艺作品是千姿百态的，不论是雅文艺，还是俗文艺，都有典型的作品和不典型的作品。典型的作品最充分地体现其文体特征，理所当然地成为理论概括的基础。我们的理论观点正是从这类作品中分析和概括出来的。而那些不典型的作品，艺术面貌模糊，彼此界限不清，不仅不能据以说明雅俗文艺的区别，还有可能以其某些表象误导人们的认识。这一点需要我们注意。

第二节　俗文艺对雅文艺的影响

俗文艺是文学艺术的本源,雅文艺大都是从俗文艺发展、演变而来,这就从根本上决定了俗文艺对雅文艺的巨大而深远的影响它关联着雅文艺的生命流程,关联着雅文艺的兴衰,关联着雅文艺的艺术风貌。具体地说,主要有以下三个方面:

第一,俗文艺是雅文艺的母体。许多重要的文体与文艺形式是从俗文艺发展而来。五言诗的形成就有力地证明了这一点。五言诗最初萌芽于民间。《诗经》中的《行露》《北山》等篇已有全章或半章是五言,当然这只能说是四言诗中的五言诗句,还不能算是五言诗。到了春秋时期,楚国的民歌《孺子歌》全是五言,就可说是五言诗的雏形了。及至西汉,五言的歌谣日渐增多,艺术也趋于成熟。《汉书·五行志》载有这样一歌谣:“邪径败良田,谗口害善人,桂树华不实,黄雀巢其颠。故为人所羡,今为人所怜。”艺术形式已相当完整了。后来,五言歌谣被大量采入乐府,成为乐府歌辞,影响也就日益扩大,不少文人学习和效仿乐府歌辞进行五言诗的创作,于是便有了文人的雅致的五言诗。如果没有大量的民间五言歌谣作基础,没有民间创作积累的丰富的创作经验,也就不可能有雅致的五言诗的产生。再以散曲为例。南宋后期,由于词家脱离现实生活,片面地追求文辞的华丽与音律的妍美,形势日趋僵化,活力逐渐衰微。而长期流传在民间的长短句歌词,在新的时期适应新的乐曲的需要,又获得新的发展,形成了一种新的诗歌形式,这就是当时流传在北方的散曲,也叫北曲。散曲开始主要在市井乡间的民众中流传，它被叫作“叶儿”。这种不拘句式长短的散曲，较之有固定字数和韵律的诗词要灵活一些，表达思想情感也更自由一些，很快受到文人们的关注和重视，并起而效之。从现存的文学史料看，金代末年著名诗人元好问最早加入散曲创作的行列中来。此后，关汉卿、白朴、杜仁杰、王实甫、王和卿、马志远、郑光祖等一大批文人从事起散曲的创作，从而使散曲成为元代一种重要的文学体裁，并取得了和唐诗、宋词相比并的地位。门岿、张燕瑾先生在《中国俗文学史》的序言中说：“俗文学具有如此丰厚的创造伟力，不仅使其自身生生不息永葆青春和活力，也使它成为中国文学史上各种奇花异卉的母体，可以说文学史上各种体裁的源头，都在俗文学里。”这个概括是符合历史实际的。

第二，俗文艺对雅文学作家的创作思想，对作品的形式和内容产生了广泛而深远的影响。在我国文学史上，鄙薄俗文艺的人，不是没有，但那是庸夫俗子，真正有头脑、有识见的文人都是非常喜欢和重视俗文艺的，并且认真地学习俗文艺，把俗文艺的优长融入自己的创作中来。例如，曹植很善于运用民歌的比兴手法。《野田黄雀行》的开端“高树多悲风，海水扬其波”二句，《七哀》的开端“明月照高楼，流光正徘徊”二句，都是形象鲜明、意境深幽、韵味隽永的名句，而这正是受到民间歌谣的启示而联想到的。大诗人李白非常善于学习以乐府为代表的民间诗歌的意境和语言。他的名篇《静夜思》是从《子夜秋歌》化出的。他的“狂风吹我心，西挂咸阳树”（《金乡送韦八之西京》）、“我欲因之梦吴越，一夜飞渡镜湖月”（《梦游天姥吟留别》）、“我寄愁心与明月，随风直到夜郎西”（《闻王昌龄左迁龙标遥有此寄》）等句，显然是感悟到南朝乐府《西洲曲》里“南风知我意，吹梦到西洲”的妙处而引发的联想。民间歌谣对李白诗歌的语言风格影响也很深，其诗风率真自然、清新明快，真正是“清水出芙蓉，天然去雕饰”。有些诗歌，如《宣城见杜鹃花》《白云歌送刘十六归山》等富有民间歌谣的韵味。被白居易称为一代“诗豪”的陈子昂也受到民间歌谣的深刻影响。他不仅写了《白鹭儿》这样具有民歌格调的作品，还写了从内容到形式完全“民歌化”的作品。《竹枝词》《堤上行》《踏歌行》等，以浅近的语言、贴切的形象、双关的比拟，抒发了人民的真挚美好的情感，洋溢着浓郁的生活气息，历来受到人们的称赞。文学史上受俗文艺影响的作家、艺术家是不胜枚举的，这里所谈，只是几个最有代表性的罢了，他们都是文学史上一流的诗人。由此可以看出，最有才华、最有成就的作家，也是最善于向俗文艺学习和借鉴的作家。

第三，俗文艺还是推动一个时代文艺变革的重要因素。文艺变革是通过作家、艺术家实现的。在某个时期，学习俗文艺的文艺家多了，影响大了，就会形成一股潮流，推动整个文艺的变革。唐代新乐府运动的兴起和形成最能说明这个问题。早在安史之乱以前，杜甫就开始创作《兵车行》《丽人行》等“即事名篇”，这些实际上已是新题乐府，不过当时还没有新题乐府这个名目。后来，张籍、王建继而从事新乐府诗的创作，但直到李绅的《乐府新题》二十首，才有了“新乐府”的概念。李绅的“新乐府”诗，得到元稹、白居易的热烈响应。元稹读到李绅的诗后，称赞他“雅有所谓，不为虚文”，便选了其中现实性较强的诗题写了《和李校书新题乐府十二首》。这是对李绅的有力呼应。白居易不仅在《与元九书》中提出了新乐府运动的理论纲领，而且创作了思想与艺术具为上乘的《秦中吟》和《新乐府》五十首，从而把新乐府运动推向高潮。

新乐府，用新题，写时事，又是“未尝被于声”的徒诗，这些都和汉以来的乐府不同，但它的艺术精神却是和原有的乐府一脉相通的。在内容上，它大胆地针砭时弊，反映民生的疾苦。有的揭露沉重的赋税压得人民痛苦不堪（如张籍的《野老歌》、王建的《田家行》、元稹的《竹部》、白居易的《重赋》与《杜陵叟》）；有的抨击战争造成的社会灾乱（如张籍的《征妇怨》，白居易的《新丰折臂翁》）；有的指斥皇亲贵戚依仗特权蹂躏百姓、盘剥百姓（如元稹《上阳白发人》、白居易《卖炭翁》）；有的以对比的写法揭露人间的不平（如王建《水运行》、白居易《伤宅》《缭绫》《买花》《轻肥》）；还有不少的诗广泛地触及社会生活的各个方面，由此可见其社会现实性之强。在形式上，它则力求平易浅切、自然生动，有的重在表现俗文学惯有的神韵，有的则直接模仿民歌体，做到形神兼备。新题乐府诗的创作，不仅使唐代诗歌呈现一种新面貌，而且给后来诗歌的发展树立了良好的风范，后来的诗人，从晚唐的皮日休到晚清的黄遵宪，历代都有人在继承和弘扬这一优秀的艺术传统。

在现代社会，通俗文艺在文艺变革中的作用愈来愈被人们认识，影响也愈来愈大。例如，1942 年延安文艺整风以后，十分强调文艺工作者深入生活，深入到工农兵中去，深入到火热的斗争中去，从思想感情上同群众打成一片，这就为深层次地学习群众中的俗文艺奠定了坚实的生活基础和情感基础。随着深人生活的由表及里，对通俗文艺的学习也就由表及里。人们注重艺术形式的学习，但不满足于形式的学习，而是着重感悟和把握通俗文艺所包容的思想、情感、精神和风骨，从而使新创作的文艺作品，不仅有新的形式，还有新的人物、新的思想、新的情操，真正展现一派艺术的新天地。李季的《王贵与李香香》，阮章竞的《漳河水》，赵树理的《小二黑结婚》《李有才板话》，贺敬之等人的歌剧《白毛女》等闪烁着独特艺术光彩的作品，都是这一时代的代表作。它们都是在民间俗文艺作品的滋润和哺育下出现的。没有民间的俗文艺，也就没有这些优秀作品，也就没有这个光辉的文艺时代。这个事实再一次证明了通俗文艺在推动文艺变革和发展中的伟力。

第三节 雅文艺对俗文艺的影响

雅俗文艺之间的影响是双向的。俗文艺影响雅文艺，雅文艺也影响俗文艺。相互借鉴、相互促进、相互提高，是雅俗文艺辩证发展的规律。

文学艺术家是艺术创造的主体。因此，雅俗文艺之间的影响与渗透是通过艺术家实现的。这一点特别明显地体现在雅文艺对俗文艺的影响上。一方面，雅文艺作家出自对俗文艺的尊重与爱好，积极地参与俗文学的创作和加工润色；另一方面，俗文艺的作者主动地学习和借鉴雅文艺的艺术技巧和经验，他们各自从不同的角度、不同的方式把雅文艺的泉水引到俗文艺广袤的田园中来，灌溉和滋润俗文艺的成长。雅文艺对俗文艺的影响，可以从下面几个方面来考察：

从文体的演变看，不少文体经历了由不成熟到成熟的过程，雅文学作家的介入，促进了文体的完善与成熟。例如词，最早起源于民间，虽然带着活泼的朝气，终究较为粗放，形制较少，音律和语言也还有某些欠缺。经过了唐代文人加入词的创作中来后.词的艺术水平有了明显的提高，词的形制丰富了，词的意境深婉了，词的语言精练了，音律也更加精美合乐。事实表明，文人的介入，雅文学的渗透，对于词的发展成熟是起了积极作用的。至于后来，它完全雅化了，僵化了，走向衰微，那就另作别论。词是这样，戏曲也是这样。以南戏为例，宋元时期刚刚出现时，不过是“村坊小曲”“无宫调”“罕节奏”、“徒取其畸农、市女可歌而已”，后来发展成为体制庞大、结构完整、音乐优美动听、极富艺术魅力的戏曲品种，也是得到雅文艺营养滋润的结果。

从作品的质量看，不少通俗文艺作品，特别是民间的通俗文艺作品，在其流传过程中得到了文人的加工。他们把雅文艺精雕细刻的艺术精神和成功的艺术经验以及好的构思、好的意象、好的语言、好的叙述方式等，运用到俗文艺的加工创作中来，从而使俗文艺创作的形式更完善、艺术更精致。例如《木兰诗》《孔雀东南飞》《陌上桑》《西洲曲》等名篇，文学史家们几乎都认为是经过文人加工的。篇中有些诗句，如《木兰诗》中的“万里赴戎机，关山度若飞，朔气传金柝，寒光照铁衣”，剪裁得当，概括性强，文字精练严整，和全诗叙事风格略有差异，历来被认为是文人做了加工。类似的例证是不少的。在中国文学史上，艺术水准最高、影响最大的民间的通俗文艺作品，都经过了文人一定程度的加工，渗透了雅文艺的某些因素，这也表明雅文艺对俗文艺艺术质量的深刻影响。

从通俗文艺的创新看，它也离不开雅文艺的滋养，离不开雅文艺的促进。俗文艺是和广大群众联系最紧密的文艺，它必须随着群众审美情趣的变化而变化，脱离群众的审美情趣，就会失去群众。群众的审美情趣有两个特点：一是从低到高；二是喜新厌旧。这就要求通俗文艺不断创新，不断提高思想艺术水平。如何创新呢？重要的一条就是向雅文艺学习，吸取有益的营养和经验。历史表明，优秀的文学艺术家正是这么做的。通俗文学大师张恨水对我国章回小说体裁作了许多革新，如：人物描写改粗为细，并注入了大量的心理描写；叙述语言扬弃了旧小说中穿插的韵文，改用纯白话语言；在环境描写上不再使用白描，细致地描绘风土人情，浓墨重彩地创造氛围，除了章回题目和结尾的楔子外，其他可以说是面貌一新了。张恨水的革新，除了向民间学习，向群众学习以外，主要地就是向雅文学学习，包括向我国的和外国的雅文学学习。又如金庸是名扬海内外的武侠小说家，他锐意创新，把“旧武侠”提高到“新武侠”，开辟了武侠小说的新时代。他的成功也在于雅文学底蕴的深厚。琼瑶的“新言情”小说风靡海峡两岸，迷醉无数青少年。她的作品，情感丰盈而细腻，文字优美而俊雅，叙述委婉而深沉，明显地受到雅文学的滋润。

上面我们从不同的侧面讲了雅俗文艺的相互关系，从这个简括的论述我们可以看到雅俗文艺各有自己的特点和优势，也有自己的弱点和不足。相互吸纳、相互促进，共同发展，共同提高，是历史的规律。既不要囿于历史的偏见，重雅轻俗，把俗文艺贬得一无是处；也不要因自己的偏爱，重俗轻雅，否定雅文艺的重要价值。从根本上说，雅俗文艺这对“连体儿”是同母同宗的，有着相同的本源和相通的血脉。过去和现在，都有不少文学家、艺术家既创作俗文艺作品，也创作雅文艺作品，这两类作品的艺术规范不同，但它们都出自一个文艺家的头脑，一个生活源泉，一个艺术体系，这不最清楚地说明了两者不可分割的血肉联系吗？

第四节 雅俗文艺的相互转化

雅俗文艺相互借鉴、相互渗透，必然引起相互转化。转化的过程是一个由量变到质变的过程。一篇格律诗，如果仅只是从通俗诗歌中借鉴一些比兴手法，而整个诗的韵律与构思仍是遵循格律诗的写法，保持着格律诗的风范，那么只能说是借鉴而不是转化。同样，一部通俗小说也不能因为其借鉴了雅致小说的某一手法，就说其由俗向雅转化了。比如说《九命奇冤》较早采用了西方小说的倒叙手法，能不能由此就说其转化为“雅”了呢？当然不能。所以雅俗文艺的转化一定要从整体着眼，要从雅俗文艺的根本美学特征去把握。

雅俗文艺的转化大体上有以下几种情形：

一、文体的转化

这包括同一文体内部的转化和不同文体之间的转化两种情况。在诗歌、小说、戏剧、音乐、舞蹈、美术等各个领域都有这种转化现象。以诗歌为例，一部诗歌史可以说是一部雅俗诗歌的转化史。不同时代的诗歌都存在不同方式、不同程度的转化。《诗经》包括风、雅、颂三类作品。风，是采集来的民间歌谣，基调是通俗的，但经过文人雅士的增删、润色，也有一些雅的迹象；雅的格调是雅的，但其中有些诗篇从思想内容到艺术风貌却和风相近，具有俗的特点。这说明早期诗歌就存在雅俗转化现象。《楚辞》也有类似的转化现象。广阔的楚地民歌民谣很多。《楚狂接舆歌》（《论语》）、《沧浪歌》（《孟子》）、《优孟歌》（《史记》）都是流行于当地的优秀民歌。屈原、宋玉等人，采集和学习民间歌谣的营养，进行再创造，从而形成“楚辞体”。从屈原的作品看，绝大部分都雅化了，唯有《九歌》依然保持着民间歌谣的风貌，显示着通俗性的本色。再以“乐府诗”为例，宋代郭茂倩编辑的《乐府诗集》汇集了由汉到唐乐府的精华。全书分十二类。汉代的有四类。其中郊庙歌辞类，是文人制作的朝廷典礼乐章，而相和歌辞、鼓吹歌辞和杂曲歌辞则包含了大量通俗的民歌。后来的许多文人，如曹操、曹丕、曹植、李白、杜甫、白居易等大力学习乐府民歌,用乐府诗的各种体制写作了大量乐府诗,从而使乐府诗逐步走向雅化。

除了同一文体内部的雅俗转化以外,不同文艺体裁之间也常常互相转化。这种转化并非始于今日。诗歌转化为小说、小说转化为戏曲,都是由来已久的。值得注意的是,随着艺术形式的日益增多、大众审美需求的日益多样,当前这类互化有日益普泛的趋势。例如现代文学中的一些经典性小说,如鲁迅的《祥林嫂》,茅盾的《蚕》《林家铺子》《子夜》,巴金的《家》《春》《秋》,老舍的《月牙儿》《四世同堂》《骆驼祥子》及钱钟书的《围城》等,都改编成了通俗的影视作品。又如电影《红色娘子军》转化为芭蕾舞剧,歌剧《白毛女》转化为电影又转化为芭蕾舞剧,《黄河大合唱》转化为钢琴协奏曲,戏曲《梁山伯与祝英台》转化为小提琴协奏曲,应天齐的版画《西递村系列》转化为黄梅戏《徽州女人》等。转化的过程,是一个交流的过程,也是一个艺术再创造的过程,对于艺术的发展大有裨益。

二、时代的转化

这是指某个历史时期,不是一种文体由雅向俗转化或由俗向雅转化,而是多种文体同时向一种趋势转化,从而形成一个时代的潮流。在古代,文体的转化大都是悄悄地、独立地进行的。诗歌的转化,不波及散文;小说的转化,也不波及戏曲。现代则不同,往往是小说、戏曲、诗歌、美术、音乐、舞蹈等多种艺术形式往同一的方向转化。例如抗战战争的烽火燃起以后,出于宣传抗日、动员群众的需要,通俗文艺勃然兴起,不少雅文学迅速向俗文学转化。戏剧从剧场走向广场,从城市走向广大农村,并且出现了街头剧、活报剧等通俗易懂、鼓动性强的戏剧形式;诗歌由文雅华丽的新诗变为各种形式的通俗诗,街头诗、墙头诗、岩头诗、顺口溜、快板诗等通俗诗歌，遍布祖国各地，汇成时代的战鼓；小说创作也积极克服欧化影响，努力创造具有中国作风与中国气派的作品，有的甚至直接操起了“章回体”。这股宏大的通俗文艺潮在抗战时期一直持续着、发展着，特别是毛泽东的《在延安文艺座谈会上的讲话》的发表，使这股潮流更高涨、更有序、更广泛也更深入地向前发展。此后的通俗文艺创作，不再是简单地将雅文学转化为俗文学，停留在原有形式运用的层面上，而是转向向生活、向群众吸取营养创造新鲜活泼、更为优美动人的通俗文艺作品。例如，新秧歌剧《兄妹开荒》就是提炼群众秧歌的精华而创作的一部成功之作。新秧歌潮的兴起，还推动了戏剧改革。歌剧本是相当定型的高雅艺术形式，然而一些文艺工作者在《讲话》的指引下，吸取秧歌、戏曲以及其他民间艺术的长处，同时也借鉴西方歌剧艺术的有益经验，创作出富有民族特色的新歌剧。《白毛女》就是典范之作。这以后又陆续出现《王秀鸾》《赤叶河》《刘胡兰》等优秀新歌剧。诗歌领域出现了李季的《王贵与李香香》、阮章竞的《漳河水》等富有地域文化色彩和浓郁民歌格调的华章。小说创作则出现了《小二黑结婚》《李家庄的变迁》《洋铁桶的故事》《吕梁英雄传》等一批具有特色的作品。发生在 20 世纪 40 年代的解放区文艺通俗化运动，是我国文学史上规模最广阔、成效最辉煌的一次通俗化运动，各个领域都发生了深刻的变革，各种艺术都呈现出新的风貌，因而具有划时代的意义。

三、创作主体的转化

真正的艺术家总是在不断地探求，孜孜不倦地求新求变。这种求新求变既可能沿着自己的固有的或雅或俗的创作路子走向新的艺术境界，攀登新的高峰，也可能改弦更张，另辟蹊径，或由雅走向俗，或由俗走向雅。现代文学大师老舍是从雅文学开始自己的文学生涯的。《老张的哲学》《月芽儿》《起子曰》等都是典型的新型小说，属于雅文学范畴。到抗日战争爆发，他已经创作九部长篇小说和几十篇短篇小说，成为卓有成就的新文学作家。然而当卢沟桥的烽烟燃起，他为了自己的作品能为最广大的人民群众所接受，毅然写起通俗文学来，先后写过鼓词、戏曲、河南坠子、数来宝等多种形式的通俗作品，产生了广泛的影响。后来，随着形势的变化，他又写了不少雅文学作品。但后期的雅文学作品和前期的雅文学作品艺术风貌有明显的不同，更多地融入了通俗文学的艺术因素，增强了雅俗共赏性。新时期以来，社会的剧烈变化引起了作家创作观念的变化。20 世纪 80 年代初期，通俗文学潮刚刚勃兴之时，一些从事雅文学创作的名家就纷纷转到通俗文学创作的行列中来。以天津为例，冯骥才创作了《神鞭》《三寸金莲》《阴阳八卦》等"文化反思"系列小说；柳溪创作了《大盗"燕子"李三传奇》《超级女谍——金璧辉外传》等作品，冯育楠创作了《津门大侠——霍元甲》《总统卫士》等作品，以写诗著名的林希又创作了一系列津味民俗文化小说，他们的作品都产生了广泛的影响。雅文学作家转向俗文学创作，给通俗文学注入了新鲜的血液。如冯育楠的《津门大侠——霍元甲》就有不少新东西。当时香港摄制的电视剧《霍元甲》正在热播，并取得了轰动性效应。然而冯育楠以历史唯物主义的眼光审视它，觉得存在一些问题，主要是历史的本来面貌没有充分展现出来，如孙中山对精武会的支持，著名历史人物农劲荪、大刀王五、刘鹗等人与霍元甲的关系，甲午海战时霍元甲的表现等没有涉及；却无中生有地虚构了霍元甲的婚外恋，这些既有损英雄的形象，也影响了作品的思想价值。冯育楠在霍元甲的家乡——静海工作十年，生活积累丰厚，创作时又以历史唯物主义为指针，对生活素材进行了精心提炼，从而使他笔下的霍元甲形象更充实、更丰满，也更符合历史的本来面貌。

雅俗文艺的相互转化，是艺术发展的辩证规律，是促进艺术发展繁荣、避免僵化的内驱力。我国文艺历史悠久、种类繁多，因而各种艺术形式之间的转化是极其复杂、微妙而又纷纭万状的，亟须深入研究，在理论上认真总结，升华提高，以便使艺术的转化更加自觉、更加富有成效。

第八章　通俗文艺的创作

文艺创作是复杂的精神劳动，是奇妙无穷的艺术创造。要创作高质量的艺术作品，不能不洞悉创作的奥秘，不能不具备创作的基本条件。本章就这两个方面的问题做些阐述。

第一节　通俗文艺创作的几个重要环节

传统的文艺理论著作，在论及文艺创作时，总要明确地分作三个阶段：积累素材、艺术构思和艺术表现。这种划分大致地概括了创作过程，对于初学写作的人了解文学创作过程不无帮助。但是，细察起来，实际的创作进程却要比这个区分复杂得多。有的作家边构思边写作，有的在构思或写作时还收集素材，也有的在收集素材阶段就考虑如何写作了，三个阶段大都是交错和循环往复进行的，对文艺的创作过程做过于具体的描述、过于刻板的划分，不仅不能有效地指导创作，反而会束缚初学写作者的思维和创造。因此，这里我们不再对创作过程做详细地介绍，只着重谈谈创作中应当注意和把握的几个重要环节。

一、坚持创作意图与生活素材的契合

文艺是以客观现实生活为表现对象的。因此，当作家萌生创作的意向，准备从事创作活动时，必须有一定的生活基础，有丰富的创作素材。有了大量的素材，题材的选择、形象的孕育、情节的提炼，就会得心应手、游刃有余；有了大量的素材，就为进一步开掘题材、提炼思想提供了坚实的基础。所以，有了深切的人生体验和丰富的生活积累后进行创作，是符合艺术规律的，是大多数作家和艺术家所坚持的创作道路。但是我们不能认为只有这一条道，只肯定这一条道，完全抹杀其他创作途径。

通俗文艺的生命在于市场的活水。通俗文艺家要适应市场的需要进行创作。当市场的需要正是你所据有的，那么，这就是难得的艺术机遇，可以顺当地发挥你的优势了。如果市场的需要不是你所据有的，那么，又该如何呢？就要依据市场调整自己的创作，弥补生活体验的不足，尽可能地适应市场。反之，不顺应形势，我行我素，那就不会有生机和活路。先有创作意图，然后再收集和积累材料，也并不是不可，也不是不能创作出优秀的作品。以柳溪创作《燕子李三传奇》为例。她在童年时期，听过一点燕子李三的传说，有一点淡淡的印象。几十年后，到了20世纪80年代初期，她对这个人物的价值有了新的认识，产生了创作的冲动，于是又回转头去翻阅历史，进行调查，逐步掌握了大量的材料。《金璧辉外传》的写作也和这种情况类似。这表明，有了创作冲动，有了主题思想，然后再去收集创作材料，也不是不可以。问题在于，创作素材，不论是先积累的，还是后积累的，都要扎实、充实，与作家的创作意图相契合。如果两者脱节，把创作意图建立在贫乏的素材积累上，其作品必然是空洞的、概念的。

创作意图与生活素材的契合，并不是什么深奥的理论，然而真正做到，却并不容易。在中华人民共和国文艺发展史上，不同历史阶段都有创作意图与生活素材脱节的现象。在“文革”前的“十七年”，一些作家对新的现实生活缺乏认识，感受也不深，生活素材非常贫乏，但他们怀着歌颂新生活的良好愿望，激动不已，于是便以阶级理念为依据写起作品来，结果写出的只能是空洞无物的概念化作品，毫无一点感人的力量。在相当长的时期里，概念化成为我们文艺的痼疾，危害很大。新时期以来，形势变了，传统的概念化作品已不多见，代之而起的是一种新的概念化。一些人主观上想歌颂改革开放后的新生活、新面貌，但缺乏生活积累，于是胡编乱造一些人物故事，或东挪西凑一些情节，敷衍成篇。这样的“创作”，怎么能不是千篇一律的概念化的作品呢？请看当前荧屏上大量的表现都市生活的电视剧，那风流倜傥而又腹中空空的人物，那故作曲折而又不近情理的情节，那爱得死去活来却又让人感到缺乏真情的婚恋，真正是所谓“千部一腔，千人一面”，其原因，就在于创作意图与生活素材的脱节。再如一些年轻人创作的战争题材的作品，这方面的问题也比较突出。有些作者是为了缅怀革命先烈、颂扬革命英雄主义精神而涉足战争题材的，然而他们既未亲历战争，又不下硬功夫从历史资料和访谈中了解真情实况，而是借助一星半点的材料恣意杜撰和发挥，展现在他们笔下的战争，形同游戏，与实际情况相去甚远。在纪念抗美援朝 50 周年之际，荧屏上播放了一部描写志愿军女兵的电影。这几位女兵，身陷重围，坚持战斗，最后全部牺牲。事件本身是可歌可泣的。然而，对战争氛围的描写是不真实的，写得过于轻松，节奏也很缓慢。严格地说，它在某种程度上歪曲了严酷、惨烈的战争的本来面貌。

二、切实掌握典型化原则

典型化是艺术创作最基本的方法。作家、艺术家依照自己的审美理想和创作观念对生活素材进行选择、提炼、加工、创造，使一般生活现象转化和提升为具有独特个性和一定概括性的艺术形象，这就是典型化。高尔基说："必须使现象典型化，应该把微小而有代表性的事物写成重大的典型事物——这就是文学的任务。"[①]典型化是由粗到精、由表及里、由浅入深的艺术创造过程，也是艺术成型的过程，离开典型化，生活素材不可能转化为艺术。

典型化，包括个性化和概括化两个方面。应当特别注意的是，个性化与概括化并不是分离的两张皮，两者是同步进行而且同体存在的，"个性"与"概括性"含蕴在同一形象细胞之中。所以，艺术的典型化要兼顾这两个侧面，不可偏废。只有这样，才能创造出既有鲜明个性又有一定共性的典型形象。

但是，也要看到，艺术形象所蕴含的个性成分和共性成分，虽然是一体的，却不是对等的。有的个性突出些，有的共性鲜明些，这是常见的艺术现象。作家、艺术家在创作时，典型的个性更应给以关注。著名作家姚雪垠说："个性和典型性的关系，大家都明白，但有经验的作家更明白要立足于写好个性，同时照顾典型性，这样才能通过写好个性，将个性写深，写丰富，才容易达到塑造典型性格的目的。"[②]又说："《红楼梦》为我国文学提供了创作典型性格的光辉典范。曹雪芹如果考虑的不是写栩栩如生的人物个性，而是考虑如何写出同一阶级的共性，便写

① 高尔基：《和青年作家的谈话》，《论文学》，人民文学出版社 1978 年版，第 345 页。

② 姚雪垠：《关于典型问题的一封信》，《北京文艺》1979 年第 5 期

不出那么多有血有肉的典型人物。”[①]姚雪根先生的这段话，既是自己创作的切身体会，又是对许多作家创作经验的概括，是切合创作实际的。为什么要强调写好人物的个性呢？因为个性是人物的根基，是人物共性因素的载体。没有个性，人物的共性也就得不到实际的鲜活的体现，人物也就不可能获得艺术生命。而且写出独特而新颖的个性要比对共性的概括难得多。在文学史上，真正个性鲜明突出的形象非常少，而理念化、一般化的人物却非常多，就是明证。所以作家、艺术家要多关注、多思考人物的个性。注重个性，不是忽略共性、不要共性，而是为了更生动有力地表现共性。

艺术的典型化，有两条基本途径。一是综合较多人物的特征合成一个；一是以一个生活原型为模特，再加以充实、扩展。这两种方法都是切实可行的，都有可能创造出成功的乃至光辉的艺术典型。当作家在创造艺术形象的时候，他总要联系自己的生活宝库进行检索和思考，如果记忆中有刻骨铭心的形象可以充当作品中的角色，他就自然地用这个人物做描写对象。生活中的人走进艺术的时候总会有这样那样的不足，这就要求作家进行概括和创造。如果作家记忆中没有特别突出的适合作品需要的人物原型，那么，他就要考虑概括集中一些人的特点塑造成一个丰富生动的典型。由此看来，作家选择哪种典型化方法，是从实际情况出发的，方法本身并无优劣之分，能否塑造成功的典型，关键在于正确地理解与运用。有人以为“综合”的方法，是从同类人中抽取共性的东西，扬弃个人的具体特征。这样的典型化就变成了抽象化，当然也就不可能塑造出生动感人的典型形象。什么时候都不应该忘记

① 姚雪垠:《关于典型问题的一封信》,《北京文艺》1979 年第 5 期。

事物的本质与现象、共性与个性是融于一体的，因此，在创作过程中，本质的概括与特征的显现也应当而且必须融于一体。作家的眼睛应当始终盯在事物的特征上。努力发现特征、选择特征，并且充分运用想象和才智强化特征，这样，才能使笔下的形象具有独特的光彩和震撼的力量。忽略或抛弃事物的特征，就从根本上背离了典型化原则，从而就注定了艺术形象塑造的失败。

我国历史小说浩如烟海，《三国演义》却独占鳌头，至今无出其右者，其原因就在于它的典型化程度高。罗贯中虽为古人，虽然那时还没有系统的典型化理论，然而他从前人的创作中敏锐地感悟到典型化的精髓，并且出色地运用到了自己的创作中。《三国演义》中的艺术描写，不论是大斗争、大拼搏、大场面，还是一件小事、一个插曲、一个道具，绝大多数都是典型化的产物，从而闪耀着独特的光彩，并具有非同寻常的艺术表现力。例如"赤壁之战"，就是艺术典型化的范例。作者在历史真实的基础上，进行了出色的加工、创造，既有千军万马气势壮阔地拼杀，也有英雄豪杰个人的不凡表现；既有敌对双方机关算尽的斗争，也有联盟内部尔虞我诈的倾轧。通过这场战争，作者把魏蜀吴三方的利害冲突、矛盾关系以及主要首领和文臣武将的思想、才干都给予了相当有力的展示，诸葛亮、刘备、周瑜、曹操、关羽、张飞、赵云、鲁肃、黄盖、蒋干等一大批个性鲜明的形象立起来了。《三国演义》不仅大的战争场面注意典型化，个人的、具体的事件的描写也是典型化的。如曹操的"割发代首""望梅止渴"、杀吕伯奢一家；关羽的"单刀赴会""刮骨疗毒"；马谡的"失街亭"；祢衡的"击鼓骂曹"；黄盖的"苦肉计"以及"蒋干盗书"等，都是典型性很强的事件。典型化是塑造艺术形象的强有力的手段，典型化程度愈高，艺术形象就愈鲜明、愈突出、愈有感染力。

三、充分运用两种思维形式

一切文学艺术作品都是艺术家通过自己的思维活动创造的。人类的思维有两种基本的形式,即抽象思维和形象思维。形象思维,是文艺创作的基本的思维形式,也是作家、艺术家区别于科学家的一种独特的思维形式。其"独特"表现在什么地方呢?

第一,形象思维以感性的意象、表象作为思维的基本单位。抽象思维是从具体到抽象,在对事物有了感性认识后,便以概念作为思维手段。形象思维则以具体的感性的意象、表象作为思维的手段,按照具体形象的有意向有规律的演绎和变化展开思维活动。譬如,影视作品是由一个个镜头、一组组画面连接而成的,这里既展现了人物的音容笑貌、衣着服饰、言谈举止、习惯趣味,也表现了人物生活其中的社会背景、家庭状况、人际交往、民俗风情等,从而构成一个相对完整的流动的社会图画。艺术家在摄制成"毛片"以后,还要重新审视,运用蒙太奇手段,删去一些不合情理的、粗糙的、多余的画面和情节,重新排列组合,从而使整个作品更完整、更精炼、更优美。从影视的"蒙太奇"的运用,可以清晰地看到艺术家形象思维的轨迹。

第二,想象是形象思维的翅膀。想象是艺术家对自己胸中贮存的记忆表象进行加工、改造而创造艺术形象的心理活动,是形象思维的中心环节。正如别林斯基所说:"在艺术中,起着最积极和主导作用的是想象,而在科学中则是理智和思考力。"①离开想象,就如同没有翅膀的鸟儿一样,是不能展翅高飞的。想象大体可以分为再生性想象和创造

① 别林斯基:《杰尔查夕作品集》,《外国理论家作家论形象思维》,中国社会科学出版社1979年版,第68页。

性想象两种。再生性想象是复现记忆中原有的从生活中获取的表象。所谓“复现”，并不是原封不动地按照原有的底片再洗印出来，而是也要依据艺术的需要进行一定程度的加工改造，但基本上保持原有意象的形态。由此及彼的艺术联想，也属这一类。一般地说，再生性想象比较容易，不用多少想象力就可以完成，属于初级形态的想象。创造性想象，是在原有表象材料的基础上生发合成的以及凭空创造的新的艺术形象。创造性想象超越时空界限，超越直观模仿，需要有很好的想象力来完成，对艺术创作的成败起着至关重要的作用，属于高级形态想象。试想，吴承恩的《西游记》、李汝珍的《镜花缘》所描述的光怪陆离的生活景象、千奇百怪的人物世界、惊心动魄的斗争，不都是想象的结晶吗？再看金庸、梁羽生、古龙等人的武侠作品中的艺术世界，那超凡入圣的人，那出神入化的功，那旷世少有的奇，不也都是想象的产物吗？由此可见，没有想象，也就不可能有真正的艺术创造。

第三，思维过程浸润着情感。情感是人类生命的本质力量，也是艺术创造的本质力量。艺术创作的过程，既是对生活素材进行筛选、加工、熔铸、创造的过程，也是创作主体与客体的浸润、交流与化合的过程。正如高尔基所说：“艺术的本质是赞成或反对的斗争，漠不关心的艺术是没有而且不可能有的，因为人不是照相机，它不是‘摄照’现实，他或是确定现实，或是改变现实，毁灭现实。”①有强烈的激情、鲜明的爱憎，才能激发作家、艺术家的灵感，增强思维活力，进入最佳创作状态。真正优秀的作品，无不是血与泪的结晶。曹雪芹说：“满纸荒唐言，一把辛酸泪。都云作者痴，谁解其中味？”真实地表露了创作《红楼梦》

① 高尔基：《论艺术》，《高尔基文学论文选》，第414页。

饱含辛酸的苦衷。梁斌在谈到《红旗谱》的创作体会时说:"当我写这本书时,为了悼念我的朋友及战友们,曾经无数次地掉下眼泪,是流着眼泪写完这本书的。"[①]形象思维的情感,主要表现为对人物形象的孕育。作者从生活中获得的形象胚胎或生活原型,总会有不完善、不理想、与作者的艺术期望不协调的地方,需要作者用心血和情愫来培育她、滋润她、提升她。《红楼梦》和《红旗谱》两部作品中生动丰满而又魅力无穷的艺术形象,充分证明了这一点。

第四,审美理念贯穿始终。马克思说:"人是按照美的规律来制造东西的。"[②]物质产品是这样,精神产品更是这样。只有以美的方式去思维,才能创造出具有审美价值的艺术形象,才能实现艺术创造的根本目的。艺术作品的美体现在作品的内容和形式的各个方面,因而艺术家在形象思维的过程中,也要把自己正确的审美理念和健康的审美情趣渗透在全部思维活动中。要以审美的眼光审视现实、选择题材,自觉地舍弃那些不能入文、不堪入画的生活和艺术的垃圾;要以审美的眼光塑造形象、结构情节、营造氛围,使作品弥漫着美的芬芳;要赋予作品以崇高的思想意蕴,引导人们对真善美的追求。艺术的审美空间是无限的,只要艺术家们善于用美的方式去思维、去创造,就会给人们带来无穷的赏心悦目的美。

与形象思维不同,抽象思维是运用概念、定义等抽象的语言形态,以判断、推理的逻辑方式阐释、论证客观事物的一种思维方式。这是人类最常用、最基本的思维方式。和形象思维始终伴随着感性的、具体的

---

① 梁斌:《我为什么写〈红旗谱〉》,《革命英雄的谱系》,作家出版社 1959 年版,第 100 页。

② 马克思:《1848 年经济学哲学手稿》,《马克思恩格斯全集》,人民出版社 1962 年版,第 42 卷,第 97 页。

东西不同，它把丰富的感性材料加以分析和综合后，便舍弃表面的、偶然的、个别的东西，抽出本质的、必然的和一般的东西，做出合乎逻辑的概括，并且表现出来。文艺创作必须依靠形象思维，但也离不开抽象思维，两者是互相配合、相辅相成的。茅盾对这个问题做过精辟的论述。他说：

> 文学作品的技巧问题包括生活素材的分析、综合、提炼，主题思想的确定，主要是逻辑思维在起作用，但伴随着，也有形象思维。至于塑造典型环境中的典型人物，人物性格细节的描写，社会环境和作品主角活动场所的具体描写等，则主要是形象思维在起作用，但伴随着，也有逻辑思维。

他又说：

> 从开篇到结尾，逻辑思维和形象思维的交错又是反复进行的。当写成一章的初稿时，从头再三修改，有时是大删改大补充，这也是逻辑思维和形象思维的交错作用在反复进行。全书初稿完成后的最后修改以至定稿，都是交错起作用的逻辑思维和形象思维的反复过程。但是作家在写作初稿时，自然主要运用形象思维。①

这两段话，结合创作过程，具体地论述了两种思维方式的运用情况，透彻、精辟地分析了两者"相互配合、相辅相成"的作用，指出忽视或削弱任何一种思维，都会给创作带来危害。

这里还要提及一个被人们忽略的问题，这就是在不同体裁的作品中，两种思维方式作用的差异性问题。诗歌，特别是短小的抒情诗，大

---

① 茅盾：《漫谈文艺创作》，《红旗》1978 年第 5 期。

多乃至完全运用形象思维。别林斯基说："诗歌不是什么别的东西，而是寓于形象思维。"[①]毛泽东也说："诗要用形象思维。"他们的具体所指都是诗歌。当然，各种形式的文艺作品，本质特征是相同的，因此可以将他们的论述扩展到其他艺术领域，把形象思维看作是一切文艺创作的共同思维方式。但是，如果因此而忽略形象思维在不同艺术形式中的不同作用，就不对了。在诗歌领域，形象思维的作用特别突出，而在叙事作品，特别是长篇小说、长篇电视剧一类的宏篇巨制的创作中，抽象思维的重要性就显示出来了。无论是题材的开掘、主题的提炼，还是作品的谋篇布局，抽象思维都起着重要作用。在一些特殊的文体，如现代推理小说的创作中，抽象思维的作用更大，对作品的成败起着举足轻重的作用。这一点早在《福尔摩斯探案集》问世时就突出地表现出来。大侦探福尔摩斯所以能见人所未见、知人所不知，就在于他具有杰出的抽象思维能力。他善于运用冷静的思考，对犯罪现场获得的蛛丝马迹进行分析综合、推理判断，从而戳穿罪犯的狡猾伎俩，出人意料地擒获他们。他对助手华生说："在解决这类问题时，最主要的事情就是能够运用推理的方式。一种是把一系列事实在脑子里联系起来，通过思考得出结论，这是向前的推理；另一种是先知道结果，人们通过自己的内在意识，推断出所以产生这种结果的各个步骤，这是回溯推理。在侦探工作中，经常使用的就是'回溯推理'。"推理，既是破案的主要手段，也是侦探小说的中心环节。离开推理，亦即离开抽象思维，推理小说就无法写作，由此可见抽象思维在这类作品中的重要作用了。

① 别林斯基：《外国理论家作家论形象思维》，上海文艺出版社1963年版，第96页。

第二节 通俗文艺家应具备的修养

长期以来，社会上流行着一种影响深远的世俗看法。不少人认为，雅文艺博大精深，难以攀登，文艺家需要很好的修养，否则，就不能创作出高质量的作品，成为名副其实的雅文艺家；通俗文艺简单粗浅，人人都可为之，不要多么高深的修养。影响所及，一些从事通俗文艺的人也就轻视、忽略了自己的修养。没有良好的修养，当然也就写不出优秀的作品。反过来，平庸的作品又影响作家、艺术家的审美趣味和创作观念。如此恶性循环，艺术创作也就每况愈下。愈是被忽略、被轻视的问题，愈应加以强调，这样才能扭转世俗的偏见，唤醒人们的注意。

还有文友从另一角度提出了不同意见。他们认为，雅俗文艺家修养的原则和要求都是相同的，《文学概论》里也都讲过了，所以没有必要再写这一节了。作者思考再三，觉得这种看法不无道理，但也有一些片面性。应该说，他们之间既有统一性，也有特殊性；既有共同遵循的基本原则，也有不同的侧重点，乃至一些此有彼无、此无彼有的特点和规律。我们应当在阐明共同的原则、原理的基础上，进一步探索通俗文艺家修养的某些独特的方面，这样才能对他们有些切实的助益。如果停留在一般《文学概论》的论述上，就让人感到宽泛而不实际，缺乏明确的针对性，其实际效应自然要大大地打折扣了。

通俗文艺家修养的高低深浅决定作品的优劣成败。加强自身的修养，是提高通俗文艺作品质量、开创通俗文艺新局面的最根本的一环。

一、生活修养

通俗文艺家的修养，最基本的是生活的修养。任何文艺工作者都应当深入生活、认识生活、把握生活、积累生活，将自己置身于广阔的社会生活中，将广阔的社会生活吸纳到自己的胸中。

文艺家深入生活，是由文艺的本质特性决定的。黑格尔说："艺术家创作所依靠的是生活的富裕，而不是抽象的普泛观念的富裕。在艺术里不像在哲学里，创造的材料不是思想而是现实的外在形象。所以艺术家必须置身于这种材料里，跟它建立亲切的关系；他应当看得多，听得多，而且记得多……得到过很多的经历，有丰富的生活，然后才能用具体形象把生活中真正深刻的东西表现出来。"①生活是文艺创作的唯一源泉。只有从生活中才能引来创作的活水，才能获得取之不尽、用之不竭的素材，才能吸取到好的主题、情节、语言、诗情和画意，从而写出有深厚生活内容的作品来。

生活实践，不仅会使通俗文艺家获得丰富的创作原料，还有助于他们提高思想认识和艺术表现能力。人们常说，生活是一所大学校。对生活体验深切、阅历丰富的人，对于现实的认识往往比较正确和深刻，有时甚至可以纠正人们思想中某些固有的错误观念和偏颇认识。同时，由于作家、艺术家置身在现实生活的激流中，亲身体验的真善美与假恶丑的斗争，易于激发创作的灵感与激情，而不至于无病呻吟。另外，从艺术表现力来看，各种艺术技巧的掌握与运用，也都与对生活的观察和体验密切相关。生活枯竭，艺术表现力也就会蜕化。

社会上有这么一种看法：生活实践对雅文艺作家、艺术家是重要

① [德]黑格尔：《美学》，人民文学出版社 1958 年版，第 1 卷，第 348 页。

的，通俗文艺家只要会编故事就行了，不需要那么多生活。这显然是一种误解。不论是雅文艺还是俗文艺，其形象塑造和情节营造，都是从现实生活出发的。通俗文艺作品，比较喜欢运用夸张的手法，有比较多地非现实的虚拟描写，特别是武侠小说、神魔小说、科幻小说之类的作品，充盈超凡入圣的情调和神奇怪异的色彩，表面看来是虚幻的，实际上是复杂的现实矛盾所引发的一种想象的、幻想的产物，所以仍和现实有根本的联系。鲁迅说："描神画鬼，毫无对证，本可以专靠了神思，所谓'天马行空'的挥写了，然而他们写出来的，也不过是三只眼，长颈子，就是在常见的人体上，增加了眼睛一只，增长了颈子二三尺而已。"[①]孙悟空、猪八戒等艺术形象为鲁迅的论述做了最好的印证。如果做抽象的概括，可以说孙悟空、猪八戒是人性、动物性和神性的三结合的产物，是融合了三者的特点而创造的，现实的人性、动物性是他们性格的基础。由此看来，通俗文艺作品中某些非现实的夸张与虚构，不仅不应该模糊我们对文艺与生活关系的认识，反而可以帮助我们深化这种认识。"会不会编故事"，确实有个才能问题，然而最终起决定作用的还是生活。生活丰厚，想象的翅膀才能张开，从而充分发挥编故事的才能；生活贫乏，就像发育不全的小鸟一样，想象的翅膀也是软弱的，编故事的才能也会萎缩。

透过作家、艺术家的创作历程，可以清楚地看到生活对于创作的巨大作用。20 世纪 80 年代初，香港摄制的电视剧《霍元甲》播放后，引起强烈的社会反响。作为霍元甲同乡的天津的父老乡亲们，兴奋之余，又

---

① 鲁迅：《叶紫作〈丰收〉序》，《鲁迅全集》，人民文学出版社 1981 年版，第 6 卷，第 175 页。

觉不足，主要是某些描写违背历史真实。百花文艺出版社策划出一本描述霍元甲生平事迹的长篇小说。他们找到了冯育楠。冯育楠是天津人，又在霍元甲的家乡静海工作过10年，不仅了解霍元甲其人其事，还熟悉他生活其间的人文环境。他接到任务后，很快调动起长期的生活积累，进入亢奋的创作状态，仅用了40多天，就完成了30多万字的长篇小说《津门大侠霍元甲》。小说出版后引起轰动，广受人们称道。

香港梁凤仪女士，是20世纪90年代初崛起的作家。她在短短的四年多的时间里，创作了20多部作品，平均每年有五六部作品问世，其中还不乏佳作。她何以有如此奇异的创造力？何以有如此突出的创作成就？最主要的是丰厚的生活积累。她自己也认为是“多姿多彩的都市生活和传奇曲折的社会经验”造成了她。她说：“生活在20世纪末的香港，在这国际知名的金融中心工作多年，我经验到现代商业的知识、技巧、手段和成效，更体会到社会事物的贤愚美丑、人性的忠奸善恶、生活的悲欢离合。香港这个举世知名的机会之城，同时也是公认压力最大的都会，生活在其间的我们，既享受着物质的极度文明，也承担着精神的无比困惑。单是数之不尽的商场风起云涌，尔虞我诈，刀光剑影之下，一个个从零到亿，三更穷五更富的传奇故事，已是很有戏剧冲突、引人入胜的小说素材。”①

文艺家的生活积累来自直接经验和间接经验两个方面。直接经验，是指个人在实践过程中所取得的经验；间接经验，是指通过书本或其他形式获得的经验。对于文艺家来说，直接经验更为重要。契诃夫说：“谁要描写人和生活，谁就得经常亲自熟悉生活，而不是从书本上去

① 梁凤仪：《我怎样与写作结缘》，《通俗文学评论》1994年第4期。

研究它。”[1]歌德说：“依靠体验，对我就是一切；臆想捏造不是我的事情。”[2]这些大艺术家的话都是至理名言。直接经验固然重要，但对个人来说，终究是有限度的，还需要大量吸取间接经验。间接经验不仅可以补充直接经验的不足，还可以深化对直接经验的认识。所以二者不可偏废。

对于一个通俗文艺家来说，生活的深度与广度，也是一个重要的问题。这是因为，生活经验的深度与广度，从根本上决定了作品的深度与广度。生活经验狭窄而肤浅，当然写不出深厚壮阔的作品。所以艺术家应当有意识地兼顾这两个方面。但是也不应该提出不切实际的过高要求。艺术家的精力和时间终究是有限的，不可能对大千世界的方方面面都去体验和观察，也不可能对万事万物都了如指掌。比较切合实际的要求是，熟悉什么写什么，或者，写什么熟悉什么。前者是在现有生活基础上创作，后者是依据创作的需要去熟悉生活，使生活与创作契合起来。这样，文艺家在反复的艺术实践过程中，也就逐步拓展了自己的生活领域，扩充了生活经验，进而促进创作的更新与发展。

二、思想修养

文艺创作是主客观相结合的产物，主体意识在创作中起着至关重要的作用。文艺家如何观察生活、认识生活，如何评价生活、表现生活，与文艺家的世界观有着密切的联系。先进的世界观，是指导创作的强有力的思想武器；落后的、错误的世界观，则如盲目的向导，难免发生某种误导。因此，有识见的艺术家历来都非常重视世界观的培育。

---

① ［俄］契诃夫：《契诃夫论文学》，人民文学出版社 1958 年版，第 339 页。

② 转引自张耀辉编：《文学名言录》，湖南人民出版社 1985 年版，第 136 页。

世界观是人们对世界的根本性看法,包括哲学观、政治观、经济观、道德观、文化艺术观等。这里我们不能对它包容的一切内容都进行详细的论述,仅就几个基本点谈点看法。

首先,要掌握辩证唯物主义和历史唯物主义的认识论,这是我们认识世界的科学武器。茅盾说:“辩证唯物主义和历史唯物主义就是无产阶级的世界观。做任何工作,离不了它,离开了它,就会发生错误。而对于文艺工作者,这个世界观是起决定作用的,因为文艺工作者是被称为‘人类灵魂的工程师’的,如果不具有过硬的无产阶级世界观,这个工程师设计制造的产品不但光是质量差,外观不美,经不起时间的考验,而且还会在社会上产生不利于社会主义革命和社会主义建设的后果。”[①]科学的认识论,对于作家、艺术家认识历史、认识现状都是十分重要的。我国的历史,和我国的母亲河——黄河一样,不仅泥沙俱下,而且曲曲折折。加之历代的政治家、理论家、历史家、文艺家怀着不同的心态和眼光对它做了各种各样的评述,更增加了认识它本来面目的雾障。因此,通俗文艺家要善于用科学的认识论认真地审视历史,仔细地辨析各种看法和评价,深入开掘被淹没在深处的历史精华,纠正某些偏颇和错误的观念。近年来,拍了不少历史题材的电视剧,有些艺术家运用历史唯物主义的观点对历史进行再认识,从而拍出了新意。例如对曹操、吕后、武则天、雍正等在历史上多遭非议的人物,都做出了新的评价。尽管这些评价不一定完全正确,艺术表现也不尽完美,但是较之过去的认识毕竟是迈出了新的步伐。

---

① 茅盾:《解放思想,发扬文艺民主》,《茅盾文学评论集》(下册),文化艺术出版社 1981 年版,第 770 页。

对于现实题材的观照,更需要科学的认识论。随着改革的深入。处身在现实生活的激流中,每个人都有一个认识和态度问题。我们不时听到一些不适应形势的怪话,寻根究底,是计划经济体制时代形成的思想观念在作祟。只有真正掌握辩证唯物论和历史唯物论,才能从历史发展规律的高度认识现实变革的必然性和重要性,才能透过纷纭复杂的社会现象把握事物的本质,从而写出深刻反映时代变革的作品。

有了科学的认识论,进而要注重个人品德的修养。"文如其人""艺如其人",文艺家的思想品德直接影响乃至决定作品的思想内涵与艺术格调。郭沫若说:"归根结底,作诗还在做人。你在作诗之前总要求你是一个人。你的人格够伟大,你的思想够深刻,你确能代表时代,代表人民,以人民大众的心为心,够得上做人民大众的喉舌,那你便一定能够产生得出铸造时代的诗。是什么树子开什么花,是什么树子结什么实,那是丝毫也不能假借的。蒺藜上结不出葡萄,荔枝树上也不会结陀罗子,那是丝毫也不能假借的。"[①]有人以为,计划经济时代讲道德,现在市场经济,无拘无束,品德高低无所谓了。这是一个莫大的误解。市场经济社会条件下,不仅不应放松思想品德的修养,反而应当强化思想品德的修养。这是因为市场经济对文化艺术具有二重性,一方面它激发了文艺家的创造力,活跃了他们的思想,并且开拓了文化市场,为通俗文艺的发展繁荣开辟了道路;另一方面,市场经济的杠杆又像魔棍一样驱使人们跟着它转。有些文艺家只顾追求金钱丢弃了应有的思想品德,不是创造思想纯正的精神产品,而是生产腐败的"文化垃圾"。从当前的创作现状看,思想品德的修养,不仅影响个人作品的艺术风貌,而

① 郭沫若:《诗歌的创作》,《郭沫若论创作》,上海文艺出版社 1983 年版,第 275—276 页。

且关系到通俗文艺的整体面貌。

通俗文艺家的思想修养，还要注意理论联系实际，做到言行一致，表里如一。应当而且必须把理性认识和感情统一起来，把理性认识和具体的艺术实践统一起来。因为文艺是以形象表达情感的艺术，理念和情感、认识和实践两张皮，只能制作虚假的和概念化的东西，而不可能创造有血有肉的动人作品。瞩目当今文艺圈，"两重人格"现象让人忧虑。有的人讲的是无私奉献，实际上唯利是图；外表上谦谦君子，内心里势利小人，如人们所说："台上演英雄，台下是烂龙"。艺术需要真诚。虚伪的欺骗是不能持久的，欺骗群众的结果是画皮被戳穿而身败名裂。

托尔斯泰曾指出：一个杰出的艺术家"必须处于他那个时代最高的世界观水平"。[①] 事实正是这样。人民音乐家聂耳，生活在祖国灾难深重的年代。年轻时就怀着忧国忧民的心情，执着地寻求真理，后来终于走上革命的道路。他通过学习马克思主义经典著作，为自己奠定了"稳定的哲学基础"和"正确的立足点"。同时，他又经常深入码头、工地，向劳苦大众学习，从他们身上吸取精神营养，从而使他写出许多反映人民心声的优美乐章，成为"中国革命之号角，人民解放之鼙鼓"（郭沫若：《聂耳墓志铭》）。金庸的成功也是一个有力的例证。他既是一个武侠小说大师，又是一位优秀的政论家。他写了许多具有"独醒之见"的社会评论文章。作为政论家所具有的思想、品格、学养，也渗透到艺术创作中，使他的小说具有高雅的格调、深邃的思想、厚重的历史内涵，尽管处身在香港

① ［俄］托尔斯泰：《艺术论》，转引自王朝闻《美学概论》，人民出版社 1981 年版，第 132 页。

商业社会的文化氛围中，却没有低级趣味与粗俗习气。金庸作为“新派武侠小说之王”，成功的因素很多，而学养的深厚、思想的高远，却是最根本的条件。

说起思想修养，总有人觉得空泛，高低深浅无关紧要。实际上，思想修养对艺术创作的影响是最直接、最具体的，作用于创作的全过程，渗透到字里行间，作品思想内涵的深邃与浮浅，正确与谬误，无不根源于文艺家的思想品格。做一个卓越的通俗文艺家，必须具有卓越的思想品格。

三、艺术修养

艺术修养是指一个通俗文艺家应当具备的专业知识、素养和才能。这是一个十分重要的问题。艺术修养的深浅直接关系着艺术成就的大小。周恩来指出：“任何艺术不掌握规律，不进行基本训练，不掌握技术，是不行的。”[①]飞机驾驶员技术不过硬，就可能从天上摔下来；艺术工作者，艺术不过硬，也会从艺术的舞台上摔下来。两者性质不同，但道理相通。艺术修养是艺术家的生命。

当前，相当一部人鄙薄通俗文艺，以为通俗文艺都是一些粗糙、浅薄的东西，无艺术可言。不客气地说，这种看法本身就是“浅薄”的。然而一些从事通俗文艺创作的人，也以为通俗文艺都有一定的模式，没有什么高深的艺术，用不着什么修养。这种观念严重影响了通俗文艺作品的质量，危及通俗文艺的生存与发展。通俗文艺要赢得大众，赢得市场，必须有高度的技巧。通俗文艺家应当而且必须有很好的艺术修养。

加强艺术修养，首先要培育良好的审美感受能力。因为文艺是以形象反映生活、表现思想的。形象的源泉在生活。作为一个艺术家，必须

---

① 周恩来：《周恩来论文艺》，人民文学出版社 1979 年版，第 102 页。

从生活中发现和捕捉具有感性特征的物象，如人物的行为、动作、习性和生活细节等等。艺术家观察得愈多，捕捉得愈多，存储得愈多，“印象的库藏”愈丰富，创作时就会得心应手，左右逢源。需要提出的是，生活中许多现象是稍纵即逝的，能不能及时感受到、捕捉到，在于文艺家的审美感受力的强弱。感受力强的艺术家能够见人之所未见，感人之未感，并将随时感受到的新鲜印象，以自己习惯的方式记录和保存下来；感受力弱的艺术家，则如生活中有视听障碍的人，虽然处身在生活的海洋里，却看不到生活中丰富的艺术元素，这对于文艺家来说，是一个致命的弱点。艺术家的审美感受能力虽然与先天的禀赋有关，但主要在后天的修养。禀赋高的人不要自满自足而放松后天的修养；禀赋稍低的人，也不要自暴自弃，而要加倍地加强修养。

加强艺术修养，还要注重想象力的培育。文艺创作是对生活的艺术表现和审美创造，不能停留在对具体感受的实录上，而要通过联想、想象乃至幻想对原始的生活现象进行艺术加工，构成有美感、有意蕴的艺术形象。想象力是艺术创作的翅膀，也是艺术家才能的重要标志。艺术家正是凭借丰富的想象力创造出色彩缤纷、光辉夺目的艺术世界的。艺术的想象力不同于科学的想象力。科学的想象力伴随着冷峻的思考，艺术的想象力则充盈着饱满的情感。正如刘勰所说：“登山则情满于山，观海则意溢于海。”[①]举凡大的艺术家，都具有异常活跃而丰富的想象力。世界著名的侦探小说家阿加莎·克里斯蒂年轻时当过护士，并没有做过侦探，然而她写了那么多奇特曲折、变化多端的案子，除了通过调查研究获得的素材以外，还得力于她的卓异的艺术想象力。不少武侠小说家也并

① 刘勰：《文心雕龙·神思》。

不是武术家，然而他们笔下展现的一套套武功，一幕幕惊心动魄的斗争，也是在一定的知识积累的基础上运用想象力构建的。

加强艺术修养，还要提高用一定的物质手段（语言、色彩、音响、形体等）将创作意图表现出来的能力，也就是艺术表现力。艺术表现力的高低与艺术技巧密切相关。

艺术技巧在刚刚从事写作的人的心目中，往往带有一种神秘感，以为它玄妙而难以捉摸。实际上，它是非常实际而具体的，体现在艺术构思和传达两方面的创作活动中。

对艺术素材的恰当处理，是艺术创作的基础，也是艺术技巧的重要环节。任何艺术都不是生活现象的实录，而是要选择、提炼、集中、概括，才能形成完整的艺术框架和生动的艺术形象。那么，如何做好这件基础工作呢？如何把素材很好地转化为艺术呢？这就有一个艺术眼光、艺术功力、艺术技巧问题。例如，创作一部历史题材的传记片，创作者通过采访和阅读有关材料，获得大量素材，接踵而来的便是如何将这些素材变成艺术品。面对一大堆原始的、杂乱的材料，创作者常常感到困窘。这是因为，有时素材虽多，却缺乏最能显示人物精神风采的典型事件；有时材料零散，缺乏内在联系，难以构成紧张的戏剧冲突；有时某个时期的材料多，而另一个时期的材料少，难以完整地表现杰出人物的一生；还有的时候，某个伟人已经被多部影视作品表现过，好的素材也已用了不少，如何避免重复，写出新意，也是个难题。凡此种种，都需要创作者认真思考，需要创作者独具慧眼，需要创作者别出心裁。一个高明的创作者，能够从一个新颖的视角切入进去，把最具表现力和艺术光彩的素材提炼出来，然后再通过概括、集中，加工创造，构成完整的艺术作品。例如《邓颖超和她的妈妈》这部电视剧，剧本初稿是从正面表现邓颖超光辉的一生，时间跨度长,结构不免松散。后来,编导在反复研究材料的过程中发现邓颖超的母亲杨振德也是一位出色的女性。邓颖超幼小的时候,从母亲身上吸取了善良的品德;在成为革命家以后,又以自己的革命精神极大地激励了母亲。邓颖超和她的妈妈典型地体现了新民主主义革命时期两代人的精神风貌。于是编导改弦更张,决定从母女关系这样一个角度切入。找到了新颖的视角,素材的选择、提炼、集中、概括也就有了独特的准绳,从而也就形成了这部电视剧的独特的艺术风貌。

在对素材进行提炼并有了构想以后,表现手法的问题就提到日程上来了。能否熟练而巧妙地运用各种表现手法,直接关系着作品的艺术质量。一部优秀的文学巨著,有如一座辉煌壮丽的宫殿,它的设计、它的建构、它的色彩、它的雕饰,是那样的新颖独特、精美绝伦、光彩夺目,处处精雕细刻而又呈浑然天成之势。一部拙劣的作品,则如同胡乱搭建的茅草棚,稀里歪斜,简陋不堪。作为艺术家,谁不愿意去建造让人神往的辉煌的艺术殿堂呢?所以我们要像建筑家细心钻研建筑技术一样细心钻研文艺作品的"建造技术"。通俗文艺的门类很多,表现手法各不相同。就通俗文学而言,人物形象的塑造、情节的设置、作品的布局、语言的运用以及风格的追求等等,都是表现手法的重要因素,需要很好地学习与磨炼。柯南道尔、阿加莎·克里斯蒂、切斯特顿、西姆农等侦探小说大师,金庸、梁羽生、古龙等武侠小说大家,琼瑶、亦舒、岑凯伦等言情小说名家,在形象塑造上、在情节建构上、在小说布局上、在语言运用上以及叙事风格上,都有其独到之处、闪光之点。要成为一个真正的通俗文艺家,而不是做一个打着通俗文艺的幌子混钱花的江湖客,就必须熟谙艺术表现方法。

艺术技巧既然如此重要,那么,如何学习和掌握呢?对此,古今中外的艺术家、理论家论述很多。夏衍则用八个字进行了概括:“博览深思,勤学苦练。”这八个字言简意赅地概括了学习和掌握艺术技巧的基本途径,值得我们记取。

“博览深思”,就是要广泛地阅读古今中外的文艺名著,同时还要广泛地涉猎美学、哲学、文化学、人类学、心理学、历史学等方面的著作,把前人的实践经验和理论概括全面地吸取过来。这里要特别注意“学”与“思”的辩证关系。孔夫子有言:“学而不思则殆,思而不学则罔。”“深思”,才能深入理解,才能真正感悟,才能把吸取到的养分化为自己的智慧和才能。

在“博览深思”的基础上,还需要“勤学苦练”。古人云:“操千曲而后晓声,观千剑而后识器。”是学习艺术技巧的至理名言。然而在某些年轻人的心目中,觉得这话太平淡、太一般,总想有一种不需“勤学苦练”的捷径和窍门,殊不知只有“勤学苦练”才是最切实的捷径、最有效的窍门。鲁迅说:“文章应该怎样做,我说不出来,因为自己的作文,是由于多看和练习,此外别无心得或方法的。”[①]著名京剧表演艺术家盖叫天结合自己的学艺过程,深有体会地说:“不受一番冰雪苦,哪得梅花放清香?咱们练功,得下狠心练。练功如打铁,打了再烧,烧了再打,打尽一切杂质,百炼而后成了纯钢。”[②]他自己练功,几十年如一日,到 70 高龄,还“夏练三伏,冬练三九”,这样才使他技艺超群,并永葆艺术的青春。

最后需要特别指出,生活修养、思想修养与艺术修养是三位一体的,相互影响,相互渗透,忽略或弱化任何一个方面,都会影响其他方面。

---

① 鲁迅:《致赖少麒》,《鲁迅全集》,人民文学出版社 1981 年版,第 13 卷,第 162 页。

② 盖叫天:《和青年演员谈学艺》,北京出版社第 34 页。

第九章　通俗文艺的生产、传播与消费

通俗文艺具有很强的群众性、社会性和时代性，这给它的创作与生产带来了一些不同于高雅文艺的特点，认识和把握这些特点，不仅可以积极主动地促进通俗文艺的繁荣发展，还有助于扩大它的社会效应和经济效应。

第一节　通俗文艺的创作与生产

1992年《通俗文艺评论》编辑部召开了一个“如何推进当前通俗文艺研究的深化与系统化”的学术讨论会，会议的发言，摘要刊登在当年该刊的第2期上。徐敏先生在发言中说：“如果我们从通俗文学的生产—传播—接受的角度出发，从它生产的角度说，通俗文学实际上体现的是‘社会化原则’，是社会影响作家，通过作家传达，造成直接的供求关系。而纯文学刚刚相反，主要体现的是‘个性化原则’。”尽管徐敏先生没有对他的论点做详细地阐释，但却明确地提出了雅俗文学生产的根本不同点。

一切文艺都是社会生活在文艺家头脑中反映的产物，是主体与客体、个性化与社会化相融合的结晶，不可能只有一面，而没有另一面。但是从创作和生产的实际看，两类文艺各有偏重，俗文艺偏重于“社会化原则”，雅文艺则偏重于“个性化原则”，这也是不能不注意的事实。

在商品经济社会里，通俗文艺的“社会化原则”主要表现在它要适应市场的需要而创作、而生产。一般地说，雅文学作家总是在生活中有了深切的感受，头脑中储存了许多活生生的事件、人物和情况，并逐渐孕育成独特的艺术形象，就像怀孕生子，不吐不快的时候，才激起创作的激情，奋笔疾书的。在激烈的市场竞争中，雅文学作家不是不考虑市场的需要，但他们大都从实际的特长、实际的生活积累出发去适应市场，而不是抛弃自己的个性与特长去做不切实际的追求。与之相比，通俗文艺家更注重文艺作品的商品属性，更自觉地按照市场经济的规律办事，积极主动地面向市场，走向市场。他们在创作的时候，首先考虑读者和观众喜欢什么？市场需要什么？怎样写才能赢得更多的读者和观众，成为流传广远的畅销作品？“顾客是上帝”这个商品社会的普遍原则对文化市场也完全适用。文艺作品的广大受众是文化市场的主宰。他们的审美趣味和价值取向直接影响通俗文艺家的思想观念、创作方法和艺术风格，他们的观赏需要最终决定文艺作品生产的走向和数量。不断变化的审美趣味与审美需求经常掀起文化市场的巨大波澜。适者生存。通俗文艺家要求生存、求发展，必须比雅文艺艺术家更加关注市场，更清楚地了解市场，以便更好地适应市场的需要。

通俗文艺的“社会化原则”，还鲜明地表现为适应时代的需要，积极地为政治服务上。通俗文艺形式灵活多样，创作简便快捷，又为群众喜闻乐见，是宣传群众、动员群众的强有力的工具。因此，每当一个大的政治斗争兴起，特别是关系到国家、民族兴衰存亡的大斗争，通俗文艺就会应运而生，成为唤起民众的号角，催人奋进的鼙鼓。我国历史上一场场声势浩大的大众文艺运动，一次次波澜壮阔的通俗文艺创作高潮，都和伟大的政治斗争密切相连。抗战战争时期通俗文艺的空前活跃、空前发展，就是有力的证明。正如郭沫若在《战争与文化》一文中所指出的，这时期，“一切文化活动都集中在抗战这一点，集中在于抗战有益的这一点，集中在能够迅速地并普遍地动员大众这一点”。抗日战争初起，全国文艺工作者群情激愤，立即组织了许多演剧队、抗宣队，到农村和部队中去，创作了通俗小说、活报剧、街头剧、墙头诗、街头诗以及相声、快板、小调、大鼓等各种形式的通俗文艺作品，既有一向从事通俗文艺创作的作家、戏曲工作者以及民间艺人积极从事通俗文艺的创作，也有一些雅文学作家、艺术家投身到通俗文艺创作的行列里来。其中老舍最为突出。其他还有欧阳山、张天翼、艾芜、沙汀、谷斯范等，也都较好地利用了章回体写通俗小说。抗日战争时期的通俗文艺作品，不仅数量空前，而且有不少推陈出新的优秀之作，堪称通俗文艺的经典。抗战时期通俗文艺运动的实践充分表明，关系国家和民族命运的伟大斗争，是推动通俗文艺创作的强有力的杠杆，蕴涵着无穷的力量。

也许有人以为，那是特定历史时期的事情，或者说是非市场经济时代的事情，现在是市场经济时期，起作用的是经济杠杆，而不是政治杠杆。我们看到，一些通俗文艺的论著谈的几乎全是通俗文艺如何适应市场，市场如何影响和制约通俗文艺，闭口不谈通俗文艺与政治的关系，似乎市场经济已经把通俗文艺和政治的联系一刀砍断了。我们不能不说这是一种偏颇，而且是一个严重的偏颇。广大通俗文艺工作者清楚认识到，中国共产党实行的政治路线、方针、政策是代表最广大人民群众根本利益的，因此总是自觉地拥护它，坚决地执行它。这个基本的政治立场和态度不仅没有随着商品经济的发展而改变，反而更加坚定和强化，呈现出具有时代特质的新风貌。每当有大的政治事件，通俗文艺工作者，不论是业余的还是专业的，就会热切地关注它，激情洋溢地表现它。大家记得，1997 年香港回归祖国的时候，文艺工作者创作了大量纪念这一历史事件的作品，歌曲、小说、诗歌、电视、电影、曲艺等各种形式的作品，各显其长，真实地描述了祖国百年沧桑，抒发了深沉的爱国情怀。为什么香港回归能够掀起一个文艺，主要是通俗文艺的创作热潮呢？是市场行情的驱使吗？不是，是高涨的政治热情激发了艺术家的创作积极性。围绕香港回归写了多部小说和电视剧的梁凤仪说："更令我不能不写的原因，在于今日之香港，正值回归祖国过渡期，所见所闻所遇所感所知，唤起了人的民族良知与爱国情怀。"[①]还有一些作家、艺术家也道出了同样的心思。这表明，即使在市场经济条件下，经济效益固然是影响文艺家创作的一个重要因素，但最大的推动力还是政治的伟力，而不是金钱的诱惑。

通俗文艺创作与生产的"社会化原则"，还表现在与自然灾害的密切联系上。自然灾害，特别是地震、洪水之类极其严重的自然灾害，毁灭大量生命财产，破坏生存环境，造成极大的灾难和痛苦。严酷的灾难，对于人们的意志品质是一个严峻的考验。精神力量的大小、强弱，是能否战胜灾害的关键。精神力量强大，则没有克服不了的困难，没有战胜不了的灾难。由是，作为激励人们精神力量的有力武器的通俗文艺应运而生。历史告诉我们，每一次大的灾难以后，总会产生一批灾难题材的作品，形成一个创作的热潮。1976 年唐山大地震以后，以抗震为题材的诗

① 梁凤仪：《我怎样与写作结缘》，《通俗文学评论》1994 年第 4 期。

歌、曲艺、歌曲、纪实文学、小说、戏曲、电视剧等,陆续出现在报刊、舞台、广播和荧屏上。这些作品都满怀真情地描述了地震造成的深重灾难,颂扬了人民面对灾难的坚强意志,讴歌了唐山人民重建家园、再现雄风的辉煌成就,具有很强的震撼力。

描述自然灾害的通俗文艺作品,不仅具有独特的精神力量,而且具有重要的文献价值。这是任何其他题材的作品所不能替代的。遗憾的是,自然灾害题材的通俗文艺,还没有引起学术界、文艺界应有的重视,理论上没有对它进行专门的研究和诠释,从创作方面来说,作品虽然有一些,却缺少具有强大震撼力的厚重之作。如不改变这种情况,将会留下历史的遗憾。

从上面的论述可以看到,通俗文艺的创作与生产的"社会化原则"是全方位的,市场行情、政治需要、自然灾害以及一切与社会、与人民利害相关的事情,都是它的创作和生产的原动力。这表明,通俗文艺是和社会联系最紧密、最广泛的文艺,同时也是反映现实最快、应变能力最强、艺术形式最灵活多样的文艺,社会需要什么,它就适时地创作和生产什么。这是通俗文艺服务社会、服务人民的一个突出的优势。

第二节　通俗文艺与大众传媒

通俗文艺作品,都有一个从书房、从摄影棚、从制作间、从工厂走向社会的过程。这是作品由可能的存在变为现实的存在的必然过程,也是实现作品审美价值、社会价值和商品价值的必然过程。实现这一过程,必须依靠现代大众传播媒介。现代大众传播媒介,主要指报刊、广播、电视、互联网四种媒体。它们的共同特点是：传播便捷，覆盖面广，并具有重复性和模拟性。但具体分析起来，四种媒体又各具特点和优势。

报刊是出现最早的新闻传播媒体。在广播、电视问世以前，它有过垄断大众传播的显赫；而在广播、电视问世以后，它依然保持旺盛的活力和强劲的势头。它的长处是：传播详尽，保存持久，且选择性强，读者可以根据自己的知识水准、阅读趣味广泛而自由地选择自己喜爱的各种报刊。广播、电视虽然也可选择，但总是在广播电台和电视台提供的有限范围内选择，选择的空间要窄一些。有些广播电台和电视台设置的"点播"节目，有助于调节个人需要与节目播放之间的矛盾，但"点播"也是相当麻烦的，时机也不多，因而，就选择范围广阔、适应性强这一点来说，目前报刊还占据着优势。

广播是诸传媒中覆盖面最广、接收最方便的媒体。即使是发达国家，电视也有未到之处，而广播却是无处不到、无时不有，任何地方、任何时候都可以收听到。通俗文艺，特别是歌曲、相声、大鼓、戏曲等说唱艺术，在电波中最能显示其悠扬悦耳的神韵，具有令人心醉的魅力。

电视由于具有直观的形象性、百花齐放的兼容性和色彩缤纷的丰富性，而赢得广大群众的青睐。生动逼真的形象与神情毕现的表演，更令人神往。有些通俗文艺形式，特别是大型综艺节目，只有借助电视才能得以完整、快捷地再现，活灵活现地呈现在每个观众的眼前，电视虽然兴起较晚，却大有后来居上的气势。

近年来出现的录像、VCD、DVD等小型传播媒体，极其灵便自由，大众可以随心所欲地选择自己欣赏的各类节目，从而进一步满足了人们的需要，扩大了通俗文艺的传播范围。

新兴的互联网，被誉为第四种传媒。其崛起之快、信息量之大、功能之全、传递之便捷，令世界震惊。它将日益深入、广泛地服务于人类的物质生活和精神文明。较之其他媒体，它在传播通俗文艺方面也有明显的优势。它的传播更丰富、更广泛、更完整、更迅速，它可以把全世界的优秀文学作品都输入到网络中，使互联网成为一座世界级的图书馆；它也可以把全世界的艺术精品都展现出来，使互联网成为一座大型的博物馆。人们可以自由地选择一切他所喜爱的艺术精品。互联网的好处还在于：它不仅为人类的欣赏提供了方便，还为人们的参与创造了条件。文艺爱好者可以在网上练习写作、施展才华。因此，它也是培育人才的一个摇篮。科技无限发展，互联网的前景无限广阔。

通俗文艺与大众媒体联姻，绝不是偶然的，两者有着本质的共同性：它们都是面向大众的，它们都是从大众的根本利益、审美情趣和欣赏需要出发从事创作和传播。两者联姻，相得益彰。媒体传播群众喜闻乐见的各种通俗文艺，能够吸引大量的观众和读者，从而增加经济效益，促进自身的发展和建设。通俗文艺则借助媒体走向群众、走向市场。在现代条件下，离开各种媒体，通俗文艺不仅不能繁荣发展，甚至连生存都是困难的。由此可见，传媒对于通俗文艺的决定性意义了。

具体说来，传媒有哪些作用呢？

一、传播功能

一本小说、一出戏、一台文艺节目，一经现代媒体传播，其效应就会成千上万倍地增长。如一本小说，出版社出版发行一万册就不错了，如果在发行百万份以上的报纸上连载，其读者范围就扩大百倍以上。又如，一出好戏，如在戏院演出，观众一般也就千余人，一旦电视转播，则五湖四海、国内国外数亿人可同时观赏。由于传播的迅速、广泛，审美效应可以得到最大限度的发挥，艺术家的创作才干与成就可以得到最及时的认定。过去，一个表演艺术家的成名，需要几年、十几年乃至更长的时间。那是因为演出范围局限，观众不多，其成就与影响有一个逐步认识和积累的过程。而现在，有的演员一夜之间就红遍天下，就是现代媒体起了决定性的作用。随着现代科学技术的发展，大众传媒的载体愈来愈多，功效愈来愈高，对通俗文艺的传播也必然愈来愈强。

二、导向功能

艺术欣赏是一种自由的审美活动。人们欣赏什么作品，如何欣赏，都是从自己的兴趣与爱好出发的，不应也不能横加干涉。但是，统观整个社会，各色人等具有，欣赏群体异常复杂：有修养有素者，也有年幼无知者；有广闻博识者，也有眼界狭窄者；有趣味高雅者，也有“嗜痂逐臭”者。所以，应当而且必须加以引导。这种引导，不是生硬的指令，而是循循善诱的劝导；不是空洞的说教，而是具体的帮助。

传媒的导向功能，主要是通过文艺评论实现的。媒体对于自己传播的文艺作品要适时地进行赏评。俗话说：“会看的看门道，不会看的看热闹。”赏评的目的，就是帮助人们透过表层的“热闹”看到深层的“门道”，深入认识作品的思想内涵和艺术特色，从而获得深切的审美感受和情操的陶冶。有些电视台设置的“佳作赏析”“边看边说”“影视博览”等，就是赏评性质的栏目，意在提高观众的欣赏水平。现代传媒对大众的文化消费选择、文化消费走向起着相当大的支配作用。

三、回馈功能

“回馈”亦称“反馈”“回输”，简言之，就是受众对作品的反应。一部作品或是一台文艺节目播出后，大众反响怎样？收视率高低？喜欢什么？不喜欢什么？批评什么？赞赏什么？都是需要反馈的信息。一般地说，一部优秀的受到人民群众欢迎的作品，必须是遵循通俗文艺的艺术规律，反映人民的心声，符合人民审美情趣的作品；反之，那些受冷落的作品，大都是内容虚浮浅薄、形式粗糙低劣的作品。人民大众是耳聪目明的，是文艺作品公正的裁判者。

回馈，在大众传播工作中有重要的意义。中国台湾学者郑贞铭说："回馈是一个控制系统：它以上一步的行动来调节下一步的行动。"[①]作家、艺术家可以根据回馈信息总结经验，或进行加工修改，或作为以后创作的参照。大众媒体的传播者，则可以根据信息回馈调整播出的节目内容，改进传播技术，使通俗文艺的传播更加精益求精，更加适合亿万观赏者的兴趣和需要。

近年来，各种传播媒体越来越重视信息回馈工作。报社、电台、电视台大都在各行各业中设有通讯员、评播员、评报员，把回馈的触角伸展到社会的各个角落、各个层次，以便广泛、及时、真实、准确地收集回馈信息。另外，还随时围绕某个重要作品的播出或某个文艺观赏中的热点问题，邀请各界人士举行专题性的座谈会、研讨会，以便更集中地收集回馈信息和更深入地探讨一些问题。各传媒单位在回馈工作中，可说是"八仙过海，各显神通"。这种情况表明，信息回馈的重要性已为多数媒体单位和艺术家们所认识，回馈工作已由不自觉走向自觉，由无序走向有序，信息回馈已成为推动大众传播、促进通俗文艺发展的强有力的杠杆。

从以上的分析不难看到，通俗文艺从生产到流通、从创作到欣赏，都离不开现代传媒的承载、支持与帮助。通俗文艺的兴旺与衰颓、艺术质量的提高与降低、社会影响的扩大与缩小，都与传媒作用的发挥息息相关。因此，加强和改进传媒工作，实是推动通俗文艺繁荣发展的重要一环。

---

① 郑贞铭：《大众传播学理》，中国台湾华欣文化事业中心 1986 年版，第 61 页。

第三节 通俗文艺与文化市场

通俗文艺是一种文化商品。作为文化商品，如何适应市场的需要走向市场、开拓市场，是关系到通俗文艺生存与发展的大问题。通俗文艺的商品性及其与市场的关系并不是一个新问题。在我国，早在南宋时期，通俗文艺的商品性就开始显露出来。明清时期，通俗文艺作为文化商品的性质更加显豁。在市场经济发达的现代社会，通俗文艺和文化市场的关系更加密切。然而在计划经济体制下，通俗文艺的商品性质虽然并未泯灭，却被极大地限制和削弱了，反映在人们头脑中的商品观念也就淡薄了，作家、艺术家只考虑如何创作，根本不考虑作品问世后如何在社会上流通的问题。改革开放以来，市场经济获得了长足的发展，文化市场业已形成，并成为通俗文艺社会流通的主渠道。文化市场的活水，是通俗文艺生命的源泉。离开文化市场，通俗文艺就难以生存和发展。因此，探讨通俗文艺走向市场的规律，积极沟通通俗文艺与文化市场的联系，就成为一个重要而急迫的现实课题。

通俗文艺与市场的关系，说到底，是通俗文艺与大众的关系问题。"顾客是上帝"这个商家箴言，对于一般市场是真理，对于文化市场也是真理。大众的审美观念、审美情趣及价值取向，是左右文化市场的杠杆，决定着通俗文艺的流通状况乃至它的盛衰荣枯。因此，准确地了解大众的审美心理与审美动向，很好地适应大众的审美需要，是通俗文艺走向文化市场的关键。这个道理说起来很容易，做起来却是非常繁难。我国是一个十几亿人口的大国，人们的性情、禀赋、文化素养、地域环境、年龄层次等影响艺术欣赏的主客观情况千差万别，要寻找统一的审美趣味、审美标准显然是不可能的，要使一件文艺作品赢得每个人的喜爱也是不现实的。但是，从另一方面看，中华民族的每个成员，都生存在神州大地的共同空间里，社会生活、学校教育、文化传统赋予大家许多共同的东西，反映在通俗文艺的欣赏与阅读中，则形成大体相同的审美取向。这是通俗文艺市场的基础。那么，通俗文艺作品怎样才能最大限度地赢得群众、占领市场呢？

一、精品效应

文艺作品的艺术价值和商业价值，从根本上说是一致的。艺术精品，广为流传，流芳百世，是中华民族乃至全人类的文化乳汁，世世代代的人们都需要阅读它、欣赏它，从中吸吮宝贵的精神营养，因而也就需要世世代代出版。《三国演义》《水浒传》《西游记》《红楼梦》等经典作品问世以后，数百年来出版之频、印数之多，远非其他作品所可比拟。

文艺精品，特别是精中之精的经典性作品，之所以具有巨大的社会效应和经济效应，首先在于它是一座丰富的艺术宝藏，是人生的百科全书。从治国安邦的大道理到为人处世的小道理，从宏远的理想追求到日常的生活情趣，无不深切动人地体现在作品中。不同年龄、不同职业、不同文化层次、不同兴趣爱好的人，都可以从中感悟到它的博大精深，吸取自己所需要的知识和营养。另外，还在于它的魅力的无穷。真正的文艺精品，很像深不可测的潭水，总觉得看不透、看不够、领略不尽，因而总想一遍又一遍地看下去。一部经典作品，人们几遍、几十遍地读，终身地读，兴趣不减，已不是少数。这表明，一部艺术精品的丰富性、深邃性和不可穷尽的魅力，是它广为流传、永不衰微的根本原因。

人们或许会产生这样的疑惑：前面所谈，都是古典的精品，为什么不面对现实呢？有这种想法是很自然的。其实，我们就意在用历史的经验激发现代艺术家的精品意识。当前，在激烈的文化市场竞争中，有些人不免头脑发热、心气浮躁，走向创作的误区。他们只求数量，不顾质量，粗制滥造，乃至剽窃、盗版，以“文化垃圾”和偷盗的“文化赃物”换取高额利润。这种现象，像一股浊流，严重污染着文坛和社会。“文化垃圾”不管怎样包装，毕竟只能骗人一时，最终还是会身败名裂、艺财两空的。只有真正树立精品意识，在创作中锲而不舍，精益求精，才是赢得群众、赢得市场的可靠法宝。金庸的武侠小说艺术上乘，有口皆碑，海内外凡有华人的地方，就有他的小说，几乎形成了无边的市场。这不就是最好的例证吗？

二、热点效应

这也是通俗文艺占领文化市场的一个有效手段。所谓热点效应，就是及时地抓住社会上人们最关注的问题予以艺术地表现，从而拨动亿万群众的心弦，引起强烈的社会反响。

我国社会历史的发展，确如滔滔江河，蜿蜒曲折。每个历史时期总会有重大的矛盾冲突，总会有牵动着亿万群众喜怒哀乐的社会问题，这是通俗文艺极好的题材，一旦表现出来，就会引起社会的反响。特别是关系民族命运、国家兴亡的大题材、大主题，更能产生社会的震撼。日本侵华时期，“抗日救国”是重要的热点问题，歌曲《义勇军进行曲》和活报剧《放下你的鞭子》义愤填膺、激情洋溢地表现了中国人民抗日的意志和决心，从而赢得了每个中国人的心。近年来，一些社会反响大的电视剧，也都与触动了社会的热点有关。《渴望》表达了在十年浩劫后，历经磨难、伤痕累累的人们对真诚的渴望、对亲情的渴望、对善良人心的渴望。这是当时中国人民精神上的一个热点。电视剧《苍天在上》也引起不小的轰动。原因就在于它犀利地揭露和抨击了关系国家命运和前途的腐败现象。许多成功的经验表明，捕捉到了热点，也就意味着捕捉到了群众的心，捕捉到了市场，因此，艺术家应当百倍经心。

描写热点题材，不能就事论事，而要和人性、人情联系起来。人性、人情是在各种社会因素和生理因素的综合作用下形成的。随着社会条件的变化，人性、人情也会发生变化。通俗文艺只有不断追踪人类心灵的历程，细致入微地展示复杂的情感世界，才会有真切的感人力量和重要的审美价值。根据毕淑敏小说改编的电视连续剧《红处方》写的是戒毒问题，可贵的是它没有停留在毒品危害的生理层面，而是深入到内心里去，揭示了善良人性与丑恶人性的搏斗，控诉了毒品对人性的扭曲、对美好心灵的亵渎以及对亲情的破坏。这样，不仅增强了作品观照社会的力度，而且更能激起人们心灵的共鸣。

热点效应，无疑主要来自现实生活题材，但是，历史题材也不是不能取得热点效应。历史题材由于年代久远，时过境迁，社会背景、文化背景发生了很大变化，人生的理想和追求也有根本的不同，难免产生隔膜感和疏离感。然而这并不意味着历史题材的热点效应一定弱于现实题材。问题的关键在于文艺家如何选材和处理。脱离现实需要，发思古之幽情，为写古人而写古人，受冷落是很自然的。如果不是这样，而是从现实的需要出发，用现代的观点审视历史，精心选取对我们有启示同时又有审美价值的题材，也会取得热点效应。根据二月河小说改编的电视连续剧《雍正王朝》就是一个突出的例证。在众多的历史剧、清宫戏里，它所以脱颖而出，赢得广大群众的喜爱与称赞，就在于编导用现代眼光观照这一历史题材。雍正是一个皇帝，他的专制主义本质和历史的局限性自不待言；然而他的锐意革除积弊的精神与我们今天进行的改革有某种历史的契合点，这就是人们对他感兴趣的根本原因。时下，写历史的东西很多，我们希望多一些严谨的契合现实的作品，少一些戏说胡闹的东西。

三、明星效应

在艺术领域中，人们把艺术造诣高、社会影响大的文艺家称为明星。明星，特别是真正光辉耀眼的明星，具有无穷的吸引力和感召力，像周润发、成龙、李连杰这样的影星，像邓丽君、谭咏麟这样的歌星，像侯宝林、骆玉笙、刘兰芳这样的曲艺明星，不知倾倒了多少观众和听众。通俗文学领域，也有一些明星似的名家，像金庸、梁羽生、古龙等新派武侠小说家，琼瑶、亦舒、三毛等言情小说家，都拥有自己的读者群，作品一出，人们争相阅读，因而很容易启动市场，形成热潮。因此，最大限度地发挥明星效应，已成为文化市场竞争中一个强有力的手段。

艺术领域的明星，犹如夜空中的星星，质地不同，情况各异，有的永放光辉，有的逐渐黯淡，还有的如流星一样，瞬间即逝。这一方面是因为明星自身的原因。如果自身文化底蕴单薄，进取精神不足，不能自我更新、自我发展，艺术上停滞不前，就会失去明星的光彩和感召力；另一方面，大众的审美观念、审美情趣也会随着时代的发展而发展，随着文化素养的变化而变化，在艺术欣赏上，不断进行新的选择。因此，明星能否适应大众的审美需要而不断进行艺术更新，是能否永葆明星风采、永具明星魅力的关键。文化市场愈活跃，竞争愈激烈，明星的淘汰与更迭也就愈快。从艺术的角度看，这种更迭是符合艺术发展规律的，有利于艺术的提高；从市场的角度看，这种更迭也是符合市场规律的，有助于不断激活文化市场，不时出现新的销售热潮。因此，精明的文化人和经营者总是审时度势，敏锐地发现具有优秀才干的文艺人才，精心细意地培育新明星，隆重地推出新明星，以新制胜，以奇制胜，以求收到神奇的效果。琼瑶的电视剧，很注重起用新人，先后推出了林青霞、刘雪华、赵薇等明星，既为艺术发展做出了贡献，又为争取市场取得了优势地位。

四、宣传效应

从根本上说，一部文艺作品的审美价值与社会价值以及能否赢得群众、赢得市场，主要依靠自身的成就；不是自吹自擂所能济事，也不是热烈炒作所能奏效的。但是，必须看到，适当的包装与宣传还是必不可少的。通过舆论宣传，可以把作品潜在的美充分地揭示和宣扬出来，帮助大众欣赏和品评，促进艺术和群众的结合，从而顺畅而广阔地开辟市场

宣传的方式是很多的，新闻发布会、首播式、研讨会、座谈会，还有评论家的笔谈、群众的观后谈等，形式灵活多样，其内在精神是一致的，都贯穿着对作品的认识与评价，将作品的思想内涵、艺术特色、独特魅力以及创作过程、生产背景等介绍给广大群众，激发其阅读和观赏兴趣。参与宣传活动的主要有领导、专家、群众以及作品的创造者、制作者。他们的身份、地位、知识结构不同，关注点也不一样，因而，他们的所见所谈也就各有特点。领导者对作品的定位和把握比较准确，对作品思想内容方面的优劣特别敏感，所提意见大都具体而明确。专家的意见较系统、深入，对作品的艺术成就与不足喜做全面的评价。群众大都结合自己的感受谈看法，具体、实在，时而闪烁真知灼见。创作者谈创作感受、创作背景以及生动有趣的花絮，既有趣味性，又有启示性。不同的人畅谈自己对作品的感受和心得，也算是“集思广益”吧，对扩大社会影响、占领市场大有好处。

广告也是一种社会宣传，一种广泛使用的促销手段。普通商品需要做广告，文化商品也需要做广告。发达国家是很注重文化商品广告的，出版商就经常利用广告大力宣扬能够跻身于畅销书排行榜的作家和作品。英国学者约翰·苏兰特说："畅销书与广告宣传是密不可分的，出版商对一部畅销书的宣传、推销极为关注。邀请作家周游各地，以示天下；将内容透露一二，吊人胃口；精心设计封面装帧，一切为读者着想。其考虑之周到，给人印象极深。"他还风趣地说，出版商"推销他们出版的书，简直就像一辆辆浑身都是喇叭的宣传车，热情得非让人掏腰包不可"(《畅销书》)。目前我国文化商品的广告还比较少、比较弱。影视广告多一些，音乐、戏曲次之，文学作品最少。其原因，主要是经济投入问题。希望随着社会的发展、经济的繁荣，这种状况能够逐步改变。

文化商品的宣传，不论采取什么形式，都应当贯穿实事求是的精神。从促销的角度看，宣传时多说好话，是很自然的。俗话说："老王卖瓜，自卖自夸。"卖瓜人如果不说自己瓜多么好，而是数落它的不好，谁还会买他的瓜呢？问题不在"夸"，而在"夸"得实，"夸"得真，"夸"得恰如其分。如果言过其实，甚至信口雌黄，将丑说为美，那就是弄虚作假、吹牛骗人了！虚假性、欺骗性的广告与宣传，只能骗人一时，而不能长久。这次上当受骗，下次就不信了。最终倒霉的还是推销者自己。当前，随意"炒作"之风颇炽，急切需要正风气，以使广告、宣传更加有力地发挥作用。

一部作品问世以后，能否走红，能否畅销，受多种因素的影响。除了作品自身的审美效应、宣传效应外，还与文化市场的态势有密切关系。市场如战场，风云变幻，难以捉摸。有时某个社会热点题材，你也写，我也写，写得多了，热点就变成“冷点”，人们也就漠然视之，不去问津。有时你看好某个题材，以为非常适合当前人们的审美趣味和审美时尚，及至作品问世后，社会反响却不大。寻根究底，原来人们的审美趣味和审美时尚早已转移和变化了。与此相反，某些不为人们注意的题材、某些文艺家们不太看好的作品，进入市场以后，却突然地火爆起来，创下人们意想不到的佳绩。这些情况表明，市场风云，如同自然风云一样，难以认识，难以把握。然而，又不能不认识，不能不把握。只有准确地摸准市场的脉搏，适时地创作出市场所需要的优秀作品，才能如愿以偿地拓展出广阔的市场空间。

第十章　通俗文艺的欣赏与批评

第一节　文艺欣赏是一种复杂的审美实践

欣赏是文艺作品效果体现的一个复杂的审美实践活动。从人的文化活动来说，艺术欣赏是个普通而经常的精神愉悦要求；可从欣赏角度、欣赏的自觉和欣赏水平上看欣赏本身，它既和人的基本素质有关，也和训练培养有关。所以，“欣赏也是一种技能、技巧”。而要使自己的文艺欣赏上水平，欣赏能力有所提高，应该学习有关知识，并先去认识艺术欣赏的价值。当然，文艺作品的价值多为认识、精神和情感价值。但无论怎样，只有存在价值前提，欣赏才会有其内涵和实质。对欣赏的分析，就从这一基点开始。

在我国当代文艺史上，曾经发生过严重的文艺封闭和文艺禁锢现象，那时的艺术作品经常被政治斗争任意扭曲和被政治思潮任意异化，所谓的欣赏，实际是接受政治灌输。所以当为政治服务的文艺与它的土壤一起被新时期的生活与作品取代时，艺术欣赏的主体理所当然地提出了“文艺是什么”这追寻文艺自身的底蕴和文艺自身的价值的问题。然而曾几何时，还没等人们真正认识文艺为什么是“有意味的形式”为什么是“以形象开发人自身”等精彩的命题，随着社会主义初级阶段商品大潮的涌起，文艺作品已被商品化、通俗化和消费化了。换句话说，人们对文艺产品的欣赏已经不是过去的依据政治形势单纯地接受作品的“教育态”，也不是一个劲儿寻求反思的“醒世态”，而出现了大批读者、观众以购买欲望及互利交换为特点的用文艺舒适内心的“愉悦享受态”。人们欣赏的主动性增强了，却休闲化了。值得注意的是，由于近代我国社会文化素质跌入过低谷，和小市民文化氛围的浓重弥漫，加上广大农村文化还没有经历过现代文化的系统地整合，更因为“文革”而遗留下来的“左”的欣赏习惯，造成了某些违背艺术欣赏规律的平庸欣赏、褊狭欣赏依然占据着一部分人的心理。

所谓“平庸欣赏”，实际就是低级趣味的欣赏。它表现为审美趣味的庸俗低下，表现为欣赏中很少有心灵的品评，却过多地接受官能的享受。于是仅因“情杀”“裸女”等篇名便要“踊跃”购买全篇作品，仅因一幅裸体插图、一节挑逗性音乐、一段关于性的描绘就能“欢悦”全画、全曲和全文。显而易见，这种欣赏的心理机制是不完整、不健全的，这种欣赏的文化表现也是委琐和世俗的。

所谓“褊狭欣赏”，是指包括“政治标准唯一”在内的一元化的线性欣赏。这种欣赏也有一定的理论和理性分析，甚至还借助经典著作中有关论述去批评。但却总是在找作品的“现实意义”的同时，忽视了文艺的多元的启迪作用和文艺对“人”的开发所展现的深层结构与复杂形态。特别是对文艺作品的美，常常用具体而微的“真”去参照、去考察、去认识，这种褊狭欣赏便给作品罩上了如《西游记》中“蜘蛛精”肚脐眼里挤出的网，让文艺的创新和多层次内涵裹上一层黏黏糊糊的玩意儿，以便在传统积淀和固定视角下形成的"褊狭欣赏"下却步。很显然，这种欣赏的心理机制是呆板的没有活力的，其欣赏的文化表现是教条的和矫情的。

上述这两种欣赏取向，也是部分通俗文艺创作"适应"的结果。没有庸俗之作，不会激发平庸欣赏；没有单调的作品，也不能鼓励褊狭欣赏。创作需要才能和欣赏需要素质，是相辅相成的。只有有价值的文艺，才会有欣赏的价值；只有价值的欣赏，才能提高文艺的价值。

文艺的价值，简单地概括，有三层意思。首先，文艺作品有深刻而鲜明的"个性形成"；其次，有典型而普遍的社会意义；再者是愉悦、娱乐，甚至是以文化的消费、文化的装饰去丰富并提高人和社会的生活情趣与质量。然而一个不容忽视的问题是，文艺作品的价值大都通过购买才能实现，所以它的本体价值并非任何情况下都是同构的，而是存在着有联系而又有区别的两种形态；艺术的元型魅力和艺术的外化魅力。

所谓"艺术的元型魅力"，是指艺术本体的深层的内蕴的影响力，也就是常说的作品的底里。如毕加索的《鸽子》和那幅著名的《哥尔尼卡》都是反对法西斯侵略的，其内质是"和平"，而这就表现了艺术的元型魅力，即通过创作使时代精神、人文内涵和个人追求以特定的艺术方式、艺术表现力凸现出来，而人们在欣赏中，又能准确地把握。

所谓"艺术的外化魅力"，是指艺术具有更多启迪、更多愉悦的空间。它往往凭借艺术的刺激力、联想力，使人们在审美时进入情感宣泄。一般说来，元型魅力趋雅，外化魅力趋俗，但艺术的力量往往是二者互补和互动形成一个反差效果。一方面，元型魅力打动读者和观众主要依靠内蕴，但又不得不去倚借外化魅力；另一方面，外化魅力一旦失去内质，也就立显苍白。元型魅力和外化魅力的区别是明显存在的，但在作品的艺术追求上，两个“魅力”需要一致、共鸣，协调发展。

第二节 通俗文艺欣赏的规律

从作品说，通俗文艺欣赏的着眼点在于其观照社会生活的价值；从审美实效看，通俗文艺欣赏的动力是情绪的调配与溢泄，所谓“赏心悦目”“秀色可餐”者也。因此，文艺创作一旦激起一种情感，读者和观众又是在文化消费与休闲的氛围与状态下观赏品味的，这种欣赏本质上就是通俗的或大众的文艺赏析。其主要特点，是“娱乐”和“消遣”。

娱乐和消遣是一种情绪负荷与释放行为的具体化。文艺的娱乐和消遣，是作品先给人们带来兴奋，然后伴随欣赏以予愉悦、排遣、宣泄。由于文艺的作用在于心灵的震撼，因此任何文艺作品都有情感指向。而通俗文艺的欣赏突出表现在：于娱乐本身的过程中去释放娱乐情怀。即这种需要释放情绪的行为，是以这种行为的情绪必须得到释放为前提。例如下班回来后，想轻松一下，便打开电视。这种选择的目的就是轻松一下精神。结果几个节目看下来，愉悦了、消闲了、享受了，同时消减了一天的劳累，达到了轻松的目的。可见把情绪消遣本身当作目的，以便更好地实现消遣情怀的娱乐，是一种艺术的欣赏行为。它不同于挥拳打沙袋，以力量转移达到发泄。同时，艺术欣赏之所以不等于通过肢体刺激得到的那种乐趣，还在于必须创造一种虚拟的情境，使感情能够在审美中释放转移出来。从通俗文艺作品寻找这种虚拟，并凭借这种虚拟享受快感，是通俗文艺欣赏的一般形式。在这里，虚拟的情节、虚拟的人物能在“阅读”中形成意境，观赏者领略和体味其意境的惬意，交流情绪，才会获得精神愉快。所以，通俗文艺欣赏，不是自在的游戏，也不是空穴来风的幻术，而是一种从艺术品里去获得生活化审美的文艺鉴赏活动。

在这种文艺欣赏活动中，通俗文艺是最直接最爽快最亲近的欣赏对象。只有通俗文艺才会有典型的通俗文艺欣赏。雅致作品里也应当有这样的欣赏层面，去拥有较多的读者观众，产生广泛的影响。但从整体观察，远不如通俗文艺观赏性强、观赏面宽。当然，这么说，并不意味着所有的通俗文艺作品都有相应的观赏品位与价值。就目前的创作看，有些作品内容苍白，格调低下，渲染感官刺激，缺乏艺术境界，失去了美学内质，当然也就丢掉了审美效果。另有一些作品缺乏创新，雷同化、虚假化、肤浅化，也得不到大众的欢迎。因此，作为大众欣赏对象的通俗文艺作品，一定要具有严正的大众文化审美品格。

通俗文艺欣赏，要取得好的效果，应当自觉地遵循通俗欣赏的规律，而不能漫不经心，随随便便。从欣赏方式来说，虽然通俗作品比较易于接受，加上注重情节，人物多为类型化，很少有阅读障碍，但仍要精细地分析，对动情处、宣泄处予以细致而周密的考察。在考察时，首先要从形式和体裁入手。如电视文艺应观赏其声音画面；电视剧应欣赏其情节人物，特别是悬念、戏扣、性格、命运。只有以此去唤起赏析的情绪，才能深入到艺术情境之中。其次，须以情节为经、人物为纬，对主题、题材、内涵和指向进行较全面的认识，重点段落、重要人物命运的表现，应该格外关注，以达到较大的情绪积聚与释放。再次，要从总体上得到某些认识的碰撞、道德的观照、审美的体味。对未来可能出现的生活情景的描绘、富有启迪的语汇等，也应当留于心、印于脑。尽管不一定都能从人生层面上去深思、去得到美的陶冶，但受到教益是精细分析的出发点和归宿。

通俗文艺的欣赏还可以是粗犷的领会。尤其是群体赏析、家庭观看时，更是如此。通俗文艺有趋热的走势，大众文化消费是开放的流动的和时髦的。一旦集体无意识地形成流行趋势，只要能把情绪调动起来，只要能赶上阅读、观看、聆听的潮流，就不以精细为享受，而以与众人同步欣赏为乐事。因此，粗犷的赏析，成为通俗文艺欣赏的鲜明表现形式。家庭观看及情侣阅读等情调型、生活型的欣赏，着眼于造成氛围，寻求共同话语，常常是以欣赏作品时的得趣于艺术之外的情绪律动，达到欣赏的共鸣。边看边说、边读边生发议论，是这种赏析的极好注脚。

通俗文艺欣赏还应该是以松散的综合，达到对愉悦的追求。通俗文艺的消费性、休闲性，使欣赏时注重一时效果和自由需要。此刻的一笑排忧，彼时的一笑，是乐上加乐。虽都可能看的是同一电视小品，听的是同一相声小段，但欣赏心态、欣赏效果并不一样。而且一旦消费与休闲的目的是自我愉悦，欣赏的随意性可以是自由无拘的。打开电视，一会儿就把频道遛个遍，并不刻意哪一部戏，除非一下子吸引住他，或某一画面出现与其心态即时性的共鸣。因此，这时的欣赏是松散的、断续的。其综合的赏析，可能是对一部作品间歇却能连贯下来的把握，也可以是对若干作品的几种样式的相通享受。电视画面、音乐节奏、小说片段，都能大致交织在一起，只要欣赏的娱乐享受是同一心情的。

通俗文艺欣赏还要有社会着眼点、感情着力点、生活意味点和道德支撑点。这属于欣赏内在特征。

社会着眼点。强调通俗作品对社会的揭示与剖析。通俗文艺不是远离社会，它是以通俗形式去反映社会，以大众视野去描绘社会，对社会的抒写更具有普遍的真实性。尤其是纪实性作品，几乎与社会人生同呼吸共命运，对社会焦点和生活热点的捕捉常常是世人关注的要点问题。欣赏这类作品，必须有社会的着眼点。刻画的不是焦点题材、大众意识所涵盖的社会思考，也要从社会环境深处去赏析。

感情着力点。文艺的通俗性使作品注重以情动人。婚爱、操守、贫富、儿女、父子等，都因情而坎坷，因相互纠葛而跌宕。往往一个“爱”、一个“恨”就能激起波涛，引出剪不断理还乱的矛盾。而爱与恨的转换，恩与仇的联系，都令观众和读者调动自己的情愫去欣赏。言情不仅能感染赏析者，而且因其浪漫更能牵动人们的情怀和思维空间。尤其是通俗文艺的欣赏者，具有层次不同、资质参差不齐、从众性大于独立理解等诸多情况，感情着力倒是一个能一致、能共鸣的取向。作品应有感情着力点，欣赏也要有感情着力点。只要二者能在赏析中走向合一，其欣赏效果不单达到个人的娱乐享受的层次，还可能向品评上发展，进入较高层次的审美境界。

生活意味点。通俗作品尤其具有对生活意味、生活情趣的描述，使欣赏突出了消费性。通俗作品有较多的生活价值，而较多的文化消费、文化休闲作用，使得通俗文艺更贴近民间、贴近家庭、贴近日常生活。加上描绘得细腻、抒写得浓郁，人们在欣赏中会依据自己的生活经验、日常见闻去品味。特别是通俗文艺喜用“巧”的方法构建作品，奇趣异闻与凡人小事常常交汇、交织、交融在一起，在这些能激发人们读看的地方，越去咀嚼生活的乐趣，越能生发许多生活的乐趣。也许人们的文化历史知识是从各个方面综合而来，通俗文艺也是一个重要渠道。许多识人办事、认知生活的经验就是通过欣赏通俗文艺得到的。看推理小说知晓破案，自爱情影视懂得如何恋爱，这样的事例在我们身边是太多了。同时，对通俗作品生活层面的欣赏，有互感的启迪和情趣的认同。例如不少作品描写妇女的凄楚和苦难，有的沉沦在青楼瓦舍，有的操劳在堂屋灶边，有的被窒息了情感，有的扭曲了身心，有的丧失了青春，然而她们善良、忠贞、勤劳、坚韧，在曲曲折折、荆棘丛生的人生道路上，坚强地走下去，走下去。她们的命运和精神感染了一批又一批读者和观众。人们从她们的命运中了解人生，从她们的境遇中体味生活。原来没有感受的，现在感受到了；原来糊涂的，现在清楚了。尽管这种对生活意味与情趣的描写不能更深入地揭示生活的底里，不能更深刻地引发艺术思考，或只是情绪的平行刺激，然而却质朴和鲜明地认识了自己以外的环境和生命方式。

道德支撑点。通俗文艺作品中的人物类型化色彩较重，善恶美丑对比明确。虽然少了些复杂和人性的某些"形而上"，却十分强调正义的裁判力量。欣赏中崇尚英雄、赞颂美善和鞭笞丑恶、蔑视败类的情感，会时时凸现，从而促使人们不断掂量自己的道德天平。正因为通俗文艺作品适应、表现、归纳了大众的道德信念和伦理评价，欣赏中对操守的思索不仅一直保持着由此岸到彼岸的连续性与量变到质变的升华性，而且积累和熔铸了道德意识和道德标准。一出《秦香莲》将负心汉押上了道德法庭，一曲《新三字经》弘扬了中华美德。通俗文艺欣赏对大众文化心理的潜移默化的影响，是深远的。

以上所谈只是通俗文艺欣赏中几个值得重视的"关注点"，而不是对欣赏内在特征的全面概括。文艺欣赏，因人而异，因素质而异，也因观赏的动机和需求而异，各人所着重的和感受到的，是很不相同的。然而基本的欣赏原则和追求又是相近和相同的。只要观赏者认真地阅读和观赏，全面地感受，全面地理解，全面地把握，一定会感受到更多的美感和快感，也一定会得到更多的道德情操的陶冶。

第三节　切实提高欣赏通俗文艺的水平

文艺欣赏是一种接受活动，与接受主体的文化素养、审美趣味以及思想状况有密切的关系。马克思说："如果你想得到艺术的享受，你本身就必须是一个有艺术修养的人……对于不辨音律的耳朵说来，最美的音乐也毫无意义。"① 目前，我国"不辨音律的耳朵"，不识艺术的眼睛，还是很多的。不少人只是从艺术作品中寻求感官刺激，根本感受不到艺术的美感。这种状况，不仅使自己的欣赏陷入误区，而且给通俗文艺的走向造成了不良的影响。所以，提高欣赏者的鉴赏水平，已成为实现通俗文艺美学价值、促进通俗文艺健康发展的重要环节。

提高对通俗文艺的欣赏水平，是一个系统的工程，包括一系列组织、教育、引导工作。这里结合目前的实际情况，谈几个要点：

欣赏的素质。素质是一个人的能力与修养的体现，它是一个实践和理论深入积累的过程。素质不只是自我进步的基石，也是社会进步的支柱。欣赏素质，是素质的文化表现。通俗文艺的欣赏素质，是以完整、准确、系统、深刻地把握通俗作品为前提的。鉴于通俗文艺的大众化、娱乐性，在欣赏中不能单纯从官能感受出发，而要懂得通俗文艺在文化中的位置，了解通俗文艺的作用，辨析通俗作品的优劣。这就要求

---

① [德]马克思：《1844 年经济学—哲学手稿》，人民出版社 1979 年版，第 80 页。

欣赏者有一定的理论文化修养。有了这种修养，才能全面地理解和把握作品。提高素质修养，还要注意提高认知能力。艺术欣赏经常有到位不到位的问题。欣赏得到位，既是一种分寸的把握，也是一种认知的明确。在艺术作品中，雅与俗、优与劣、美与丑，是浑然一体的。辨析优劣、评价美丑、品味俗雅，都离不开“到位”。只有分寸得当，认知明确，才能深切感受其美，彻底扬弃其丑，并恰如其分地给予总体评价。总的说来，欣赏者的欣赏态度、欣赏情趣与认识能力，都是欣赏素质的表现，都受到欣赏素质的制约。所以，加强欣赏者素质的培养，是提高欣赏水平的基本环节。

欣赏的导向。通俗文艺是以服务文化消费、娱乐休闲为特征的，而且以生活即文化消费价值为主层面。欣赏时会因对生活价值的深切体味而达到精神舒畅、心理宽慰。然而，只要是精神活动，即使是自娱自乐的观赏，也应该以导向的指引进入灵魂深处，获得美的感染。这样才会有益身心，有益家庭，有益社会。欣赏导向主要是指观赏作品要有积极向上的美学理想作指导。在阅读观看时，注意琢磨体味主题是否健康昂扬，形式是否新鲜活泼，娱乐效果如何，是否使主体情感正确宣泄，使客观氛围和谐宜人。观赏时还要注意从净化心灵入手，看作品能否提供道德情操是非的评判，能否给予人生的启迪。特别是信仰、爱国精神和民族气节，更是评价通俗艺术的主要标准。因为这关系到文化消费的本质，是为了提高人的修养。观赏活动中有积极向上的美学理想做指引，更容易形成群体性的共鸣与共振，同时也会更深切地感受到审美的时代性和社会性。当然，由于人们思想、修养、情趣的差异，往往会有个人独特的领会。这不仅不能否定，也不会影响艺术欣赏的共性，反而丰富和充实了艺术欣赏的共性。共性与个性的有机而复杂的结合，使审美感受更加丰富多彩。

欣赏方式。观赏叙事体裁的文艺作品，要以把握品味情节和人物命运为主。看情节叙述是否流畅，描绘是否动人，尤其应赏析其曲折而不失真实、刺激而不失韵味的抒写笔力。通俗作品中的人物形象，有一些是类型化的。这并不是什么缺欠。它能使欣赏更集中于人物的符号性、明辨性，从而更易于在欣赏中明辨美丑与善恶，使人们在欣赏中获得最基本的审美需求。特别是从感官到心灵的快感，主要是从情节与人物、言行与命运的交织与跌宕中去体味。通俗的悲剧有独特的欣赏价值，它能强烈地感染人们的思想情绪，带给人们的不仅是一种愉悦，而是心灵的震撼。

王朝闻说："作为审美主体的欣赏者，他的主动性主要表现在审美判断的自觉性。"[①]要增强自觉性，提高审美能力，必须多方面地学习和锻炼。主要是经常接触艺术作品，并进行比较阅读，如通俗文艺和高雅文艺的比较、名著与非名著的比较、中外通俗作品的比较、历史的和现实的比较以及题材和形式的比较等。在比较阅读中，我们可以领悟到许多艺术的道理和知识，从而促进欣赏的自觉性和鉴赏力的提高。

第四节　积极开展通俗文艺批评

文艺批评，是推动文艺健康发展的重要手段，也是联系创作者与欣赏者的桥梁。雅文艺需要批评，通俗文艺更需要批评。这是因为，新时

---

① 王朝闻：《审美谈》，人民出版社 1984 年版，第 487 页。

期的通俗文艺来势凶猛，气势壮阔，未免泥沙俱下，良莠难分，需要借助文艺批评来区分好坏，“浇花锄草”，总结经验教训，不断提高通俗文艺的水平。还因为，群众面对浩如烟海的通俗文艺，往往感到茫然，不知如何选择，也不知道如何欣赏，需要评论的导引。优秀的批评，不仅可以帮助读者和观众从通俗文艺作品中感受到更多的美，还可以帮助他们领略到更深刻的思想内涵。积极开展面向大众的通俗文艺批评，已成为推动创作、扩大影响、促进通俗文艺与人民大众密切联系的一项迫切任务。

通俗文艺的批评和雅文艺的批评是不同的，它应有自己的价值体系和审美准则。但是长期以来，由于文艺批评家对其重视不够，研究不深，因而并没有真正地建立起通俗文艺自己的价值体系和审美准则。不少评论家有意无意地用雅文艺的标准衡量通俗文艺，要求通俗文艺，从而导致了一些似是而非、令人哭笑不得的结论。这样，只能扭曲通俗文艺的本来面貌，阻碍通俗文艺的发展。所以，搞通俗文艺批评，一定要把握通俗文艺的特性，运用通俗文艺特殊的价值体系和审美准则来进行。

那么，通俗文艺批评有哪些特征呢？

通俗文艺批评，首先要有群众观点，要从人民的根本利益出发。人民群众的政治观念、伦理道德、思想情感以及兴趣爱好，是我们评价通俗文艺作品的思想尺度。符合群众思想情感并给予生动的艺术表现的，是好的或较好的作品。反之，违背群众思想情感的作品则是不好的作品。饱经苦难的中国人民有着强烈的爱国主义思想和民族忧患意识，有着鲜明的是非感，有着不屈不挠的斗争精神，有着传统的美德，同时也具有强烈的现代意识。作为通俗文艺的评论工作者，应当了解和熟悉群众思想意识中的这些根本特点，然后把它们运用到实际的评论中。比如说，《说岳全传》《杨家将》高扬着爱国主义精神，只有把握这个根本点，才能正确评价这两本书，同时也才能正确地认识书中的人物。有的评论离开这个根本特点，而对英雄人物的历史局限百般挑剔，势必降低了它的积极意义。坚持运用群众观点进行通俗文艺的评论，说起来容易，真正做到是很困难的。只有深入群众之中，十分熟悉群众的思想感情，才能真正搞好通俗文艺评论，做好群众的代言人。

进行通俗文艺批评，还有一个理论的依据问题。西方理论批评的模式很多，诸如神话与原型理论、结构主义理论、解构主义理论、形式主义理论等，我们能够搬过来作为通俗文艺批评的理论模式吗？当然不能。雅文艺也有一套理论，能否照搬过来作为通俗文艺批评的理论依据呢？也不能。进行通俗文艺批评，应当而且必须依据通俗文艺的价值体系和审美准则。否则，就不能正确地评价作品。比如说，人物塑造的典型问题，有"个性化"和"类型化"两种典型。雅文学偏重于塑造"个性化"的典型，而俗文学偏重于塑造"类型化"的典型。文学史上一系列著名的人物形象：张飞、关羽、诸葛亮、包拯、海瑞等，都具有"类型化"特点。如果我们依据雅文学重"个性化"轻"类型化"的理论，无疑就会贬低这一系列人物形象的典型意义和巨大的社会价值。如果我们从通俗文艺的特征出发，把"类型化"和"个性化"看作是并行不悖、不分轩轾的两种典型，那么通俗文艺中的典型形象才能得到正确的评价。类似的区别和差异是很多的，切实把握住它们的特点，才会有切实中肯的批评

通俗文艺评论，还有一个话语问题。为了清楚地说明评论对象的特点，同时也为了让文化水准参差不齐的阅读者能够接受，评论的话语一定要平易自然，通俗易懂。要注意概念的运用，少用冷僻的学术概

念,多用群众熟悉的评论概念。还要注意命题集中,叙事简要,深入浅出,多做短文,大而无当的长文群众是不欢迎的。不能不看到,当今有些批评文章,大量使用理论术语,特别是“新潮”的理论术语,语言又非常欧化,佶屈聱牙,非常难懂。这样,不仅使通俗文艺批评失去了应有的社会效应,也使通俗文艺批评失去群众,而陷入无人问津的绝境。

通俗文艺批评,目前有两种类型:一是专业的批评,即评论家的批评。他们凭借丰富的专业知识和较高的理论素养从事通俗文艺批评。一般地说,他们的批评较为系统,也较有深度,特别是对艺术的分析往往很透辟。一类是群众性的批评,即读者、观众参与的批评。大众的文章,都是有感而发,并且结合自己的切身体验来阐发,有真情实感,短小活泼,不时闪耀着真知灼见的光芒。这两种批评是相互促进、相互补充,并且相得益彰的,因而应当同时大力提倡,以便于通俗文艺评论更好地发展和提高。

第三编　文体论

第十一章　通俗小说

当前,在我国盛极一时的通俗文艺大潮中,通俗小说始终以突出的成就占据重要的位置,它似乎比其他门类的文学作品更能得到大多数读者的青睐。原因之一,它具有民族传统的审美魅力,其历史源头可上溯到先秦诸子寓言和汉代的历史故事,或称为未成型的"前小说";另一个原因是它的社会基础雄厚,通俗小说所以能长期流传与不断发展,离不开读者市场的依托和滋养。尽管这种大众文化性质的小说,历来受到古典文化和现代主流文学的拒斥,然而还是薪尽火传,并且"成为叙事文学的最完美形式和越来越占主导位置的文坛景观"①。

第一节　通俗小说的艺术特征

第一,主题注重单纯性和明晰性

通俗小说是一个特指的文学概念和品类,它有自己的服务对象、创

① 马瑞芳:《关于小说》,《今晚报》1997 年 10 月 4 日《今晚报》。

作旨趣和价值优势，主题的确立必然要服从这一根本。我们看到这种文学拥有普泛的读者群，甚至不分职业和阶层，可以不问时代和国别，故而必须寻找尽可能宽泛的故事主题。一般说来，“越简单的东西，它的普遍性就越好；而越复杂的东西，它的横向区域就越窄，偏重于纵深的发展”[①]。因此，通俗小说不宜承担那种深奥复杂的主题，否则就会意味着相反的结果。显然，纯文学更为关切人类与社会的永久性的重大话题，在表达手法上更注意艺术的创新和探索，法国自然主义大师左拉自称“我必须仍旧做一只田鼠，发掘真理，为正义战斗”[②]。通俗小说则更多地关心世俗的情怀，对于来自民间的各种悲喜、本能欲望表现出极大兴趣，同时竭力使艺术表达通俗化。如果说娱情是通俗小说的艺术标志，那么复杂的主题就不利于实现这一目标，同时也会使通俗小说失去自身的旨趣。有人说通俗小说文本与读者生活几无任何差异，“它以其内容的纪实性和形式的简洁化让生活与艺术相会”，说明这种文学更接近生活与群众，不去谋求内容的深度和艺术上的“先锋性”。再从审美心理学维度上看，理性与感情这二元心理结构是不同的，一种做法是将理性置于结构中心而将感性移到结构边缘，可是理性太重就不叫通俗文艺了。谁都明白，只有偏重于感性易懂的作品，才能成为大众的精神消费品，这正是一种令人羡慕的价值优势。由于现代工业社会普遍需要消闲与娱乐，这使得一些纯文学作家已开始向故事性的文学回归。

主题的单纯性还包括两层意思：其一是通俗小说的主题应当集中

---

① 李洁非：《通俗文学艺术规范初探》，《通俗文艺评论》1993 年第 2 期。

② 引自法国狄·罗斯《爱弥尔·左拉》。

简明，尽量避免多极化和多层次的构想。多主题作品呈现大小主题的互相联结、转移甚至是对立的格局，人称网状结构和扇形结构，这对于揭示生活的复杂性无疑是有力的方法。可是通俗小说要求主题单纯明晰，它不让读者停下来思索，花费更多的时间去领悟作品的哲理内涵，重要的是故事情节要能引人入胜，让读者爱不释手。据一份社会调查表明，绝大多数通俗小说的读者只是出于消遣和好奇心，人们爱看《七侠五义》和《射雕英雄传》，因其"甚异甚趣矣"。1917 年，上海最大的报纸《申报》带头开辟了"游戏文"专栏，不久又出版《游戏杂志》《消闲钟》，这类标榜消闲的文章，更谈不上主题的实际意义了。其二还要有兼容性，力求做到雅俗共赏。通俗小说具有实用性的美学风格，要让不同文化层次的人都喜欢它。"我们能够透过它们，看到任何特定时间人们普遍关心的事情和某段时间内人们的思想变化"（苏珊·埃勒里·格林语），而不是执意思索宇宙人生，它的主要社会功能是"劝善惩恶"，娱乐情怀。

第二，情节构置力求超越模式、千变万化

通俗小说能够赢得读者大众异乎寻常的热爱，还有一个重要因素，就是"好看"。情节是小说的生命，没有好看的故事情节就没有通俗小说。它绝对不能搞什么淡化情节，不宜做冗长的艺术描写，写景写场面只是简单的陪衬，鲁迅把这种传统手法称为"白描"。曾经是创造社成员的叶灵凤一度写起了连载小说，他深知需另换一副笔墨，否则会把读者吓跑。所有的通俗小说作家都是一门心思向读者讲故事，年深月久便铸成一种文学的叙事模式。模式就是一种相对稳定的框架，任何复杂的事物放在里面都变得简单、明晰，而且便于操作。具体到通俗小说，归纳起来有两个特点：

其一，单线型的叙事结构，就是编排故事一般都是顺时间进行。凡故事必须有头有尾，万事从头说起，大倒叙和大段插叙用得很少。故事发展的逻辑是因果关系，善恶必报，方能大快人心，在心理上给读者一个安慰。这种忠诚于时间的小说结构，正与主题的简单相扣合，虚实相成表现出双重美感魅力。但有人可能认为它是保守的，指摘这种“有头有尾的说部形式”不可能产生新颖的文学，或者贬称它是“封闭式的结构”。殊不知稳定而熟悉的形式更容易与阅读心理达成默契，有利于作品社会功能的发挥，这里面就包含着许多美学价值和思想价值。

其二，利用巧妙的布局，突破故事框架的束缚。通俗小说特别注重故事性、情节化，因而具有一定的程式，但这并不意味着一成不变，关键要看有无巧妙的布局，这一点最能见出作家的艺术功力。它表现在构思的精细奇特、悬念险情的设置，以及寓意的广泛深刻等各个方面。同类型的作家如谢尔顿、华莱士和大仲马、小仲马的小说作品，只要对比一下就不难看出这种变化和差别多么大。金庸一生写下十几部长篇武侠小说，每部作品都有巧妙的结构和独特的叙事方式，风格品位各不相同，作品奇妙的布局无疑依赖于作家超凡的想象力。从这个意义上说，“小说家都是天才”这句话十分恰当。同时，还要认识到通俗小说家比雅致文学作家来得并不容易，同样是伟大的。

单纯从技巧上说，通俗小说都具有“煽情”作用，黑幕小说（今属纪实小说）揭发社会隐私，言情小说挑逗读者的情欲，推理小说引发人的好奇心，武侠小说揭示人类的杀伐心理，公案小说勾起群众的正义感等。要想充分发挥作品的艺术感染力，必须善于调度好情节化的几种因素，如新奇感、神秘感、节奏感。新奇感——即“述现实之怪，传世俗之奇”，所以在题材选择上不同于雅致文学，比较随意，比如谋杀、复仇、阴谋、乱伦、奇遇、历险……大多是一些奇闻幻迹。言情小说似乎是个例外，但它突出对生活细节的逼真描绘，同样能吸引人。神秘感——在惊险小说、幻想小说和侦探小说里都离不开它，能够最大限度地满足读者的猎奇心理，所以情节安排必须始终保持高度紧张与刺激的张力，更加讲究布局之巧妙与出人意料。的确，读这类作品没有一定的智力是无法欣赏的，惊险小说把读者带进一个恐怖的天地，幻想小说要求承认超自然之物的存在，而侦探小说需要读者具有相当的记忆力和思考能力。柯南道尔、阿加莎·克里斯蒂、乔治·西默农这几位大师，已为后人做出榜样，我国的通俗小说亦无不如此。节奏感——这是从音乐艺术借用的一个术语，英国小说理论家福斯特使用过，说它是“小说的美学面”之一。节奏感系指情节延伸的推进速度，故事演绎的运用力度，而“快节奏”的呈现是通俗小说的共同本色。它依靠一连串的“悬念”来制造故事情节，像海浪一样波澜起伏，引人入胜，情节组结一环紧扣一环，给读者心理以一股巨大的压力，直到故事终结才倏然消失。我国章回小说的结构形式仿佛组成一条“故事链”，没有半点松散的空隙，这样做，为的是使读者不忍放下手中的书。所以说，情节模式化有利于阅读与创作。试想，当年一些通俗小说家为何能够同时写几部小说？张恨水就创造了同时写七部连载小说的最高纪录，其秘诀就在于他已经熟练地掌握了创作套路。然而应当看到，张恨水的卓越才干不在他熟悉旧套路，而在于他不拘泥于旧套路，勇于创新，勇于突破，这样才使他成为通俗小说的大师。

第三，人物塑造类型化与个性化并重

通俗小说既然是“情节小说”，[①]偏重于情节的苦心经营，以致不能把主要精力投注在刻画人物形象上。例如古典小说《镜花缘》就没有着重刻画人物性格，只是描述了一个幻想中的海外世界。小说创作可以分为两大体系、两种路向：一种是以人物刻画为中心、人物至上的小说；一种是不让人物来支配情节的小说，它要求以故事的传奇性与读者交流。两种不同的“小说家笔触”，决定了两种不同的艺术倾向。一般说来，雅致小说多采用前一种写法，通俗小说多采用后一种写法。当然，这也不是绝对的，有些作品人物刻画和故事叙述结合得恰到好处，看不出孰轻孰重。我国有不少名著就是这样，不仅以情节取胜，而且创造了许多典型形象，如诸葛亮、关云长、张飞、曹操、宋江、林冲、贾宝玉、林黛玉……可谓家喻户晓；《隋唐演义》里的秦琼、程咬金这类历史人物，也刻画得栩栩如生。

在第五章里，我们曾谈到，文学作品中的典型形象有两类，即典型人物和类型人物。典型人物是个性独特鲜明而又具有普遍性的艺术形象；类型人物却注意对特定的某一类人的概括，使人联想到某一类人的共同特征，个性化比较差。20 世纪 30 年代，福斯特首先提出“扁平人物”和“圆形人物”的新理论，他把类型化人物归入“扁平人物”，它是“按照一个简单的意念或特性而创造出来”的，“圆形人物”则“性格复杂多面”[②]。福斯特是从雅致文学角度对扁平人物进行贬抑，认为复杂性格的人物更有价值，是“追求永恒的东西”。但在坚持走通俗化道路的作

---

① 林斤澜说各种文学都有不同侧重点，“通俗小说可以称为‘情节小说’”。文章载于 1988 年 7 月 12 日《人民日报》。

② ［英］福斯特：《小说面面观》，花城出版社 1994 年版，第 59 页。

家这边，对这两类人物同样关注，对于扁平人物更抱有好感，无论国外或国内的通俗小说家都是如此。

实际上这种扁平人物具有很大优势，它最明显的长处是性格明朗，面目清晰，一眼便能辨认出来，为读者的理解提供了方便。反之，人物性格模糊和令人捉摸不定，不符合通俗小说以最快速度推进情节的要求。一般而言，通俗小说对人物性格不做细致入微的剖析，从故事的开端就对人物采取直接定性的方式。大侦探福尔摩斯永远机敏能干，英格兰古代传奇英雄罗宾汉始终站在穷苦人民一边，我国古典小说里的人物描写，同样遵循这条艺术原则，读者很容易判明其中人物的身份与特征。换言之，通俗小说中人物的性格呈现两极化——大善大恶，大忠大奸，正邪分明；故事情节也是大起大落，大喜大悲，必须弄得水落石出。归根到底，类型化手法是通俗小说创作的正确途径，即使雅致小说也需要使用它。“一个作家如果想竭尽全力去扣动读者的心弦，扁平人物对他是十分有用的”（福斯特语）。

第四，语言形式大众化，注重普及效果

语言作为信息的符号与载体，跟文体的雅俗直接相关。通俗小说的语言摈弃陌生化的追求，而承袭古典小说的优良传统，力求采用日常口语叙写故事。我国最早的说书人重视“街谈巷议”、口耳相传的历史规范，说唱时“以浅近语言出之”，能使听众心神迷醉。提起白话小说这个话头，须知它往往带有方言的偏向，比如有京白（《红楼梦》）、苏白（鸳鸯蝴蝶派作品）、鲁白（《金瓶梅》）等多种，都归属大众语言。我们阅读清代白话小说时，可以感受到一种特定的历史语境，而且互相效仿叙事写人的声口，有的更是刻意模仿名著，如《青楼梦》之于《红楼梦》。模仿的东西很难达到纯熟的境界。清代李渔谈剧作体会时说：“其事不取幽深，其人不搜阴辟，其句则采街谈巷议……戏文做与读书人与不读书人同看，又与不读书之妇人小儿看，故事贵浅不贵深……如今之为小说矣。”[①]古代的通俗小说和戏曲都对准普通群众，以浅显通俗为最高宗旨，从唐代开其端绪直至清中叶一千多年间，中国通俗小说的语言艺术走过了一条辉煌的道路。

第二节　通俗小说的类型

随着通俗文艺创作的发展，通俗小说的题材内容越来越广泛，体裁样式越来越多样，这就给艺术分类带来一些新的难点，也引发了一些新的争议。这里不可能详述一切分类和看法，只能将几种主要类型加一介绍：

一、武侠小说

武侠小说是我国独有的“国粹”。它以抒写侠士伸张正义、除暴安良为题旨，即所谓“演任侠好义、忠君爱国之旨”。在漫长的历史进程中，由于法制的不健全，官吏的腐败，以强凌弱现象比比皆是。平民百姓蒙冤受屈而无处伸张，因此，对于行侠仗义的侠客格外尊重与欢迎，将摆脱困境的愿望寄托在他们身上，因而热烈颂扬侠义精神的武侠小说也就成为人们的精神寄托。正如张恨水在《论武侠小说》中所说：“中国下层社会，对于章回小说，能感到兴趣的第一是武侠。”

先秦时期，武术运动兴起，游侠、刺客、盗侠之类武士颇多，这就为

① 李渔：《闲情寄偶》。

武侠小说提供了现实的土壤。一些典籍多有关于侠义之士行为的记载,但没有单独成篇的文学作品。魏晋南北朝时期有了萌芽作品,如《列异传》(后又见于《搜神记》)中的《干将莫邪》就是有代表性的作品,鲁迅据此而写成名篇《铸剑》。唐代是武侠小说的兴盛期,涌现出一些优秀作家,创作了《昆仑奴》《聂隐娘》《红线》等光辉篇章。到宋、元、明,武侠小说又获得新的发展。冯梦龙的《李汧公穷邸遇侠客》,凌蒙初的《程元玉店肆代偿钱,十一娘云岗纵谭侠》《神偷寄兴一枝梅,侠盗惯行三昧戏》等,把武侠小说艺术推进了一大步。清代嘉庆年间《施公案》问世,这部小说把武侠和公案结合起来,代表了武侠与公案合流的新趋势。此后,《彭公案》《于公案》《永庆升平》《三侠五义》《儿女英雄传》等接连问世,形成一股新潮。

从五四爱国运动到20世纪50年代初,武侠小说在时代的变动中不断地适应着、延续着,但呈现出衰微的态势。但是,到了20世纪50年代中期,中国香港和中国台湾的武侠小说再度复兴,以金庸、梁羽生、古龙为代表的武侠小说家不再囿于旧武侠的艺术传统,大胆革新,勇于创造,形成新派武侠小说。"新武侠"以现代意识观照历史、观照题材,以弘扬民族精神和爱国主义思想为基调,以歌颂英雄豪杰大义凛然的气节为主要内容,以损人利己、恃强凌弱、残忍凶险等丑恶人性作为鞭挞的对象,较之旧武侠思想更开阔,立意更深远,意蕴更丰富。"新武侠"在艺术上大力推陈出新,积极地学习和借鉴西方现代派小说和我国新文学的表现技巧,改造传统章法,发展传统章法,将历史演义、言情、侦破、哲理等熔于一炉而又各有侧重,这就使传统武侠小说的面貌得到根本的改变,既增强了艺术魅力,又提高了文学价值。

新时期以来,内地的武侠小说也开始复兴。著名老作家柳溪的《燕子李三传奇》和冯育楠的《津门大侠霍元甲》,是 20 世纪 80 年代初期涌现的第一批优秀作品,对于内地武侠小说的发展起了积极的推动作用。

武侠小说至今仍是广大读者热衷的文学体裁。但也有人对它的前途和命运打上了问号。连武侠大师金庸也坦言:"武侠小说没有前途。"有新闻记者对此话感到困惑,在拍摄电视剧《笑傲江湖》的现场又问金庸此话是否属实。金庸当即回答:此话不假。原因是"武侠小说写的是古代生活,离现实越来越远"。这就一语道破了武侠小说的致命弱点。武侠小说要继续生存、发展,不能不改弦更张,克服这一致命弱点。

二、侦探小说

侦探小说以案件为核心和主干展开对社会生活中善与恶的斗争的描述。罪犯秘密作案,侦察人员到现场进行勘察,寻找罪证,然后进行分析推理,揭开犯罪的秘密。正如前苏联著名侦探小说家阿达莫夫所说:"古典侦探小说,亦即爱伦·坡、柯南道尔、契斯特顿等人的作品为我们规定了一套极清晰又严格的公式:侦探小说以某种危险的及错综复杂的犯罪秘密为主题,而且它的整个情节、全部事态都是朝着揭示这个秘密的方向发展的。"[①]侦探小说家托曼也指出:"对于侦探作品可以这样来说明,在侦探小说中采用合乎逻辑的分析方法,循序渐进地揭开某种错综复杂、头绪纷繁的秘密。"这些论述都清楚地阐明了侦探小说的美学特征。

现代侦探小说兴起于 19 世纪中叶。1841 年 4 月,美国作家爱伦·坡的小说《毛格街血案》问世。这是一篇里程碑式的作品,标志着一种新文体——侦探小说的诞生。继爱伦·坡后,西方出现了一批

① [苏联]阿达莫夫:《侦探文学和我》,群众出版社 1988 年版。

又一批侦探小说家，柯南道尔、切斯特顿、克里斯蒂、勒布朗、西姆农、约翰·戴利等，都是领一代风骚的作家。在优秀作家的带动下，侦探小说在艺术上不断革新，涌现了许多艺术流派，如古典派、硬汉派、心理悬念派、幽默派、惊险派等。在东方，日本侦探小说兴起较早，水平较高，出现了松本清张、森村诚一等杰出的侦探小说大家。1946 年，侦探小说家木木高太郎大力提倡“推理小说”，认为侦探小说应成为可供读者思索和逻辑推理的小说，而以往的小说在这方面有缺欠。他的主张得到不少作家的认同，于是“推理小说”作为侦探小说的同义语而被广泛运用。实际上，这标志着侦探小说发展的新阶段。

我国侦探小说是由古代公案小说发展而来。公案小说萌芽很早，先秦的典籍就有关于断案的记载，但不是成型的公案小说。唐代中叶李公佐的《谢小娥传》，是一篇相当完整的公案作品，可说是我国公案小说的发轫之作。这以后，公案小说便逐步发展起来，《包公案》《海公案》以及话本小说中的许多公案作品，都是优秀的篇章。清末民初，西方侦探小说大量译介到中国来，激发了中国侦探小说的变革，程小青、孙了红等一批作家创作了大量西方模式的侦探小说，促进了我国侦探小说由古典向现代转型。

程小青之后的几十年里，我国侦探小说创作断断续续、零零落落，不甚景气。进入新时期，侦探小说才获得新发展，数量大为增长，质量亦有提高，艺术的触角向社会生活的各个领域延伸，克服了以往的单调狭隘，追求多种艺术手法、艺术色调，努力创造具有民族特色的作品。20 世纪 80 年代初，学者、作家曹正文对西方的侦探小说和日本的推理小说进行了认真的研究，认为他们的经验应当吸取，但不能照搬他们的创作模式，提出创作“中国式推理小说”的主张，并将自己的中篇小说集

《紫色的诱惑》标明为“中国第一部心理推理小说”。这是很有价值的理论主张和创作实践。

三、言情小说

顾名思义，是指以男女恋情为内容的小说。写男女恋情，自古有之，然而作为通俗小说一支的“言情小说”却是清末民初产生的。“鸳鸯蝴蝶派”是其典型代表。言情小说的特点，是专写才子佳人的种种恋情心态，诸如哀情、艳情、苦情、欢情、惨情等。文学史家认为，吴趼人的《恨海》(1908 年)开其先河，后来，追随者、效仿者甚多，其作品主角大都是才子佳人，他们“相悦相爱，分拆不开，树荫月下，像一对蝴蝶，一双鸳鸯一样”，故人们称之为“鸳鸯蝴蝶派”。

言情小说，看似简单明白，实则是一种含义复杂的文体。它的内涵与外延随着时代的变化而不断地变化，它与其他文体有着难以划清和说明的界限，因而常常与其他文体相混淆。一是与狭邪小说相混淆。狭邪小说又称倡优小说，是以妓女优伶为题材，表现妓院梨园生活的小说。鲁迅在《中国小说史略》中设专章论述此种作品，并定名为“狭邪小说”。这类作品有一定的认识意义，但其格调是比较低的，和真正的言情小说迥然不同。二是与世情小说相混淆。世情小说，又称人情小说、世情书。这类作品写的也是男女悲欢离合、发迹变泰的事，但是，它着力描摹世态，显现人世沧桑、人情冷暖。古典名著《金瓶梅》，就被人们称之为世情书。

爱情作品的思想价值与文学价值是与作品的思想内涵密切相关的。著名作家孙犁说：“就文学史观之，传世之作，固有爱情；而专写爱情者，即所谓言情小说，产量最多，而能传世者稀少。”又说：“伟大作品之爱情，多从时代、社会、道德、伦理着眼，定为悲剧或喜剧的终极。小说之《红楼》、戏剧之《西厢》，无不如此。其他，《牡丹亭》形之于梦中，《聊斋志异》幻之于狐鬼，虽别开生面其立意亦同。伟大作品，实无为爱情而写爱情者。”[①]正因为此，现代作家写爱情，多在广阔的背景中展开，将爱情纠葛与社会的、伦理的、道德的、文化的诸多矛盾交织起来，赋予作品深厚的社会性与思想性，从而演变为社会世情小说。像琼瑶那样将人物放置在超现实的虚幻环境中，主人公无所事事，专心求爱，为爱而生、为爱而死的纯粹的言情小说是越来越少了。

言情小说，要注意情与欲的关系。这是关系作品格调高低的一个重要问题。文学作品固然不能忽视生理现象，然所着重者应为心理、伦理现象。描写爱情应着重两性心灵的交流、碰撞、契合等复杂而微妙的心理活动，而不是单纯的肉欲的满足。现在不少作品，为了迎合低级趣味，写得淫秽不堪，对青少年腐蚀性极大。人们不禁要问，制造这种有害作品的人，作家的天良何在？

四、历史传奇小说

举凡以历史事件、历史人物为题材的小说，我们都统称之历史演义或历史传奇小说。我国历史悠久而且波澜壮阔，这就为历史小说创作提供了丰厚的土壤。历史小说兴起很早，创作甚多。从盘古开天辟地到民国时期，几乎每个朝代都被“演义”过了，而现在还有人在不断挖掘，不断“演义”，力求“演义”出一些新东西来。历史小说究竟怎样写？亦即遵循什么原则和方法创作历史小说？这是关系历史小说质量与价值的一个核心问题，值得探讨。

1962 年，茅盾在《关于历史和历史剧》一文中，全面地阐述了他对

① 孙犁：《读作品记(一)》，《孙犁文论集》，人民文学出版社 1983 年版，第 340 页。

创作历史题材作品的观点。他说:“历史剧无论怎样忠于历史,都不能没有虚构的部分,如果没有虚构就不成其为历史剧。”又说:“我们一方面肯定艺术虚构之必要,另一方面也必须坚持不能随便修改历史,此两者并不矛盾。因为艺术虚构不是向壁虚构,而是在充分掌握史料,并用历史唯物主义和辩证唯物主义的观点和方法分析史料,对历史事实(包括人物)的本质有了明白认识以后,然后在这个基础上进行虚构的。这样的艺术虚构就能与历史真实相结合而达到艺术真实(即在艺术作品中反映的历史)与历史真实(即客观存在之历史)的统一了。”[①]茅盾表述的是现实主义的创作原则:无论是客观的史料还是艺术的虚构都要求具有真实性。

郭沫若对历史题材作品的写作则另有主张。他说:“写历史剧并不是写历史,这种初步的原则,是用不着阐述的。剧作家的任务是把握历史精神而不必为历史的事实所束缚。剧作家有他创作上的自由,他可以推翻历史的成案,对于既成事实加以新的解释、新的阐发,而具体地把真实的古代精神翻译到现代。”[②]郭沫若与茅盾的看法有些差异。茅盾强调历史真实,而郭沫若强调的是“历史的精神”。当然,精神也要有一定的史实做基础,但郭沫若的主张毕竟给予了作家更大的创作自由,更广阔的幻想空间,极富浪漫主义精神。

时下又有一种“新”主张,就是“戏说”历史。所谓“戏说”,就是从娱悦读者和观众出发,抛开历史,随心所欲地编造。这股风,在电视剧领

---

① 茅盾:《关于历史和历史剧》,《茅盾评论文集》(下),人民文学出版社 1978 年版,第 216 页。

② 郭沫若:《我怎样写〈棠棣之花〉》,《郭沫若选集》,人民文学出版社 1959 年版,第 2 卷,第 79 页。

域刮得最凶,通俗小说亦受浸染。这类作品,当然没有历史认识价值,也少有文学价值。但它能消闲解闷,为某些大众所需要,在没有更好的作品能够替代的情况下,不宜过于贬斥,好在它标明“戏说”,读者和观众也就不会从中寻找历史的真迹。值得注意的是,有的作品自我标榜是真实表现历史的正剧,实际上却是肆意阉割历史、编造历史的“伪历史小说”“伪历史剧”,这类以假充真的作品,极易把读者和观众引入历史的误区。

五、民俗文化小说

现代通俗小说,随着题材的扩展,品种也在增加。民俗文化小说就是近年来因创作的发达而独立出来的新品种。这类作品植根在民族的和地域的民俗文化土壤中,着重表现民族文化和地域文化的独特光彩及其深厚的思想意蕴。作品不追求故事的传奇性,而重在文化的韵味。作家可以进行全新的创造,也可以把精彩的民间故事、悠久的历史传说以及别致有趣的风俗人情点缀成篇。以前的武侠小说、历史演义以及世情小说,大都或浓或淡地渗透了民俗文化,以表现民族或地域文化为主旨进行创作,文化意蕴就更加深厚,从而成为一个独立的小说品种。著名作家冯骥才,曾做过民俗与绘画工作,对天津的地域文化尤为熟谙,20 世纪 80 年代以来连续推出《神鞭》《三寸金莲》《阴阳八卦》等三部充满浓郁民俗文化色彩的小说作品。这些小说的素材是早已被历史洪流淹没的陈迹,然而作者以现代文化视点挖掘了它的潜在的文化意义,在历史沧桑与古今嬗变中显示了民族文化的异彩与瑕疵,不仅耐人寻味,而且多有启示。无独有偶,也是在 20 世纪 80 年代中期,著名诗人林希转向小说创作,他有意从“历史下脚料”中撷取素材,创作了《相士无非子》《蛐蛐四爷》《天津闲人》《神仙扇》等一系列地域文化小说,为旧时的天津卫绘制了一幅幅色彩斑斓的文化风情图画。如果说冯骥才、林希的作品是“津味”小说，那么，邓友梅的《那五》《烟壶》则是“京味”(北京)小说，再加上陕西、山西、江苏、浙江、四川、云南等许多地域作家所写的各具民族文化和地域文化特色的作品，就可看出民俗文化小说的光彩夺目了。

六、科幻小说

又称为科学小说。它是以科学原理以及科学的新发现、新成就为依据，运用推测和幻想，展现人类未来创造的奇迹和诱人的生活情境。科幻小说既是向青少年传播科学知识的生动教材，又是激发人们热爱生活、开拓进取的有效方式。英国作家玛丽·雪莱 1818 年创作的《弗兰肯斯坦》，首开科幻小说的先河。我国科幻小说在 20 世纪 30 年代兴起。当时，周建人、董纯才、高士其等著名学者写了一批科学小品，为我国科幻小说创作起了搭桥引路的作用。新中国成立后，创作者日渐增多，较突出的有郑文光、童恩正、叶永烈等人。郑文光 1958 年开始创作科幻小说，主要作品有《飞出地球去》《黑宝石》《飞向人马座》《太阳探险记》等，其作品多次获奖。叶永烈是新时期崛起的重要作家，1981 年出版的《秘密纵队》，生动地描写了我国试验导弹“尖刀一号”的过程，主人公金明被称为“科学福尔摩斯”。叶永烈的其他科幻小说，还有《小灵通漫游未来》《国宝寄案》等。

科幻小说，是科幻与幻想的结合。幻想要以科学为基点，科学要用幻想来推动。我国古人的许多幻想，如嫦娥奔月、龙宫探宝、千里眼、飞行腿等等神话传说，今天都变成了现实。这表明，人类从亲身经验中产生的幻想总包含一定的实现的可能性，也表明古代的神话传说和现代的科幻小说有一定的历史渊源关系。现代科幻小说是从最新的科学成就出发创作的,实现的可能性更大了,因此更具感召力。

现代科技的迅猛发展,既为科幻小说创作提供了新基础、新机遇,又提出了新要求、新问题。因此科幻小说家要努力追踪科技新发展,捕捉新题材,突破旧框框,把创作提高到一个新水平。比如世界末日、日本陆沉、外星人、星球大战、隐身术、机器人等等现实的科技与非现实的臆想都带有原始神话的迷人色彩,美国、日本涉猎这方面题材的文艺作品很多,有些还相当不错,如他们的卡通片已抢先占领了电视这块阵地,并且受到青少年的热烈欢迎。我国的作品,尚有差距,应当迎头赶上,创造我国科幻小说光辉灿烂的新局面。

第十二章　电　　影

第一节　电影艺术的一般特征

电影诞生在 1895 年 12 月 28 日，那天，在法国巴黎卡普辛路 14 号大咖啡馆的地下室里，摄影师卢米埃尔兄弟第一次向世人公开放映了《工厂的大门》等纪录片，于是，唯一具有最初发明人，并让观众"亲眼看到诞生的艺术"①，迅速地传遍世界各地。1905 年，中国也有了自己的第一部电影。电影首先是技术的，代表了工业时代的科技水平，并且每一步发展都离不开科学技术的进步。其次它才是艺术的，即是以电影技术为条件、以画面和音响为媒介，在银幕上运动的时间和空间里创造形象、再现和反映生活的一门艺术。② 一目了然的画面、动人的音响、有意味的镜头组接、精彩的表演……这一切使电影以巨大的欣赏张力

① 张成珊:《电影与电影艺术鉴赏》，同济大学出版社 1986 年版，第 1 页。

② 许南明主编:《电影艺术辞典》，中国电影出版社 1986 年版，第 3 页。

和不断变革的创新引力，成为电视产生前最拥有观众的艺术。在出现最早的电影的同时，也开始了两个传统，即在户外拍摄“现实生活场景时，是为电影艺术确立了写实主义的传统”；在摄影场地拍娱乐片的一个又一个情节，“为电影艺术确立了另一个传统，即后来的以好莱坞电影为代表的技术主义传统”。由于“这两个传统的发展演变是贯穿于西方的各国电影在各个不同时期发展之中的”，所以“电影史上，技术主义和写实主义也常有互相交叉的现象，尤其在一些最优秀的作品里，往往可以看到两种传统、两种方法的完美结合。”①

而优秀的电影作品反映了时代精神，记录了历史进程。尤其是以直观画面去贴近生活，揭示和生动刻画社会的同时，以比文学、戏剧、音乐、绘画、雕塑、建筑更综合的魅力，使观众在更加广阔的视野中，受到深刻的震撼。于是，艺术与现实的关系空前增强，甚至从电影作品的积累能清楚地看到社会发展的足迹。这实际是电影最为明显的美学表现：丰富的时代感和对生活的广泛影响。例如中国电影，自 20 世纪初以戏剧纪录片《定军山》发轫，很快地由默片进入有声片，并且以反映现实生活和贴近时代为创作主流。尤其在抗击外来侵略和民主革命中，中国电影不仅出了一批有广泛影响的现实主义影片，如《大路》《桃李劫》《一江春水向东流》等，而且培养出了一批进步的艺术家，他们为祖国的变革与新生做出了很大的努力。中华人民共和国成立后，中国电影以鲜明的思想性、生动的民族风格和雅俗共赏的镜头语汇著称于世。从《桥》到《红旗谱》，从《女篮五号》到《在烈火中永生》，无不极大地教育了观众，深刻地陶冶了观众。改革开放以来，电影在“双百”“二为”方针

① 邵牧君：《西方电影史概论》，中国电影出版社 1982 版，第 10—13 页。

指引下，题材广泛、思想明确、艺术求新，尤其是“突出主旋律，提倡多样化”的提出，使经典之作和优秀的探索片、娱乐片不断涌现。像《大决战》《周恩来》《横空出世》《生死抉择》《黄土地》《过年》和《双旗镇刀客》等，都从不同的侧面反映了中国正在进行的伟大事业。所以，阐述电影的美学特征时，必须首先了解它的时代精神，它刻画生活的力度。而这又和电影的如下美学条件分不开：

逼真性。以真实的连续活动的画面写人物故事，使电影成为各种文艺样式中极易贴近生活的品种。电影以复现方式，通过镜头还原生活，而观众在亲临其境中感到了可视性带来的逼真。这个“真”，使艺术的假定性不但能反映生活的“神”，还能表现人生的“形”，几乎一切具象形态存在的人和行为、环境与物象，都能被电影语汇描画出来，甚至人物性格的内心世界、比现存空间更博大的时空，都可表现得活灵活现。于是，在这种巨大的写真能力下，生活全景和社会百态直扑观众眼帘，电影成为人的生动实影。虽说这“影”，只是视觉暂存的影像，但看电影所带来的真实感受却十分突出。因此，电影艺术的“逼真”，是直感直观的真，是生活最大限度被活动画面所表现出的真。

画面性。电影的语言主要通过以有意味的连续的画面去表现作品的内容和风格。这画面是经过拍摄、制成胶片并放映到银幕上去的，而观众必须在特定的空间，在一定的时间内，一次看完，才会有明确而完整的欣赏感受。这就决定了电影的审美状态是在影院里一气呵成而完成的，同时也可以多次重复同一画面地欣赏，既不像读小说那样可以断断续续，也不像看绘画时欣赏静态的画面。电影中的环境与人物只要在胶片上洗印出来，不论什么时间什么地点放映，其“影像”都是同一的。这就使欣赏不会产生直感上的变异，不像读小说，印象是由读作品的文字而在脑中重新组合的。而且，阅读文学作品时，每一个读者都有他心中的人物模样，且每次重读都会有不同的形象感知。电影在具象上是易于被观众接受的，对它的加深理解是认同画面的理解，这就为电影艺术的大众化打开了通途。也许观众识字不多，也许观众有很高的文化修养，但只要能看电影，都会处在“同一起跑线上”。当然，在剖析作品内涵时，会有区别，但电影艺术属于大众，是和画面性密切相关的。同时，电影的画面性还有一个基本的特点，即动态。而欣赏动态画面，需要观众尽量在观影中随看随“消化”，尤其是动态画面本身会削弱艺术的凝固性和联想性，所以电影的画面在运动中应该立足于一看就明白之上，否则十几个镜头一过观众不知所云，那电影也就失去了欣赏的基础。这并不是说电影的画面在连续过程中没了含蓄，没了内蕴，而是说电影的审美就在于动态画面的展现之中。

“蒙太奇”和“长镜头”。所谓的“蒙太奇”是指“镜头组接”，即在一定的创作构思下，把拍摄的画面进行有意味的装配。它“不仅仅是将各个拍摄下来的片段加以连接从而使观众对连续发展着的动作获得完整印象的表现手段，而且是将各种现象的隐蔽的内在联系变得明显可见、不言自明的最重要的艺术方法”[①]。于是，这种由“暗”转“明”的艺术表达，使影片镜头的“组接”与“装配”虽然能以独特的视觉效果冲击观众，但必须是镜头画面所叙述的情节。然而一双眼接一座坟墓和一双眼接一个酒坛的镜头组合中，双眼的镜头摄自同一人，但给人们的感受却是前者悲泣后者兴奋。所以，俄国著名导演爱森斯坦说，“蒙太奇”会出现新质的意象，镜头与镜头的连接不是加法，而“更像二数之积”。可是不

① 许南明主编:《电影艺术词典》，中国电影出版社 1968 年版，第 63 页。

论怎样运用“蒙太奇”手法，必须让观众“明显可见”，从而接受画面语汇。同时，人们要不断受到这种连接的触动，引起联想的欣赏，边看边琢磨镜头与镜头间的意思。并且观众在影片放映中还要立即予以“解读”，否则下一组镜头又接踵而至，一旦疏漏其感受效果会打折扣，因此形成了电影的欣赏参与性。所以，从不能让人太费解的角度看它的艺术张力，通俗是十分必要的。即使“蒙太奇”手法使素材镜头按一定的构思与逻辑进行筛选，并由此使镜头语汇充分体现着导演的叙述风格及对题材的个性展示，从而出现了“表现蒙太奇”“心理蒙太奇”“对比蒙太奇”“隐喻蒙太奇”等类型，但它们却无一例外地显示出，以有意味的“看出来”促进观众“及时联想”，并借此让欣赏更具“参与性”。而这种参与性，正是大众艺术的必备条件。

“蒙太奇”是电影特性之一，与“蒙太奇”相对应的是“长镜头”，“长镜头”也是电影获得观众欣赏的一种重要手段。“长镜头”与“蒙太奇”的区别不单是镜头长，而是以对所拍摄画面的较长的“记录”，让观众进入其间去寻找个中的内涵。它不像“蒙太奇”以创作者明显的主体安排，去冲击观众跟着镜头带来的联想走，而是引导人们到镜头给予的客观世界里穿行。比起“蒙太奇”来，“长镜头”更显得贴近生活，通俗易懂。由于“长镜头”往往和“景深镜头”结合在一起，使事物呈现出“常态”，行为更加“完整”，当镜头是在“全貌”地反映情节进展的时候，观众会真切体味和领悟到连续画面的自然流程。这不仅强化了电影的逼真性，镜头的连贯流畅，使叙述语言越发“明晰”，而且令欣赏者越发要顺其“所指”去探究人物与情节的底里。

时空交融。艺术是分时间艺术与空间艺术的，前者以音乐为代表，后者以绘画、雕塑为代表。而电影是时空艺术，并以二者的融合交织，使影片赢得了它的观众。电影可以实拍，也可以搭景，还能特技摄制。它不单表现逼真的空间，还创造虚拟的空间。当观众的视觉连续性地得到观赏的满足之后，虚拟的空间会成为心理的真实，并在欣赏中从影片本身的长度去看剧情发展变化的跨度，这是作品所展示的定量空间。以定量空间为表现基础，各创作者又以不同的艺术手法、新颖的探索、个人风格，甚至是演员的形象与表演魅力等，让观众在看电影时产生印象的空间，这又是影片的非定量空间。当非定量空间长时间留在广大观众的脑海里，就是电影艺术的影响，也亦是电影的大众性表现。

电影的审美条件还有许多，像电影的综合性、人民性及不同创作方法、不同制作手段所形成的流派、风格等，都以对电影艺术的追求，形成对广大观众的亲和力，而这也是电影的魅力，电影的特征。前面所述的“逼真性”“画面性”是电影的一般审美条件，而更多的艺术表现方式加上电影的经营，是建立在大众文化消费上的，于是电影的群众性特点明显。它是一种从文本带来的载体效应，从而使电影艺术成为电视崛起前最大众化的艺术。

第二节 电影艺术的大众审美

电影至今已走过百年发展之路，实践证明，它的每一步发展都使电影艺术越来越走向大众审美。

首先，电影必须更广泛、更深刻、更生动地体现人们的文化消费要求，以广大观众希望的视角去描绘社会与人。纪实类、传记类、生活类等影片的方兴未艾自是这一情况的鲜明体现，即使是科幻、心理、政治、战争影片的繁荣，娱乐影片的丰富，也是和大众欣赏取向密切相关的。换句话说，离开大众需求，电影便失去了活力。拿国产电影来说，第一部是京剧纪录片《定军山》。以戏曲纪录片为滥觞，和百姓喜欢看京剧尤其是名家演出不无关系。既然有此欣赏要求，而《定军山》又是谭派名剧，加上拍摄者十分熟悉他和喜爱他，把该戏搬上银幕就使舞台演出“普及”到了广大群众中间。因此，《定军山》影片的通俗化作用是极为明显的。到当代中国，社会需要爱国主义和革命传统教育，每年这类题材的影片不单数量多而且佳作迭出。改革开放以来，反映社会变迁、解放思想的电影是新时期艺术大潮中的“主旋律”作品。即使是“探索片”，那欣赏焦点和艺术内涵依然是对当代人生更为深入的诠释。所以说，电影的发展史就是和社会与人同呼吸的历史，它植根于大众又以其累累硕果为生活增添芬芳。

其次，电影语汇从创作之始到作品最后完成，整个过程的任何表现环节都要考虑大众审美和文化消费。卢米埃尔兄弟的影片是以反映生活原态让人们进一步了解日常生活的美。到站的火车记录了工业社会到来后的人生节奏，园丁浇水反喷了自己一身的幽默即景，让观众看到了一种生活的趣味。平平常常的纪实，却令人们回味生活，这就是电影最早的审美着眼点。从无声电影到有声电影、从黑白片到彩色片，艺术形式的发展与多元、科技含量的增加和精细，加上理论的探求、流派的纷呈和美学追求的深入，电影越来越瑰丽多彩，创作越来越走向多元，越来越被广大的观众所欢迎，所接受。不论是“再现”还是“表现”，不论是戏剧化还是诗电影，不论是蒙太奇还是先锋运动，不论是长镜头还是意识流，连以“造梦”著称的好莱坞、以把摄影机扛到大街上为号召的新现实主义及今天的现代派电影，都在一个基点上有相近的取向，即让电影的艺术追求站在文化消费的前沿,不拒绝百姓,不隔膜人生。几乎每一部成功的影片都极大地激发了欣赏,而成功影片在创作上的每一步骤,在艺术追求的每一环节,都要着眼于大众的审美,让影片在千百万人的观赏中掀起波澜。尽管电影因投入的巨大必须依靠票房收入,但票房收入实际是电影能否打动大众的一个结果,关键还是适应并推动大众欣赏。当一部影片从选题到立意、从结构到铺排、从性格到人物、从对话到行为,从场景到衣饰、从情节到细节都考虑到大众的审美,那么它一定是能打动大众并有轰动效应的。如果在一个或几个环节上令观众耳目一新,或多或少地创造并发展了电影语汇,它就会成为艺术表率或典型之作。然而,电影创作无论如何高雅,大众的情趣、大众的审美是电影艺术自始至终的需要,不仅仅是整个的电影发展,就是在一部影片里,也要以大众的欣赏为基石。否则便失去了观众,最终导致电影生产的萧条。

再次,电影摄制本身是把艺术的假定性更多地植根在具象描绘上,即“逼真性”“画面性”。所以,大众认为的“真”成为必须恪守的尺度,这亦是电影艺术创作的原则。本来,电影作品只是拍摄的影像,并非现实自身。而且蒙太奇、摄影视角、声画组合、服装道具以及演员表演和情节构成,都是创作者的主观行为,不是按放映时的人物生活和情感逻辑连续进行的。换句话说,作品是按创作主体的设想与需要,以制作顺序拍摄的,只是在剪辑配音之后,成品与放映才一致起来。这样的以“制作时空”“电影时空”最后才达到观念欣赏理解的时空,显然,是在高度的假定性下,形成拍摄逻辑与作品顺序完全错位,但电影的真切又让人们在观看时觉得是那么真实,而越是看出真来对作品就越信服,作品的感人力量也越大。这种制作时的“以假乱真”尽管是电影反映现实的一种方式，但却只有在广大观众认可的情况下，电影艺术才产生真实的魅力，电影作品对生活的描绘与揭示才能被接受。因此，从艺术品最终要由欣赏者去判断的角度看电影产品，离开了大众共识的“真”，影片就无法产生效应。于是，这就使电影的假定性创作要首先考虑观众对真实性的理解，并依此反馈到制作的各环节。大众化的顺畅接受，必须形成电影艺术所遵循的大众化原则。而大众审美给电影带来了什么呢？

第一，电影借助高科技不断发展，具有更大的宣传力、影响力和号召力。

由于影响大、深入群众，电影被各国政府视为重要的文化资源、文化产业。列宁在他的著述中多次提到要把电影列入思想宣传工作的重要议事日程。特别是电影由无声进入有声、由规模制作到高科技大投入，前所未有地与世界先进的科技成果结合，并不断推进电影创作。于是，正如一些理论家指出的，电影在描绘手段、镜头语汇上已无所不能，不仅能深入反映生活，而且开拓出让观众叹为观止的艺术天地。地下旅行、外星来客、恐龙世界等，都能一一摄制出来，在逼真的基础上极尽想象。所以，电影的这种艺术刻画，又促进了观众对人生、对历史、对时空的广泛观察与理解，并拓展了人们的认知空间。

第二，电影最易出现轰动效应，并能引导大众的生活情趣和生活方式。

作为综合艺术，电影以其融汇的魅力、逼真的效果、人生的折射和艺术的展示，更广泛、更贴近、更深入地进入观众的生活。只要大众认可电影的“真”，接收并参照，电影便会对社会文化起着推波助澜和开发引导的作用。电影的问世与发展，使人们在接受其艺术感染时较之其他艺术出现明显变化。尤其是蒙太奇和长镜头，前者造成了观看的意外联想和特殊节律，后者更细腻、更真切地揭示内心活动和性格行为，这都不同于其他艺术表现形式，因此更生动、更深入地影响着大众。同时，电影从始至终是市场化的艺术。要以各种经营方式去提高上座率，结果电影艺术更多地进入以消费为主的欣赏。于是，适应社会文化市场，以大众需求为取向，成为它的主要特征。此外，电影一整套系统的运作方式，使一部或若干部作品铺衍成文化行为。推出明星、推演题材、推行生活方式、推导消费形态等，在其他艺术，这些难以做到，对电影来说是其必然的效应，而大众也会按电影的样式安排自己的生活形象。电影或明确或潜在地影响着大众。

第三，电影的俗与雅更为密切地相辅相成并以大众化促进艺术探索。

电影的诞生来自科技与艺术的结合。但是在问世之初，它属于一种新“杂耍”，是在咖啡馆、娱乐厅放映的。比起歌剧来，是俗而又俗的样式。后来，经过各国电影工作者的艰苦实践和理论探索，电影不仅成为影响极大的艺术，而且发展成为文化产业，既有好莱坞这样的“梦幻工厂”，又有以欧洲为代表的探索影片。但是，无论俗与雅都会殊途同归——接受大众的评判。没有上座率、没有广泛的接受，电影便失去了市场，也就丢掉了其艺术的存在与影响。所以，“影响大多数人”是电影艺术的取向，探索与求雅尽管不断出现并令电影艺术不断发展，但电影的“大众性”“通俗化”是其重要的审美原则，这是一个不争的事实。

第三节　电影的分类

电影在发展中逐渐形成各种类型，若以雅和俗、创作取向和接受心态对电影分类，主要是两种：艺术电影和商业电影，而后者是大众欣赏的主要对象。

艺术电影。1908 年，在法国成立了一家以“艺术电影”为名的制片公司，原宗旨是以艺术为号召，邀请演员、作家加盟，使作品打入上流人士的趣味圈，借此改变电影从业人员地位低下和创作上难与歌剧、舞台剧抗衡的局面。后来，意大利、美国等国家的电影制片厂商效仿“艺术电影”，从电影的各个创作环节上增加艺术含量，这就使艺术电影作为一个类别流行开来。到了 20 世纪 20 年代，法国“先锋派”及其他与之相呼应的电影，“不以营利为目的，不叙说故事的纯视觉影片”①形成创作思潮，进一步推进了“艺术电影”。而“艺术电影”也就以提倡抽象化造型、美的节奏，主张非情节化和自由联想，及主观诗意与热衷表现物而不是人，和商业片明显区分开来。若从市场角度简单说明，艺术电影往往鄙视利润，虽无太多票房，却常常会给电影艺术带来理论上的探索与创新。一般的看法是，艺术电影比较高雅脱俗，往往有理念的折射，如“作家电影”“文学电影”“现实主义电影的深化”“新写实电影运动”“现代派电影”“探索电影”等。在发展中，艺术电影已有一种广义性，只要不是纯商业片，或在拍娱乐片中有一定的艺术追求，都可称其为“艺

① 参见《电影艺术词典》，中国电影出版社 1986 版，第 104 页。

术电影”，或曰“艺术片”。艺术片的价值在于对电影艺术的探索，它也并非没有大众市场，只是在大众审美上缺少应该具备的通俗易懂。可以这样认识“艺术电影”：第一，始终在电影艺术家的努力下，以艺术思潮的提出、文学意识的增强、哲学内涵的浸入、镜头语汇的创新等，使电影走向高雅。第二，艺术电影在“二战”后，一直成为现代文艺的实验载体和推动力量。第三，艺术电影由此也成了当代文化的主要示范，并以其国际化语汇（即镜头语言），成为世界性艺术媒介，民族化在电影中被迅速地传播。第四，某些探索带有意识形态和唯美主义、唯心主义倾向，较为集中地体现出西方美学观念的烙印。

在我国，电影的民族性和现实主义十分突出，并以进步、革命为主流，因此，中国电影的艺术性鲜明地表现在影片的主题意义上，讲究内容与形式的统一，革命的内容和喜闻乐见形式的结合。由于中国电影坚持与社会变革同步，所以“中国电影事业从对一般市民观众的消极迎合，转向有益于社会进步的积极性引导，从而具有了更高的审美价值”，“形成了中国电影的现实主义传统，谱写了中国电影美学史上绚丽多彩的篇章”[①]。这个传统一直是中国电影的主要特色。改革开放后，电影市场变化，在坚持现实主义传统并发扬它的同时，出现了艺术的多元，其中有“第五代导演”的各种探索片，也有更多的导演发展了中国的娱乐片。而中国的“艺术片”的特点是：首先，侧重于较为严肃的题材、较为发人深省的思考；其次，多为时代感强的正剧和社会人生剧；第三，在手法上常以个性化塑造人物，并寻找新电影语汇，追求较高的美学价值。

① 钟惦棐：《钟惦棐文集》（下），华夏出版社 1994 年版，第 378、379 页。

商业电影。这是电影经营的主体。作为进入市场要取得利润的文化商品，商业电影要求从创作到放映的各个环节都为影片的票房服务，也就是尽可能地激发大众审美，使更多的人在欣赏影片时通过花钱买票去实现文化消费。所以，商业电影也被称之为“娱乐片”。美国的好莱坞影片，基本上都是商业电影，“好莱坞影片”本身就是电影的一个类别。

好莱坞是美国影片生产基地，各制片厂商多集中在此，所生产的影片统称为“好莱坞影片”。20 世纪 20 年代后期，有声电影崛起，人物的对话作用日渐重要，戏剧进入了电影，在丰富了电影的同时，因假定性、室内性、格式化及传统结构意识，使电影的时空转换、蒙太奇作用和逼真性、广阔性的功能受到妨碍。尤其是“戏剧化电影的假定性被美国政府当局和垄断集团利用来作为毒化人民思想的工具”[①]，于是好莱坞生产出一系列的以梦幻去缓和矛盾、以色情去瓦解斗志、以轻歌曼舞去制造假象的影片。因这类影片多在好莱坞以“工厂化”规模拍摄，所以好莱坞被称作“梦幻工厂”，成为美国文化的典型表现。但从世界电影史上看“戏剧化电影”，它的出现也是一个必然过程。好莱坞电影也不都“梦幻”，较好的影片《音乐之声》《魂断蓝桥》等，都在影坛上有自己的地位。20 世纪 30 年代的好莱坞影片较为集中地抒写了这几种生活：经济危机带来的冲击，穷人与富人复杂的感情关系，扬善惩恶的各种争斗。由此发展了动作片、爱情片、喜剧片、社会片等样式，随后又出现了历史片、歌舞片、闹剧片。好莱坞十分重视大众欣赏，强调情节，突出色彩和悬念，强化视觉冲击，讲究镜头作用，加上制造明星，运用舆论炒

① 罗慧生：《世界电影美学思潮史纲》，山西人民出版社 1985 年版，第 138 页。

作，形成了好莱坞风格。

商业片的各种类型，在好莱坞影片里都有所包容。但好莱坞电影的美学意味毕竟有趋同性，所以一方面可以把好莱坞影片视为一类，另一方面也可以从大众欣赏的不同感受上，把商业片分为喜剧片、动作片、婚爱片、歌舞片、军事片、戏说历史片和改编片。

喜剧片。笑为外延，幽默为内涵，在欢快轻松之中，咀嚼人生多味。喜剧片在商业片中有特殊位置，不容易搞出佳作，却又是制片商的操作重点。俗称的“贺岁片”，多数亦属喜剧电影。

动作片。此类片比较庞杂，科幻片、军事片、侦破片等都有动作。动作片的大众欣赏在于刺激感官，获得快意，集中体现文艺审美的娱乐层面。好的动作电影主张正义的裁判力量，遵循伦理规范，从无序走向有序。

婚爱片。商业片的主体，话题的永恒性、矛盾的复杂性、纠葛的网络性等，都使大众不断地欣赏下去。

歌舞片。以音乐舞蹈为重点，以对音乐舞蹈美的展示，让大众受到节律的愉悦。其中穿插欢爱故事，使歌舞片更加绚丽多彩。

军事片。以军人的生活和战争情景为题材，歌颂英雄，赞美强力。军事片有大众欣赏所需要的激发情怀的快感，是各国都提倡的片种，对青少年也起一定的教育熏陶作用。

戏说历史片。属闹剧型的历史片，借历史人物、故事、传说铺衍开去，与其说传播了历史知识，不如说是借历史做衣裳包现代人的身躯去演绎传奇故事。

改编片。对小说、戏剧名著做娱乐性改编，使名著成为大众欣赏的“热点”。当然，这也是不同的电影人对文学的“解读”。改编片在娱乐片里是文学性较强并能调动潜在欣赏的片种，最大的艺术效果是普及了文学名著，直接或间接地培养了文学阅读。

第十三章　电　　视

第一节　电视艺术的主要特征

在说明电视艺术之前，要了解电视及电视文化。电视，是人类信息要求的现代化表现，是当代科技的杰出飞跃，是20世纪的伟大成就之一，它"把诉诸听觉同诉诸视觉的方式结合起来，较之报刊、广播等，有了更多的优势之处，适应并满足了现代社会的发展和要求"①。它首先改变了新闻传播，随后应用在社会的重要领域，并对生活产生了全面的影响。它形成了"依靠电视传播和制作手段并综合融入其他文化手段而制造的一种文化形态"，并且是"人类的物质文明和精神文明发展到特定历史阶段的产物。"结果，"电视文化不但成为整个社会生活中的一个组成部分，而且已经深入到千百万个家庭之中，成为他们精神生活的

① 王云缦等主编：《电视艺术辞典》，学苑出版社1991年版，第3页。

日常必需品”[1]。在这样的前提下认识电视艺术，电视艺术就不仅是电视文化的组成部分，而且显示着电视文化影响社会生活、深入千家万户，是精神生活日常必需品的基本特色。因此，当人们指出电视艺术“是运用电子技术手段，通过屏幕传播的综合性视听艺术”[2]的时候，实际也概括了电视艺术的电视文化的属性，使电视艺术建立在如下基础上：

首先，电视艺术是人类社会文明发展的历史趋势和时代使然。正像文艺复兴与工业革命、现代派与后工业时期的关系一样，当把电影视为工业时代的艺术硕果时，那么电视艺术就是信息时代的艺术结晶。综合性是电影艺术的突出特点，它也是电视艺术的特点。但电视艺术的综合性是更大的综合，既包括历史文化也包括当代的政治、经济、科技、文艺与信息等。所以，比起电影的综合性，电视艺术更全面、更普及、更社会化，因此更具网络状态。其次，电视艺术的吸纳性极强。各种文化表现、各种艺术样式，都能进入电视艺术，并在制作、传播中被再创造。电视艺术由于极强的吸纳性而充满开拓的活力。几乎没有什么不被电视所吸纳，几乎没有什么艺术不因电视艺术而扩大自己的影响。而且，因为文化艺术的时代气息和欣赏张力都和电视传媒密切相关，所以电视艺术的吸纳性越走向纵深，电视艺术自身的内涵与外延也就越来越厚重和丰富。

再次，电视艺术的规模和发展已成为电视文化的“龙头”，不少创作总会成为文化的“热点”。例如电视剧，最初只是话剧的电视化，后来是

---

① 王云缦等主编：《电视艺术辞典》，学苑出版社 1991 年版，第 3 页。

② 见《当代中国的广播电视》(下)，中国科学出版社 1987 年版，第 66 页。

电视艺术的典型样式之一，现在不单是电视播出的主体，而且拓展为全天候的频道，其数量从20世纪50年代的每年几部，上升到20世纪90年代的每年上万部。而“热点”作品，对人们的文化消费产生着深刻影响，不少生活方式是从电视剧演化开去的，相当的人生观念有着人物性格的投影。还有一个十分典型的例证，中央电视台自1982年创办的“春节晚会”，和地方台的“节庆晚会”一起，已成为我国当代年文化中的重要组成部分，被百姓视为新年俗，每次播出都万人空巷，在海外亦有许多观众。总而言之，电视艺术在使电视文化更加感人的同时，也不断提高着生活质量，使之成为人类社会的必需。

电视艺术的主要特征：

大众性。电视艺术有着其他艺术门类难以企及的受众，家电特别是电视机和录像机、VCD机的普及，使欣赏电视艺术成为文化消费最通常和最主要的方式。随着欣赏水平在普及中高，电视艺术也在人们不断丰富与深入的要求中快速发展，从而使得广大观众能够以各种播放与接受方式去欣赏电视艺术。因此，电视艺术的大众性，不仅体现在数量上，而且显示在质量上，它既促使电视艺术获得空前发展，又促进了本体的自我深化。科技含量的加大，拍摄、录制、播出等技术能力的提高，又使得电视艺术在设备与人才的变革、更新中，深化了它的影响。例如，电视艺术的声画结合，是新闻广播范畴下的声画结合，新闻属性的社会涵盖本来就极广大，而电视机的进入千家万户，又使得电视艺术在有了新闻性的同时，其面对社会的能力又因电视机的普及而更加走向开放。此外，这种广泛的声画结合，使电视艺术能让大众欣赏成为人人都能参与的欣赏。老少的界限、文化水平的高低、趣味的各异，在电视荧屏前并没有明显的区分。电视艺术的一般欣赏，不需要专门的文化准备，可以不经过格外的培训，只要坐在电视机前去看，就会有所领略。这种“宽带”欣赏，容纳了雅俗、人生与生活的各种层次，充分显示了电视艺术的大众性必须以欣赏的大众化为前提和归宿。

开放性。电视艺术的开放性主要表现在“渗透”和“全能”上，即电视艺术“打破”了不少艺术的“围墙”，使其成为电视艺术的一部分，从而更广泛地走进社会，走进观众。“渗透”使各种姊妹艺术都感到了电视艺术的存在，并依赖和适应电视艺术，在新的条件下去为人民大众服务。而且只有被电视“语汇”表现出来，姊妹艺术才会展示在主流传播渠道上，被最大多数的受众欣赏。而在各艺术品种被“电视化”了的过程中，一定会不同程度地变化着自己，去适应电视艺术的表现方式，当然也就被电视艺术“浸润”了、“渗透”了。如戏剧的舞台设计、伴奏和唱腔，要遵循电视镜头的运动规律；而曲艺说唱艺术，为了镜头语汇，加大了表演的成分。这还只是一般性的变化，电视艺术要求其他艺术的，是从质感上要声画统一，要有镜头魅力，所以电视艺术对姊妹艺术的“渗透”，更多的还是一种以此为媒介的艺术提高。拒绝电视艺术的这种“渗透”，会隔膜了时代，也脱离了大众，而电视艺术也需要在“渗透”中不断发展。由“渗透”而表现出的开放性，还是“全能”的，只要能被电视镜头尽收，电视艺术会充分地展示在荧屏上。它弥补了某些艺术的不足，如景深、环境的真实，还使间接欣赏的文学能直接欣赏，让静止艺术“活动”起来。但更为重要的是，电视艺术的“全能”是其他艺术无法超越的。它的综合性大大优于电影的综合性，电影只能以纪录片去反映晚会节目，而电视艺术可以把晚会置于麾下，并经过电视手段、导演编排等，把晚会变成电视艺术的具有特色的组成部分。不仅如此，电视艺术还打破了传统的艺术定势，更加自由与广阔。如电视剧的长度突破了舞台演出的时间限制，从而使连续剧成为电视艺术的代表形态。谈话节目也因镜头的运用，不只以交谈引人关注，还具有了电视艺术“声画统一”的艺术表现。当然，这绝不意味着电视艺术是以“全能”来拼凑，电视艺术在发展中形成了自己的艺术范式，而其中的“渗透”和“全能”显示出来的其艺术形式的开放，是电视艺术重要的特征。从这个意义上说，没有开放性，也就失去了电视艺术“肚大能容天下”的魅力。

间接的直观性。电视艺术较之电影的间接直观性，区别在于家庭欣赏。而且，传统的主动选择看什么不看什么及其这种心态下的艺术环境感受，变成了电视的给送播出下的有限选择，或者说变成了被动性欣赏和欣赏的消费状态。于是文化休闲与家庭活动的自然融合，使大众满足于拉近荧屏与世界的距离时，却客观上加大了亲临环境的距离。人们的视听空间被电视传媒方式浓缩了，但感情的、参与的、现实的情境被淡化与漠视。文化生活的灵性程度、陶冶方式，因电视艺术的家庭型间接直观性欣赏所产生的感知和思维变化，使观众过分信赖荧屏视觉，而赏析的重塑力与创造力却受到声画直接“给送”的影响，于是“看”大于“思”，娱乐大于对艺术意味的思索，人们喜欢直接的画面冲击，弱化了积极的、含蓄的欣赏。换句话说，电视艺术的赏析方式是家庭的、消闲的，并且是看似直观实为经过传输的特定放送、接受才能完成的观赏。这就决定了视觉艺术思维的特点，是以服务画面为重心。

栏目性。电视艺术出于播放安排和满足观众的多元需求，很快走上了栏目化道路，并且其技术条件也能够实现栏目化标准。栏目化使节目丰富多彩、层次多样，而且能更大范围地反映生活。栏目化和板块化、系列化有机结合，经过程序编排，使电视艺术侧重于录播的制作方式，并在播放前需要引导，以至经常要用电视艺术宣传电视艺术。同时，录播不但提高了节目质量，而且有利于准确性和复杂的制作播出与管理要求。但是录播缺乏现场感、参与性和现场与接收的同步性。而感受现场气氛，同步欣赏艺术表现、体育比赛和其他信息，又是电视传输的优势。因此直播方式也是电视艺术的重要类别。同时，录播、直播各有所长，并且在互相取长补短中，促进了电视艺术的发展。电视艺术的栏目性规定了制作必须符合标准，每一栏目要准确定位，要注意纵与横的衔接。即使是电视剧这种艺术虚构十分突出的以剧情为主的样式，也应遵守栏目要求，并在情节安排、线索衍进等诸多创作因素上，符合栏目准则，形成自己的逻辑规律。例如一集戏应有“七八个情节、三四个跌宕、一两个高潮”等。栏目性，使电视艺术更是“戴着镣铐跳舞”，技术制约与艺术的遵循与突破，成为电视艺术特有的创新空间，增强了电视艺术的魅力。

第二节　电视艺术的审美要点

“电视”一词在希腊文和英文里，都有“远处传来可看画面”的意思，这大致决定了电视艺术，是以电视为载体、以拍摄录制并经终端还原为通道、集视觉形象美和听觉形象美于一身的艺术。所以广义地谈电视艺术，因其讯源万里转瞬即至，又源源不断丰富多彩，举凡电视播出的有艺术属性和艺术含量的各种节目，都能隶属于电视艺术旗下。若是狭义地理解，主要是指电视剧、直播和录播的文艺演出、专题片和专栏文化艺术节目、主题明确的综艺晚会及各种经电视播出的文化艺术作品。其中电视剧是电视艺术的支柱产业，综艺节目为拳头产品，专题片是优势项目。

电视艺术既然是艺术，其美学特征便会蕴含其中，但因科技含量大、综合性强、形态纷纭等缘由，对其审美特征的认识还未能完全一致。按《电视艺术辞典》所说，主要是传真性与虚幻性的结合；兼容性和大众化的结合；家庭性和个体化的结合。而最根本的是镜头语汇和荧屏展示共同形成的从众化、家庭欣赏化和影像复现化等审美要点。

从众化。电视是大众媒介，着眼多数人是其本质。而且必须拥有较高的收视率，其影响力及资金来源（广告收入等）才会广泛、坚挺。这又决定了电视艺术首先要考虑节目本身的丰富多彩、频道的不断增多和日益贴近生活，所以电视艺术的大众化是以从众为基础的。但更深刻的美学意义在于传播技术与方式的先进，它凝聚了当代文明的诸多精华，并以兼容性广、信息量大、老少咸宜、雅俗共赏，使电视艺术的宣传力、感染力、愉悦力、美育力达到在日常生活里须臾不可或缺的地步。同时，它能汇集其他艺术走进电视，又能使电视艺术向众多事项上发展，例如小说和电视小说、戏曲和电视戏曲、音乐和电视音乐等。此外，它尤其能把各种艺术表现形式、艺术手段与灯光、舞美、化妆等辅助艺术环节充分调动起来，使之于合力中转化为电视艺术。正是这样的吸收、兼容、综合、转化，让大众从电视中获得了想要获得的文化消费与艺术欣赏。而人们的群体取向及所形成的社会氛围，又是电视艺术必须积极适应、热情引导的。为了大众需求，电视艺术要从众化，而且只有从众化，电视艺术才能万紫千红。这是电视艺术美的基础，也是其根本属性。

家庭欣赏化。电视艺术主要在家庭欣赏，并围绕家庭欣赏做“文章”。居室是收看电视的主要场所，家庭成员一起观赏并以交谈方式随时去评头品足，造成了电视欣赏的自由度高、随意性强、凭兴趣选择节目和突出个性情感体验的特征。看电影时，要在特定时空共同鉴赏，即有“黑屋效应”，并与不相识者一起沉浸在充满幻影感的情绪里。而看舞台演出，演员与观众直接交流，以主动的呼应追求较好的演出效果和审美娱乐。但欣赏电视艺术却与上述二者不同，不仅在家庭里和亲朋边消闲边欣赏，而且选定的节目是穿插在众多栏目、众多频道里的。大量的新闻、专题片和直播时段，使欣赏处在不断接收社会信息之中。这种“实”的审美加上观看时的随意，常常因交谈和杂事而间断欣赏，于是不可能像看电影那样集中精力，也不可能和看戏一样可以与演员交流。电视机面对的是一家一户，但节目传给的是千万双眼睛。欣赏群体因家庭而分散，但同一时段同一频道的画面是一致的。所以电视审美伴有“两个共鸣”：一是每一屏幕前的小共鸣；另一是节目带来的社会大共鸣。只有两个共鸣达到共振，电视艺术的审美效应才最好。一年一度全民共赏成为“年俗”的春节晚会即是典型的例子。

影像复现化。电视是在二维平面的荧光屏上幻现出四维的声画世界，是一种建立在电子声画和物像之影综合成幻觉审美的艺术载体。人们最终看到的不是可触的真人活物，不是直接瞧见演员演出。它是拍摄后依靠电子媒介传到荧屏上的影像，是以真切为基础的幻觉真实，具有真与影、实与虚、物像与幻象结合的双重品格。《电视艺术美学》认为：“电视艺术家据此可以驰骋‘影像思维’，驾驭电视语言，扬电视艺术之优势，创造出既忠实于现实生活又富于理想、梦幻色彩，既具有及时性、传真性，又具有艺术假定性的形神兼备的艺术形象和艺术意境。”然而这种艺术特质都要通过复现才能“传递”给观众。换句话说，这之中关键是电视艺术在亦真亦幻的双重品格里，并最终“复现”到屏幕上，才会得到展示，给人们以审美享受。观众看的是荧屏图像，除了电视台的有线、无线放送，还能通过 VCD 盘或录像带，在家中或有条件的地方节选或多选重复放映。这是文化消费家庭化所需要的，复现化是生活欣赏与人生欣赏相结合，愉悦休闲和家庭活动相结合。家庭录像（包括 VCD、DVD）更清楚地印证了这一点，节目是一次“复现”，再播出来又是一次“复现”。正是这个与其他艺术不同的“复现化”，使电视艺术拓展了空间，深入到大众，影响到大众文化。复现化使审美于普及中有一种尽收眼底、直接感受声画和再播再看之美。

第三节　电视剧的分类

在电视艺术中，能较好分类以体味其内律的，是被称作电视艺术“重工业”与“骄子”的电视剧。

通俗解释电视剧，即“电视的剧”。其历史很短，世界第一部电视剧诞生于 1930 年，在我国是 1958 年，为中央电视台的前身北京电视台播出的《一块菜饼子》。电视剧是以“公然模仿戏剧和电影起步的”[①]。它曾被称作电视故事片或家中剧场，说明它和电影、戏剧有借鉴与渊源关系。至今许多国家都有电视剧，其数量之多，形式之杂，超过以“剧”为特征的其他各种艺术形式。仅以时间长短区别，有的一剧连播数年，有的上百集或几十集，有的才几十分钟或几分钟。大致归纳，基本可以分

① 萨巴什尼科娃：《论电视剧》，李邦媛、李醒选编，北京广播学院出版社 1987 年版，第 1 页。

为两类，一是电视连续剧和系列剧，一是短剧。还有一种叫作“肥皂剧”的，插在广告中播放，或者自身即是一种广告手段。尽管从总体上看，电视剧在意蕴内涵和艺术水平上和高雅艺术有差距，且制作平庸的为数不少，但正如一些专家指出的：“电视剧以深入千家万户，与人们朝夕相伴取胜。录像带的兴起，更会使人们对这种家庭文化娱乐形式有一种亲切感和方便条件。实际上，电视、录像在国外已构成了对电影的很大冲击。电影看来正在向高技术、精制作发展，而电视剧、录像带更宜于快速、方便、灵巧。”[①]和各国电视剧相比较，我国的电视剧从一开始就注重质量，注意审美。近年来，从管理到创作，都提出内容、形式、欣赏要相结合，既应该严肃制作又要让观众感到好看。特别是“弘扬主旋律，坚持多样化”的提出，使电视剧创作健康发展，精品增多，娱乐性增强，满足了人们不断增长的欣赏需求。

电视剧，是一种以电视录像手段录制而成的，通过电视传播媒介而播映声音、图像的新的叙事艺术形式。作为一般定义，它已说明了电视剧的特点、形态和品种内涵。电视剧还可以从不同的角度进行分类。因题材不同，可以分为现实剧和历史剧、动作剧和探索剧等；因风格不同，可以分为写实剧和写意剧、生活常态剧和非生活常态剧等；因类型不同，可以分为艺术剧、娱乐剧等。但约定俗成的划分办法，是以长度为标准划分为长篇连续剧、中篇连续剧和单本剧。

长篇连续剧、中篇连续剧都是连续剧，前者指九集以上的连续剧，后者为四集至八集的电视连续剧。连续剧指互有衔接、分集播出的连续的电视剧。如果只是人物有前后关照，而故事情节各自独立，则称为

① 王云缦：《世界电影电视现状和趋势》，长春电影文学刊授学院版，第48页。

系列剧。我国第一部长篇连续剧是1980年制作的《敌营十八年》，最长的曾是尤小刚、陶玲玲导演的百集电视剧《京都纪事》。电视连续剧类似古典章回小说和长篇评书，主要人物和情节是连贯的，每集只播出整个故事的一部分。它开头要有悬念，中间有戏扣有起伏，结尾要尽量交代清楚命运走向。连续剧最能发挥电视的特长，是最具电视特征的艺术形式。它突破了文学的文字创作和视觉接受的单一渠道，将视觉和听觉、时间和空间的表现方式及接受方式融为一体。它克服了戏剧狭小舞台的限制，不严格追求戏剧冲突的紧张性、情节的集中性、细节的戏剧性，能将日常生活中的凡人小事直接搬上荧屏。它还摆脱了电影制作的种种束缚，多采用直接录制的方法，拍摄场景较为单一，能边播边拍，不必非像电影那样需要复杂的镜头组合和复杂的后期制作。连续剧具有家庭艺术的审美特征，可以使观众长期持续不断地看一部剧。但连续剧的长不是人为的，是电子时代科学技术发展的必然。传播媒介能大幅度跨越时空局限，为漫漫长剧奠定了载体基础，而且最大限度地满足了观众的文化消费需求。长而固定在某一时段播出，使生活节奏快、难得全家一聚的人们，有了共同的享受、共同的话题。电视观众正是在这种特殊的审美意境中，获得其他艺术所难以取代的审美情趣。

长篇、中篇连续剧还有自己的艺术规律。首先是由小情节出发，勾连众多情节和生活内容，人物能续能断，每集都不是故事的完结。所以它是开放型的艺术结构。其次，以人物为纬，以事件为经，形成叙事式表现手法。按事物发展的时空顺序，依次进行叙述。再次，要长期吸引观众，须要打“伏笔”，埋“包袱”，“结”扣子，“推”高潮，进行悬念的设置和安排。尽管此项不如电影那么鲜明强烈，但也要格外注意精心铺排。

单本剧是有较完整的情节故事和较完整的人物性格刻画，时间一般在一集至三集的电视剧。它以简单突出见长，不追求叙事的复杂和人际关系的多向交汇，而是以能展现人物、事件、社会问题、哲理思索的精彩片断与深刻瞬间，显示电视剧的敏锐性、洗练性和蕴含性。单本剧和戏剧、电影相贴近，注意戏剧冲突与画面、音响。较成功的作品是《秋白之死》及《一个医生的故事》等。

按题材与形式划分，电视剧还能分为风光片、音乐片、情景剧、电视小品、电视小说、电视散文、电视微型剧和电视报道剧等。在娱乐电视剧中，和电影娱乐片一样，也可以划分成“武打”“侦破”“财经”“青春”“言情”诸多类别。但在审美上，它们的特点相差不大。值得格外提出的，是从连续电视剧里又划出一个“长篇室内剧”。

对电视艺术来说，电视剧是“骄子”，而充分显示“电视的剧”的室内电视连续剧则是电视剧的“宠儿”。室内连续剧要宽泛理解为以室内环境为主场景的电视连续剧，这比单纯地在棚里搭景的电视剧要范围大一些，因为某些以实景拍摄的电视剧也包括在内。从广义上看室内电视剧的审美特征并在分类中格外提出，其好处在于更突出了电视艺术的受众性和开放性及适宜家庭欣赏的要求。室内电视连续剧虽较多地把故事情节、人物活动和生活内蕴限制在搭制或选定的内景里，但却着力以家庭矛盾透析社会环境，以家庭生活刻画人物性格，这样就使室内剧作更适合家庭欣赏，有了与观众交流的直接性与一致性。

室内剧比其他的电视剧有这样几个优势：首先，以人物室内活动为主，形成以家庭冲突去折射社会生活的视角，而作品越关注家庭关系，就越能更好地揭示出感情的内蕴和伦理道德的价值取向，以及由传统向当代嬗变的审美碰撞。其次，较多的室内环境使电视剧的情节构成和人际关系更需要艺术的归纳，以利于在特定情景的制约中对生活进行加工，虽然此举强调了艺术结构与艺术编织，却能够更集中地抒写生活。当然，这使家庭矛盾走向戏剧冲突，让观众在欣赏中感到与日常生活有“距离”，有“间隔”。但这种“距离产生的美”有点像“过日子看隔壁”，可以在“既接近又陌生”中感受故事，认同人生。再次，室内电视剧发展至今能以“一次合成”的方式，把“电视的剧”表现得淋漓尽致，其情节起伏跌宕，悬念迭出，人物命运曲折，人生况味丰富，使观众能在消闲中获得充分的审美享受，这是其他文艺样式难以比拟的。

第十四章 戏 曲

第一节 戏曲及其种类

戏曲是我国传统的戏剧形式。它“以歌舞演故事”①,是包含文学、音乐、舞蹈、美术、杂技等各种因素,以表演为中心的综合艺术。它渊源于秦汉的乐舞、俳优和百戏,并受到了说唱艺术的影响。唐有参军戏。北宋时形成宋杂剧(金称“院本”)。南宋时温州一带产生的南戏,一般认为是我国戏曲最早的成熟形式。金末元初,元杂剧于北方产生,戏曲创作与演出空前繁荣。明代,传奇剧在南戏和元杂剧的基础上形成,出现了海盐腔、余姚腔、昆腔、弋阳腔等声腔。清代,各种地方戏大量涌现,以昆腔、京剧为代表,发展并形成了完整的舞台艺术体系。

历史上首先使用“戏曲”这个称谓的是元代的陶宗仪。他在《南村辍耕录·院本名目》中写道:“唐有传奇,宋有戏曲、唱诨、词说,金有院

① 《王国维戏曲论文集》,第163页。

本、杂剧、诸宫调。”他所说的戏曲专指元代杂剧产生以前的宋杂剧。从近代王国维开始，才把“戏曲”用来作为概括宋元南戏、元明杂剧、明清传奇以及近代的京剧与所有的地方戏在内的我国传统戏剧的统称。

戏曲种类繁多，据1984年统计，当时有340余种之多。在清初梆子、皮黄出现之前，一般使用声腔这一概念来区别不同地方的戏曲。后来由于各种地方戏大量涌现，音乐上出现了颇为复杂的情形，声腔已不再能说明它们之间的区别，于是便出现了剧种这一概念。

声腔是指在某一地区形成和发展起来、具有浓郁地方特色的某种类型的戏曲音乐。它由一群在音乐上具有共同特点、风格的曲调所构成，其中包括与这些曲调密切相关的唱法、演唱形式、使用的乐器和伴奏的手法。一般情况下，一种声腔的形成总是以某一地区的语言和民歌为基础，比如，梆子腔就源于陕西、山西一带的方言与民间曲调。同时，以下这种情况也大量存在着：一种声腔传入其他地区，与当地的语言与民歌结合，发生流变，从而形成一种新的声腔。比如，弋阳腔在明代就发展出了青阳腔、乐平腔、太平腔、四平腔、京腔等，到清代又发展出了江西高腔、湖南高腔、四川高腔、绍兴高腔、金华高腔、高阳高腔等各种高腔。

剧种的形式，是戏曲声腔发展演变的结果。古代的戏曲声腔，几经流变，形成了几个不同的声腔系统；这些声腔系统又各自派生出不少分支；有些分支又分别繁衍出自己的后代。于是，各种各样的剧种出现了。由声腔繁衍为剧种，大体有两种方式：

第一，声腔的流变。比如，梆子声腔最初统称为山陕梆子，包括山西的同州梆子、秦腔、山西的蒲州梆子（蒲剧）以及晋中的中路梆子（晋剧）、晋北的北路梆子、晋东南的上党梆子。山陕梆子传入河南，衍变为河南梆子(豫剧);传入河北,衍变为河北梆子;传入山东,衍变为山东梆子……

第二,多种声腔的汇合。一种声腔在流传过程中,与其他一些声腔同台演出,久而久之,形成一个新的剧种。比如,京剧就由西皮、二黄以及高拨子、南梆子、吹腔等多种声腔汇合而成,川剧就是昆曲、高腔、胡琴、弹戏、灯戏等五种声腔汇合的产物。

戏曲的诸多剧种,按照不同的根据,可以分为不同的类别:

按民族划分,可以分为各民族的戏曲,比如,白族的白剧、侗族的侗剧、傣族的傣剧、藏族的藏戏、朝鲜族的唱剧、布依族的布依戏以及汉族的京剧、评剧、川剧、粤剧等。

按形成的地域划分,可以分为各种地方戏,比如,形成于上海的沪剧,形成于湖北的汉剧,形成于安庆的黄梅戏,形成于温州的瓯剧,形成于广西靖西、德保、田林、隆林一带的广西壮剧,形成于云南广南的广南壮剧,形成于西藏山南琼结的藏戏,形成于青海黄南的安多藏戏等。

按照戏曲艺术形成发展的程度来划分,可以分为大戏(或称地方大戏)与地方小戏(或称民间小戏)。大戏生、旦、净、丑各行角色齐备,反映社会生活的能力强,既能演出反映宫廷生活、政治、军事的"袍带戏",又能演出反映民间生活、传说的故事戏。它们的戏曲形式比较完备,是戏曲艺术发展的高级阶段。京剧、川剧、河北梆子、秦腔、徽剧、汉剧等就是典型的大戏。清末以来,由民间歌舞、民间说唱发展而成的剧种,被群众统称为地方小戏。它们行当较少,或只有旦与丑,或只有旦和生,或只有旦、丑、生,被称作"两小戏"或"三小戏"。它们都能载歌载舞。不过它们的艺术表现手段还不那么丰富,戏曲化的程度还不那么高,还不能表现人物众多的历史题材,只能演出反映民间生活、传说的故事戏。它们有花灯戏、花鼓戏、定县秧歌、彩调、甬剧、二人台、吉剧等。近代以来，随着社会条件的发展，不少地方小戏不断丰富自己的艺术表现力，逐步发展为大戏，评剧、越剧、吕剧、沪剧、吉剧等就是其中的代表。

按照宗教色彩是否浓厚来划分，除一般的戏曲外，还存在着一些带有浓厚宗教色彩、专用于祀神的戏曲，比如傩戏、目连戏、师公戏、醒感戏、法事戏等。它们没有职业演出团体，一直在乡村活动，演出形式古朴，有的还带有面具，如傩戏、贵州地戏、云南关索戏，所演剧目大多为整本大戏。

按照前身是否为皮影戏、木偶戏来划分，除一般的戏曲外，还存在着一些由真人代替皮影、木偶演出的戏曲，比如，由提线木偶发展而来的线胡戏，由皮影发展而来的唐剧、陇剧、黄龙戏、辽南戏、弦板腕和各种碗碗腔。

第二节　戏曲的基本特征

戏曲的基本特征有三个，它们是：以表演艺术为中心的综合性、以虚拟为基本手法的写意性和程式性。

一、以表演艺术为中心的综合性

戏曲是通过演员扮演角色、敷陈情节、表现故事的表演艺术，同时也是包括文学、音乐、舞蹈、美术等艺术成分在内的综合艺术。

剧本，也就是戏曲文学，是戏曲表演艺术创造的基础。它主要由登场人物的唱词、念白以及科介（舞台提示）所组成。

戏曲需要通过舞台上的直观形象，从多方面诉诸观众的感官，并因之激发观众的情感，启迪观众的思想。因此，剧本创作不能不受戏曲舞台的制约，有着以下鲜明特点：

戏曲塑造人物时，必须提炼强烈的戏剧行动。戏曲与小说、曲艺等艺术一样，也是以塑造性格鲜明、具有典型意义的人物形象为首要任务。可由于戏曲是一种直观的艺术，人物形象的塑造主要靠戏剧动作来完成，即使人物的语言，也必须充满强烈的动作性。剧本创作必须以生活中人们的行动为形象，把它们提炼成戏剧行动，进而表现剧中人物的内心世界。

戏曲人物的塑造，离不开具有戏剧性的故事情节。古人因此把戏曲剧本称之为“传奇”。“传奇者，传其事之奇焉者也，事不奇则不传。”[①]强烈的戏剧行动、鲜明的人物性格往往都寄寓在出人意料、引人入胜的故事情节之中在结构上，它采取点线组合的方法。戏曲剧本重视戏曲的故事性，一条主线贯穿全剧的始终。围绕着这条主线，灵活地安排大场子、小场子及过场戏，每场戏都有一个中心事件。这些容量不等的场子，就是一个一个的点。全剧的主线通过每场戏的中心事件得以体现，每场戏的中心事件又由全剧的主线所制约。这样，即可把故事叙述得有头有尾，脉络分明，又无平铺直叙、一览无余之弊。由于主线清楚，时时指示着剧情发展的方向，很容易让观众看明白；由于每场戏都有一个中心事件，事件的发展充满了悬念，又使观众难以一下弄清剧情的发展方向，时时吸引着观众的审美注意。

戏曲语言由唱词和念白组成。唱词皆为戏曲音乐所制约，因而无

① 孔尚任：《桃花扇·小识》。

论句式、平仄、四声、韵脚,都因剧种的不同而体现出各自的特点。念白基本上可以分为两类,拿京剧来说,一类是韵白,其中又可分成介乎歌唱与说话之间的数板、上场诗、下场诗等朗诵体的白,接近于歌唱的韵白和半念半唱的引子;一类是京白,接近于北京话,自然生动,但也有自己的节奏。戏曲剧本的每一句唱词,每一句念白,都必须一听就懂,否则观众就难以继续欣赏下去。因而它必须浅显易懂,切忌艰深晦涩。它应该提炼人民群众的口语使其既深入浅出,又有丰富的内涵。另外,不同的地方剧种还必须使用其形成地域的方言,特色越浓郁越好。

戏曲是通过音乐舞蹈进行表演的戏剧。戏曲表演运用唱、念、做、打四种手段。不言而喻,唱、念属于音乐;做、打虽然不属于音乐,却绝对离不开音乐的烘托与配合。

戏曲音乐由声乐和器乐两部分构成。其中,声乐起主导作用,器乐处于辅助地位。戏曲声乐不仅指演唱,也指唱腔创作。戏曲唱腔是刻画戏曲人物形象的重要手段。一出戏在艺术上的成败常取决于有无精彩的唱腔与动人的演唱。戏曲器乐的作用则是:其一,为演唱伴奏;其二,配合表演,使念、做、打具有鲜明的节奏;其三,描写戏剧环境,渲染舞台气氛;其四,以多样而统一的节奏将唱、念、做、打等艺术手段浑然一体,对全剧的快慢起伏加以调节与控制。

在结构形式上,戏曲音乐也有着自己的独特之处:剧种虽多,风格虽异,但却可归入两种结构形式:一为曲牌联套,一为板式变化。所谓曲牌联套,是指把若干支旋律不同、曲情各异的曲调按一定的章法组合,使之相连成套,用以表现各种各样的戏剧情绪,构成整出戏的音乐。昆曲以及各地的高腔等剧种的音乐结构,就是曲牌联套。所谓板式变化,是指由慢板、原版、二六板、流水板、散板等板式按一定的法则组合、转换、变化，使之形成戏剧的音乐结构，用以表现不同的戏剧情绪。京剧、越剧以及各种梆子等剧种，其音乐结构均属此类形式。

戏剧性是戏曲音乐区别于其他音乐的特征。它是戏曲音乐的核心，通过以下功能体现出来：其一，通过音乐刻画人物形象，揭示人物的内心世界；其二，通过不同音乐所表现的人物性格的对比与冲突，推进戏剧情节的发展。它是音乐的抒情性与音乐的叙事性相互融合的结晶，抒情性与叙事性无论缺少哪一种，戏曲音乐的戏剧性都不会存在，戏曲音乐也就失去了存在的基础。

唱、念、做、打中的做，说的是舞蹈化的形体动作；打，说的是舞蹈化的传统武术和翻滚跌扑的技艺。二者共同构成了戏曲的舞蹈。总的来说，戏曲的舞蹈可以分为动作的舞蹈化、舞蹈化的动作和特定的舞蹈三类。

所谓动作的舞蹈化，是指生活动作经过夸张、变形，在很大程度上脱离了生活动作的原貌，成了装饰性、写意性很强的舞蹈形态，比如，起霸、趟马、走边、各种兵器的下场花以及全部武打程式等，就是如此。

所谓舞蹈化的动作，主要是指戏曲表演的生活程式和抒情程式，它们基本上不脱离生活动作的原貌。比如走，生、旦、净、丑各有各的台步，它们虽然源于生活中的走路，但却被舞蹈化了，成了戏曲独有的"舞步"。又如站，花脸、武生站丁字步；武丑一脚在前，鞋尖点地；小生一脚在前，鞋尖翘起；青衣、花旦一脚在后，脚尖点地掏着腿站……站时，头、眼、肩、臂、肘、腰、身、腿等部位都要相互映衬，配合造型，形成有雕塑美的舞姿。又如抖髯、甩发、掏翎、运扇、翻水袖、闪帽翅、耍手绢、耍辫穗等，无不从生活中提炼而来，富于韵律，节奏感十分强烈。就是开门关门、上楼下楼、轰鸡喂鸡、扑蝶掐花、捻线捋线、穿针系结等幅度不算太大的动作，也是对生活动作的提炼和美化，融化在表演艺术的整体韵律和音乐之中。

所谓特定的舞蹈，指的是那些与戏剧人物的生活动作无干的舞蹈，比如《霸王别姬》中的剑舞、《天女散花》中的绸舞等。

戏曲的服装，实际是一种舞衣。许多戏衣缀有水袖，以便于舞蹈；翎子、靠旗、鸾带、纱帽翅以及甩发、髯口等，都可用做表达情感的舞蹈用具。

戏曲的舞蹈，从来不是游离于剧情之外的舞蹈表演。孤立地看，翻滚跌扑近似杂技，耍刀舞剑近似武术。可当它们有机地融合在剧情之中时，却成了富有表现力的舞蹈语言，能够刻画人物，表达情感，阐述剧情。比如，窜毛可以表示下水，踩泥可以体现沉稳，马童的小翻能够衬托主帅的威严，云里翻、倒扎虎在特定的场合能够表现精神失常者的疯癫迷乱……

戏曲舞台美术是戏曲人物造型和景物造型的统称。

戏曲人物造型分为两部分：一是化装，一是服装。

戏曲人物的化装有两种方法，即涂面和面具。戏曲的涂面化装大体上可以分为四种类型：1. 美化化装，通常称为俊扮，为生、旦角色所采用；2. 性格化装，主要指戏曲脸谱，为净、丑等角色所采用；3. 象形化装，即象形脸——画有各种动物图案的脸谱；4. 情绪化装，又称变脸，各种行当的角色皆有采用的。面具化装是指登场演员戴着面具表演，以面具区分不同的戏曲人物，如傩戏。

戏曲的服装，包括盔、帽、蟒、靠、褶、披、靴等，统称为行头。它在金、元两代，多为“绘画之服”[①]；后来，采用了刺绣，成为精美的工艺品。近代以来，戏衣的样式、色彩、花纹和质料越来越丰富，装饰性、美术性越来越强烈。拿帝王将相的官服蟒来说吧，圆领大襟，上绣云龙、花朵、凤凰等，下摆及袖口绣有海水，颜色有红、绿、黄、白、黑、粉红、湖色、深蓝、紫、古铜十种之多，文采炳蔚，精丽典雅。

戏曲的景物造型是通过砌末来完成的。砌末是戏曲舞台上大小用具和简单布景的统称，包括马鞭、船桨、水旗、云片、大帐、小帐、灯笼、烛台、文房四宝、一桌二椅、銮仪器仗等。相对于各自的生活原形，它们都不同程度地被装饰化、抽象化，因而也更加美化了。

不言而喻，处于戏曲这种综合艺术中心地位的是表演艺术。受戏曲表演的制约，戏曲文学、戏曲音乐、戏曲舞蹈、戏曲美术等分别形成了各自鲜明的形态和特色：戏曲文学为戏曲表演提供再创造的基础；戏曲音乐和戏曲舞蹈为戏曲表演提供了种种手段；戏曲舞台美术则为戏曲表演渲染气氛、装饰人物，使形式美无处不在。

二、以虚拟为基本手法的写意性

戏曲是写意性的艺术。写意本是中国画中与“工笔”相对称的纵放一类的画法。它用笔不求工细，往往通过简练的笔墨，传物象之神，从而表达作者的情感。后人借用这个概念，概括与西方注重写实的美学传统相对应的我国美学传统，因而写意性也就成了我国传统艺术的一个美学特征。

写意性要求传神。神，即神似，它是相对形似而言的。形似基本上是指准确地反映创作对象的外部感性特征。神似则是比形似更高的一

---

① 《金史·舆服志》。

种要求，它要求形象地反映事物的内在本质特征。当然，戏曲艺术的神似，不是对事物本质特征的一种抽象描写，而是对事物本质特征的一种具体而形象的把握。由于戏曲是社会生活经戏曲艺术家心灵熔铸后的形象反映，“是事实与灵魂相契合后的再现”（巴尔扎克语），神似不仅表现为戏曲艺术家对艺术对象本质特征的透彻了解，而且还带有艺术家浓厚的主观感情色彩。戏曲艺术家从不以形似为满足，而是从自己对所表现对象的独特感受出发，调动起全部的生活经验，以强化和加深这种感受，通过主观的三棱镜去集中地反映客观，使戏曲凝结着自己对整个社会生活本质的认识，表达自己的是非爱憎和喜怒哀乐。比如在京剧中，黑脸表示铁面无私，因此包拯勾黑脸；红脸表示忠勇，所以关羽勾红脸，再由于他是个悲剧人物，红脸也就勾成了一副哭相。那两颊与前额勾上红、蓝、绿等颜色的马武、单雄信一类人物，一看就给人一种性急如火、好动不好静的印象。曹操勾白脸，细眉长目，齐眉“挑炭”，眉间有反蝠。粉白脸表示奸诈；细眉表示工于心计；长目是笑眼，表示笑脸迎人，笑里藏奸，齐眉“挑炭”表示他的气度，文中煞，令人敬畏；眉间的反蝠，表示皱眉思索。《捉放曹》以后的戏，从眉间到左颊斜着加了一条纹，“整脸”不整了。这是批判他杀害吕伯奢一家的罪恶。京剧脸谱不但可以使观众对戏曲人物进行“貌相”，而且还可以使观众“知人知面又知心”，初步把握剧中人物的本质与性格。

戏曲的写意性主要是通过虚拟来体现的。虚拟是戏曲反映生活的基本手法。虚置实物，再用动作把它表演出来，这就是所谓的虚拟。戏曲的虚拟与话剧的无实物表演有着根本的区别。话剧的艺术观基本上是写实的。写实，就要忠于生活原貌，就要通过表演将物体的形状、大小、重量、功能等准确而形象地再现出来。戏曲的虚拟是体现写意戏剧观的主要手段，它表现的重点，不是再现事物，而是重在表现戏曲人物的思想和感情。

戏曲的虚拟表演可以做到：

1. 以无胜有。在京剧《拾玉镯》中，孙玉姣开门、关门、出门、进门、轰鸡、喂鸡、穿针、引线，都是以传神的动作表现出来的。在昆曲《双下山》中，小和尚所蹚之小溪，也是靠表演来显现的：他耍着佛珠，走圆场，冲到台口，说："呀，果然有水在此。说勿得，只好赤脚哉！"脱下靴子，夹在左腋下，双手提起裤腿说："让我来试试看。"左脚一伸，叫道："呀哟冷的，冷的！"急缩回脚，甩去水渍。这样，就非常生动而形象地虚拟出了小溪和溪水的冰凉。

2. 以简胜繁。在戏曲舞台上，马鞭代表马，船桨代表船，水旗代表万顷碧涛，云片代表茫茫云海，三张高桌代表高山峭壁，几对龙套代表千军万马。采桑砍柴，演员手中虽有竹篮、桑钩和斧子，而被采、被砍的桑树和树林却是被虚掉的。通过演员的表演，这些简单的道具或极少的人物，虚实相生，生动再现了那些难以在舞台上出现的生活景象。

戏曲的虚拟性还表现在对舞台时间、空间的灵活处理上。戏曲舞台上的时间、空间不同于生活中真实的时间、空间，它们具有两个特点：

一是它们不独立存在于戏曲舞台之上，必须通过演员的表演表现出来。在京剧《三岔口》《挡马》《南天门》《打渔杀家》等戏中，随着演员的表演，门、雪山、独木桥、渔船、渔家、江水、绿岸，一一出现随情而显，随情而隐。在《黄鹤楼》《花田错》《狮子楼》《坐楼杀惜》等戏里，通过虚拟的上楼、下楼动作和楼上、楼下的对话，舞台上出现了立体空间。随着人物的上楼，楼下的空间立即消失，满台都变成了楼上。

二是戏曲舞台上的时间和空间是可变的、流动的。根据表现剧情和刻画人物的需要，时间既可充分延伸，比如《捉放曹》里陈宫的“听他言吓得我心惊胆战”、《虹霓关》中丫鬟的“见此情不由我心中暗想”等唱段，把人物瞬间的一闪念，放大为大段唱腔，尽情地抒发、渲染；又可以大幅度压缩，比如《秦香莲》中包拯与陈世美针锋相对、激烈斗争的时候，王朝在短短的半分钟内就从开封府赶到古庙，寻着刀鞘后又赶回开封府。同样，根据表现剧情和刻画人物的需要，空间也是可变的、流动的。在《拾玉镯》中，孙玉娇通过对门的虚拟，在几番的开门、出门、关门中间，就把小屋、院子、街景等环境及其变换交代出来了。在《昭君出塞》中，通过王昭君的演唱，空间便从汉宫经分关，出塞外，到了匈奴。虚拟的表演体现了戏曲舞台时间、空间的写意与自由，它在解决有限的舞台时间、空间与无限的生活这个永远的矛盾上，不是采取有效地利用有限的舞台时间和空间的消极态度，而是采取突破舞台时间和空间局限的积极态度，这就把戏曲舞台上可以表现的时间和空间扩大许多倍，使得戏曲艺术在结构剧情、展开冲突、刻画人物上取得了最大的自由。

为着写意，戏曲的虚拟表演可以将人化为物，将物化为情，情物一体，显隐由之。比如京剧《坐楼杀惜》，在马二娘强推宋江和阎惜姣上楼的虚拟化表演中，这楼梯成了一个委曲求全的心灵和一个反目成仇的心灵撞击的载体。当马二娘推二人进屋并反扣上门的时候，门出现了。它的出现又表现了三种不同的心态。马二娘下场，观众的注意力立刻集中到门后发生的引发杀机的精神冲突上。得意忘象，在他们眼中，门和楼梯消失了。等到宋江亮出匕首时，门又出现了。在宋江闩门、阎惜姣夺门时，这门又成了人物生死的界限。

三、程式性

程式是戏曲反映生活的表现形式，具有两层含义：其一，格律性。

在戏曲中，一切生活的自然形态，都按照美的原则予以提炼概括，使之成为格律严整的技术格式。其二，规范性。一种技术格式形成后，为旁人所效法，逐渐成为一种技术规范。

戏曲的表演以及舞台美术都有自己的程式。

戏曲是运用歌舞表演故事的艺术。戏曲表演的四个组成部分——唱、念、做、打，皆有程式。戏曲表演程式是戏曲塑造舞台形象的主要艺术语汇。

在人物形象创造上，它采取区分行当的方法。行当既是戏曲中艺术化、规范化的性格类型，又是带有性格色彩的表演程式的分类系统。

戏曲舞台上没有不属于任何行当的角色，也没有不属于任何行当的演员。各个剧种的行当，繁、简、名、实，异同不一。不过，生、旦、净、丑四大基本行当，却是戏曲分行的共同基础。每个行当又各有若干分支。生可分为老生、红生、小生、武生、娃娃生。其中，老生又可分为唱功老生、做功老生（衰派老生）、王帽老生、袍带老生、褶子老生、箭氅老生、武老生（长靠武老生与短打武老生）、里子老生；小生又可分为袍带小生、扇子小生、翎子小生、穷生、武小生（长靠武小生与短打武小生）；武生又可分为长靠武生、短打武生、勾脸武生、猴戏武生。旦可分为青衣、花旦、闺门旦、玩笑旦、泼辣旦、刺杀旦、小旦、花衫、短打武旦、刀马旦、老旦、彩旦；净可分为铜锤花脸、架子花脸、武花脸；丑可分为文丑、武丑，而文丑则又由方巾丑、袍带丑、茶衣丑、巾子丑等组成。

在戏曲表演中，没有抽象的程式，只有带一定行当特色的程式。无论手、眼、身、法、步、身段、发声、用嗓、行腔、念白，生、旦、净、丑演来情趣各不相同，风格迥异。拿起山膀云手来说吧，老生齐眉，旦角齐乳，花脸过顶，小生齐肩。就是起势的攥拳，也是老生拇指盖三指，武生盖二指，花脸盖一指，花旦兰花指。另外，行当既然是对同类人物性格和气质的概括，那么它们自然具有各自形象与精神上的规范。比如：武小生要求“漂、帅、脆”，穷生要求“酸、缩、呆”，老生要求“庄、方、刚”，青衣要求“肃、婉、静”，花旦要求“娇、活、真”，武生要求“灵、悍、练”，文丑要求“摇、阴、伸”①……分行的方法有助于直截了当地表现特定的人物性格特征，给演员提供了进行人物塑造的基础，同时也是帮助观众把握人物的一种比较直观的形式。

戏曲音乐的程式性表现在对传统曲调以及其他各种音乐表现形式的重复利用上。各种曲牌、板式、锣鼓点，均为戏曲音乐的程式。它们在曲式、调式、节奏、旋律以及组合方法等方面，都有着严格的要求。比如梆子的曲式特征为眼起板落，二黄为板起板落，导板前的开场锣鼓需用导板头，慢板开场锣鼓需用夺头。

戏曲人物塑造也有程式。在化装上，无论生、旦、净、丑，都有各自的基本谱式；在服装上，也有一定的穿戴规则。这些造型程式，是把生活中的人物装扮加以艺术化、规范化的结果。它们在长期的积累过程中，已同观众达成各种默契。如观众看到戴黄帽、穿黄蟒的人物上场，就知道他是皇帝；看到戴相貂、穿蟒袍的人，就知道他是大臣；看到一个人戴风帽、披斗篷，就明白他正在途中；而看到一个人头上缠带，腰间系裙，就意识到他在生病。再加上化装的种种刻画，所以剧中人物一出场，观众就能对这个人物的年龄、性别、社会地位、生活境遇甚至人品有一个初步的把握。

程式虽然是一种规范，但在运用它们创造具体的人物形象时，又必

① 白云生：《生旦净末丑的表演艺术》。

须从生活出发，根据人物性格和规定情境对其有所发展和变化，以求得程式的规范性和人物性格的统一。不仅戏曲表演程式的运用如此，就是音乐程式、人物造型程式的运用无不如此。在从事戏曲音乐创作时，需使用各种音乐程式，并重新进行组合、处理，从而创造出新的音乐形象。比如：作为抒情性的曲调，慢板专用于抒情。人们在创造新的剧目的抒情音乐时，并不撇开它而创作全新的曲调，而是将它重新予以处理，使之适合新的剧目的需要。人物造型的程式也在相对稳定的前提下，不断发展着。比如《断桥》中的白娘子，陈德霖先生演时戴大额子，到了梅兰芳先生那里，大额子就变成软额子了。

第三节　戏曲的现状与趋向

20 世纪 80 年代以来，戏曲逐渐由主体艺术变成了非主体艺术，这与社会的发展变化密切相关。

我国几次消费高潮，使电视很快进入了千家万户，成为家庭的必备用品。从 1978 年至 1984 年，城镇居民普及了老四大件：黑白电视机、缝纫机、单卡录音机、洗衣机；1984 年至 1988 年又普及了新四大件：彩色电视机、电冰箱、双卡录音机、录像机；电气化使社会发生了巨大的变化。一个人无论身处何地，一旦被纳入电视、卫星等组成的现代化信息网络，就可以与整个世界同时存在，知晓这个世界上正在发生的种种变化。面对卫星电视，人们接受的是全方位传递的文化。人们必须依靠异地文化为背景，才能更好地了解、发展自身的文化。电视在一定意义上改变了人们的群体意识。浓厚的乡土意识是口头传播时代的产物。

只与本乡本土的小团体频繁交流，易于产生狭隘的乡土依恋心理。总之，电视使空间变小了，使人们的眼界放宽了，比较意识加强了，越来越从全国乃至全球协调发展的角度去观察和认识问题了。人们的审美需求也日益多样了。于是文艺界出现了空前繁荣的局面，除了电影、电视、音乐、舞蹈、曲艺、戏剧之外，像模特表演、艺术体操、交际舞、体育舞蹈等亚艺术也纷纷涌现。人们可以通过各种途径获得不同层次、不同形式、不同内容的艺术欣赏和审美愉悦。文艺整体对人们的吸引力比以往任何时候都要强烈，同时，某些艺术的欣赏魅力却明显减弱。戏曲也不例外，加上它一时难以适应当代人变革了的观念和变化了的欣赏趣味，它在我国艺术中独占鳌头、傲视群雄的霸主地位消失了，它由主体艺术变成了非主体艺术。

现代化信息网络不仅具有跨地域性，也具有跨阶层性。面对卫星电视，人人平等，阶层特征淡化，导致文化朝雅俗共赏的方向发展。信息文化的发展，也促进了社会文化的普及和人们文化水平的提高。大众已不再是“没有文化”“文化水平低”的同义语。文化人与非文化人、专家与普通人的差距正日益缩小。

在这种背景下，戏曲变成了非主体艺术，取而代之的是风起云涌的大众文艺。大众文艺有三个特点：第一，流行性，借助现代化的传播手段，迅速而广泛地流行于社会各阶层。第二，通俗性，易懂易上口，能为大多数电视观众所接受。第三，商品化，能够符合大众的文化消费口味，产生可观的经济效益，像流行歌曲、卡拉 OK、迪斯科、电视剧、MTV 等，大都属于大众文艺。

众所周知，戏曲原本是通俗艺术。它曾经广为流行，是地地道道的大众文艺。可现在，随着社会生产力的加速发展，以及人们的生活和审美时尚的变化，戏曲的不少艺术手段失去了通俗性。比如，起霸这一表演形式，源于古代将士出征上阵前的整盔束甲。对现代人来说，整盔束甲离他们太远了，对他们太陌生了。欣赏时的联想失去了凭借，如果没有人加以解说，很多人就会感到莫名其妙。就拿对门的虚拟来说吧，由于所表演的门在都市的现实生活已不多见，不少年轻人对开门、关门特别是闩门的程式也不是一看就十分清楚的。同时，许多传统戏曲所表现的旧的道德规范，今天的观众特别是青少年观众感到难以理解。比如，对京剧《游龙戏凤》，不少人就不以为然：这不就是皇上耍流氓吗？因而他们也绝对不会接受。

于是，戏曲步入了低谷。不少剧团观众稀少，演出困难，“演一场，赔一场，少演少赔，多演多赔，不演不赔”。“戏曲危机”的呼声越来越大。

同时，也不容否认，并不是所有的戏曲都存在危机，有些戏曲的剧目受到了广大观众的欢迎。据天津艺术研究所齐会英女士的调查分析：从 1987 年至 1992 年 11 月，全国共有 71 个新编剧目演出了 100 场以上，其中，沪剧《清风歌》演出了 716 场，《芙蓉花仙》演出了 1700 场；越剧《弥留》仅在无锡市大众剧场，就演出了 74 场，且场场客满。它们不但没有“多演多赔”，而且多数还获得了可观的演出收入。其中，扬剧《上访专业户》每场 1000 元，一年收入几十万元；闽剧《贻顺哥戴高帽》在不到一年的时间内演出 102 场，收入 6 万元；曲剧《酷情》收入 13 万元；锡剧《今日出海》半年就演了 100 场，不仅收回了该剧的投资，还创收 17 万元……[1]

---

[1] 齐会英：《演出超过百场的秘密》，发表于《艺术研究》1993 年秋、冬季号合刊。

戏曲的现状不能不对戏曲的未来产生影响。

因为戏曲步入了低谷，所以人们提出了“振兴戏曲”的口号，什么“振兴京剧”“振兴昆曲”“振兴评剧”“振兴河北梆子”……时下，这类口号颇为流行，不管何种戏曲，似乎都要振兴一番。振兴也者，大力发展，使之兴盛起来之谓也。振兴戏曲看起来好像只是戏曲工作者的主体活动，但无论如何我们也不能忘记，主体只有在一定的社会环境的前提下才能从事自己的创造活动。他们的活动总要受制于一定的客体，是不能随心所欲地振兴 xx 艺术的。君不见有的剧种越喊“振兴”，演出越少，剧目越少，观众越少，剧团越少，戏曲工作者的信心越不足吗？难以实现的目标不仅是一枕黄粱，而且往往还会使人患上失败恐惧症。当然，这不是说可以对这些剧种放任自流，让其自生自灭。笔者只是想强调一下，具体情况应该具体分析，能发展的提“发展”，能繁荣的提“繁荣”，不能发展和繁荣的，采取有效措施，妥善保存起来，决不应不问青红皂白，一概以“振兴”为奋斗目标。我们应该牢牢记住马克思的教导："人类始终只提出自己能够解决的任务。”[①]这并不是说人的主观能动性对戏曲的未来没有作用。

继承戏曲传统的重要性，已为广大戏曲艺术家所认同。人们认识到，人类的知识，在来源上有两个特点，一个是连续性，一个是创造性。二者既对立，又统一。薪尽火传，只有继承前人的遗产，才能够创造、发展新的知识。丢掉了戏曲的基础，叫那些没能掌握戏曲传统精华或掌握传统精华不多的戏曲艺术家去创新，去发展，就很难避免以不足为发展、以不对为革新的现象发生。因而，在相当长的一段时期内，戏曲艺

① [德]马克思：《政治经济学批判序言》，《马克思恩格斯选集》，第 2 卷，第 83 页。

术家们会花费相当大的精力，学习戏曲传统，继承戏曲传统，不少传统戏曲会逐渐出现在戏曲舞台上。当然，有的剧目，甚至有的剧种，已经失去存在的基础，它们会被录音、录像，妥善地保存起来，成为博物馆艺术。

继承的目的是为了发展。随着时代的前进和观众审美需求的变化，戏曲的内容和形式都需要有新的提高、新的创造。否则，它的生命力就会逐渐枯萎。在形式上，一些失去生命活力的艺术语言（如一些程式）会被淘汰；同时，一些新的艺术语言会被从现实生活中提炼出来。戏曲的样式、风格会日益多样，戏曲的节奏会日趋明快……在内容上，戏曲会越来越贴近人民群众的生活。那些演出超过百场的剧目，以现代生活为题材的就有五十九个，占全部剧目的83%（当然，贴近人民群众的生活并不意味着所反映的全部是现实生活）。总之，经过努力，戏曲会从内容到形式，从唱、念到做、打，向现代贴近，向青年贴近，它会走下“高雅艺术”的神坛，重新变得通俗起来。至于那些仍然有着自己的观众群的传统曲目，也还会原汁原味地保留下去。

第十五章　曲艺及其他通俗艺术

第一节　曲艺

一、小曲艺与大曲艺

现代流行的曲艺曲种，据《大百科全书戏曲·曲艺卷》初步统计，有341种。有说的，如评话、评书；有唱的，如时调、小曲；有又说又唱的，如各种中、长篇鼓书；有边舞边唱的，如二人转；有边耍边唱的，如三棒鼓……

关于曲艺的本质特征，也就是它的定义，一般都这样认为：它由民间口头文学和歌唱艺术发展演变而来；通过演员说唱来演故事，刻画人物形象；表演时，它不像戏曲那样由人物角色"现身"于观众之前来"说法"，而是让人物在演员的"说法"中现身，亦即演员以叙述为主，代言为辅，一人多角，"跳进跳出"。

确实，有不少曲种、不少曲艺节目具有这一特征。评书、评弹、鼓书、快板书、山东快书……基本上都以说或唱或半说半唱为手段叙述故事,演员以自己的身份出现,讲述故事,交代背景,刻画人物,抒发感情。在叙述过程中,他们可以进入角色,模仿角色的语言、表情、动作,但无论如何不能忘掉自己的演员身份和自己的主要任务,适当时候还要退出角色,继续叙述。这也就是所谓的说法中现身。在艺术领域内,这种说唱故事的曲艺艺术跟戏剧、音乐、舞蹈、杂技、电影等门类艺术同处于一个层次上。它们在整个曲艺艺术中占了很大的比重,是曲艺的主体。

然而,主体毕竟不等于全部,曲艺中还有不少不具备这一特征的节目甚至曲种。

有一些曲种,有相当数量的节目,不是“说法中现身”,而是“现身中说法”,由演员扮演角色,表演故事。这些节目和曲种实际上属于戏剧。

拿相声来说吧,马三立、王凤山合说的《开粥厂》,苏文茂、马志存合说的《批三国》,侯宝林、郭启儒合说的《夜行记》,牛群、赵福玉合说的《威胁》……逗哏的一上场,就不再是作为第一自我的马三立、苏文茂、侯宝林、牛群等人了,他们分别扮演(不是模拟)节目所规定的特定环境中的人物,以第二自我的面貌出现。《开粥厂》中的“马善人”不是演员马三立;“苏批三国”的批点者苏文茂也不是演员苏文茂;同样,品格低下的夜行者、没有文化而感到儿子的威胁的年轻爸爸也不是侯宝林与牛群本人。在马三立、郭荣起、赵佩茹合说的《扒马褂》,苏文茂、朱相臣合说的《论捧逗》中,不仅逗哏的上来就进入了角色,连捧哏的也是以第二自我的面貌出现的。角色的性格、品德并不就是演员本人的性格、品德,角色的形象是演员塑造的结果,而非演员形象的再现。

二人转也有类似情况。二人转的演出形式很多,大体分为单(单出头)、双(双玩意儿)、群(群唱、群舞、坐唱)、戏(拉场戏)四类。“戏”是在二人转(当指与“戏”同一层次的双玩意儿)基础上形成的拉场戏。无疑，这也是“现身中说法”的节目。

还有些曲种，表面看来似乎是“一人多角”，但却不是以叙述为主，代言为辅。比如四川扬琴，传统的演出形式一般为数人坐唱，分生、旦、净、末、丑、杂等各行角色。传统曲本多采取叙事与代言相结合的体裁。除在每一段的开头、结尾以及段落中间穿插少许唱词交代人物、情节或环境时使用第三人称以外，主要的唱词、念白都是角色的第一人称的语言。实际上，它主要是“现身中说法”。

还有些曲种，原先本来就不是“一人多角”，比如贵州琴书和云南扬琴。贵州琴书的传统曲目的演唱形式，基本上为分角色坐唱，演唱者一般七八人，分担生、旦、净、末、丑等角色，并分操乐器伴奏，曲词的唱与白都为代言体。云南扬琴的演唱形式是演员各操一件乐器，分担节目中的角色，围坐演唱。近年来，它们有所发展，出现了“一人多角”的节目，可这绝不意味着只有这些节目才是曲艺，而原来的贵州竹琴与云南扬琴反倒不是曲艺。

天津时调、四川盘子等曲种原本就不以说唱故事为主。弹词的开篇，八角鼓的插曲，以及那些抒情写景的短段鼓曲节目，也不受故事的羁勒，它们同自己说唱故事的母体曲种的联系主要是唱腔。因而，如果以是否叙述故事来作为艺术分类的一个标准，那么，它们与说唱故事的曲艺的关系，还不如跟音乐中的歌唱艺术更为接近，说他们是歌唱艺术恐怕要更合适些。骆玉笙演唱的《重整河山待后生》不就是抒情歌曲吗？

还有些曲艺节目，比如二人转、凤阳花鼓的部分曲目，我们在歌舞晚会上往往也可以见到。这是因为，它们不但说唱故事，而且还以经过提炼、组织和艺术加工的人体动作作为十分重要的表现手段，来表达人们的思想感情，反映社会现实生活。也就是说，它们既是说唱故事的曲艺，又是歌舞。

还有些曲种，比如四川相书，它由一个演员在高约五尺、宽约二尺见方的布帐里，借助于简单的音响效果（由该演员以扇子、铜铃、盆、碗、木瓢自己模拟），凭着一张口，分别模拟不同人物的语言，从而创造出生动的听觉形象，展开情节，描述环境，刻画人物。它有故事，不过故事不是通过演员的叙述来完成的。演员以不同的声音扮演不同的角色，这就是它表现故事的重要艺术手段。在这个意义上，它类似于广播剧。另外，由于众多角色的扮演都是由一个演员运用口腔发声来完成的，所以，它具有很强的技艺性，说它是一种杂技——口技，也是恰当的。

三棒鼓表演时演员要抛耍三根嵌有铜钱的鼓棒击鼓伴唱。为了表现抛棒击鼓的鲜明特色，歌唱的节奏比较平稳，变化不很大。鼓棒每根长七寸，凿有三个不同侧面的小方孔，嵌入铜眼、钱。三根鼓棒共是九眼十八铜钱，丢打起来眼、钱相互碰击，鼓棒上下翻飞，落鼓合拍成音。丢打鼓棒的技艺约有二三十种，什么金线吊葫芦、姑娘纺棉纱、白蛇吐飞箭、麻雀钻竹林、单跨花、双背花……动作既高难，又奇巧。在这个意义上，将三棒鼓归入杂技，也不是不可以的。

总之，曲艺的外延很大，它不但包括了跟戏剧、音乐、舞蹈、杂技、电影等门类艺术相并列的说唱故事的艺术，而且还包括了部分戏剧、音乐、舞蹈、杂技艺术在内。

不言而喻，如此庞杂的内容，绝非说唱故事以及跟它同处一个层次的任何一种门类的艺术所能包容的。音乐也好，舞蹈也好，戏剧也好，杂技也好，都没有这么大的容量。包容者应该站在更高的层次上。

它很像我国古代的百戏。

百戏，有时又称散乐，是我国古代对音乐、舞蹈、杂技、戏剧、体育等的总称。拿宋代来说吧，据《东京梦华录》载，北宋徽宗时，每年古历三月一日，赵佶及其臣僚都要观看百戏，节目有“扑旗子”“上竿”“打筋斗”“刀斫蛮牌”“抱锣”“舞判”“哑杂剧”“七圣刀”“歇帐”“抹跄”“板落”“村夫背妇”“诸军杂剧”“露台弟子杂剧”以及“水秋千”“击鞠”“马戏”“骑射”等等。这些节目，由“左右军”演出。所谓“左右军”，就是名列军籍的宫廷百戏艺人。民间也有百戏艺人，南宋时被称为“百戏踢弄家”。他们常在街、场、桥、巷等宽阔要闹之处演出，俗称“打野呵”。周密在《武林旧事》一书中，对当时临安的诸色技艺，做过一个小统计，其中仅百戏伎艺就有三十五类，其名目有“舞馆百戏”“神鬼”“撮弄杂艺”“泥丸”“头钱”“踢弄”“傀儡”“顶撞踏索”“清乐”“角抵”“乔相扑”“女毡”“使棒”“打硬”“举重”“打弹”“蹴球”“射弩儿”“散耍”“装秀才”“吟叫”“合笙”“沙书”“教牛兽”“教风禽虫蚁”“弄水”“放风筝”“烟火”“说药”“捕蛇”“七圣法”“消息”“影戏”“杂剧”“杂扮”。综观宋代百戏，有体育，有杂技，有戏剧，有音乐，有舞蹈，有说唱……而且往往你中有我，我中有你，相互掺杂，结为一体。

任何事物，都有一个由简到繁、由粗到细的发展过程。随着社会的发展，百戏的各项技艺逐步提高，一些形式越来越完美，因而，百戏的分工也越来越明确。于是，一些比较成熟的技艺，先后从百戏之中分化出来，成为相对独立的专门体系，像什么体育、音乐、舞蹈、戏剧等。所以，在明、清两代，“百戏”一词已逐渐少用，只是偶尔在一些史籍和诗词中出现。

随着体育、音乐、舞蹈、戏剧以及杂技的独立，百戏的外延不断缩小。从清末到1949年前夕，被人们称为“什样杂耍”的诸种技艺大概就是它在我国北方的基本内容了。

“什样杂耍”包括各种大鼓、单弦、莲花落、二人转、双簧、相声、数来宝、评书、荡调、河南坠子、流行歌曲、二黄清唱……它们中，既有说的，也有唱的，还有半说半唱的；既有说唱故事的，也有单纯抒情的；既有“说法中现身”的，也有“现身中说法”的……此外，“什样杂耍”还包括了“耍”（花坛、飞叉、碟子、碗、水流星、火流星等）、“变”（中、外戏法）。“练”（踢毽子、抖空竹等），还包括了口技、大雷拉戏等。范围虽小，却也包括了音乐、舞蹈、戏剧、杂技等门类艺术的某些形式在内。这说明，尽管音乐、戏剧、舞蹈以及杂技早已从百戏中分了出去，但是，它们却并没有将各自的分子从百戏中全部带走。人们习惯上，也不将他们遗留下来的分子当作音乐、舞蹈、戏剧及杂技，而以“什样杂耍”作为它们的通称。

中华人民共和国成立后，“耍”“变”“练”和口技等划归杂技，二黄清唱划归戏剧，流行歌曲被取消了（20 世纪 80 年代才又复兴，归属于音乐），“什样杂耍”的其他部分，笼而统之，都被称为曲艺。因而，实际上，曲艺就是今天的百戏，不过，第一，它是剔除体育、杂技、音乐、舞蹈、戏剧等专门体系以后的百戏；第二，它保留着音乐、舞蹈、戏剧等艺术的某些分子，在外延上，与这些艺术门类相互交叉；第三，说唱故事的诸种艺术形式是它的主体部分。

就如同元代文学的代表，同唐诗、宋词并称的元曲是两种不同门类的艺术——杂剧与散曲的合称一样，曲艺本来就不是“说法中现身”的说唱艺术的一统天下。

在这个意义上，曲艺这个概念是有大、小之分的：我们可以将“说法中现身”的说唱故事的艺术称作“小曲艺”，而将人们通常所说的曲艺——今天的百戏称作“大曲艺”。

二、曲艺的基本特征

“大曲艺”由于外延比较大，其内涵自然比较小，主要表现为地方性、通俗性、简便性和综合性。

第一，地方性

《中国大百科全书·戏曲、曲艺》卷“曲艺曲种”条附有一张“中国现代曲艺曲种表”，列有 341 个曲种。其中，只有相声与数来宝两个曲种流布于全国各地，另外那 339 个曲种都有一定的地域局限，都具有浓厚的乡土色彩。该书“相声”条的头一句话，就是：相声，“北方曲种”。它产生于北京，最初流行于京津地区，20 世纪 30 年代，开始走向南方，至于流行全国则是它将北京话改为普通话以后的事。随着相声流布范围的扩大，“方言相声”产生了。现在，全国各地都有了用本地方言说的相声，曲艺界也认可了这种现象，将其作为相声的一个分支。这些，似乎都能说明相声的地方性。据说早在明初就有了数来宝的师承关系和 13 个门户：北京一带有索、李、朱三家；江北有丁、郭、范、高、齐五家；江南有桃、李、杏、花、春五家。另外，它的主要创作方式，是“凭借广泛的生活知识，见景生情，即兴编唱”[①]。它不能不使其各派别受到所处地域的自然环境和社会环境的影响，带有地方性的色彩。

因而，可以说，曲艺的曲种都产生于一定的自然环境和社会环境，不能不受到特定地区内特殊的生活方式、风俗习惯、语言风格甚至土地、山脉、河流等自然风物的影响，形成了独特的舞台表现形态。它们大多运用方言，其中唱的与半说半唱的曲种，其音乐旋律又是由地方语

① 《中国大百科全书·戏曲、曲艺》卷，第 355 页。

言生发而来，这使它们带有清晰的地域文化印痕。如果说，这种印痕是对于各曲种成为全国范围普及艺术的限制，那么反过来，它们却又在自己所诞生以及所流布的地区内具有其他曲种所无法替代的感情力量和艺术魅力。那令人亲切的乡音，那与乡音紧密结合而为地域观众所熟悉的乐曲旋律，那与现实生活相通的感情表达方式和生活习惯，都缩短了它们与观众之间的感情距离。比如二人转，它的地方性，首先体现在作品中的人物形象上。河南开封府尹包公，变成了憨厚、耿直的东北黑老头；苏州官府千金王二姐，变成了通情达理的东北大姑娘。而且一律都说东北话。其次，它的地方性还体现在东北的民风民俗和东北的山川草木上。《包公赔情》唱出了东北办丧事的民俗，《拉君》中梁山伯和祝英台所看所唱的也全是东北的自然风光。

曲艺的这种地域文化特征，具有相对的稳定性。在一定地区长期的演出实践中，它又培养了人们特定的欣赏习惯。尽管随着现代生活方式对于地域性生活、心理习惯的冲击和影响，随着现代化信息交流手段对于封闭性文化痕迹的抹擦，曲艺曲种由于有些已经失去了其独立繁衍发展的力量而趋于减少，但是组成地域文化特色深层结构的诸因素——性格、气质、地方语言、特殊的感情表达方式等，仍将长期保持强大的惯性，它决定了一些活跃的曲种仍然具有相对稳定的生命力，在艺术竞争中保有较为牢固的地位。

第二，通俗性

窄作为通俗文艺的曲艺，通俗性当然是它的一个特性，无须赘述。这里，只着重强调以下两点：

1. 曲艺能够适应一般观众的审美趣味、审美心理，具有一套比较独特的艺术技巧。评书、鼓书等说唱艺术，故事性都很强，人物的动作性也强，节奏比较明快，结构单线发展，非常讲究“系扣子”，造悬念，因而它们能引起一般观众最大的兴趣，始终吸引住他们的审美注意。二人转的技巧充分体现了东北广大农民的审美情趣：他们喜欢憨厚而又机智的人物，它就讲究“傻中求巧”；他们喜欢强烈而又含蓄的感情，它就讲究“大中见小”；他们喜欢沉实而又鲜艳的色彩，它就讲究“黑里透红”；他们喜欢粗犷而又精细的风格，它就讲究“粗中有细”。

2.谈及曲艺的通俗性必须注意一个问题，即通俗的相对性。通俗这个概念不是凝固的、僵化的，它处于不断的运动、发展和转化之中，随地域的转换和时代的变化而异。先看语言，苏州评话在其广泛流传的苏南浙北一带，是通俗的；在其他地方，特别是吴方言区以外，就不那么通俗了。在唐代，变文是通俗的，可对今天的广大观众来说，恐怕也不那么通俗了。再看内容，西河大鼓、二人转等曲种的传统曲目，往往按照农民的生活、思想、感情来塑造人物，上自王公大臣、夫人小姐，下至堂倌店家、丫环婆子，都被塑造成农村常见的人物。这不仅因为在旧社会艺人大多出身农民，很少见官，不了解农村以外的生活，只能按照他们所熟悉的生活来塑造他们所不熟悉的人物；而且，更重要的，这样做是为了调动农民观众的生活经验，贴近他们的生活，使他们感到亲切。当时，这是通俗的；但现在，广大农民的生活视野开阔了，知识多了，再这样做他们就会感到荒唐、可笑，不近情理了，因而自然也就谈不上“通俗”二字了。

第三，简便性

前面说过，曲艺本来就包括了某些戏剧、音乐、舞蹈、杂技等艺术的节目在内，它与这些门类艺术的关系，是外延相互交叉的关系，它与它们相互重叠的部分，既是曲艺，又或是戏剧或是音乐或是舞蹈或是杂技。处于这个部位的节目,同这个部位以外的戏剧、音乐、舞蹈和杂技有什么不同吗?

其不同之处就是曲艺的简便性。所谓简便性,主要指曲艺演出的简单方便:人员少,伴奏乐器少,舞台美术非常简单,甚至一个人带着一快醒目或一副竹板、铜钱,不要化装彩匣,不要行头衣箱,走到哪里就能唱到哪里。回顾一下那些既是曲艺又是戏剧(比如相声《扒马褂》)、既是曲艺又是音乐(比如天津时调《春来了》)、既是曲艺又是歌舞(比如二人转《拉君》)、既是曲艺又是杂技(比如四川相书)的节目,无不具有简便性这一特征。

第四,综合性

不言而喻,综合性所概括的是曲艺的构成成分。对"中国曲艺曲种表"所列的全部 341 个曲种来说,它首先指的是语言艺术和表演艺术的综合,离开文学脚本,离开演员表演,曲艺将不成其为曲艺。对"中国曲艺曲种表"上的 171 个唱的、半说半唱的曲种来说,在语言和表演之外,音乐又被综合进来,扩大了所综合的范围。

"大曲艺"的基本特性,"小曲艺"自然全都具备。只不过由于它是说唱故事的艺术,它的综合性是以叙述为中心的综合性,这叙述,可以是说,可以是唱,可以是半说半唱。此外,它之所以是它自身而不是别的什么舞台艺术的带有决定意义的根本标志,不是别的,就是前面说过的"说法中现身"。

第二节　小　　品

一、小品的兴起

小品从话剧小品发展而来。话剧小品原本是戏剧院校和话剧院团进行专业训练的一个环节。一般情况下，由演员根据指定的内容和情况即兴编演一段情节，表现人物的情绪或者性格在一瞬间的闪现。它是培养、训练学员的一种行之有效的手段，是学员“通向形象”的一个重要途径。演员在塑造角色、创造形象时，也常常将其作为一个环节、一种准备、一种辅助的手段。

1984 年，中央电视台春节晚会将岳红、丛珊等人表演的《卖花生的姑娘》推上屏幕。尽管当时没有引起强烈反响，却也令观众耳目一新。后来，电视台又播放了赵本山、巩汉林表演的《十三香》。中央电视台 1985 年、1986 年春节晚会推出的《吃面条》《羊肉串》（均由陈佩斯、朱时茂表演）、《宇宙牌香烟》（马季表演）、《产房内外》（郭达、杨蕾表演），引发了全国范围的小品热。中央电视台随后举办的两届小品电视大奖赛更使这一新的艺术样式在舞台上和屏幕上确立了自己的位置。它吸收并融会了相声、二人转、哑剧、戏曲、电影、音乐、杂技以及动画艺术的某些形式与技巧，创造出了一种源于话剧又不同于话剧的崭新的独立的艺术样式。在文本上，它同话剧的最大区别就是，话剧是一种高雅艺术，传入我国一百多年以来，它一直活跃在都市的舞台上，一直活跃在知识阶层中间；而小品是一种通俗艺术，它一经产生，就受到了广大人民群众的喜爱和欢迎，无论城市、农村、学校、军营，都可见到它的倩影。

人民群众不仅喜欢欣赏它，而且纷纷创作它，表演它，比如，根据天津有关部门的粗略统计，近 7 年来天津的业余作者、演员就创作、演出了 800 多个小品。

在激烈的艺术竞争中，它脱颖而出，成了任何一台综艺晚会不可或缺的重要内容，连一年一度的中央电视台春节晚会也是如此。群众性的小品创作、演出热潮一浪高过一浪。从中央到地方，各种不同级别、不同主题的小品比赛此起彼伏。各个艺术门类的著名演员都有人投身于小品表演，并成为耀眼的小品明星，比如表演二人转的赵本山，说山东快书的黄宏，唱评剧的赵丽蓉，演滑稽戏的严顺开，电影演员蔡明、陈佩斯、朱时茂，话剧演员郭达、宋丹丹、杨蕾，说相声的冯巩、牛振华、巩汉林等。而且涌现出了一大批精品，比如《吃面条》《羊肉串》《宇宙牌香烟》《超生游击队》《雨巷》《芙蓉树下》《大米红高粱》《张三其人》《英雄母亲的一天》《打扑克》《纠察》《主角与配角》《警察与小偷》……

小品之所以欣欣向荣，风靡一时，主要是因为它顺应了人民群众的以下审美心理：第一，顺应了求新求异的审美心理。生活在现代的人，趋向于个性化，在艺术欣赏上，有着近乎非理智的求新欲望。传统的多年不变的内容与形式使他们产生了审美疲劳，审美疲劳又使他们下意识地抵制陈旧的、模式化的、耳提面命式的艺术内容与艺术形式，而小品则以其崭新而独特的形式、熟悉而又陌生的题材引起了他们的兴趣。第二，顺应了追求快节奏的审美心理。改革开放使广大群众逐渐意识到自身的价值，因而他们在审美时厌恶作者和演员低估自己的智力。现代生活节奏的加快和社会生活信息化的趋向，也使广大群众不再愿意欣赏那些四平八稳的东西。小品由于受自身体裁的制约，不能在十分有限的时空内完成故事发展和人物塑造的全过程，因而它的节奏很快。在情节上，它充满悬念，往往在乎情理之中，出乎意料之外，简捷明快，不拖泥带水，让观众的思维始终处于紧张状态。在反映生活上，它具有“轻骑兵”的敏锐和快捷，能够将生活中崭露苗头的事物、观念和人物迅速搬上舞台，令观众感到亲切，并因之与作者、演员一起思索，一起回味。

二、小品的种类与特点

按照构成小品内容的物质手段来划分，小品可以分为话剧小品、戏曲小品、歌剧小品、电视小品、相声小品、杂技小品、歌舞小品等等；按照矛盾冲突的性质与风格来划分，小品可以分为正剧小品、喜剧小品、悲剧小品、悲喜剧小品等。话剧小品特别是其中的喜剧小品是小品的主体，难怪人们常以话剧小品或喜剧小品来以偏概全，作为小品的别称。

小品形式短小。选材上，它往往选取现实生活的一个片段、一个瞬间。结构上，它不同于独幕话剧或小戏曲，不需要完整的情节、有头有尾的故事。它的起、承、转、合，或是故事开端、发展、高潮、结局的浓缩，或是其中一个环节的写意性展开。人物塑造上，它可以表现人物性格的一个侧面、一个点，也可以只表现人物的一种心绪、一种情感。它人物不多，多者三五个，少者一两个。它时间很短，长者十多分钟，短者二三分钟。它道具不多，布景可有可无，演出异常简便。

小品具有可品之况味。它或者以小见大，或者举一反三，或者含蓄蕴藉。它往往落笔于不起眼的凡人小事，可追求的却是这寻常中的不寻常，平淡中的不平淡。它贴近生活，拥抱现实，敏锐的触角迅速捕捉着美与丑、善与恶、真与假相互冲突的瞬间闪现，并迅速地把它搬上舞台，对生活中的假、丑、恶予以犀利的讽刺和无情的鞭挞，对生活中的真、善、美给以热情的肯定和热烈的歌颂，并因之触及那颤动的社会心理和嬗变的民族心理，进而反映深刻的人生哲理，表现昂扬的时代精神。它犹如一粒粒橄榄，含在口中，回味无穷。这反映到选材上，它所选取的往往是那漂浮的冰山，虽然表现的只是露出水面的十分之三，但却能让人感受到包括那藏在水下的十分之七在内的整座冰山的分量；反映到结构上，它的切入角度往往比较巧妙，或曲径通幽，或管中窥豹，常常能够“一巧破千斤”。

第三节 通俗音乐

一、通俗音乐及其种类

音乐是人类审美意识的特殊表现形态，它以音响为物质手段，通过在时间上流动的有组织的乐音所形成的艺术形象，反映人们对现实生活的思想感情。其中那种通俗易懂、易于流传、拥有广大听众的音乐就是通俗音乐。通俗音乐的概念，首倡于 20 世纪 80 年代初的中国音乐界。它有狭义、广义之分。狭义的通俗音乐就是流行音乐。广义的通俗音乐则包括一切在形式上简洁、单纯、流畅、易于被广大群众接受的音乐在内。显然，作为通俗文艺的重要组成部分，本书所阐述的通俗音乐当然是广义的通俗音乐。群众性、娱乐性以及通俗性是它的基本属性。群众性是说它旨在表达群众的意向并成为群众生活的一个组成部分；娱乐性是指它适合听众参与意识的自娱娱人性；通俗性则体现为它浅显的内容和易于普及的表现形式。它主要包含以下内容：流行音乐、民间音乐和群众歌曲。

二、流行音乐

什么是流行音乐？在不同的社会条件下和不同的历史时期中，其定义不尽相同，但一般都是指那些轻松活泼、浅显易懂、易于流行、娱乐性极强的器乐曲和歌曲。器乐曲又被人称为轻音乐。第二次世界大战以前，流行音乐通常包括爵士音乐、拉丁美洲的伦巴和探戈等歌舞音乐、一般电影歌曲、音乐剧以及广泛流行的美国新民歌、意大利那不勒斯歌曲、法国小曲、黑人灵歌、夏威夷音乐等地方性音乐。第二次世界大战后，又加进了摇滚乐、新摇滚乐、乡村与西部音乐、黑人的灵魂与布鲁斯、迪斯科音乐等。有人还把轻松活泼的军乐，以及根据古典的和通俗的名曲改编和选奏的音乐，比如舞剧《天鹅湖》的某些舞曲、把世界名曲的主题串联在一起并用摇滚乐或迪斯科的节奏来演奏的“连环扣”等，也当作流行音乐。

流行音乐大多取材于日常现实生活。流行歌曲以爱情歌曲居多，也有描写人生伦理、反映思乡情感、表现生活理想、讽刺黑暗势力的歌曲。器乐作品以舞曲和改编的乐曲居多。流行音乐的结构形式一般比较短小简练。器乐曲常作机械的反复和简单的变奏，并且多与舞蹈相结合。许多流行音乐强调即兴性。在旋律上，流行音乐易于记忆，其中不少与民间音乐有紧密联系，常采用富有地方色彩的音阶和调式。流行歌曲的音域较为狭窄，易学易唱，多为分节性的歌曲。流行音乐的节奏比较强烈、清晰、单纯而富于变化，整个乐曲或整个段落多使用固定节拍（如波尔卡）或固定节奏（如迪斯科）。随着科技的发展，现代流行音乐越来越多地借助和使用电子乐器、电子合成器以及其他的特殊音响和复合音响。在录音制作和舞台演出时，话筒的操纵技术已成为重要的表现手段。此外，它还借助和运用布景、灯光、服装及舞蹈等艺术手段。演出时，演员经常与观众进行交流，同歌共舞，打成一片。流行歌曲的唱法千差万别，但都强调演唱者的自然嗓音，要求吐字清晰，以情动人。

我国的流行音乐，是以流行歌曲为主体发展起来的。20 世纪二三十年代，在半封建半殖民地的上海，产生过以黎锦晖的作品为代表的流行歌曲。由于抗日战争、解放战争这十多年的动荡，加上中华人民共和国后一度过"左"的文艺政策，流行歌曲竟成了黄色歌曲的同义语。"四人帮"被粉碎后，流行歌曲得到长足发展。一曲探戈风格的《乡恋》揭开了新时期大陆流行歌曲创作的新一页。20 世纪 80 年代初，以邓丽君为主要代表的港台歌曲进入大陆，影响了整整一代流行歌曲的作曲家和歌手。流行音乐的盒带生产，随着盒式录音机的大量进口和投产而形成规模，群众对音乐的接受从此有了明确的自我选择性。20 世纪 80 年代中期，大陆的流行歌曲创作开始努力摆脱港台流行歌曲模式的影响，寻求自身的风格特点。"西北风""岭南风"等先后席卷歌坛……涌现出了《一无所有》《让世界充满爱》《蓝蓝的夜，蓝蓝的梦》《涛声依旧》《爱的奉献》《亚洲雄风》等一大批优秀歌曲。

毋庸讳言，流行歌曲在年轻人的精神生活中占有相当重要的位置。他们在音乐欣赏中较少关心严肃的社会主题，对艺术形式也难有较高的领略和追求，而是更倾向于接受那些比较接近他们自身的心态、容易引起他们的共鸣、艺术形式也比较容易被他们所把握的东西。他们渴望在这样的音乐中听到自己的心声，观照自身。显而易见，流行歌曲适应了他们的这种精神需求。比如他们在欣赏摇滚歌曲时，不就常常为感情的旋涡所裹胁，放声同唱，手舞足蹈，甚至失去自我控制而与歌曲融为一体吗？

然而,我们也不能不看到,流行音乐确实存在着许多它自身难以避免的弱点,比如,受市场制约的商品化品格所导致的模式化,严重地损害了它的艺术个性,使其生命短暂,来去匆匆,迅速"老化",难以接受时间的考验。又如,过分热衷于外在的、有时近乎矫揉造作的情感宣泄,难以给听众留下一定的想象、回味余地,特别是那种近似赤裸裸生理宣泄的东西,更使艺术欣赏时的审美享受所剩无几。因而,进入 20 世纪 90 年代中期以来,广为流传的歌曲出得少了,市场比较萧条了,流行音乐失去了昔日的火爆与光彩。

三、民间音乐

民间音乐包括民歌与民族器乐两类。

民歌是人民群众在生活实践中经过广泛的口头传唱而产生、发展起来的歌曲艺术。它有 3 个基本特征:1. 始终和人民群众的生活保持密切的联系。人民群众通过民歌传授知识,表达爱情,诉说哀愁,祈求幸福,记录自己的生活和历史。2. 集体智慧的结晶。它的作者、演唱者都是人民群众。它的创作、修改、完善是在不断传唱的过程中进行的。每一位传唱者都可以对它进行加工。它是一群人甚至几代人共同创造的成果。3. 形式简明朴素,短小精悍,易于传唱,具有鲜明的民族风格和地方特色。

我国传统民歌的题材十分广泛,有反映社会矛盾的,有反映劳动生产的,有反映婚姻爱情的,有反映日常生活的,有记录传说故事的,有表现嬉戏逗趣的等。它的曲式大多为单乐段结构,篇幅短小,乐句与唱词的句式大多相符,常常使用衬词和衬腔……按照体裁分类,它可以分为号子、山歌和小调。按照民族风格分类,五十六个民族都根据自己民族的语言特点、生活风俗以及历史传统而形成了独具特色的本民族歌曲。

按照地域分类，民歌又可分为不同的类别，比如汉族民歌就可以分为河北民歌、山东民歌、河南民歌、江苏民歌、湖南民歌等。

我国的民族器乐指的是用我国的传统乐器演奏的民间传统音乐。它有各种乐器的独奏、各种不同乐器组合的重奏与合奏。不同乐器的组合，不同的曲目和演奏风格，形成了多种多样的器乐品种。

其中，有各种乐器的独奏乐曲，比如古琴曲《广陵散》、琵琶曲《十面埋伏》、唢呐曲《百鸟朝凤》、二胡曲《二泉映月》；有用锣鼓等打击乐器合奏的清锣鼓乐，比如浙东锣鼓《八仙序》、苏南吹打《十八六四二》；有由各种弦乐器合奏的弦索乐，比如弦索十三套《十六板》、河南板头曲《高山》；有用吹管乐器和弦乐器合奏的丝竹乐，比如广东音乐《雨打芭蕉》、江南丝竹《三六》；有用吹管乐器和打击乐器合奏的吹打乐，比如苏南吹打《将军令》、山东鼓吹《普天乐》……

传统民族器乐演奏多与民间婚丧喜庆、迎神赛会等民间习俗和宫廷典礼、宗教仪式等结合在一起。传统器乐曲都有标题，有的标名，有的标意。标名性标题和乐曲的内容没有直接联系，只是用以区分不同的乐曲而已，如《工尺上》《九连环》等。标意性标题则可提示乐曲的内容，如《喜洋洋》《金蛇狂舞》等。

四、群众歌曲

群众歌曲大多与政治生活有关。它反映人民群众对社会生活的关心，体现人民群众的愿望，往往在各种政治集会上和游行时演唱。它多为创作歌曲；曲调以雄壮豪迈者居多，音域比较狭窄，结构比较简单；歌词通俗简练，易于上口，富于鼓动性；按照题材可以分为工人歌曲、学生歌曲、战士歌曲等；演唱形式一般为齐唱或轮唱；有无伴奏皆可。

我国群众歌曲的历史，可追溯到第一次国内革命战争时期。在抗日战争、解放战争以及社会主义建设中，群众歌曲也都起到了巨大的宣传鼓动作用。《义勇军进行曲》《游击队歌》《没有共产党就没有新中国》《我们走在大路上》《中国人民志愿军军歌》《中国人民解放军军歌》等，就是其中的杰作，都曾风靡一时，为广大人民群众所喜爱，所歌唱。改革开放以来，群众歌曲的创作，无论数量还是质量，与以往相比，都有一定差距。至于群众歌曲的演唱，在部队还保持着以往的势头，《当兵的人》等歌曲深受战士、干部喜爱，广为传唱。

第四节　通俗舞蹈

一、通俗舞蹈及其种类

舞蹈是以有节律的、美化的人体动作来反映社会生活、表现人的情感的艺术。它“起源于以劳动为核心的多种社会实践”（鲍昌《舞蹈的起源》）。随着生产力的发展，社会分工越来越细，从事专业舞蹈创作、表演的艺术家出现了，舞蹈也就有了表演性舞蹈与自娱性舞蹈、艺术舞蹈与通俗舞蹈之分。

流行于人们日常生活、生产、娱乐中的自娱性的舞蹈，就是通俗舞蹈。不言而喻，自娱性舞蹈是人民群众自我娱乐时的舞蹈。它简明易学，有的几乎一看就会跳。它具有很大的灵活性，可以即兴起舞，可以自由发挥，随心所欲地抒发自己的情感，不受场地和时间的限制，富于浓郁的生活情趣，深受人民群众的喜爱。它包括遍及全球种类繁多的民间舞和交谊舞。

二、民间舞

民间舞是各民族世代相传，并在历史进程中不断得到历代群众集体加工，具有鲜明的民族风格和地域特色的传统舞蹈。它不同于艺术家以民族、民间舞蹈为素材所创作和表演的舞蹈。首先，它与人民群众的生产、生活以及战争紧密相连，生活气息浓郁，艺术风格朴实。其次，它具有广泛的群众性，男女老少都乐于参加。在劳动之余，在节假日，在广场，在公园，人们纷纷起舞，尽兴方归。每逢盛大节日、重大庆典，比如西方的狂欢节、圣诞节，我国汉族的春节和灯节、蒙古族的那达慕、彝族的火把节、傣族的泼水节、白族的“三月三”，人们更是载歌载舞，有的民族甚至家家户户集体出动，从白天跳到黑夜，又从黑夜跳到天明。再次，它反映了各民族、各地区不同的自然环境、社会风俗和生活习惯，积淀了人民群众对传统的不同感受，形成了彼此迥然不同的风格特色。比如：蒙古草原上的游牧生活使得蒙古民族与骏马息息相关，于是蒙古族的民间舞便形成了表现马上动态的肩部表情、表现马儿奔跑的粗犷马步等典型的舞蹈语汇；傣族舞蹈婀娜多姿的走摆动作，是傣族服装筒裙制约的结果；西班牙舞的火辣辣的风格，来源于西班牙民族高傲豪爽的性格……即便是同一民族的民间舞，由于地域的不同，舞蹈的风格也有很大差别，比如，同是汉族的秧歌，陕北秧歌、河北秧歌、山东秧歌、东北秧歌就各具特色。

三、交谊舞

交谊舞又称交际舞、社交舞，是一种融舞蹈和体育于一体、有益于人们身心健康的社交性舞蹈。它诞生于中世纪的欧洲。初期只属于贵族，法国大革命后几乎销声匿迹。19 世纪初，以华尔兹为先锋的交谊舞成为流行一时的社交舞蹈。19 世纪末，狐步舞也应运而生。20 世纪以来，由于电影、电视的传播，由于唱片、录音机的出现，跳什么、在哪儿跳的问题得到了解决，各种年龄的人都在用自己的方式跳舞，从自己即兴变化的舞步中获得乐趣。于是，人们喜爱的交谊舞蹈形式一一出现：先是黑人舞蹈和南美舞蹈传到欧洲，美国的爵士舞征服了舞厅；探戈舞于 1910 年左右从阿根廷传入巴黎之后，拉丁美洲的各种舞蹈相继流行于欧洲；20 世纪 20 年代，受欢迎的是巴西的麦西克斯舞、动作急促的查尔西顿舞和黑腚舞；20 世纪 30 年代，在摇滚乐的影响下，吉特巴舞产生了，古巴的伦巴舞也大受欢迎；20 世纪 40 年代流行的是巴西的桑加舞和古巴的康加舞；20 世纪 50 年代流行的是古巴的恰恰舞和多米尼加的密连格舞；20 世纪 60 年代后，扭摆舞、迪斯科等摇摆舞类型的舞蹈自美国风靡世界；20 世纪 70 年代形成的霹雳舞，在美国形成热潮并传至全球……

交谊舞的舞姿和步法都有其生活依据，比如，华尔兹来自打谷场的踢场动作，伦巴出于头顶重物、转换人体重心的动态，桑巴是模仿棕榈树随风摇曳的状态而创造的……每一种交谊舞都有自己独特的舞姿、舞步和韵律，比如，勃罗斯舞步大小分明，呈现出一种悠闲高雅的风度；狐步舞舞步多变，流利，通畅，体现出一种优美文雅的风格；华尔兹有如涟漪荡漾，在旋律的起伏中见秀美；伦巴柔美温和的舞步配以胯的摆动；吉特巴活跃、奔放，在轻快的节奏中展示青春的活力；迪斯科热情奔放，激情洋溢……

20 世纪初，英国有关方面会同各国的舞蹈家，共同研究制定了便于交谊舞比赛的某些基本规范，将十种交谊舞作为竞技舞蹈，定名为国际标准舞，又称体育舞蹈。它们分为摩登系列和拉丁系列。摩登舞有华尔兹、探戈、狐步、快步、维也纳华尔兹；拉丁舞有伦巴、桑巴、恰恰、斗牛、牛仔。国标舞以其竞技性强、技巧难、运动量大、风格高雅而受到人们的欢迎。

跳民间舞蹈、交谊舞蹈以及体育舞蹈，都属于群众业余文艺活动，都具有自愿性、自娱性、业余性等特点。

四、通俗舞蹈的发展趋势

通俗舞蹈在“文革”中受到冲击、摧残，很多民间舞蹈被打成“四旧”，交谊舞被通统说成资产阶级的腐朽垃圾。改革开放以来，通俗舞蹈得到了蓬勃发展。现代人具有强烈的自我娱乐、自我宣泄、自我表现的愿望。反映到舞蹈活动上，不同阶层、不同职业、不同年龄的群众都到舞蹈的律动中去发现和寻找气质美、力量美、神韵美，抒发自己的感情，进行自我精神观照，掀起了一个个跳自娱舞蹈的热潮。通俗舞蹈活动的原有格局，也随之发生了变化。

首先，交谊舞正不断向农村蔓延。随着经济的开放，科学技术的引进，信息的交流，外来文化也渗透到我们的通俗舞蹈中来。各种交谊舞先后传入、普及，为广大青年所钟爱。歌舞厅、迪厅星罗棋布。有些舞种也深为中、老年人所喜爱，比如，每当晨曦初露，在公园，在广场，在街头，在巷尾，到处都可见到中、老年人伴随着明快强烈的迪斯科舞曲所展现的舞姿。改革开放以来，乡镇企业迅猛发展，农村集镇的经济结构、环境建设和社会职业分工正在向城市化发展，各种交谊舞也随之流入农村，为广大农村青年以及中、老年人所接受。

其次，民间舞蹈大踏步走向城市。长期以来，民间舞蹈主要在农村流传，往往与农事、节庆、迎神、赛会相联系。在社会主义市场经济不断发展的今天，各地纷纷利用民间舞蹈的优势，举办、组织一些与经贸、旅游有关的文化节、艺术节，比如沈阳国际秧歌节、北京龙潭花会、福建泉州广场艺术节，中国金华火腿文化博览会等。全国各地的节、会将各地的民间舞蹈荟萃在一起，比如，在“中国舞三峡之夏”大型舞蹈活动中，就有来自全国东西南北中的民间舞蹈十多种，像安徽的花鼓灯、山东的鼓子秧歌、吉林的袖头秧歌、河北的拉花、陕西的得胜奏鼓、辽宁的老年秧歌、黑龙江的达斡尔族舞、浙江的花儿喜迎春、云南的跳月、重庆的龙舞……十几个省市民间舞蹈演出团共聚一堂，在重庆山城引起了轰动。民间舞蹈活动为振兴当地经济推波助澜，比如第二届沈阳国际秧歌节观众达到了320万人次，对经贸洽谈起到了很大的促进作用。同时，这类活动也有利于优秀民族文化传统的发扬，提高了民间舞蹈艺术的质量，成为城市文化中一道靓丽的风景线。与此同时，越来越多的城里人也跳起了民间舞蹈，既为他人表演，也为自己健身。人们常常可以看到成群结队的中、老年人在公园、街头、广场等一切可以舒展筋骨的地方，翩翩起舞。舞蹈进入都市晨练的行列，已成为一种全国范围的普遍现象。以往主要流行于农村的带有很强季节性的民间舞蹈，今天成了城里人日常生活中一项必不可少的内容。

第十六章　民间文学

第一节　民间文学是通俗文学的重要组成部分

为什么说民间文学是通俗文学的重要部分呢？这要从民间文学的基本性质与特征来探讨。

什么是民间文学？大致有三种界定意见：第一种意见，可以拿钟敬文主编的1980年版《民间文学概论》中的有关界定为代表。该书第一页说："民间文学是劳动人民的口头创作，它在广大人民中流传，主要反映人民大众的生活和思想感情，表现他们的审美观念和艺术情趣，具有自己的艺术特色。"第二种意见，认为第一种意见所界定的范围小，而应该扩大一点。例如苏晓星引述高尔基给民间文学下的定义说：民间文学是"人民主要是劳动群众的口头创作"[①]。蜀客认为："'民间文学'指

① 转引自张文：《民间文学基础理论的新发展》，《民间文学》1986年8期。

的是产生于‘民间’不同阶层的文学，而不仅仅是劳动人民的文学。”[①]第三种意见，界定的范围更宽。如王晓华说：“凡曾经在人民中以口头方式流传的文学作品，都是民间文学……即使是作家创作，经在人民口头流传改造，也便成为民间文学。”[②]我们认为，应该把第二种和第三种意见合起来进行界定，即民间文学是人民（主要是劳动人民）口头创作和流传的文学。事实上，到 1985 年 6 月，钟敬文对民间文学的界定面已经扩展了。他说：“民间文学，是广大人民（主要是劳动人民）在长期生产活动和社会生活中所创造、继承和传播的精神文化。”[③]这样界定民间文学，也适用于现代民间文学。

那么，民间文学应否归属于通俗文学呢？也有两种意见。一种意见认为，民间文学和通俗文学是各自独立的。民间文艺学专家钟敬文说：“民间文学是中国文学的三大干流之一……哪三条干流呢？一是古典文学，在过去是占压倒地位的，是正统的文学。这中间出现了许多伟大的作家和伟大的作品。二是俗文学，或叫作通俗文学。因为中国在唐宋以后，都市兴起了，都市的市民同农村不一样，主要由商人和都市居民等组成。由于适应这一部分人的需要，所以产生了小说、戏剧，产生了通俗文学……第三就是民间文学，它是由我们国家里面占最大多数的劳动人民所创造和继承、发展的文学。”[④]在这里，钟敬文根据都市文化与农村文化的区别，而把民间文学与通俗文学分开。第二种意见

① 蜀客：《关于“民间文学是什么”的思考》，见《民间文学》1986 年 8 期。

② 王晓华：《论民间文学的本质特征》，见《民间文学论坛》1985 年 1 期。

③ 转引自张文：《民间文学基础理论的新发展》，见《民间文学》1986 年 8 期。原载《中国民间文学集成通讯》第一期，1986 年 6 月。

④ 钟敬文：《新的驿程 · 民间文学的价值和作用》，中国民间文艺出版社 1987 年，第 44 页。

认为，通俗文学应该包括民间文学。孙犁说："口头文学，是通俗文学的最初的形式，也是最基本的形式，包括后来的'话本'和'拟话本'，章回小说和演义小说。"[①]鲍昌说："我所说的通俗文学，包括了通俗小说、传奇故事、通俗传记文学、通俗纪实文学、各类民俗传说、通俗谣谚、笑话及其他一些通俗文学作品，而以通俗小说为主。""广义的通俗文学，除了文人创作的通俗作品外，还应包括民间戏剧脚本在内。狭义的通俗文学，专指文人用通俗形式创作的文学作品。简括地说，通俗文学是拥有大量读者，其思想和艺术内容很容易为普通群众理解和喜爱，并具有比较明晰的艺术表达方式的文学。"[②]就是持第一种意见的钟敬文后来也有保留地赞成第二种意见。他说："所谓通俗文学，一般是运用广大群众熟悉的形式写作、内容为大众所关注和易于了解的文学作品。它有时也包括民间创作、流传的各种作品，如歌谣、传说、故事等。"[③]这样看来，大家都认为，通俗文学是应该包括民间文学的。民间文学之所以是通俗文学的一个重要部分，就在于民间文学和通俗文学在作品本体的通俗性、作品接受者的大众性、审美功能的娱乐性及劝诫性等方面都有相同特点。

第二节　民间文学与作家创作的通俗文学的区别

作为通俗文学的重要部分的民间文学，与作家用书面方式创作的

① 孙犁：《谈通俗文学》，《人民日报》1985年1月14日。

② 鲍昌：《试论当前的通俗文学》，见《天津社会科学》1985年1期。

③ 钟敬文：《抗战期间的通俗文学》，见《文艺报》1989年9月23日。

通俗文学相比较，有一些相似的方面，也有一些不同的方面。民间文学具有自己的特点。

首先，从作者和创作方式看，民间文学是人民群众的口头创作，具有口头性特点。群众用口头讲述唱诵方式进行创作、发表，这与文人作家的书面写作、印刷发行传播，用文字保存的书面文学方式明显不同。口头性特点把民间文学与作家的书面文学区别开来。

其次，民间文学与文人文学相比，它又具有集体性特征。专业文人作家的作品不仅写在纸上，印刷成书，而且署有作者真名或笔名，作品发表后，别人不能随意改动、加工。而民间文学作品是人民群众集体创作加工的成果，不署作者姓名。传统民间文学作品如此，现代民间文学作品也具有集体性特点。中华人民共和国成立以来，关于革命领袖的民间传说，“文革”期间讽刺“四人帮”的民间传说、故事、笑话、民谣，都是人民群众的集体创作。

民间文学的集体性，首先表现在它的创作过程中。劳动群众在集体劳动、集体生活的场合编唱的歌谣，往往是一唱众和，或你一句、我一句地凑，你一段、我一段地编唱。20 世纪 40 年代中期流传于陕北佳县、延安一带的民歌《移民歌》，就是李有源、李增正带领移民队，在从佳县南下延安开荒的途中，众人你一句、我一句地编唱而成的。打夯歌、插秧歌、搬运号子、船工号子，都是一边劳动，一领众和，集体创作的歌谣。民间小戏的编唱也往往是众人讨论，分工合作。马可在《群众是怎样创作的》一文中，记录了李有源谈集体编戏的情形：“我们就是这样编戏的。”李有源说：“一个人想的不能都随众人的意，一定要众人都发表意见，民主方式，做什么的讲什么，要是照着一个人的意见，众人一演起来，觉得不对，还是得改；再则呢，众人发表了意见还不算，还要把唱的和说的都编成有腔有韵，这么着唱也好唱，听也好听，记也好记。”[①]我们从李有源的这段谈话中，可以看出民间文学集体创作的一种方式和情景，那就是集体讨论主旨、情节，各人凑词句，设腔调。

民间文学集体性特征更明显地表现在流传过程中。民间故事、笑话、歌谣作品，开始可能是一人讲或唱，众人听和流传，在流传中，由于各人记忆力、表达力不同，或针对不同场合、背景，往往对原作品进行增删、修改、加工、完善，因而出现题材、内容相同、相似的异文。同是赞扬周恩来总理机智巧妙回答外宾问题的故事，不同人搜集发表的故事就大同小异。李绪鉴于1977年从湖北搜集并于1983年发表在《天津民风》第五辑的笑话故事《十八元八角八分》和《两个厕所》，在赞扬周总理机智巧妙的同时，还讽刺了王洪文的愚蠢无知。而《民间文学》1989年1期发表的夏劲松搜集的《周总理轶事》中，在讲周总理回答外宾关于“中国有多少人民币”“中国有多少厕所”的故事时，却只赞扬了周总理的机智巧妙，而没有涉及王洪文。这两则版本不同的故事大同小异的原因，正是它们在流传过程中经过人民群众集体加工的结果。民间专业艺人对民间文学的流传加工也起着一定作用。但他们也要不断吸收和加工。陕北民间盲艺人韩起祥说书，也是“先想好了故事，‘搭好架子’，然后配句子……一般都是比较简单、草率的，可以说是草稿，在演唱的过程中，照听众的意见，逐渐增删、修改。一次、两次、三次，到听众没有多少意见了，才不大改动。但实际上，还是不断地在修改着，永远没有所谓‘定稿’……因为不断吸收群众的意见，可以说是群众的集体

① 见《大众文艺的理论和实践》，华中文化学会编，华中新华书店出版。

创作"[①]。从这个例子可见，即使是民间专业艺人的口头创作，也不完全是他个人的创作，而是吸收和融汇了集体智力的创作。所以，集体性是民间文学的重要特征之一。

传承性是民间文学的又一特征。民间文学具有口头性特点，口头语言的声音瞬息即逝，它的保存只能靠听众的记忆，然后传播给他人，向周围的人们流传，向后代人流传。民间文学在这样流传的过程中，难免散失、佚忘一部分，但那重要的、精彩的部分还是会被传承。因此，古代的民间文学，如神话、故事、传说、歌谣、谚语，在现代各族民间偶尔还能听到。古有后羿射日的神话，现代民间还有马齿苋晒不死的传说，是因为古时太阳被射时，躲在马齿苋丛中得救的缘故。古代《易经·系辞上》里有谚语"二人同心，其利断金"。现代民间也有"二人一心，有钱买金；二人二心，无钱买针"等相似的谚语。这都证明民间文学具有传承性。

民间文学的传承性表现在文学内容的传承和艺术形式的传承两方面。每则民间故事、传说，每首民间叙事诗歌，都有事件、情节，有褒贬、爱憎态度。每首民间歌谣也表现着或欢乐或悲苦、或赞美或讽刺的思想感情。所以民间文学被传承时，首先传承的是事件内容和思想感情。但同时，民间文学的艺术形式、表现手法，也会传承下来。人民群众运用这些艺术形式、表现手法来表现新的事件内容，表达自己的思想感情。民歌的艺术形式，如陕北的信天游通用两句头，南方的民歌通用四句头，湖北有"五句子"，还有用四季、五更、十二月、十把扇子等形式结构段落。民歌在表现手法上常用的比、兴手法及重章叠句手法等，在周

① 林山：《盲艺人韩起祥》，《华北文艺》第六期，1949 年 7 月 1 日出版。

代民歌中就已普遍形成，一直传承到现代民歌中。1994 年，联合国教科文组织文化部中国传统民话活动保存情况考察团到苏州访问时，曾到常熟市白茆山歌之乡，聆听 30 多位民歌手唱民歌。一位 24 岁的民歌手——明月皎即兴唱道："一把芝麻撒上天，肚里有山歌万万千。南京唱到北京去，回转来再为联合国考察团唱上两三年。"[①]这首歌的头一句"一把芝麻撒上天"就是起兴的艺术手法。而前三句也是继承民间原有的歌头套句。只有第四句，把原歌头的"归来还唱上二三年"拉长，嵌进了新内容。民间故事也有某些固定的套语和表现手法。比如民间故事开头起句，常常是"从前""很古的时候"。民间故事的情节往往是相似的情节重复再三。民间文学在艺术形式、表现手法上的固定套路，有利于口头讲唱，也有利于听众接受，加深印象。它们被世代传承，也使人们形成了欣赏习惯，因而喜闻乐见。

民间文学，还有变异性特征。民间文学在流传过程中发生变异是经常的自然的事。不管是短小易记的民谣，还是生动有趣的民间故事，在传承中总要发生某些变异。

民间文学发生变异的原因是多方面的。首先，由于口头讲述、唱诵，不像书面文学那样固定；加上传承人的记忆力、表达力、加工能力的差异，就会使传承的作品与原作大同小异，发生繁简、详略的变化。其次，由于地域、民族、风俗等环境的改变，流传者为了使民间文学作品适应当地的环境氛围和听众的欣赏习惯，也可能自觉地做些增加、减少、改动。再次，由于时代的改变，社会现实发生变化，人们的要求、心理发生变化，因而在流传民间文学时，有意地加以改动。散文类的民间故

① 马汉民：《白茆访歌》，《民间文学》1994 年 6 期。

事、笑话在流传中比歌谣更易变异。就是同一个人讲同一个故事，每次也不完全一样。王作栋在评述现代农民故事家刘德培时说："没有任何一篇在不同环境中、不同对象面前故事的用语用字完全一致。他对故事的讲述不是机械地重复，讲述的环境氛围，受众的态度和情绪，刺激着他对故事进行新的加工，导致故事有新的变异，哪怕是微小的变异。但是，故事的'意思''过纲''交代''掉底'，十八年以来，都无质的变化。"[①]这些事实说明，民间文学的变异是不可避免的。

民间文学变异的表现，首先最常见的是词语的改变。因为每个人讲述，不可能照本宣科，都要用自己的口语表达出来。其次是情节、结构、人物的变异，如情节由简而繁或由详而略，前后次序的改变，人物增减或改名换姓。再次，甚至主题思想也发生变异。例如"牛郎织女"的故事，在西周时代只是关于天上的两颗星辰的幻想。在汉、魏六朝时代变成两星相爱、七夕相会的故事。唐代以后，又渐渐变成人神结婚的故事：人间牛郎与天上织女结为夫妻，生一男一女，但王母将他们分开在天河两边，只允许他们每年七月七日由喜鹊搭桥相会一次。故事情节完整了，人物增加了，主题也变成人民反抗封建压迫，追求婚姻自由。而现代搜集的牛郎织女的故事，更表现出明显的变异性。《民间文学》1985 年第 7 期载有《牛郎织女故事》的十二篇异文。这些异文出于同一母题，保留着母题故事的某些主题思想、某些人物和情节，但由于分别采录自河北、河南、山东、江苏、安徽、湖北、湖南、四川等不同地区、不同环境，出自不同讲述人之口，讲述人的感情和目的不同，便产生了许

① 王作栋：《从村落到社会——中国农民故事家刘德培故事活动简论》，《民间文学论坛》1995 年 1 期。

多变异。这些异文大体分三类。第一类是把牵牛星和织女星人化，赞美他们相爱的故事，与牛郎织女故事原型相似，但词语细节、结构次序有变异。第二类仍以牛郎织女故事为主线，增加了兄嫂虐待弟弟牛郎的副线，表达对弱者的同情。第三类异文，改变了歌颂牛郎织女的爱情的主题，如《织女变心》《牛郎织女结冤仇》等篇，故事的主题变成了对爱情不忠、好逸恶劳者的谴责。民间文学的这种变异性，是口头流传、集体加工的必然结果，可以使民间文学作品在变异中不断完善、丰满、提高。

总之，从民间文学的创作、流传方式看，从它的口头性、集体性、传承性、变异性特征看，它与作家创作的书面通俗文学虽然同属于通俗文学，但是它又具有自己的特征。民间文学是创作更方便、流传更广泛、内容和形式更通俗的通俗文学。

第三节　民间文学的类别

传统民间文学的体裁形式大体分为散文体、韵文体、韵散结合的说唱体和民间小戏四类。散文体中有神话、民间传说、民间故事等。韵文体中有劳动歌、仪式歌、生活歌、时政歌、情歌、儿歌、史诗、民间叙事诗、民间谚语及谜语等。韵散兼备的民间说唱，则是有说有唱的艺术形式，现在叫曲艺，如鼓词、曲词、快书、快板、相声、评书、评话等。民间小戏是在各地流传、不留作者姓名的地方小戏，如东北的二人转、内蒙古的二人台、陕北的秧歌戏、江西的采茶戏、湖南的花鼓戏、云南的花灯戏以及木偶、皮影戏等。这些传统形式除神话外，至今大部分被继承和利用着。这里介绍几种主要的体裁：

一、民间传说

民间传说是人民群众口头创作的以可考人物、事件、实物为中心展开叙述的散文体裁之一。美国的威廉·巴斯科姆说："传说也属散文叙事，讲述者和听众都把它当作真实。"[①]日本民俗学家柳田国南在《传说论》中说："传说的一端，有时非常接近于历史，甚至界限模糊得难以分辨；而其另一端又与文学相近，有时简直要像融于其中，这也是不可否认的事实。"又说："传说逐渐与历史远离。"[②]这些论述说明，传说的内容是有史可查的真人真事，因此它具有历史性、可信性的特点。但同时，传说又不是完全的历史，而采用了某些文学手法。因此，它是介于历史和文学之间的一种口头叙事散文。

我国现代民间传说是在新民主主义革命时代和新中国成立后产生的。它是以现代人物、现代历史事件、现代社会生活、现存实景实物为叙述中心的叙事散文。

现代民间传说在内容上的特点之一，是以现代社会生活中的真人真事为题材内容，具有很强的历史性和可信性。因为现代传说离今天、离现实的距离很近，被传说的中心人物还健在，被传说的中心事件刚发生，有关故事就被传开，甚至被记录发表了，又因为这些传说的作者和听众对所传人物、事件都很熟悉，所以，现代民间传说的真实性、可信性，比传统民间传说的历史性、可信性更强。现代传说在内容上的特点之二是地方性强。柳田国南说："传说有其中心点""传说的核心，必有

---

① [美]成廉·巴斯科姆：《民间文学的体裁：散文叙事》，杨蓉译，《民间文学论坛》1991年2期。

② [日]柳田国南：《传说伦》，连湘译，中国民间文艺出版社1985年版。

纪念物”①。这就是说，传说故事都发生在某个真实的地方。没有真实的时间和空间，就不能构成真实可信的传说。许多现代民间传说故事都有力地证明了这一点。现代传说在内容上的特点之三，是具有强烈的思想性，反映了现代人民的思想、愿望、爱情、感情。由于现代传说的作者受到先进思想的教育、影响，认识水平提高了，他们又是现代生活、斗争的实践者或目击者，因此，他们口头创作的传说也就呈现出全新的题材内容和思想境界。

从艺术表现看，民间传说没有固定的叙事模式。柳田国南说，传说有“叙述不受形式限制的自由性、可变性”。这是说，传说不像民间故事有一定的叙事程度，开头是“从前有一个地方……”中间有三叠式结构，结尾有固定的语言。现代民间传说完全根据各个历史人物、事件、风物的具体内容特点来安排故事叙述顺序。不同的人物、事件、风物，其传说内容略不相同，其结构顺序也就各异。

在故事情节上，民间传说注重传奇性，常常选择异乎寻常的奇异情节、惊险过程，加以渲染、夸张，利用偶然巧合、幻想的环节，推动故事情节的发展。

在人物塑造上，传统民间传说的人物大都是类型化的，现代传说中的人物则具有个性化倾向。因为现代人物各具特色，并被人们所熟悉。为了保持现代传说的历史性、可信性特点，也就必须保持真人真事的个性特点。

二、民间故事

民间故事是用虚构或幻想手法反映现实生活的散文叙事文体。它

① ［日］柳田国南：《传说伦》，连湘译，中国民间文艺出版社 1985 年版。

不像神话那样以超人的神为讲述的中心，用幻想表达人们征服自然的愿望；也不像传说那样，以历史和现实中的真人真事、真景真物为讲述的中心；而是用虚构或幻想的情节来表现社会生活、人际关系，来评价人物。传统民间故事按内容可分四类：有适合儿童情趣、幻想性强的童话故事，如拟人化的动物故事、精灵故事、宝物故事、带有幻想成分的人物故事；有以社会基层人物为主人公、以社会现象和日常生活为题材的生活故事，如长工与地主的故事、官吏与百姓的故事、工匠的故事、劳动故事、家庭关系故事、爱情婚姻故事；有以某种自然物或人的活动现象虚构的含有哲理、训诫意义的寓言故事；有以引人发笑的短小情节来讽刺假恶丑、嘲笑愚顽落后现象的笑话故事。现代民间故事，则以生活故事、笑话故事为创作、欣赏的热门品种。

从艺术表现看，民间生活故事的情节注重现实性、写实性。它虽然不像传说那样必须是历史或现实中发生过的事实，但须是可能发生的事情。多数民间故事是从日常生活中集中概括的。民间生活故事的主人公一般都是社会下层人物、普通百姓，不像民间传说故事中的主人公常是伟人、名人、英雄之辈。

三、民间笑话

民间笑话是以讽刺为特征、形式短小、滑稽有趣、引人发笑的民间故事。它以日常生活现象为题材，反映社会现实矛盾，反映人民的爱憎感情和乐观幽默情绪。民间笑话不只是逗乐解闷的文学形式，而且是抨击丑言恶行，揭露社会消极、落后现象的有效手段。中国古代文论家早就指出了笑话的批判本质和教育作用。刘勰《文心雕龙·谐隐》说："古之嘲隐，振危释惫……会义适时，颇益讽诫。空戏滑稽，德音大坏。"这段话说明笑话和隐语有挽救危机和解除疲惫的作用。如果只是空戏滑稽，就会产生不良影响。清朝石成金在《笑得好初集》中说："人以笑话为笑，我以笑话醒人，虽然游戏三昧，可称度世金针。"[①]这也指明了笑话"醒人"的教化作用和"度世"的批判作用。

民间笑话在艺术上也有其独特之处。首先，它的故事情节短小精炼，结构简单。它的重点在于揭露矛盾，点明主题，引人发笑。它是一个情节片段、插曲。它常常只用几句话就把故事的伏笔、悬念交代清楚，最后几句话揭示矛盾，点明主题。它不以故事的曲折取胜，而以尖锐的讽刺、深刻的思想取胜。它在叙事结构上不求层次纷繁，首尾完整，只在一语揭示主题后，就戛然而止，不再叙述下文，而让听众自己去评判、回味。笑话《吃草》，先把人物身份和要草不要苗的事简单讲出，安排伏笔，接着揭示要草与不吃草的矛盾，最后道破矛盾，引人发笑和深思。

其次，民间笑话在人物描写、对话语言和环境安排上也很简单。在一则笑话中，只有一两个人或很少的人物出场。对人物不做细致刻画，只是直白地说出人物的某种言行，最后点出主题，揭穿实质。人物活动的环境只需简单交代，不必详加描写。现代笑话在继承传统笑话的插曲式的同时，较多采用对话式。笑话《研究过了》说：某大队采购员找到农机公司供销科主任，提出要买两台拖拉机。主任说："没有。"大队采购员当即送上了中华牌香烟和茅台酒。主任对文书说："给他两台。"文书说："你不是说没有吗？怎么又有了？"主任笑笑说："最初没有研（烟）究（酒），现在研（烟）究（酒）过了。"这则讽刺某些干部以权谋私、收受贿赂的笑话，出现三个人物，但没有人物外貌、心理描写，只交待人物身

---

① 见王利器辑《历代笑话集》，第 457 页。

份、行为，主要是对话。对话紧扣主题，一两句问答，很快揭示主题，便立即停止。有的现代笑话，干脆只用甲乙二人的几句问答，就把故事委婉地叙述出来，把主题风趣地展示出来。

四、民间歌谣

民间歌谣是人民口头创作流传的能歌唱能吟诵的短篇韵文体文学。民歌和民谣是有区别的。《韩诗章句》说："有章曲曰歌，无章曲曰谣。"这是说民歌有音乐曲调，可以歌唱。民谣是没有乐曲而供朗诵的徒歌，往往是一段体的几句顺口溜。但二者在句法、韵脚、内容、作用上都差不多，因此，民歌和民谣常被统称为民间歌谣。

赋、比、兴是歌谣常用的艺术手法。赋，是在歌谣中朴实地直叙其事，直写其物，直抒其情。它是歌谣常用的写法。民歌《颈上血》用"军阀手上铁，工人身上血"的描述，记录了"二七"工人罢工遭到军阀镇压的情景；用"奋斗的精神不可灭"，直抒革命的勇敢坚定之情。比，是用具体形象的彼事物比喻此事物。民歌《东方红》中的"共产党，像太阳"，用太阳比喻共产党给人民带来光明和温暖。比喻的技巧使歌谣更通俗、具体、形象，也把感情表达得更充分。兴，是在唱诵要唱的内容之前，先说其他事物以引起要唱的内容。儿歌《新嫂嫂》开头的"花喜鹊，尾巴翘"，就是借喜鹊起兴，引出"哥哥娶了新嫂嫂"的内容。

此外，歌谣还常用对比、夸张、双关、重叠等多种手法。对比是识别事物好坏、优劣、真伪的认识方法，也是民歌描写人物、事物，表达思想感情的方法。民歌用对比手法把不同事物的特点揭示得更鲜明，给人以深刻的印象。夸张手法，是把事物加以夸大或缩小，从而更加突出事物的性质特点和作者的感情愿望。民歌《海水磨墨写不赢》用"树林当笔天作纸，海水磨墨写不赢"的夸张形象，把党和毛主席的浓厚恩情表现得更充分。歌谣还常用谐音或多义的字词暗示两种不同事物，来构成双关，含蓄巧妙地表达某种思想内容和感情。民歌《向总理请示》中的“江桥摇”，字面是说黄浦江的桥“腐朽已动摇”，实义是指江青、张春桥、姚文元反革命集团“眼看要垮台”。双关手法给人留下回味思考的余地，比直说更增添一种艺术趣味。反复，是相同的诗句在几节诗中接连出现。民歌《只因为有了共产党》，一共三节，每节头一句都重复“只因为有了共产党”一句。这种反复的作用，除了便于记忆和口头传唱外，有时也有强调某一思想内容的作用。总之，从艺术上看，现代民间歌谣的艺术手法也是丰富多彩的，充分显示了人民群众的艺术创作智慧。

原版后记

——愿望与追求

《通俗文艺学》终于完稿了。这是一个在艺术的大漠中艰难跋涉的过程，充分体验了创造的酸甜苦辣。我们不能说这是一部成功的书，只能说它是浸透了创作者心血的书。如果对喜爱通俗文艺的朋友们多少有些助益，我们也就心满意足了。为使读者朋友了解这部书的写作，现将写作中遇到的问题和我们的想法做一些必要的说明。

其一，名称问题。在“绪论”里，我们已将通俗文艺的诸多称谓做了分析，并说明了为什么采用“通俗文艺”的名称，而不用“大众文艺”“流行文艺”等名称。这里需要再说明的是雅文艺的名称问题。雅文艺的称呼也相当混乱。在文学领域，最流行的称呼是“纯文学”“严肃文学”；在艺术领域，最流行的称呼则是“高雅文艺”。把“雅文学”称之为“纯文学”或“严肃文学”并不科学。张军先生就曾对此提出过质疑。他说：“自古以来，文学就有雅俗之分，但纯与不纯，却是当代一大发明。它不是黄金，试问如何表示其‘纯度’？还有打出‘严肃文学’的招牌，言下之意，通俗的就是不严肃的，有人干脆说通俗就是庸俗。我以为这些说法不仅逻辑混乱，甚至是对我们服务的广大读者的亵渎。”（《通俗文艺评论》1994年第2期）张军先生的批评是有道理的。“纯文学”“严肃文学”的提法至少有以下几个问题。一是名实不符。这两个称谓不能准确地概括雅文学的特征。从文学意义说，纯与不纯、严肃与不严肃都不是雅文学的本质特征。二是与俗文学不对应。按照汉语的构词规律，凡是表明事物对应关系的词必须具有对应性，如上下、左右、东西、南北、阴阳、软硬、内容与形式等，都恰当而准确地表明了事物的对应关系。雅文学的称谓也正好说明了与俗文学的对应关系。而用“纯”与“严肃”对应“俗”或“通俗”，就对应歪了，对应不上了，犹如以“上”对“右”、以“软”对“阳”一样，令人感到费解。三是易于造成误解。“纯”的对应词是“杂”、“严肃”的对应词是“不严肃”，或者用当前流行的话语就是“玩闹”，因此不少人认为用“纯”和“严肃”标榜纯文学，隐含着对俗文学的歧视与贬损。我们并不认为使用这种称谓的人都有这种思想意识，绝大多数人是不含褒贬倾向的，以为既然约定俗成了，也就跟着用了，哪里想那么多？但是这两个称谓本身，确实容易引发人们作这样的联想。出于这三个方面的考虑，本书没有使用“纯文学”与“严肃文学”的称谓。我们以为，高雅、文雅、典雅、雅致等词，比较能够表现雅文学的本质特征，无论用哪个，都是可以的。高雅，用的时间很长、很普遍，只不过有些人回避使用这个词，是担心“高雅”脱离群众，还是顾虑人们会从“高雅”联想到“低俗”？不得而知。不过，既然人们不愿在文学领域使用它，也不好强求。本书暂时使用“雅致文学”代替“纯文学”和“严肃文学”，也不一定恰当，等到有好的名称，我们再随之改换。

本书是一部讲述通俗文艺基本原理的书，持论力求稳妥，注意吸纳取得共识的看法。

其二，对于某些传统的理论观点我们提出了一些异议；对于一些尚未被人们关注的领域,我们进行了一些探索。如通俗文艺的社会化原则,当前的一些论著大都从商品经济着眼,强调市场对于通俗文艺的决定性和主导性。我们则从我国国情出发,提出了在市场经济条件下,政治依然是通俗文艺发展和繁荣的重要杠杆。这也可以说是我国社会主义通俗文艺的一个特色。又如在论述通俗文艺构成要素时,我们没有像传统的文艺理论那样,专讲一节主题,而是把主题放在作品意蕴之中,这样就避免了把作品丰富的思想内涵仅仅归结为一个或几个主题的弊病,有助于全面感受和领悟作品的思想内涵和审美情趣。再如,传统的文艺理论著作把创作过程讲得很死、很细,似乎条理清晰,指导性强,实则书卷气太浓,离创作实际相去甚远。文学艺术创作不是画几何图形,怎么可以限定得那么死板。如果真能按图索骥的话,那么文学作品也就会多得满天飞,但却没有一点艺术生命。我们没有详细描述全过程,着重论述了创作的几个重要环节,抓住主要环节,其他问题也就迎刃而解了。还有文学的分类,不少人,其中包括某些权威,都主张民间文学和通俗文学是两类文学,不能归为一类。我们则认为民间文学本质上是通俗的,是通俗文学的源头,在相当长的时间里还是通俗文学的主流。如果按照他们的主张,把民间文学分割在通俗文学之外,那么通俗文学也就成为无源之水、无本之木了。所以我们认为民间文学和通俗文学不能分开。还有创作方法问题,我们不是一般地解释名词概念,而是结合历史发展和创作实际,着重阐明了我国通俗文艺创作方法的特色和发展趋势。这些看法,都是不成熟的,当然不一定正确,但从学术的发展看,说点不同看法也没有什么害处。

其三,在体例上,本书与传统的文艺理论著作多少有些不同。除绪论外,基本内容分为三编。第一编"发展论",是纵向的观照,简要地描述了我国通俗文艺兴起、发展、变革以及兴衰的历史，并从中引出一些艺术原则和规律。这种写法，在《文学概论》《美学原理》之类的书中还比较少见，但也不是没有。如丹纳的《艺术哲学》在论述了艺术的本质和特征后，用大量篇幅讲述了希腊的雕塑、意大利文艺复兴时期的绘画、尼德兰的绘画等欧洲艺术历史。我们之所以考察通俗文艺的历史，是从理论阐释和读者阅读两个方面考虑的。理论来源于实践。我国的通俗文艺理论是从历史悠久的实践中总结概括出来的。把理论阐释放在历史的基石上，会使理论扎实可靠，更有说服力。从读者方面看，由于一般读者对于通俗文艺的历史知之不多，有的人了解一些，也是零碎的、不系统的，因此，做一个简单的介绍，有助于读者认识和理解通俗文艺的发展规律和本质特征。第二编“创作论”，对通俗文艺做横向的具体的剖析。从作品构成的要素到作品的整体风貌，从创作到生产、传播、流通，从欣赏到批评，从创作过程到艺术家的修养，都结合通俗文艺的具体情况和特点做了论述。传统的文艺理论著作，着重于文本的分析，本书除了剖析文本以外，还延伸到了生产、流通与传播领域，或许有助于读者了解通俗文艺创作与消费的整个流程。第三编为“文体论”。一般的文艺理论，大都有一章“文学体裁”，将各种文学样式做一个简明的介绍。本书则把文体升格为一编。用六章的篇幅对各种文体做了详细的论述。除了阐释文体特征，还对创作现状与未来发展做了简要的说明。我们这样做，主要是加强它的实用性。通俗文艺种类很多，情况千差万别，如果不清晰地说明各种文体的特征及创作情况，也就不能有效地指导创作和欣赏，以致削弱理论的价值。

其四，在叙述方式上，本书力求与通俗文艺的本性相适应，与通俗文艺的读者相适应，不崇尚浮华，不故弄玄虚，不故作高深，努力树立平易自然、朴实清新、深入浅出、简洁流畅的文体风格。在写作过程中，我们感到最困难的是如何把界限划得清、把道理说得明。前面说过，雅俗文艺是一对连体儿，而且是各式各样的多部位的连体儿。小说的连体不同于戏剧，戏剧的连体不同于诗歌，诗歌的连体也不同于小说。分析就是剥离，从作品具体构成要素的剥离到艺术整体的剥离。雅俗文艺有特点鲜明的“两极地带”，也有相互渗透、彼此交叉的“中间地带”，还有一些“变性”作品——有的由俗转化为雅，也有的由雅转化为俗。这些情况表明雅俗文艺现象本身就具有模糊性、不确定性和可变性。因此，我们只能从实际出发对它们进行辩证的分析，不可能形而上地在两者之间划一条固定不变的清晰界限。在举例上，我们更着重特点鲜明的“两极地带”的作品，较少选用“中间地带”的作品，只有这样才能使各自的特点凸现出来，从而清楚地阐释我们的理论观点。如果有人找寻些模棱两可的例证反诘和责难我们的看法，我们也就没有什么好说的了。

其五，本书是由课题组五位同志共同完成的。绪论、第一编、第二编(除第二章第一节、第五节系王玉树执笔，第十章文艺欣赏三节文字系张春生执笔外)均为黄泽新撰写；第三编则分别由四位同志执笔。第十一章王玉树撰写，第十二、十三章张春生撰写，第十四、第十五章刘梓玉撰写，第十六章李绪鉴撰写。由于参加者还负有其他行政和研究任务，工作很忙，所以很少集中活动，但他们都积极主动地贡献了自己的力量。这个项目是春生和我一起商量申报的，他睿智而勤于思考，出了不少好点子，给予我很多支持。玉树老成持重，学养深厚，不仅很好地完成了自己承担的任务，还为其他同志提供了不少资讯。绪鉴师从著名学者钟敬文研究民俗学，造诣颇深，在积极写好自己稿子的同时，还帮助课题组做了不少资料和事务性工作。身为天津艺术研究所所长的刘梓玉，既有繁重的行政工作，又有自己的研究任务，我拉他加盟这个课题组，实在是为难他了。但他重友情，慨然允诺，并且高质量地完成了任务。这说明本书是大家通力合作的果实，是友谊的结晶。

其六，本书在写作和出版过程中，天津市委宣传部张秉诚、张世玙同志，出版局郑先进、郑法清同志，社科院王辉、李锦坤、房良钧、万新平同志，均给予了有力的帮助和支持。著名评论家何西来先生和著名评论家、天津日报副总编辑滕云先生应我之请，在百忙中为本书写了热情而又有见地的序言。百花文艺出版社的薛炎文、张雪杉、魏志强等同志认真审读原稿，仔细修改和校订，提高了本书的质量。在此，我们向所有以珍贵的友情乳汁滋润过这棵理论幼苗的同志表示最诚挚的感谢。

其七，本书写成后，我们觉得还存在一些不足。主要是有些问题论述得不够深透，有些提法不够准确，理论体系也不够完整，还有待改进和完善；由于是多人执笔，叙述方式、文字风格不尽统一；对于国外的通俗文艺理论和作品涉猎较少等。本书不过是一块引“玉”的“砖”，我们真诚期待高水平的通俗文艺理论著作早日问世。

黄泽新

2001 年 9 月 12 日